ELOGIOS PARA

Desnuda ante ti

"*Desnuda ante ti* tiene un ambiente... lleno de angustia emocional, escenas de amor abrasadoras y un argumento absorbente".

—*Dear Author*

"Esta es una novela erótica que usted no debe perderse. Hará que los lectores se enamoren".

—*Romance Novel News*

"Los personajes secundarios son tan imperfectos como Eva y Gideon, lo cual, para mí, enriquece y hace más real *Desnuda ante ti* que muchos libros contemporáneos que he leído en los últimos tiempos".

—*Romance Junkies*

"Esta es una lectura sofisticada, provocativa, excitante, altamente erótica y sexual, y está muy bien escrita".

—*Swept Away by Romance*

"Este libro fue, simplemente, increíble. ¡No podía dejarlo! ¡El sexo es caliente y la relación es tan jugosa que tenía que saber lo que pasaría a continuación!"

—*Read Our Lips*

"Le advierto, una vez que usted se involucre con estos dos, querrá más... Si está buscando una novela erótica que no sea siempre burbujas y flores sino que tenga senderos pedregosos y montañas que escalar, entonces le recomiendo *Desnuda ante ti*. Creo que los senderos pedregosos y las montañas hacen que el escenario sea mucho más sobrecogedor".

—*Sizzling Hot Book Reviews*

continúa...

"*Desnuda ante ti* fue una excelente lectura y me descubrí no queriendo dejarlo ni por un momento. Desde el primer capítulo quedé atrapada en este escenario de pasión y tremenda vulnerabilidad tejido expertamente por la señora Day. Ah, y ¿mencioné que el sexo es ardiente? Tan ardiente que derrite las páginas". —*Darhk Portal*

"*Desnuda ante ti* arrasa con la competencia por sus personajes realistas, emocionalmente intensos, que enfrentan el dolor y el placer honestamente. Sentí que estos personajes desnudan sus corazones y almas en esta historia. Algunas veces fue tan intensa que dolía observar cómo se hieren a sí mismos y al otro con sus acciones y palabras. Sin embargo, eso es lo que hace única e inolvidable la historia". —*Joyfully Reviewed*

"Realmente me deslumbró y, después de terminarla, ¡no podía dejar de pensar en ella!... *Desnuda ante ti* es una novela intensa, llena de dificultades, penas, obstáculos para superar, confianza y, ante todo... una búsqueda del amor en una relación que puede parecer sin esperanza. Este libro, realmente y de corazón, me dejó asombrada". —*Happy Ever After*

A Touch of Crimson

"Hará estremecer a los lectores con un sensacional y novedoso mundo, un apasionado héroe y una fuerte y poderosa heroína. ¡Esta es Sylvia Day en su mejor momento!".

—Larissa Ione, autora bestseller en el *New York Times*

"Ángeles y demonios, vampiros y licántropos, todos ellos frente a un mundo imaginario, ingenioso e intrigante que me atrapó desde la primera página. Equilibrando acción y romance, humor y sensualidad, la narrativa de Sylvia Day nos hechiza... ¡Una fiesta para los amantes de la novela romántica paranormal!".

—Lara Adrian, autora bestseller en el *New York Times*

"Rebosa de pasión y erotismo. Un ardiente y sexy ángel por el cual morir y una agalluda heroína hacen de ésta una lectura muy emocionante".

—Cheyenne McCray, autora bestseller en el *New York Times*

"En *A Touch of Crimson,* Sylvia Day teje una maravillosa aventura que combina una narración descarnada y excitante con un elevado lirismo. Adrian es mi tipo favorito de héroe: un ángel alfa decidido a ganar el corazón de su heroína... Este es definitivamente un libro para su estantería".

—Angela Knight, autora bestseller en el *New York Times*

"¡Perfecto! Hay tantos niveles, argumentos y tonos de gris en este libro, brillantemente estructurado y escrito... La historia no solo es magnífica, también es uno de los libros más ardientes que he leído este año".

—*Rage, Sex and Teddy Bears*

"Te lanza de cabeza a la acción desde la primera página... *A Touch of Crimson* tiene todo lo que yo habría deseado en un libro. Personajes fantásticos, un guapísimo líder... una simpática y terca heroína, y un argumento increíble... Está lleno de acción, agudezas y suspenso".

—*All About Me*

"Un apasionante, conmovedor y brillante libro. [Day] combina hábilmente una historia eterna de amor perdido y recuperado. [Es] una novela romántica perfecta, con una construcción excelente de un mundo rico en ángeles, licántropos y vampiros". —*RT Book Reviews* (4½ estrellas)

Obras de Sylvia Day

DESNUDA ANTE TI

Antologías

HOT IN HANDCUFFS

(con Shayla Black y Shiloh Walker)

MEN OUT OF UNIFORM

(con Maya Banks y Karin Tabke)

THE PROMISE OF LOVE

(con Lori Foster, Erin McCarthy, Jamie Denton, Kate Douglas y Kathy Love)

DESNUDA ANTE TI

Sylvia Day

BERKLEY BOOKS, NEW YORK

A BERKLEY BOOK
Publicado por Penguin Group
Penguin Group (USA) Inc.
375 Hudson Street, New York, New York 10014, USA
Penguin Group (Canada), 90 Eglinton Avenue East, Suite 700, Toronto, Ontario M4P 2Y3, Canadá (una empresa de Pearson Penguin Canada Inc.) • Penguin Books Ltd., 80 Strand, Londres WC2R 0RL, Inglaterra • Penguin Ireland, 25 St. Stephen's Green, Dublin 2, Irlanda (una empresa de Penguin Books Ltd.) • Penguin Group (Australia), 707 Collins Street, Melbourne, Victoria 3008, Australia (una empresa de Pearson Australia Group Pty Ltd.) • Penguin Books India Pvt. Ltd., 11 Community Centre, Panchsheel Park, New Delhi—110 017, India • Penguin Group (NZ), 67 Apollo Drive, Rosedale, Auckland 0632, Nueva Zelanda (una empresa de Pearson New Zealand Ltd.) • Penguin Books, Rosebank Office Park, 181 Jan Smuts Avenue, Parktown North 2193, Sudáfrica • Penguin China, B7 Jaiming Center, 27 East Third Ring Road North, Chaoyang District, Beijing 100020, China

Penguin Books Ltd., Oficinas Registradas: 80 Strand, Londres WC2R 0RL, Inglaterra

DESNUDA ANTE TI

Diseño de portada de Sarah Oberrender; arte de portada de Shutterstock;
fotografía de portada de Edwin Tse; dirección de arte de George Long

Primera edición en inglés: junio del 2012
Primera edicíon en español: octubre del 2012

ISBN: 978-0-451-41884-5

IMPRESO EN LOS ESTADOS UNIDOS DE AMÉRICA

10 9 8 7 6 5 4 3 2 1

AGRADECIMIENTOS

Le tengo un gran aprecio y respeto a mi editora, Cindy Hwang, por las muchas cosas involucradas en el proceso de pasar esta serie de mis afectuosas manos a las de ella. Ella quería esta historia y luchó por ella; le agradezco su entusiasmo. ¡Gracias Cindy!

No tengo suficientes palabras para referirme a mi agente, Kimberly Whalen, quien aporta tanta energía a la mesa de trabajo. Ella ha superado mis expectativas una y otra vez, dejándome en la amable y siempre deseada posición de decir: “hazlo”. ¡Kim, mil gracias por ser exactamente lo que necesito!

Tras Cindy y Kim hay dinámicos equipos en Berkley y Trident Media Group. En todos los departamentos, en todos los niveles, el apoyo y entusiasmo por la serie Crossfire ha sido increíble. Estoy muy agradecida y me siento bendecida.

Mi más profundo agradecimiento a la editora Hilary Sares, que realmente echó mano de esta historia y me hizo trabajar para lograrla. Básicamente, me exigió muchísimo. Por andarse con miramientos e impedir que yo cambiara detalles sin pensarlo, me hizo trabajar más duro y, gracias a eso, esta historia es mucho, *mucho* mejor. *Desnuda ante ti* no sería lo que es sin ti, Hilary. ¡Muchas gracias!

Mis agradecimientos también a Martha Trachtenberg, extraordinaria correctora, y Victoria Colotta, diagramadora, por todo su duro trabajo en la versión auto-publicada de este libro.

A Tera Kleinfelter, quien leyó la primera mitad de *Desnuda ante ti* y le encantó. ¡Gracias Tera!

A E.L. James, quien escribió una historia que cautivó a los lectores y los hizo desear más. ¡Eres increíble!

A Kati Brown, Jane Litte, Angela James, Carly Phillips, Maryse Black, Elizabeth Murach, Karla Parks, Gitte Doherty, Jenny Aspinall... hay tantos a los que debo agradecer por compartir *Desnuda ante ti* con otros y ¡hablar tan bien de él! Si olvidé su nombre acá, por favor créanme que en mi corazón no los olvido. ¡Estoy inmensamente agradecida!

A todas las niñas que estuvieron en Cross Creek en algún momento de su adolescencia: que todos sus sueños se hagan realidad. Se lo merecen.

Y a Alistair y Jessica, de *Seven Years to Sin*, que me inspiraron para inscribir la historia de Gideon y Eva. ¡Cómo me alegro de que la inspiración se haya repetido!

Éste es para el Doctor David Allen Goodwin

Mi amor y gratitud no tienen límites.

Gracias Dave. Me salvaste la vida.

1

—DEBERÍAMOS IR A un bar y celebrar.

No me sorprendió la enfática declaración de mi compañero de apartamento. Cary Taylor encontraba excusas para celebrar, sin importar qué tan pequeñas o ilógicas fuesen. Siempre me pareció parte de su encanto.

—Estoy segura de que tomar un trago la noche antes de comenzar un nuevo empleo es una pésima idea.

—Vamos, Eva —Cary estaba sentado en el piso de nuestra nueva sala de estar, rodeado por media docena de cajas. Me lanzó una encantadora sonrisa. Llevábamos días desempacando y, a pesar de ello, él seguía luciendo asombrosamente bien. Delgado, de cabello oscuro y ojos verdes, Cary era un hombre que rara vez dejaba de verse guapísimo. Eso tal vez me habría molestado si no fuera la persona más importante del universo para mí.

—No estoy hablando de irnos de juerga —insistió—. Tan solo una o dos copas de vino. Podemos aprovechar la *happy hour* y estar de regreso a las ocho.

—No sé si podré llegar a tiempo —respondí, señalando mis pantalones de yoga y mi camiseta—. Después de calcular cuánto tiempo me tomará llegar al trabajo, iré un rato al gimnasio.

—Camina rápidamente, haz ejercicio rápidamente —las cejas arqueadas de Cary me hicieron reír. Realmente creía que su rostro perfecto aparecería algún día en las vallas y revistas de moda del mundo entero. Sin importar su expresión, siempre era espectacular.

—¿Y si vamos mañana después del trabajo? —le propuse—. Si sobrevivo al día, valdrá la pena celebrarlo.

—Trato hecho. Voy a amansar la cocina nueva y a hacer la cena.

—Mmmm... —cocinar era uno de sus mayores placeres pero, lamentablemente, no era uno de sus talentos—. Perfecto.

Tras retirar un mechón caprichoso de su cara, me sonrió.

—Tenemos una cocina por la que la mayoría de restaurantes matarían. Aquí es imposible estropear una comida.

Con serias dudas, me despedí y salí, no tenía ningún deseo de hablar de culinaria. Tomé el ascensor al primer piso y sonreí al portero cuando me abrió la puerta con gestos exagerados.

En el momento en que me encontré afuera, me abrazaron los olores y sonidos de Manhattan invitándome a explorarla. En lugar de en el otro extremo del país, parecía encontrarme a universos de distancia de mi antiguo hogar en San Diego. Dos grandes metrópolis —una siempre templada y sensualmente perezosa, la otra llena de vida y delirante de energía. En mis sueños había imaginado una vida en Brooklyn pero, siendo una buena hija, acabé en el Upper West Side. Si Cary no hubiera vivido conmigo, me habría sentido terriblemente sola en el espacioso apartamento que mensualmente costaba más de lo que la mayoría de la gente gana en un año.

El portero me habló mientras inclinaba su gorra.

—Buenas noches señorita Tramell. ¿Necesita un taxi?

—No, gracias Paul —respondí balanceándome en la suela redondeada de mis zapatos deportivos—. Caminaré.

—Ya ha bajado la temperatura. Será agradable —exclamó sonriendo.

—Me han dicho que debo aprovechar el clima en junio, antes de que se vuelva infernalmente caliente.

—Es un buen consejo, señorita Tramell.

Al abandonar el moderno alero de vidrio que de alguna manera se amalgamaba con la edad del edificio y sus vecinos, disfruté de la relativa paz de mi calle poblada de árboles antes de llegar al bullicio y tráfico de Broadway. Esperaba, algún día pronto, encajar allí pero, por el momento, seguía sintiéndome como una falsa neoyorquina. Tenía el domicilio y el empleo, pero seguía recelando del metro y me costaba trabajo conseguir un taxi. Intentaba no caminar con los ojos como platos y distraída, pero no era fácil. Había *tanto* que ver y experimentar.

Los estímulos sensoriales eran increíbles: el olor del humo de los vehículos mezclado con el de las comidas; los gritos de los vendedores ambulantes confundidos con la música de los artistas callejeros; la impresionante gama de rostros, estilos y acentos; las maravillas arquitectónicas... y los autos. *Jesucristo.* El flujo frenético de automóviles no se parecía a nada que hubiese visto en mi vida.

Siempre había una ambulancia, patrulla o un camión de bomberos intentando atravesar los ríos de taxis amarillos con el lamento electrónico de sus ensordecedoras sirenas. Me sentía intimidada por los torpes camiones de la basura que navegaban por diminutas calles de una vía y los conductores de las camionetas de reparto que enfrentaban el pesado tráfico para cumplir plazos estrechos.

Los verdaderos neoyorquinos se desplazaban por todo aquello como si nada, su amor por la ciudad tan cómodo y familiar como el par de zapatos preferido. Ellos no veían con romántica emoción el vapor saliendo de las grietas y conductos de ventilación de las aceras y no pestañeaban cuando la tierra vibraba bajo sus pies al pasar el metro... mientras, yo sonreía como una idiota y flexionaba mis dedos. Nueva

York era una nueva aventura amorosa para mí. La observaba arrobada y se me notaba.

Realmente tenía que esforzarme para parecer tranquila mientras me dirigía al edificio en el que trabajaría. Al menos en lo relativo a mi empleo, me había salido con la mía. Quería ganarme la vida por mis propios méritos y eso significaba comenzar desde abajo. A partir de la mañana siguiente, sería la asistente de Mark Garrity en Waters Field & Leaman, una de las principales agencias de publicidad de los Estados Unidos. Mi padrastro, el mega-financiero Richard Stanton, se enojó cuando acepté el empleo, señalando que si yo fuese menos orgullosa podría haber trabajado para uno de sus amigos y cosechar los beneficios de dicha conexión.

—Eres tan terca como tu padre —me dijo—. Y a él le tomará toda la vida pagar tus préstamos de estudio con su salario de policía.

Esa había sido una pelea importante y mi padre estaba poco dispuesto a ceder.

—Está loco si cree que otro hombre va a pagar por la educación de mi hija —había exclamado Víctor Reyes cuando Stanton hizo la oferta. Me pareció digno de respeto por ello y sospechó que a Stanton también, aunque nunca lo admitiría. Entendía la posición de ambos hombres porque yo misma había luchado para pagar los préstamos por mí misma... y había fracasado. Para mi padre era un asunto de orgullo. Mi madre se había rehusado a casarse con él pero él nunca había vacilado en su determinación de ser mi padre y de demostrarlo en todas las formas posibles.

Sabiendo que era inútil irritarse por las antiguas frustraciones, me concentré en comenzar a trabajar lo más pronto posible. Programé la caminata en un horario de mucho movimiento el lunes, así que me sentí satisfecha cuando llegué al Edificio Crossfire, que alberga las oficinas de Waters Field & Leaman, en menos de treinta minutos.

Alcé la vista y seguí el perfil del edificio hasta el cielo. El Crossfire era francamente impresionante: una elegante aguja de brillante zafiro que atravesaba las nubes. Sabía, gracias a las visitas para las entrevistas, que el interior tras las decoradas puertas giratorias de marco cobrizo era igualmente asombroso, con pisos y paredes de mármol veteado de dorado y mostradores y torniquetes de seguridad de aluminio brillante.

Extraje del bolsillo de mis pantalones mi nuevo documento de identificación y lo enseñé a los dos guardias de traje negro que me esperaban en el mostrador. Me examinaron, sin duda porque no iba muy abrigada, pero finalmente me permitieron entrar. Tras el viaje en ascensor hasta el piso veinte, tendría una idea general de la ruta completa de mi casa a la oficina.

Me dirigía a los ascensores cuando a una esbelta y bellamente arreglada morena se le enredó la cartera en un torniquete, girando y dejando caer un diluvio de monedas. Las monedas llovieron sobre el mármol y rodaron alegremente mientras yo observaba a la gente evitar el caos y continuar su camino como si nada. Sentí simpatía y me agaché —al tiempo con uno de los guardias— a ayudar a recoger el dinero.

—Gracias —soltó con una breve y azorada sonrisa.

Le sonreí en respuesta.

—No hay problema. A mí también me ha sucedido.

Acababa de ponerme en cuclillas para alcanzar una moneda de cinco centavos cerca de la entrada, cuando me encontré con un par de zapatos lujosos rodeados por unos elegantes pantalones negros. Esperé un segundo a que el hombre cambiara de curso pero no lo hizo, así que levanté la vista. El lujoso traje de tres piezas me impresionó bastante, pero realmente lo que más me impactó fue el poderoso y esbelto cuerpo que lo llenaba. A pesar de toda esa masculinidad apabullante, no fue sino hasta que llegué a su rostro que entendí el valor de lo que tenía enfrente.

—*¡Caramba!* Solo... *caramba.*

Él se agacho con elegancia frente a mí. Golpeada por toda esa exquisita masculinidad, yo tan solo lo observaba. Estaba aturdida.

Luego, el aire que nos rodeaba cambió...

Mientras él me miraba, se alteró... como si un escudo protector hubiese abandonado sus ojos, revelando una fuerza de voluntad abrasadora que succionó el aire de mis pulmones. El intenso magnetismo que irradiaba se intensificó, convirtiéndose en una impresión casi tangible de poder vibrante e implacable.

Retrocedí, reaccionando instintivamente, y caí torpemente de espaldas.

Mis codos golpearon fuertemente el mármol pero a duras penas sentí el dolor. Estaba demasiado ocupada observando, fascinada por el hombre que tenía enfrente. Un cabello negro como la noche enmarcaba un rostro tan maravilloso que quitaba el aliento. Su cuerpo haría llorar de emoción a un escultor, mientras su boca firme, nariz afilada y unos ojos de un azul intenso lo hacían brutalmente guapo. Aparte de unos ojos levemente entrecerrados, sus rasgos eran de total impasividad.

Tanto su camisa como su traje eran negros, pero la corbata hacía juego perfectamente con los ojos. Sus ojos eran inteligentes, observadores y se clavaron en mí. Mi corazón comenzó a galopar; mis labios se abrieron para dar paso a una respiración acelerada. Olía pecaminosamente bien; no a agua de colonia... tal vez gel de ducha o champú. Lo que quiera que fuera, era muy provocativo... como todo él.

Me extendió una mano, dejando a la vista unos gemelos de ónix y un reloj de aspecto muy costoso.

Con una inhalación temblorosa, coloqué mi mano en la suya. Mi pulso dio un brinco cuando la apretó fuertemente. Su solo toque envió un corrientazo a lo largo de mi brazo y me erizó los pelos de la nuca. Por un momento no se movió y el espacio entre sus arrogantemente bien delineadas cejas se frunció.

—¿Está usted bien?

Su voz era refinada y suave, con una ligera aspereza que me agitó el estómago. Me hizo pensar en sexo. Sexo extraordinario. Por un momento pensé que me llevaría a un orgasmo con tan solo decirme unas palabras.

Mis labios estaban resecos, así que los humedecí con mi lengua antes de responder:

—Estoy bien.

Se puso de pie con una gran economía de movimientos, levantándome con él. Mantuvimos el contacto visual porque yo era incapaz de desviar la mirada. Era más joven de lo que había pensado; menor de treinta creo, pero sus ojos denotaban más experiencia. Duros y tremendamente inteligentes.

Me sentía atraída por él, como si tuviera una soga atada a mi cintura y él estuviese tirando inexorablemente de ella.

Recuperándome del aturdimiento, lo solté. No solo era guapísimo; era... fascinante. Era el tipo de hombre que hace que las mujeres deseen rasgar su camisa para ver los botones desparramarse junto con sus inhibiciones. Lo observé con su civilizado, fino y monstruosamente costoso traje y mi mente se llenó de imágenes de sexo crudo, primario, salvaje.

Él se agachó a recoger mi tarjeta de identificación —que yo no había visto caer—, liberándome de su mirada provocadora. Mi cerebro volvió a funcionar.

Estaba molesta conmigo misma por sentirme tan torpe mientras él permanecía totalmente dueño de sí mismo. Y ¿por qué? Porque me encontraba totalmente deslumbrada, maldita sea.

Dirigió su mirada hacia mí y la situación —él casi arrodillado ante mí— volvió a desequilibrarme. Mientras se levantaba, sostuvo mi mirada.

—¿Está segura de que se encuentra bien? Debería sentarse un minuto.

Mi rostro se acaloró. Qué delicioso parecer torpe e incómoda frente al hombre más seguro y elegante que me había topado en la vida.

—Tan solo perdí el equilibrio. Estoy bien.

Desviando la mirada, vi a la mujer cuya cartera había caído. Le agradeció al guardia su ayuda y luego se acercó a mí deshaciéndose en disculpas. Le extendí mi mano con las monedas que había recogido, pero su mirada estaba fija en el dios a mi lado y rápidamente se olvidó por completo de mí. Tras un segundo, estiré la mano y deposité las monedas en su cartera. Luego me arriesgué a mirar al hombre nuevamente y descubrí que seguía observándome mientras la morena le daba las gracias exageradamente. *A él.* No a mí, desde luego, que era quien realmente le había ayudado.

Haciendo caso omiso de ella, levanté la voz.

—¿Podría devolverme mi identificación, por favor?

Me la entregó. Aunque me esforcé por recibirla sin tocarlo, sus dedos me rozaron, enviando una vez más un corrientazo de conciencia por todo mi cuerpo.

—Gracias —murmuré antes de rodearlos y salir a la calle por la puerta giratoria. Me detuve en la acera, aspirando una bocanada del aire neoyorquino perfumado por millones de cosas, algunas buenas y otras tóxicas.

Frente al edificio se encontraba estacionado un elegante Bentley deportivo que me devolvió mi imagen desde sus impecables ventanas. Estaba sonrojada y mis ojos grises brillaban demasiado. Había visto mi rostro así en otras ocasiones: en el espejo del baño antes de meterme en la cama con algún hombre. Era mi semblante de estoy-lista-para-tener-sexo y no era el momento para estarlo luciendo.

¡Por Dios, contrólate!

Cinco minutos con el señor Oscuro y Peligroso y había quedado tensa y agitada. Aún podía sentir su atracción, un inexplicable impulso de regresar a donde él se encontraba. Podría decir que aún no había hecho lo que venía a hacer en el Crossfire, pero sabía que después me arrepentiría. ¿Cuántas veces me iba a poner en ridículo en un solo día?

—Suficiente —me dije a mí misma entre dientes—. Muévete.

Las bocinas atronaban mientras un taxi se le cerraba a otro y luego frenaba en seco ante arriesgados peatones que atravesaban la intersección segundos antes de que el semáforo cambiara. A continuación comenzaron los gritos y una danza de gestos que realmente no transmitían rabia. En segundos todos los involucrados olvidarían el intercambio, que constituía tan solo un latido en el ritmo natural de la ciudad.

A medida que me fundía con el tráfico de peatones en dirección al gimnasio, una sonrisa invadió mi rostro. *Ah, Nueva York*, pensé, sintiéndome tranquila al fin. *Eres maravillosa.*

HABÍA planeado calentar en la trotadora y rematar la hora con algunas máquinas, pero vi que estaba a punto de comenzar una clase de boxeo tailandés para principiantes así que decidí seguir la fila de estudiantes y participar en ella. Para cuando terminó, me sentía más a gusto conmigo misma. Mis músculos temblaban con la fatiga perfecta y sabía que esa noche dormiría muy bien.

—Lo hizo muy bien.

Me limpié el sudor de la cara con una toalla y miré al joven que me acababa de hablar. Desgarbado y moderadamente musculoso, tenía unos ojos café impactantes y una piel color miel impecable. Sus pestañas eran gruesas y largas, envidiables, y llevaba la cabeza afeitada.

—Gracias —mi boca se torció con pesar—. Es bastante obvio que es la primera vez que lo hago, ¿no?

Sonrió y me extendió la mano.

—Parker Smith.

—Eva Tramell.

—Usted tiene una gracia natural, Eva. Con un poco de entrenamiento podría ser arrasadora. En una ciudad como Nueva York, es imprescindible saber defenderse —dijo, señalando un tablero de corcho colgado en la pared. Estaba lleno de tarjetas de presentación y volantes. Arrancó un papel de la base de un aviso fluorescente y me lo entregó—. ¿Alguna vez ha escuchado hablar del krav magá?

—En una película de Jennifer Lopez.

—Yo doy clases y me encantaría que fuera mi alumna. Esa es mi página web y el teléfono del estudio.

Me admiró su forma de abordarme. Era tan directa como su mirada, y su sonrisa era sincera. Me pregunté si me estaría coqueteando, pero se veía tan tranquilo que no podía estar segura.

Parker se cruzó de brazos con lo cual sus bíceps se hicieron más notorios. Llevaba una camiseta negra sin mangas y bermudas largas. Sus tenis Converse se veían gastados y cómodos, y en su cuello se alcanzaban a ver algunos tatuajes tribales.

—En mi página web encontrará los horarios. Debería pasar a mirar y ver si es algo que le interese.

—Definitivamente lo tendré en cuenta.

—Hágalo —me extendió la mano nuevamente con un apretón fuerte y confiado—. Espero verla por allá.

CUANDO regresé a casa, el apartamento olía delicioso, y de los parlantes surgía la voz llena de sentimiento de Adele. Miré de un lado a otro del piso y vi a Cary balanceándose al ritmo de la música mientras revolvía algo en la estufa. En la barra había una botella descorchada de vino y dos copas, una de ellas medio llena de vino tinto.

—Hola —le dije al acercarme—. ¿Qué cocinas? ¿Alcanzo a darme una ducha antes?

Él sirvió vino en la otra copa y me la alcanzó con movimientos expertos y elegantes desde el otro lado de la barra. Al verlo, nadie adivinaría que había pasado la infancia repartido entre una madre adicta a las drogas y hogares de acogida, la adolescencia en reformatorios y centros de rehabilitación.

—Pasta con salsa de carne. Y no alcanzas a bañarte, ya está lista. ¿Te divertiste?

—En el gimnasio, sí —respondí, sacando uno de los taburetes de madera de teca. Le conté sobre la clase de boxeo tailandés y Parker Smith—. ¿Te gustaría ir conmigo?

—¿Krav magá? —negó con la cabeza—. Eso es para gente grande. Acabaría lleno de moretones y eso me haría perder trabajos. Pero te acompañaré a curiosear, por si ese tipo resulta ser un loco excéntrico.

Lo observé pasar la pasta a un escurridor.

—¿Un loco excéntrico? Mmm...

Mi padre me había enseñado a interpretar bastante bien a los hombres; gracias a ello supe inmediatamente que el dios del traje elegante representaba problemas. Las personas normales sonríen por formulismo cuando ayudan a alguien, con el fin de hacer una conexión momentánea para suavizar el proceso.

Pero, claro, yo tampoco le había sonreído.

—Nena —dijo Cary, sacando los platos del aparador—, eres una mujer sexy y despampanante. Dudo de cualquier hombre que no tenga los cojones para invitarte a salir abiertamente.

Arrugué la nariz.

Me colocó enfrente un plato lleno de canelones cubiertos con muy poca salsa de tomate y trozos de carne molida y arvejas.

—Tienes algo en mente. ¿Qué es?

—Mmm... —Tomé la cuchara y decidí no hacer comentarios sobre la comida—. Creo que hoy me topé con el hombre más atractivo del planeta. Tal vez el más atractivo en la historia del universo.

—¿Ah? Creía que ese era yo. No digas más —Cary permaneció al otro lado de la barra comiendo de pie.

Lo observé tomar un par de bocados de su propio mejunje antes de reunir la valentía para probarlo yo.

—No hay mucho que contar. Me caí en el vestíbulo del Crossfire y él me ayudó a levantarme.

—¿Alto o bajo? ¿Rubio o moreno? ¿Flaco o gordo? ¿Color de los ojos?

Tragué mi segundo bocado con un sorbo de vino.

—Alto. Moreno. Flaco *y* musculoso. Ojos azules. Asquerosamente rico, a juzgar por su traje y sus accesorios. E increíblemente sexy. Tú sabes cómo es: algunos hombres muy guapos no enloquecen tus hormonas, mientras que algunos menos atractivos tienen una monstruosa atracción sexual. Este tipo lo tiene todo.

Mi estómago volvió a agitarse como cuando Oscuro y Peligroso me tocó. En mi mente, recordé su increíble rostro con toda claridad. Debería ser ilegal que algunos tipos sean tan desconcertantes. Aun estaba recuperándome del quemón de neuronas que me había producido.

Cary colocó los codos en la barra y se inclinó hacia adelante, sus largos mechones cubriendo uno de sus vivos ojos verdes.

—Y ¿qué pasó después de que te ayudó a levantarte?

—Nada —respondí, encogiéndome de hombros.

—¿Nada?

—Me fui.

—¿Qué? ¿No le coqueteaste?

Comí otro bocado. En realidad, la comida no estaba tan mala. O yo estaba francamente muerta de hambre.

—Cary, no era el tipo de hombre con el que uno coquetea.

—No existe un tipo de hombre con el que no se pueda coquetear. Incluso los felizmente casados disfrutan de un coqueteo inocente de vez en cuando.

—No hay nada inocente en este hombre —exclamé secamente.

—Ah, uno de esos —Cary asintió con un fuerte movimiento de cabeza—. Los chicos malos pueden ser divertidos si no te les acercas demasiado.

Era la persona indicada para saberlo; hombres y mujeres de todas las edades caían a sus pies. A pesar de ello, él siempre se las arreglaba para escoger la pareja menos adecuada. Había salido con acosadores, tramposos, amantes que amenazaban con suicidarse por él y amantes con otros romances de los que nunca le hablaron... Había hecho todo lo habido y por haber.

—No puedo imaginar a este tipo siendo divertido —dije—. Es demasiado intenso. Así y todo, con toda esa intensidad, apuesto que debe ser formidable en la cama.

—Ahora estás hablando. Olvídate del hombre real. Tan solo utiliza su cara en tus fantasías y hazlo perfecto.

Cambié de tema no queriendo seguir con aquel hombre en mi cabeza.

—¿Tienes citas para mañana?

—Desde luego —Cary se lanzó a recitar los detalles de su agenda del día siguiente, mencionando propagandas de *jeans*, bronceadores, ropa interior y agua de colonia.

Dejé todo lo demás de lado para concentrarme en él y su creciente éxito. La demanda por Cary Taylor aumentaba cada día; se estaba haciendo una buena reputación con los fotógrafos gracias a su profesionalismo y puntualidad. Me sentía feliz por él y muy orgullosa. Había progresado mucho y sobrellevado muchas dificultades.

Solo cuando terminamos de comer noté dos grandes cajas de regalo apoyadas a un lado del sofá.

—¿Qué es eso?

—Eso —dijo Cary, entrando al salón— es el ultimátum.

Supe inmediatamente que eran de Stanton y mi madre. Mi madre necesitaba del dinero para ser feliz y me alegraba que Stanton, su tercer esposo, estuviera en condiciones de satisfacer esa necesidad y muchas otras. Con frecuencia soñaba con que el asunto terminara allí, pero mi madre tenía dificultades para aceptar que yo no viera el dinero de la misma forma que ella.

—¿Ahora qué?

Me puso los brazos alrededor de los hombros, algo fácil para él ya que medía doce centímetros más que yo.

—No seas desagradecida. Stanton ama a tu madre. Le encanta maleducarla y a tu madre le encanta maleducarte a ti. Aunque no te guste, él no lo hace por ti. Lo hace por ella.

Con un suspiro, reconocí que tenía razón.

—¿Qué es?

—Ropas sofisticadas para la comida de caridad del sábado. Un traje de noche para ti y un esmoquin de Brioni para mí, porque comprarme regalos a mí es lo que él hace por ti. Eres más tolerante si me tienes cerca para escuchar tus quejas.

—Cierto. Gracias a Dios él lo sabe.

—Claro que lo sabe. No tendría la fortuna que tiene si no lo supiera todo —Cary me tomó de la mano y me jaló para acercarme—. Ven. Dales una mirada.

ATRAVESÉ la puerta giratoria del Crossfire a las diez para las nueve la mañana siguiente. Queriendo dejar la mejor impresión en mi primer día de trabajo, me había puesto un sencillo vestido entubado, acompañado de unos elegantes zapatos negros que me puse en el ascensor en reemplazo de los más cómodos que usaba para caminar. Llevaba el pelo rubio enrollado en un artístico moño parecido a la figura del número ocho, peinado cortesía de Cary. Yo era una inepta para peinarme, pero él tenía la habilidad de crear estilos que eran obras maestras. Lucía los pendientes de perla que me había dado mi padre como regalo de grado y el Rolex que me habían regalado Stanton y mi madre.

Comenzaba a pensar que me había acicalado demasiado pero, cuando ingresé al vestíbulo, recordé que la última vez que había estado allí había terminado estirada cuan larga era en el piso y me alegré de no parecerme a *esa* chica tan poco elegante. Los dos guardias de seguridad no parecieron atar cabos cuando les mostré mi identificación antes de pasar por los torniquetes.

Veinte pisos más tarde llegaba al vestíbulo de Waters Field & Leaman. Frente a mí había una pared de vidrio a prueba de balas que enmarcaba las dos puertas de entrada a la zona de la recepción. La recepcionista, sentada en el escritorio en forma de media luna, vio la identificación que le mostré a través del vidrio y presionó el botón que abría las puertas mientras yo guardaba mi documento.

—Hola Megumi —la saludé al entrar, admirando su blusa color arándano. Era mestiza, en parte asiática con seguridad, y muy bonita. Tenía el cabello oscuro y grueso, y lo llevaba más corto atrás que adelante. Sus ojos endrinos eran cafés y amables; sus labios estaban llenos y rosados.

—Hola Eva. Mark aún no ha llegado pero ya sabes a dónde vas, ¿verdad?

—Así es —la saludé con la mano y recorrí el pasillo a la izquierda de la recepción hasta el final, allí torcí a la izquierda y llegué a una amplio espacio dividido en cubículos. Uno de esos cubículos era el mío.

Dejé mi bolso y la bolsa con mis zapatillas en el cajón inferior de mi escritorio de metal; luego encendí el computador. Había llevado un par de detalles para personalizar mi lugar de trabajo: uno era un collage enmarcado con tres fotos: Cary y yo en Coronado Beach, mi madre y Stanton en su yate en la Riviera francesa, y mi padre en servicio en la lancha de la policía en Oceanside, California. El otro objeto era un colorido arreglo de flores de cristal que Cary me había regalado esa mañana como "regalo de primer día". Lo puse al lado de las fotos y me alejé para ver cómo lucían.

—Buenos días Eva.

Me puse de pie para dar la cara a mi jefe.

—Buenos días señor Garrity.

—Por favor llámame Mark. Ven a mi oficina.

Lo seguí a lo largo del recibidor, pensando una vez más que mi jefe era muy agradable a la vista con su piel brillante y oscura, estilizada barba y alegres ojos castaños. Mark tenía la mandíbula cuadrada y una encantadora sonrisa. Estaba en buen estado físico y tenía una pose que inspiraba confianza y respeto.

Me señaló una de las dos sillas frente a su escritorio de vidrio y cromo, y esperó a que me sentara antes de acomodarse en su sillón Aeron. Ante un telón de fondo de cielo y rascacielos, Mark lucía satisfecho y poderoso. Era, de hecho, tan solo un ejecutivo de cuenta y su oficina era un armario en comparación con las de los directores y altos ejecutivos, pero la vista era realmente excelente.

Se recostó y sonrío.

—¿Ya se acomodó en su nuevo apartamento?

Me sorprendió que se acordara, pero también se lo agradecí. Lo había conocido en mi segunda entrevista y desde el primer momento me cayó bien.

—Ya casi —respondí—. Aun tengo algunas cajas aquí y allá.

—Se trasladó desde San Diego, ¿verdad? Una linda ciudad, pero muy distinta a Nueva York. ¿Le hacen falta las palmeras?

—Extraño el aire seco. La humedad acá me está poniendo a prueba.

—Espere a que llegue el verano —dijo sonriendo—. Entonces... es su primer día y es mi primera asistente, así que tendremos que improvisar por el camino. No estoy acostumbrado a delegar, pero estoy seguro de que aprenderá rápidamente.

Me sentí tranquila.

—Estoy ansiosa de que delegue en mí.

—Tenerla acá es un gran paso para mí, Eva. Quiero que esté contenta en su trabajo. ¿Toma café?

—El café es uno de mis principales alimentos.

—Ay, una asistente con mis mismos gustos —su sonrisa se amplió—. No le voy a pedir que me traiga café, pero no me molestaría si me ayuda a descubrir cómo se usa la nueva cafetera que acaban de poner en la sala de descanso.

Sonreí.

—No hay problema.

—Es triste que yo no tenga nada más para encargarle —se frotó el cuello tímidamente—. ¿Qué le parece si le muestro las cuentas en las que estoy trabajando y partiremos de ahí.

El resto del día es una imagen borrosa. Mark cerró contratos con dos clientes y tuvo una larga reunión con el equipo de creativos que trabajan en ideas para una escuela de mercadeo. Fue fascinante ver de primera mano la forma en que los diversos departamentos toman la batuta uno tras otro para lograr que una campaña pase del propósito a la realidad. Me habría quedado hasta tarde solamente para familiarizarme mejor con las oficinas, pero mi teléfono timbró a las diez para las cinco.

—Oficina de Mark Garrity. Le habla Eva Tramell.

—Sal de ahí ya para que vayamos a tomarnos el trago que me rechazaste ayer.

La fingida severidad de Cary me hizo sonreír.

—Está bien, está bien. Ya voy.

Apagué la computadora y organicé mis cosas. Cuando llegué a la zona de los ascensores, saqué mi teléfono celular para enviar un mensaje de "estoy en camino" a Cary. Una campana me indicó cuál ascensor se detenía en ese piso; me detuve frente a él en el momento en que presionaba la tecla "enviar". Cuando las puertas se abrieron, di un paso adelante. Levanté la vista y me encontré con un par de ojos azules. Perdí el aliento.

El dios del sexo era el único ocupante del ascensor.

2

Llevaba una corbata plateada y una camisa deslumbrantemente blanca; la marcada ausencia de color enfatizaba esos increíbles ojos azules. Verlo ahí, con su chaqueta abierta y las manos despreocupadamente en los bolsillos de los pantalones, fue como estrellarme de frente contra una pared cuya existencia yo desconocía.

Me detuve en seco, mi mirada fija en un hombre que resultaba aún más impresionante de lo que recordaba. Nunca había visto un cabello tan negro. Lo tenía brillante y algo largo, las puntas arremolinadas sobre su cuello; eso le daba el toque final a ese encanto de chico malo entremezclado con hombre exitoso, como la crema batida sobre un helado con *brownie* y caramelo caliente. Como diría mi madre, solamente un pillo o un atracador llevaría el pelo así.

Mis manos se crisparon resistiéndose a tocarlo, ansiando saber si se sentiría como la fina seda que aparentaba ser.

Las puertas se cerraban. Él dio un paso adelante y presionó un botón para mantenerlas abiertas.

—Hay lugar de sobra para los dos, Eva.

El sonido de esa voz ronca e implacable me sacó de mi momentáneo aturdimiento. *¿Cómo sabía mi nombre?*

Luego recordé que él había recogido mi identificación cuando la dejé caer en el vestíbulo del edificio. Durante un segundo estuve tentada a decirle que esperaba a alguien para poder tomar otro ascensor, pero mi cerebro comenzó a funcionar nuevamente.

¿Qué diablos me sucedía? Era obvio que él trabajaba en el Crossfire. No podría evitarlo cada vez que me lo encontrara y, además, ¿por qué habría de hacerlo? Si quería llegar al punto de poder mirarlo a los ojos y dar por hecho su erotismo, necesitaba verlo con suficiente frecuencia para que acabara siendo como una pieza de la decoración.

¡Ajá! Si tan solo pudiera...

Subí al ascensor y le di las gracias.

Él soltó el botón y retrocedió. Las puertas se cerraron y el ascensor comenzó a descender. Inmediatamente me arrepentí de mi decisión de compartir el ascensor con él.

La conciencia de su presencia recorría mi piel. Era una fuerza demasiado potente para un espacio tan pequeño; irradiaba una energía palpable y un magnetismo sexual que no me permitían quedarme quieta. Mi respiración se hizo tan irregular como los latidos de mi corazón. Una vez más sentí esa inexplicable atracción, como si de él emanara una exigencia silenciosa que yo instintivamente tenía que responder.

—¿Disfrutó de su primer día? —me preguntó, sorprendiéndome.

Su voz resonaba, pasando sobre mí con un ritmo seductivo. *¿Cómo diablos sabe que hoy fue mi primer día?*

—De hecho, sí —respondí sin alterar la voz—. ¿Qué tal el suyo?

Sentí su mirada deslizarse por mi perfil, pero me concentré en las lustradas puertas de aluminio del ascensor. Mi corazón galopaba en mi pecho, mi estómago palpitaba enloquecido. Me sentía confusa y desequilibrada.

—Bueno, no era mi primer día —contestó con algo de sarcasmo—. Pero fue exitoso. Y va mejorando a medida que progresa.

Asentí con un movimiento de cabeza y logré sonreír, sin tener idea de a qué se refería. El ascensor se detuvo en el piso doce y un grupo de tres personas se subió hablando animadamente. Retrocedí para darles espacio, refugiándome en la esquina contraria a Oscuro y Peligroso. Excepto que él también retrocedió hacia esa esquina. De repente, nos encontramos mucho más cerca que antes.

Él ajustó su perfectamente anudada corbata y su brazo me rozó. Aspiré profundamente, intentando ignorar mi aguda conciencia de él y concentrándome en la conversación que se desarrollaba frente a nosotros. Era imposible. Estaba *tan ahí*. Tan perfecto, guapo y olía maravillosamente. Mis pensamientos me abandonaron, fantaseando sobre el cuerpo bajo ese traje, sobre cómo se sentiría contra el mío, sobre qué tan bien dotado —o no— estaría...

Cuando el ascensor llegó al vestíbulo, casi gemí de alivio. Esperé impacientemente a que el ascensor se desocupara y, tan pronto pude, di un paso hacia adelante. Su mano se acomodó firmemente en la parte baja de mi espalda y él abandonó el ascensor dirigiendo mis pasos. La sensación de su toque en una zona tan vulnerable me sacudió.

Alcanzamos los torniquetes y él retiró su mano dejándome curiosamente desnuda. Lo miré, tratando de entenderlo pero, aunque me miraba, su rostro no me dijo nada.

—¡Eva!

Ver a Cary recostado despreocupadamente contra una columna de mármol del vestíbulo cambió todo. Llevaba unos *jeans* que resaltaban sus larguísimas piernas y un suéter verde demasiado grande que enfatizaba sus ojos. Llamaba con facilidad la atención de todos los presentes en el vestíbulo. Me acerqué lentamente a Cary y el dios del sexo siguió de largo, atravesando la puerta giratoria y subiendo con fluidez a la parte trasera del Bentley negro que yo ya había visto el día anterior.

Cary lanzó un silbido cuando el auto se alejaba.

—Vaya, vaya. Por la forma en que lo mirabas, ¿ese es el tipo del que me hablaste, verdad?

—Sí, sin duda es ese.

—¿Trabajan juntos? —tomándome del brazo, Cary me guió hacia la calle.

—No —me detuve en la acera para cambiar de zapatos, apoyándome en él mientras los peatones nos rodeaban—. No sé quién es, pero me preguntó si me había ido bien en mi primer día, así que más me vale averiguarlo pronto.

—Bueno... —Cary sonrió y me tomó del codo mientras yo daba torpes saltos de un pie a otro—. No me explico cómo alguien puede cumplir con su trabajo teniéndolo cerca. Mi cerebro se paralizó por un minuto.

—Estoy seguro de que ese efecto es universal —me enderecé—. Vámonos. Necesito un trago.

La mañana siguiente comenzó con un leve dolor en la parte trasera del cráneo en castigo por haber tomado demasiadas copas de vino. A pesar de ello, mientras subía en el ascensor al piso veinte, no lamenté mi resaca. Mis opciones la noche anterior eran excederme en el consumo de alcohol o un encuentro con mi vibrador, y no había una posibilidad en el mundo de que me produjera un orgasmo a pilas pensando en Oscuro y Peligroso. No que él fuera a enterarse o que le importara el hecho de excitarme hasta la ceguera, pero yo lo sabría y no quería satisfacer esa fantasía.

Dejé mis cosas en el cajón inferior de mi escritorio y, cuando vi que Mark aún no había llegado, tomé una taza de café y regresé a mi cubículo para ponerme al día en mis blogs favoritos sobre publicidad.

—¡Eva!

Pegué un salto cuando apareció a mi lado, su sonrisa un rayo blanco en medio de su piel morena.

—Buenos días, Mark.

—¿En serio? Eres mi amuleto de la suerte, creo. Ven a mi oficina. Trae tu portátil. ¿Puedes trabajar hasta tarde esta noche?

Lo seguí, contagiándome de su entusiasmo.

—Seguro.

—Esperaba que dijeras que sí —exclamó al sentarse en su sillón.

Me senté en la misma silla del día anterior y rápidamente abrí el programa de bloc de notas.

—Entonces —comenzó—, hemos recibido una solicitud de propuesta de Kingsman Vodka y me mencionaron a mí específicamente. Es la primera vez que eso sucede.

—¡Felicitaciones!

—Gracias, pero dejemos las felicitaciones para cuando logremos ganarnos la cuenta. Aún tenemos que hacer una oferta, si es que superamos la etapa de presentar la propuesta, y ellos quieren reunirse conmigo mañana en la tarde.

—¡Uy! ¿Ese es el cronograma común?

—No. Normalmente ellos esperarían hasta que tuviéramos la propuesta lista antes de reunirse con nosotros, pero las Industrias Cross compraron hace poco a Kingsman y tienen docenas de empresas. Será un excelente negocio si logramos ganarlos. Lo saben y nos van a hacer bailar a su ritmo. La primera prueba es la reunión de mañana.

—Normalmente habría un equipo, ¿verdad?

—Sí, nos presentaríamos como un grupo. Pero ellos conocen la rutina. Saben que el tono lo dará un alto ejecutivo y luego acabarán trabajando con un ejecutivo de cuenta como yo, así que me escogieron y ahora quieren tantearme. Pero, para ser justos, la solicitud de propuesta ofrece mucha más información de la que exige a cambio. Es todo un informe, así que realmente no puedo acusarlos de ser demasiado exigentes, tan solo meticulosos. Es de esperarse cuando se trata con las Industrias Cross.

Pasó una mano por sus apretados rizos, delatando la tensión que sentía.

—¿Qué opinas del vodka Kingsman?

—Mmm... pues... para ser franca, nunca lo había oído nombrar.

Mark se recostó en su silla y soltó una carcajada.

—Gracias a Dios. Pensé que yo era el único. Bueno, la ventaja es que no tendremos que contrarrestar la mala prensa. La falta de noticias es buenas noticias.

—¿Qué puedo hacer para ayudar? Aparte de investigar sobre el vodka y quedarme hasta tarde.

Frunció momentáneamente sus labios mientras pensaba.

—Anota esto...

Trabajamos de largo, sin salir a almorzar y hasta mucho después de que los demás abandonaran sus oficinas, revisando alguna información inicial de los estrategas. Poco después de las siete, el teléfono de Mark timbró sobresaltándome con su abrupta intrusión.

Mark encendió el altoparlante y siguió trabajando.

—Hola nena.

—¿Le has dado algo de comer a esa pobre chica? —preguntó una cálida voz masculina.

Observándome a través de la pared de vidrio de su oficina, Mark respondió:

—Ehhh... lo olvidé.

Desvié rápidamente la mirada, mordiéndome el labio inferior para esconder una sonrisa.

En la línea se oyó claramente un resoplido.

—Tan solo lleva dos días en el empleo y ya la estás explotando y matando de inanición. Va a renunciar.

—Mierda, tienes razón. Steve, querido.

—No me vengas con "Steve querido". ¿Le gusta la comida china?

Le hice una señal de aprobación que le hizo sonreír.

—Sí, le gusta.

—Bien. Estaré allá en veinte minutos. Avísale a los de seguridad que iré.

A los veinte minutos, le abrí la puerta de la recepción a Steve Ellison. Era un tipo gigantesco, ataviado con *jeans* negros, botas de trabajo peladas y una camisa muy bien planchada. De cabello rojo y ojos sonrientes, era tan guapo como su compañero pero de manera totalmente distinta. Nos sentamos alrededor del escritorio de Mark y repartimos el pollo *kung pao*, brócoli y arroz en platos desechables. Luego atacamos la comida con nuestros palillos chinos.

Descubrí que Steve era contratista, y que él y Mark eran pareja desde que estaban en la universidad. Los observé interactuar y sentí asombro y algo de envidia. Su relación funcionaba tan bien que era un placer estar con ellos.

—Caray —exclamó Steve con un silbido cuando me serví por tercera vez—, eres buena muela. ¿A dónde va a parar todo eso?

Me encogí de hombros.

—Va al gimnasio conmigo. Tal vez eso ayuda...

—No le pongas atención —intervino Mark sonriendo—, Steve está celoso. Tiene que esforzarse por cuidar su figura femenina.

—Diablos —Steve le lanzó a su compañero una mirada irónica—. Tal vez deba llevarla a almorzar con la cuadrilla. Podría ganar una fortuna apostando cuánto puede comer.

Sonreí.

—Eso podría ser divertido.

—¡Ja! Sabía que tenías una pizca de locura. Se te nota en la sonrisa.

Concentrándome en la comida, me rehusé a permitir que mi mente se desviara a recuerdos de cuán enloquecida había llegado a ser en mi fase rebelde y auto-destructiva.

Mark me rescató.

—No molestes a mi asistente. Además, ¿qué sabes tú sobre mujeres enloquecidas?

—Sé que a algunas de ellas les gusta andar con hombres *gay*. Les gusta nuestra forma de ver las cosas —soltó una breve sonrisa—. Sé algunas otras cosas, también. Oigan... dejen esa cara de sorpresa. Tan solo quiero saber si el sexo heterosexual es tan bueno como lo pintan.

Obviamente, esa afirmación resultaba una novedad para Mark pero, a juzgar por su expresión, se sentía lo suficientemente seguro en su relación para encontrarla graciosa.

—¡Oh!

—¿Cómo puede ser? —me arriesgué a preguntar.

Steve se encogió de hombros.

—No quiero decir que esté sobrevalorado porque es evidente que estoy en el grupo incorrecto y cuento con una muestra muy limitada, pero así estoy bien.

Me pareció muy revelador que Steve pudiera narrar su historia en la jerga profesional de Mark. Compartían sus carreras y se escuchaban, aun cuando había kilómetros de distancia entre sus profesiones.

—Teniendo en cuenta tus condiciones de vida actuales —dijo Mark atrapando un tallo de brócoli con los palillos—, creo que eso es bueno.

Para cuando terminamos de comer, eran las ocho de la noche y el personal de aseo había llegado. Mark insistió en pedir un taxi para mí.

—¿Quieres que llegue temprano mañana? —le pregunté.

Steve le dio un codazo a Mark.

—Algo bueno debiste hacer en una vida anterior para merecer una chica así.

—Creo que el mérito es haberte aguantado a ti en esta vida —respondió Mark secamente.

—Oye —protestó Steve—, ya estoy domesticado. Ya sé bajar la tapa del inodoro.

Mark me lanzó una mirada de exasperación en la que se hacía evidente el afecto que sentía por Steve.

—Y eso, ¿para qué me sirve?

MARK y yo nos matamos todo el jueves para estar listos para su reunión de las cuatro con el equipo de Kingsman. Tomamos un apresurado almuerzo con los dos creativos que tomarían parte en la propuesta cuando llegara el momento; luego repasamos las notas sobre la presencia de Kingsman en la web y en los medios sociales.

Me puse algo nerviosa hacia las tres y media porque sabía que el tráfico estaría terrible, pero Mark continuó trabajando. Faltaba un cuarto para las cuatro cuando al fin abandonó la oficina con una amplia sonrisa y luchando para ponerse la chaqueta.

—Ven conmigo, Eva.

Levanté la mirada de mi escritorio.

—¿En serio?

—Oye, trabajaste duro para que vaya preparado. ¿No quieres ser testigo del resultado?

—Definitivamente —dije mientras me puse de pie. Sabiendo que mi apariencia se reflejaría en mi jefe, alisé mi falda negra y estiré las mangas de mi blusa de seda. Por cosas del destino, mi blusa roja hacía juego con la corbata de Mark—. Gracias.

Nos dirigimos a los ascensores y quedé brevemente sorprendida cuando el ascensor subió en lugar de bajar. Cuando llegamos al último piso, nos encontramos en una recepción mucho más amplia y decorada que la del piso veinte. Cestas colgantes de helechos y lirios perfumaban el aire y, en la pared de vidrio ahumado se leía, en letras masculinas y fuertes, INDUSTRIAS CROSS.

Ingresamos y nos pidieron que esperáramos un momento. Ambos rechazamos la oferta de agua o café y, antes de cinco minutos, nos guiaron hasta un salón de conferencias.

Cuando la recepcionista se disponía a abrirnos la puerta, Mark me miró y, con un pestañeo, preguntó:

—¿Lista?

Sonreí.

—Lista.

La puerta se abrió y entré. Me aseguré de sonreír brevemente en el momento de entrar... una sonrisa que se congeló en mi rostro al ver al hombre que se ponía de pie para saludarme.

Al detenerme en seco, Mark se estrelló contra mí y me obligó a avanzar. Oscuro y Peligroso me tomó por la cintura, alzándome de mis pies y atrayéndome directamente a su pecho. El aire abandonó mis pulmones, seguido por todo el sentido común que poseía. Incluso a través de las capas de ropa que había entre nosotros, sus bíceps se sentían como rocas bajo mis manos, su estómago era un bloque de músculo contra el mío. Cuando él aspiró aire profundamente, mis pezones reaccionaron, estimulados por la expansión de su pecho.

Oh no. Esto era una maldición. Una rápida serie de imágenes pasó por mi mente, mostrándome las miles de formas en que podría caer, tropezarme, resbalarme o estrellarme frente al dios del sexo en los días, semanas y meses venideros.

—Hola nuevamente —murmuró, la vibración de su voz despertando todo mi cuerpo—. Siempre es un placer toparme contigo, Eva.

Me sonrojé de vergüenza y deseo, incapaz de encontrar la voluntad para alejarme a pesar de que había otras dos personas con él. El hecho de que toda su atención estuviera concentrada en mí no ayudaba; su fuerte cuerpo irradiaba aquella fascinante impresión de poderosa exigencia.

—Señor Cross —intervino Mark—. Excuse nuestra entrada.

—Tranquilícese. Fue memorable.

Me tambaleé en mis tacones cuando Cross me liberó, mis rodillas debilitadas por el contacto entre nuestros cuerpos. Nuevamente iba vestido de negro, y su camisa y corbata eran de un suave tono gris. Como siempre, lucía demasiado guapo.

¿Qué se sentiría ser tan guapo? Era imposible que fuera a ningún lugar sin causar sensación.

Acercándose, Mark me ayudó a recuperar el equilibrio y se adelantó.

La mirada de Cross se mantuvo fija en la mano de Mark que sostenía mi codo hasta que él me soltó.

—Bueno. Entonces... —Mark tomó las riendas de la situación—. Esta es Eva Tramell, mi asistente.

—Nos conocemos —respondió Cross señalándome la silla a su lado—. Eva.

Busque a Mark con la mirada, aún recuperándome de los segundos que había pasado adherida contra el superconductor sexual.

Cross se inclinó hacia mí y me ordenó suavemente:

—Eva, siéntate.

Mark hizo una seña de aprobación pero yo ya había obedecido la orden de Cross, mi cuerpo obedeciendo instintivamente antes de que mi mente pudiera reaccionar y oponerse.

Intenté estarme quieta durante la siguiente hora mientras Mark era interrogado por Cross y dos directivos de Kingsman, ambos atractivos morenos en elegantes trajes. El del traje color frambuesa ponía especial entusiasmo en llamar la atención de Cross, mientras el otro se concentraba intensamente en mi jefe. Los tres parecían estar impresionados por la habilidad de Mark para argumentar la forma en que el trabajo de la agencia —y su cooperación con el cliente— creaba verdadero valor para la marca del cliente.

Admiré a Mark por permanecer tan tranquilo estando bajo presión, una presión ejercida por Cross, quien dominaba sin esfuerzo la reunión.

—Bien hecho, señor Garrity —lo felicitó Cross hacia el final—. Espero con gusto revisar la propuesta cuando llegue el momento. Eva, ¿qué la llevaría a probar el Kingsman?

Sorprendida, parpadeé.

—¿Perdón?

La intensidad de su mirada era abrasadora. Me sentí como si todos estuvieran concentrados en mí, lo cual solo contribuyó a reforzar mi respeto por Mark, quien había tenido que soportar ese peso durante toda una hora.

La silla de Cross se encontraba en posición perpendicular a la mesa, frente a mí. Su mano derecha estaba apoyada en la superficie de madera, sus elegantes dedos moviéndose rítmicamente. Alcancé a ver brevemente su muñeca, bajo el puño de la camisa, y por algún loco motivo la visión de ese pequeño trozo de piel dorada, con su leve recubrimiento de pelo oscuro, hizo vibrar mi clítoris. Era tan... *masculino.*

—¿Cuál de los conceptos sugeridos por Mark le gusta más? —volvió a preguntarme.

—Creo que todos son excelentes.

Su bello rostro lucía imperturbable cuando dijo:

—Si es necesario, haré salir a todos del salón para lograr una opinión honesta.

Mis dedos se tensaron alrededor de los brazos de la silla.

—Acabo de darle mi opinión, señor Cross. Pero, si insiste, creo que "el lujo sexual por poco dinero" es lo que más atraerá al público. Sin embargo, no tengo...

—Estoy de acuerdo —Cross se puso de pie y abotonó su chaqueta—. Ya tiene una idea, señor Garrity. Nos veremos la semana entrante.

Permanecí sentada un momento más, aturdida por el acelerado ritmo de los eventos. Luego miré a Mark, quien parecía vacilar entre la alegría y el desconcierto.

Levantándome, me dirigí a la puerta. Estaba totalmente consciente de que Cross caminaba a mi lado. La forma en que se movía, con gracia animal y arrogante economía, era terriblemente excitante. No podía imaginar que fuera malo en la cama o que dejara de tomar agresivamente lo que deseaba, de manera que una mujer enloqueciera por dárselo.

Cross siguió a mi lado hasta los ascensores. Habló con Mark algo sobre deportes, creo, pero yo estaba demasiado preocupada por la forma en que reaccionaba a él para poner atención a su charla. Cuando llegó el ascensor, respiré aliviada y me subí con Mark.

—Un momento, Eva —dijo Cross suavemente, tomándome por un codo—. En un momento estará en la oficina —informó a Mark, mientras las puertas del ascensor se cerraban ocultando su rostro sorprendido.

Cross no dijo una palabra hasta que el ascensor abandonó el piso; luego presionó el botón de llamada y me preguntó:

—¿Te acuestas con alguien?

La pregunta fue hecha de forma tan casual que me costó un segundo entenderla.

Respiré profundamente.

—¿Y a usted qué le importa?

Me miró y vi aquello que ya había visto la primera vez que nos encontramos: un tremendo poder y un control a toda prueba... que me llevaron a dar un paso atrás. Nuevamente. Al menos esta vez no me caí; estaba progresando.

—Porque quiero tener sexo contigo, Eva. Necesito saber qué se interpone, si hay algo.

El repentino dolor entre mis piernas me hizo buscar apoyo en la pared. Él se acercó para ayudarme a recuperar el equilibrio pero lo detuve con una señal de la mano.

—Tal vez yo no esté interesada, señor Cross.

El fantasma de una sonrisa pasó por sus labios y lo hizo ver aún más guapo. *Dios mío...*

La campana que anunciaba la llegada del ascensor me hizo pegar un brinco... estaba demasiado tensa. Nunca en mi vida había estado tan excitada. Nunca jamás me había sentido tan dolorosamente atraída por otro ser humano. Nunca me había sentido tan ofendida por una persona a la que deseara.

Subí al ascensor y me volví hacia él.

Sonrió.

—Hasta la próxima, Eva.

Las puertas se cerraron y yo me apoyé en el pasamanos intentando recuperarme. A duras penas había logrado tranquilizarme cuando las puertas se abrieron y dejaron ver a Mark caminando preocupado por la recepción de nuestro piso.

—Jesús, Eva —murmuró Mark, deteniéndose abruptamente—. ¿Qué diablos fue eso?

—No tengo la menor idea —respondí rápidamente, deseando poder compartir la confusa y molesta conversación que acababa de tener con Cross, pero consciente de que mi jefe no era la persona apropiada para desahogarme—. ¿Qué importa? Ya sabemos que te va a dar la cuenta.

Una sonrisa hizo desaparecer su ceño fruncido.

—Sí, parece probable.

—Como suele decir mi compañero de apartamento, deberías celebrarlo. ¿Quieres que haga una reserva para que Steve y tú vayan a cenar?

—¿Por qué no? A las siete en Pure Food and Wine, si logran una mesa para nosotros. Si no, danos una sorpresa.

Acabábamos de regresar a la oficina de Mark cuando los ejecutivos lo atacaron: Michael Waters, el CEO y presidente, Christine Field y Walter Leaman, directora ejecutiva y vicepresidente, respectivamente.

Logré evitarlos y escurrirme hasta mi cubículo sin ser notada.

Me comuniqué con Pure Food and Wine y les rogué conseguirme una mesa para dos. Tras rogarles una y otra vez, cedieron.

Le dejé un mensaje a Mark: "Definitivamente es tu día de suerte. Tienes una reserva para cenar a las siete. ¡Diviértanse!".

Luego salí huyendo, ansiosa por llegar a casa.

—¿Te dijo *qué*? —Cary estaba sentado en el otro extremo de nuestro sofá blanco y meneaba la cabeza.

—Lo sé —tomé otro delicioso sorbo de vino. Era un frío *sauvignon blanc* que había comprado de camino a casa—. Esa misma fue mi reacción. Todavía dudo si soñé la conversación por estar expuesta a un exceso de sus feromonas.

—¿Entonces?

Recogí mis piernas en el sofá y me recosté en la esquina.

—Entonces ¿qué?

—Tú sabes qué, Eva —tomando su tableta de la mesa auxiliar, Cary la colocó en sus piernas—. ¿Vas a aprovecharlo o qué?

—Ni siquiera lo conozco. Ni siquiera sé su nombre y él me hace semejante propuesta.

—Él sabía tu nombre —Cary comenzó a teclear—. ¿Y qué me dices de lo del vodka? Escogió a tu jefe para eso.

Mi mano se detuvo a mitad de camino cuando alisaba mi cabello.

—Mark es muy talentoso. Si Cross sabe algo de negocios, aprovechará eso.

—Yo diría que sí sabe de negocios —Cary volteó su tableta y me mostró la página web de Industrias Cross, encabezada por una excelente foto del Crossfire—. Ese es su edificio, Eva. Gideon Cross es el propietario.

Mierda. Cerré los ojos. *Gideon Cross.* Me pareció que el nombre le iba bien. Era tan sexy y masculino como él.

—Tiene gente que le maneja el mercadeo de sus filiales. Probablemente docenas de personas.

—Cállate Cary.

—Es excitante, rico y te desea. ¿Cuál es el problema?

Lo miré.

—Va a ser muy incómodo cruzármelo a toda hora pero espero permanecer en mi empleo por mucho tiempo. Me gusta y me gusta Mark. Me ha involucrado en todo el proceso y ya he aprendido mucho de él.

—¿Recuerdas lo que dice el señor Travis sobre el riesgo calculado?

Cuando tu psiquiatra te dice que lo asumas, debes asumirlo. Puedes manejarlo. Cross y tú son adultos —volvió a concentrarse en su búsqueda en Internet—. ¡Guau! ¿Sabías que le faltan dos años para cumplir treinta? Piensa en la energía que tendrá.

—Piensa en su grosería. Estoy ofendida por la forma en que me habló. Detesto sentirme como una vagina con piernas.

Cary levantó la vista, sus ojos suavizándose en simpatía.

—Lo siento, mi niña. Eres tan fuerte, mucho más fuerte que yo. Simplemente no te veo cargando con los líos que yo lidio.

—No creo que lo haga, la mayor parte del tiempo no —desvié la mirada porque no quería hablar sobre las cosas que habíamos superado en nuestros pasados—. No es que quiera que me invite a salir, pero tiene que haber una forma más amable de decirle a una mujer que quieres acostarte con ella.

—Tienes razón. Es un arrogante. Déjalo que te desee hasta que se le pongan azules los huevos. Se lo merece.

Eso me hizo reír... Cary siempre lo lograba.

—Dudo de que ese hombre haya tenido alguna vez en su vida los huevos azules, pero es una fantasía muy divertida.

Cary cerró su tableta con decisión.

—¿Qué quieres hacer esta noche?

—Estaba pensando en ir a curiosear el estudio de krav magá en Brooklyn —había investigado un poco después de conocer a Parker Smith en el gimnasio Equinox y, a medida que la semana transcurría, la idea de tener ese tipo de desahogo crudo y físico me parecía cada vez más interesante.

Sabía que no sería como darle una zurra a Gideon Cross, pero sospechaba que también sería mucho menos peligroso para mi salud.

3

—No hay ningún riesgo de que tu madre y Stanton te permitan venir acá por la noche varias veces a la semana —exclamó Cary, cerrando su sofisticada chaqueta tejana a pesar de que no hacía mucho frío.

La bodega adaptada que Parker Smith usaba como estudio era un edificio de ladrillo en una antigua zona industrial de Brooklyn que intentaba volver a la vida. El espacio era inmenso, y las masivas puertas no daban ninguna pista sobre lo que sucedía en el interior. Cary y yo nos sentamos en una tribuna de aluminio para observar a la media docena de combatientes que practicaban en las colchonetas.

—¡Ouch! —exclamé en simpatía cuando un tipo recibió una patada en la ingle. Aun llevando almohadillas protectoras, eso tenía que doler—. ¿Y cómo lo va a saber Stanton?

—Porque acabarás en el hospital —me echó una mirada—. En serio. El krav magá es brutal. Tan solo están entrenando y mira los golpes. E, incluso si los moretones no te delatan, tu padrastro lo descubrirá. Él siempre se las arregla.

—Es mi madre; le cuenta todo. Pero no le voy a hablar a ella sobre esto.

—¿Por qué?

—No lo entenderá. Pensará que quiero protegerme debido a lo que sucedió y se sentirá culpable. Eso me entristecería. Nunca creerá que lo hago por el ejercicio y para aliviar el estrés.

Apoyé mi barbilla en la mano y observé a Parker salir a entrenar con una mujer. Era un buen profesor. Paciente y cuidadoso, explicaba las cosas en forma fácil de entender. Su estudio estaba ubicado en un vecindario feo, cosa que me pareció apropiada para lo que enseñaba.

—Ese Parker es muy excitante —murmuró Cary.

—También lleva un anillo de matrimonio.

—Lo noté. A los buenos siempre los enlazan rápidamente.

Parker se reunió con nosotros cuando terminó la clase; sus oscuros ojos brillaban tanto como su sonrisa.

—¿Qué opinas Eva?

—¿Dónde me inscribo?

Su sonrisa erótica hizo que Cary me presionara la mano hasta dejarla exánime.

—Ven por acá.

El viernes comenzó de forma impresionante. Mark me guió en el proceso de recolectar información para una propuesta y me contó algo más sobre las Industrias Cross y Gideon Cross, señalando que él y Cross eran de la misma edad.

—Tengo que recordármelo a mí mismo —aclaró Mark—. Cuando está frente a ti, es fácil olvidar lo joven que es.

—Es cierto —asentí, decepcionada al pensar que no lo vería en dos días. Sin importar que me dijera a mí misma que no tenía importancia, me encontraba deprimida. No había entendido que estaba muy entusiasmada por la posibilidad de toparme con él hasta que esa posibilidad dejó de existir. Era tan emocionante estar a su lado. Además, era un placer observarlo. No tenía nada tan interesante como eso para hacer durante el fin de semana.

Estaba tomando notas en la oficina de Mark cuando escuché timbrar mi teléfono. Excusándome, corrí a contestarlo.

—Oficina de Mark Garrity...

—Eva, querida, ¿cómo estás?

Me desplomé en mi silla al escuchar la voz de mi padrastro. Stanton siempre sonaba como las fortunas antiguas: cultivado, con derechos y arrogante.

—Richard, ¿está todo bien? ¿Mi madre?

—Sí, todo está bien. Tu madre está maravillosamente, como siempre.

Su tono se suavizaba cuando se refería a su esposa y yo me sentía agradecida por ello. De hecho, le estaba agradecida por muchas cosas, pero algunas veces era difícil equilibrar eso y mis sentimientos de deslealtad. Yo sabía que mi padre se sentía acomplejado por la diferencia abismal en sus ingresos.

—Qué bien —respondí aliviada—. Me alegro. ¿Recibieron mi nota de agradecimiento por el vestido y el esmoquin de Cary?

—Sí, fue muy amable de tu parte, pero sabes que no tienes que agradecernos esas cosas. Perdóname un momento —lo oí hablar con alguien, probablemente su secretaria—. Eva, querida, me gustaría que almorzáramos juntos hoy. Enviaré a Clancy a recogerte.

—¿Hoy? Pero si mañana en la noche nos veremos. ¿No puedes esperar a mañana?

—No, debe ser hoy.

—Tan solo tengo una hora para almorzar.

Un golpe en mi hombro me hizo girar para ver a Mark en la puerta de mi cubículo.

—Tómate dos horas —susurró—, te las has ganado.

Suspiré y le di las gracias.

—Está bien, ¿a las doce en punto, Richard?

—Perfecto. Nos vemos.

No tenía ningún motivo para esperar con gusto una reunión privada con Stanton, pero abandoné la oficina poco antes de las doce y encontré su auto esperándome. Clancy, el conductor y guardaespaldas de Stanton, me abrió la puerta cuando lo saludé. Luego, se sentó tras el volante y me llevó al centro de la ciudad. A las doce y veinte ya me encontraba sentada en la sala de conferencias de la oficina de Stanton, frente a un excelente almuerzo para dos.

Stanton llegó poco después de mí, luciendo pulcro y distinguido. Su cabello era totalmente blanco, su rostro estaba surcado de arrugas pero aún era apuesto. Sus ojos tenían el color de los tejanos gastados y eran muy inteligentes. Estaba en forma pues, aún antes de casarse con su esposa —mi madre—, tomaba tiempo de su apretada agenda para mantenerse en su mejor forma.

Me levanté cuando se acercó y él se agachó para besarme en la mejilla.

—Te ves preciosa, Eva.

—Gracias —me parecía mucho a mi madre, que también era rubia. Pero mis ojos grises eran heredados de mi padre.

Tomando asiento en la cabecera de la mesa, Stanton era consciente de que el requerido telón de fondo del horizonte de Nueva York se encontraba tras él, y no desperdició su efecto.

—Come —me ordenó con esa facilidad para dar órdenes que tienen los hombres poderosos. Hombres como Gideon Cross.

¿Habría sido tan impulsivo Stanton a la edad de Cross?

Tomé mi tenedor y comencé a comer la ensalada de pollo, arándanos, nueces y queso feta. Estaba deliciosa y yo tenía hambre. Me alegró que Stanton no comenzara a hablar inmediatamente; así podría disfrutar la comida. No obstante, la alegría no duró mucho.

—Eva, querida, quería hablarte de tu interés en el krav magá.

Quedé paralizada.

—¿Perdón?

Stanton tomó un sorbo de agua helada y se recostó, su mandíbula tornándose rígida en un anuncio de que no me gustaría lo que iba a decir.

—Tu madre quedó muy consternada anoche cuando visitaste ese estudio en Brooklyn. Me tomó mucho tiempo calmarla y convencerla de que me encargaría de que satisfagas tu interés en forma más segura. Ella no quiere...

—Espera —dejé el tenedor en el plato, olvidando mi apetito—. ¿Cómo supo ella dónde estaba yo anoche?

—Rastreó tu teléfono celular.

—No puede ser —respiré desalentada. La naturalidad de su respuesta, como si fuera lo más natural en el mundo, me hizo sentir enferma. Mi estómago protestó, repentinamente más interesado en rechazar el almuerzo que en digerirlo—. Por eso insistió en que usara uno de los de tu compañía. No fue para ahorrarme dinero.

—Desde luego, ese fue uno de los motivos. Pero también le produce tranquilidad.

—¿Tranquilidad? ¿Espiar a su propia hija? Eso no es sano, Richard. Tienes que saberlo. ¿Sigue yendo a donde el doctor Petersen?

Richard tuvo la gentileza de lucir incómodo.

—Sí, desde luego.

—¿Le cuenta lo que está haciendo?

—No lo sé —respondió fríamente—. Eso es problema de Mónica. Yo no interfiero.

No, no lo hacía. Él la mimaba. Le daba gusto. La malcriaba. Y permitía que su obsesión por mi seguridad se saliera de los límites.

—Tiene que olvidarlo. *Yo* lo he olvidado.

—Tú eras inocente, Eva. Ella se siente culpable por no haberte protegido. Tenemos que ser flexibles con ella.

—¿Flexibles? ¡Me acosa! —estaba confundida. ¿Cómo podía mi madre invadir mi vida privada? *¿Por qué* lo hacía? Se estaba volviendo loca y me enloquecería a mí también—. Esto no puede continuar.

—Es fácil de solucionar. Ya he hablado con Clancy. Él te llevará cuando quieras aventurarte en Brooklyn. Todo está arreglado. Será mucho más conveniente para ti.

—No intentes presentarlo como si fuera para mi beneficio —me ardían los ojos y la garganta me dolía por el esfuerzo de retener las lágrimas de frustración. Odiaba la manera en que se refería a Brooklyn como si fuese un país del tercer mundo—. Soy una mujer adulta. Tomo mis propias decisiones. ¡Es la maldita ley!

—No me hables en ese tono Eva. Tan solo cuido de tu madre. Y de ti.

Me levanté de la mesa.

—La estás incapacitando. La mantienes enferma y me enfermas a mí también.

—Siéntate. Debes comer. A Mónica le preocupa que no comas bien.

—Richard, ella se preocupa por *todo*. Ese es el problema —dejé mi servilleta en la mesa—. Tengo que regresar al trabajo.

Volví la espalda, lanzándome hacia la puerta para salir inmediatamente. En el escritorio de la secretaria de Stanton recogí mi bolso y dejé mi teléfono celular. Clancy, que me esperaba en la recepción, me siguió y no intenté detenerlo. Él no recibía órdenes sino de Stanton.

Clancy me condujo de regreso a la oficina, mientras yo bullía de ira en el asiento trasero. Podía quejarme todo lo que quisiera pero, al final, yo no era mejor que Stanton porque acabaría cediendo. Iba a ceder y permitir que mi madre se saliera con la suya, porque me dolía pensar en que sufriera aún más. Era tan sensible y frágil... y me amaba hasta la locura.

Seguía de mal humor cuando regresé al Crossfire. Cuando Clancy se alejó, permanecí en la atestada acera buscando con la mirada una droguería donde pudiera comprar un chocolate o una tienda de teléfonos para adquirir un celular nuevo.

Terminé dando la vuelta a la manzana y comprando media docena de dulces en el Duane Reade de la esquina antes de regresar al Crossfire. No llevaba más de una hora fuera pero no iba a utilizar la hora extra que Mark me había autorizado. Necesitaba trabajar para distraerme y olvidar a mi disparatada familia.

Al subir al ascensor, destapé un dulce y lo mordí con rabia. Estaba cerca de completar mi auto-impuesta dosis diaria de dulce cuando el ascensor se detuvo en el cuarto piso. Agradecí el tiempo adicional para disfrutar del placer del chocolate y caramelo disolviéndose en mi lengua.

Las puertas se abrieron y vi a Gideon Cross hablando con dos hombres.

Como siempre, perdí el control al verlo, cosa que avivó mi ya debilitada irritación. ¿Por qué tenía ese efecto sobre mí? ¿Cuándo me haría inmune a él?

Echó una mirada y, al verme, sus labios se curvaron en una lenta y encantadora sonrisa.

Fenomenal. Mi cochina suerte. Me había convertido en algún tipo de reto.

La sonrisa de Cross se diluyó en una mueca.

—Terminaremos esto después —murmuró a sus compañeros sin quitarme los ojos de encima.

Subiendo al ascensor, levantó la mano para disuadirlos de seguirle. Manifestaron su sorpresa mirándome a mí, luego a Cross y nuevamente a mí.

Descendí del ascensor tras decidir que sería más conveniente para mi salud mental tomar otro.

—No tan rápido Eva —Cross me tomó por el codo y me detuvo. Las puertas se cerraron y el ascensor se puso suavemente en movimiento.

—¿Qué hace? —estallé. Después de mi encuentro con Stanton, lo último que necesitaba era a otro macho dominante tratando de manipularme.

Cross me tomó por los hombros y observó mi rostro con sus vivaces ojos azules.

—Algo anda mal. ¿Qué es?

La ya conocida corriente eléctrica estalló entre nosotros, su fuerza intensificada por mi mal genio.

—Usted.

—¿Yo? —sus dedos acariciaban mis hombros. Soltándome, sacó una llave de su bolsillo y la insertó en el panel de control. Las luces, a excepción de la del último piso, se apagaron.

Vestía de negro una vez más, un traje con finas rayas grises. Verlo desde atrás fue una revelación. Sus hombros eran anchos sin ser corpulentos y enfatizaban su delgada cintura y largas piernas. Los sedosos mechones de pelo que caían sobre su cuello me tentaban a tomarlos y tirar de ellos. Fuertemente. Lo deseaba, a pesar de lo molesta que estaba. Quería una batalla.

—Señor Cross, temo que no estoy de humor para lidiar con usted ahora.

Él observó la aguja de estilo antiguo marcar los pisos.

—Te puedo poner de buen humor.

—No me interesa.

Cross me miró sobre el hombro. Su camisa y corbata eran del mismo azul de sus ojos. El efecto era fascinante.

—Nada de mentiras, Eva. Mentiras nunca.

—No es mentira. Además, ¿qué importa si usted me atrae? Supongo que le sucede a la mayoría de las mujeres —envolviendo lo que quedaba de mi barra de dulce, la metí en la bolsa de compras que llevaba en mi bolso. No necesitaba chocolate cuando estaba compartiendo el aire con Gideon Cross—. Pero yo no estoy interesada en hacer nada al respecto.

Entonces giró lentamente, con el fantasma de la sonrisa suavizando su pecaminosa boca. Su tranquilidad y despreocupación me enervaron aún más.

—Atracción es una palabra demasiado suave para —hizo un gesto señalando el espacio entre nosotros— esto.

—Quizás esté loca pero, de hecho, a mí tiene que *gustarme* la persona antes de que me desnude y empiece a sudar con ella.

—No es locura —dijo—. Pero yo no tengo el tiempo ni el interés para invitarte a salir.

—Ya somos dos. Me alegra que eso esté claro.

Se acercó y levantó su mano hacia mi rostro. Me obligué a no retirarme o darle la satisfacción de verme intimidada. Pasó su pulgar por el vértice de mi boca y luego lo llevó a la suya. Lo chupó y ronroneó:

—Chocolate y tú... delicioso.

Al imaginarme lo que sería lamer el chocolate de su cuerpo mortalmente sexy, me recorrió un temblor seguido de un ardor entre las piernas.

Su mirada se oscureció y su voz adquirió un tono íntimo.

—Los idilios no están en mi repertorio, Eva. Pero sí miles de formas de satisfacerte. Déjame mostrarte.

El ascensor disminuyó su velocidad y se detuvo. Él retiró la llave del panel y las puertas se abrieron.

Me replegué a un rincón y lo despedí con un gesto de la mano.

—Realmente no me interesa.

—Lo discutiremos.

Cross me tomó por el codo y, suave pero decididamente, me sacó del ascensor.

Lo seguí porque me gustaba el estado en que me ponía estar cerca de él y porque sentía curiosidad sobre lo que diría cuando le concediera más de cinco minutos de mi tiempo.

Las puertas de seguridad se abrieron antes de que él tuviera que aminorar el paso. La bonita pelirroja de la recepción se puso de pie rápidamente, lista para darle alguna información pero él meneó la cabeza impacientemente. La mujer cerró la boca y me miró con ojos de sorpresa mientras pasábamos rápidamente.

Afortunadamente, la ruta hasta la oficina de Cross era corta. Su secretario se levantó al ver a su jefe acercarse, pero permaneció en silencio cuando vio que Cross no estaba solo.

—Scott, encárgate de mis llamadas —le ordenó, guiándome hasta la oficina a través de las puertas de vidrio.

A pesar de mi irritación, no pude evitar quedar impresionada por la espaciosa oficina de Gideon Cross. Ventanas de piso a techo con vista sobre la ciudad en dos de los costados, una pared de vidrio en los otros dos. La única pared opaca, frente al gigantesco escritorio, estaba cubierta de pantallas planas transmitiendo canales de televisión del mundo entero. Había tres áreas claramente definidas, cada una más grande que la oficina de Mark, y un bar en el que se veían botellas de cristal... los únicos puntos de color en una paleta de negros, grises y blancos.

Cross oprimió un botón en su escritorio para cerrar las puertas, luego otro que instantáneamente opacó la pared de vidrio aislándonos efectivamente de la vista de sus empleados. La bella película reflexiva color zafiro del exterior de las ventanas garantizaba la privacidad. Cross se deshizo de su chaqueta y la colgó en un perchero cromado. Luego regresó al lugar en el que yo me había detenido, al lado de las puertas.

—¿Quieres beber algo?

—No gracias —Maldición. Sin chaqueta era incluso más provocativo. Podía apreciar mejor su buen estado físico. La fuerza de sus hombros. La belleza de sus bíceps y de trasero cuando se movía.

Me señaló un sofá de cuero negro.

—Siéntate.

—Tengo que regresar al trabajo.

—Y yo tengo una reunión a las dos. Entre más pronto resolvamos esto, más pronto podremos volver a nuestros trabajos. Ahora, siéntate.

—¿Qué cree que vamos a resolver?

Suspirando, me levantó como a una esposa en la noche de bodas y me llevó hasta el sofá. Me dejó caer en mi trasero y se sentó a mi lado.

—Tus objeciones. Ha llegado la hora de discutir qué tendré que hacer para acostarme contigo.

—Un milagro —me alejé de él, aumentando el espacio entre nosotros. Jalé el extremo de mi falda color esmeralda, deseando haber llevado pantalones—. Su propuesta me parece cruda y ofensiva.

... y muy excitante, pero eso no lo iba a admitir.

Me observó con ojos medio cerrados.

—Tal vez mi propuesta sea algo brusca, pero es honesta. No me parece que seas el tipo de mujer que se anda por las ramas y espera cumplidos en lugar de la verdad.

—Lo que quiero es ser considerada como algo más que una muñeca de inflar.

Las cejas de Cross dieron un salto.

—Está bien.

—¿Hemos terminado? —pregunté poniéndome de pie.

Agarrando mi muñeca entre sus dedos, me obligó a sentarme otra vez.

—Difícilmente. Tan solo hemos establecido algunos puntos de partida para la conversación: sentimos una atracción sexual muy intensa y ninguno de los dos está interesado en salir con el otro. Entonces, ¿qué quieres exactamente? ¿Que te seduzca? ¿Quieres ser seducida?

Estaba fascinada y consternada por la conversación. Y, sí, tentada también. Era imposible no estarlo cuando tenías enfrente a semejante hombre, guapísimo, viril y resuelto a acostarse contigo. A pesar de ello, la consternación ganó la partida.

—El sexo planeado como una transacción de negocios no me excita.

—Establecer parámetros al principio reduce la posibilidad de que haya expectativas irreales y decepciones al final.

—¿Bromea? Óigase a usted mismo. ¿Para qué hablar de un polvo o de tirar? ¿Por qué no decir más bien "una emisión seminal en un orificio previamente aprobado"?

Me enfureció al soltar una franca carcajada. El sonido me envolvió como un torrente de agua tibia. Mi consciencia de él alcanzó un nivel físicamente doloroso. Su desenfadada diversión lo hacía menos dios del sexo y más humano. Carne y hueso. Real.

Me levanté y me alejé de su alcance.

—El sexo casual no tiene que incluir vino y rosas pero, por Dios, sin importar qué más sea, tiene que ser personal. Incluso amable. Y, cuando menos, respetuoso.

Su buen humor desapareció, sus ojos se oscurecieron.

—En mis asuntos privados no hay nada ambivalente. Tú quieres que desdibuje esa línea. No veo una buena razón para hacerlo.

—No quiero que haga nada, excepto dejarme regresar a mi trabajo —me dirigí a la puerta y halé del picaporte, maldiciendo suavemente cuando no se movió—. Déjeme salir, Cross.

Sentí que se me acercaba por la espalda. Sus palmas se apoyaron en el vidrio a ambos lados de mis hombros, atrapándome. Yo no podía pensar en mi seguridad con él tan cerca.

La fuerza y exigencia de su voluntad producían un campo de fuerza casi palpable. Cuando se me acercó más, me rodeó, encerrándome. Fuera de esa burbuja, todo dejó de existir; dentro de ella, todo mi cuerpo tendía hacia él. Me tenía totalmente confundida que tuviera un efecto tan profundo y visceral en mí a pesar de enojarme tanto. ¿Cómo podía excitarme tanto un hombre cuyas palabras deberían haberme quitado todo deseo?

—Gírate Eva.

Cerré mis ojos intentando controlar la excitación que me producía su tono autoritario. ¡Dios mío, olía tan bien! Su poderoso cuerpo irradiaba calor y apetito, alimentando mi deseo salvaje. La incontrolable respuesta se veía intensificada por los restos de mi frustración con Stanton y mi más reciente irritación con Cross.

Lo deseaba. Locamente. Pero no me servía. Honestamente, yo podía cagarme en mi vida sin él. No necesitaba su ayuda para eso.

Mi sonrojada frente tocó el vidrio helado.

—Desista, Cross.

—Lo haré. Eres demasiado problemática —sus labios rozaron mi oreja. Una de sus manos se apoyó en mi estómago, los dedos abiertos atrayéndome hacia él. Él estaba tan excitado como yo, su miembro erguido contra la base de mi espalda—. Gírate y despídete.

Decepcionada y arrepentida, me giré apoyándome contra la puerta para enfriar mi espalda recalentada. Estaba inclinado sobre mí, su lujoso pelo enmarcando su bello rostro, su antebrazo apoyado en la puerta para estar más cerca. Yo no tenía espacio para respirar. La mano que había estado en mi cintura ahora estaba en la curva de mi cadera, apretándome y enloqueciéndome. Me observó con una mirada abrasadora.

—Bésame —dijo con voz ronca—. Al menos dame eso.

Jadeando suavemente, me humedecí los labios. Él gruño, inclinó la cabeza y estampó su boca en la mía. Quedé sorprendida por la suavidad de sus labios y la dulzura de la presión. Suspiré y su lengua se adentró en mí, disfrutando con lentitud. Su beso era confiado y lo suficientemente agresivo para enloquecerme de pasión.

Entre brumas noté que mi bolso caía al suelo; luego, mis manos se posaron en su cabellera. Halé los sedosos mechones, utilizándolos para controlar los movimientos de su boca. Él gruñó, intensificando el beso, acariciando mi lengua con la suya. Sentí el furioso latido de su corazón contra mi pecho, prueba fehaciente de que no era un ideal imposible conjurado por mi imaginación enferma.

Se retiró de la puerta y, sin soltar mi nuca y la curva de mis nalgas, me alzó.

—Te deseo Eva. Problemas o no, no puedo evitarlo.

Mi cuerpo estaba en total contacto con el suyo, adolorido por la consciencia de cada excitado centímetro del suyo. Lo besé como si quisiera devorarlo. Mi piel estaba húmeda e hipersensible, mis pechos erguidos y delicados. Mi clítoris palpitaba en busca de atención al ritmo de los irregulares latidos de mi corazón.

Era vagamente consciente de que nos movíamos y luego me encontré recostada en el sofá. Cross se encontraba sobre mí, con una rodilla en el cojín y la otra en el piso. Su brazo izquierdo sostenía su torso mientras su mano derecha acariciaba la parte trasera de mi rodilla, subiendo hacia mi muslo con un movimiento firme y posesivo.

Su respiración se convirtió en un silbido cuando llegó al punto en que mi liga se unía a la parte superior de mis medias de seda. Retiró sus ojos de los míos y bajó la mirada, levantando mi falda para dejarme desnuda de la cintura hacia abajo.

—¡Jesús, Eva! —un sordo temblor vibró en su pecho, y el primitivo sonido me puso la piel de gallina—. Qué suerte tiene tu jefe de ser gay.

Aturdida, vi el cuerpo de Cross tenderse sobre mí, mis piernas abriéndose para dar espacio a su cadera. Mis músculos tensos por el impulso de acercarse a él, de apresurar el contacto que había estado ansiando desde la primera vez que lo vi. Inclinando la cabeza, volvió a tomar mi boca, hiriendo mis labios con un leve toque de violencia.

Abruptamente, se separó de mí poniéndose de pie.

Quedé allí tendida, jadeando, húmeda y totalmente dispuesta a recibirlo. Luego entendí por qué había reaccionado de esa manera. Había alguien detrás de él.

4

Mortificada por la repentina intrusión en nuestra privacidad, me levanté para apoyarme en el brazo del sofá y estirar mi falda.

—*Su cita de las dos está acá.*

Me tomó una eternidad entender que Cross y yo seguíamos estando solos en la oficina, que la voz que acababa de escuchar provenía de un altavoz. Cross estaba de pie al otro lado del sofá, sonrojado y con el ceño fruncido, respirando con dificultad. Su corbata estaba suelta y la cremallera de sus pantalones se estiraba a causa de una muy admirable erección.

Tuve una visión de pesadilla de cómo lucía yo en ese mismo momento. Y... se me había hecho tarde para regresar al trabajo.

—¡Dios! —se pasó las manos por el cabello—. ¡Mierda! ¡Es medio día y estamos en mi jodida oficina!

Me puse de pie e intenté arreglarme.

—Espera —se acercó a mí y me levantó la falda.

Furiosa por lo que casi había sucedido cuando debería haber estado trabajando, le golpeé la mano.

—Pare. Déjeme en paz.

—Cállate —me respondió fríamente, tomando el dobladillo de mi blusa de seda y poniéndolo en su lugar de manera que los botones volvieran a señalar una línea recta entre mis pechos. Luego bajó mi falda, alisándola con manos expertas.

—Arréglate el pelo.

Cross recuperó su chaqueta y se ajustó la corbata. Alcanzamos la puerta al mismo tiempo y, cuando me agaché para recoger mi bolso, él se agachó conmigo.

Me tomó de la barbilla obligándome a mirarlo.

—Oye —musitó suavemente—, ¿estás bien?

Mi garganta ardía. Estaba excitada, molesta y totalmente avergonzada. Nunca en mi vida había perdido la cabeza de esa manera. Y me enfurecía que hubiera sido con él, un hombre cuya visión de la intimidad sexual era tan clínica que me deprimía de solo pensarlo.

Aparté mi barbilla.

—¿Me *veo* bien?

—Te ves guapísima y muy deseable. Te deseo tanto que duele. Estoy peligrosamente cerca de llevarte de regreso al sofá y hacerte gozar hasta que me ruegues que me detenga.

—No se puede decir que sea dulzón al hablar —murmuré, consciente de que no me había sentido ofendida. De hecho, la crudeza de su deseo era francamente afrodisiaca. Agarrando la correa de mi bolso, me erguí en mis débiles piernas. Necesitaba alejarme de él. Y, cuando terminara la jornada, necesitaría quedarme a solas con una gran copa de vino.

Cross también estaba ya de pie.

—Organizaré lo que tengo que hacer y estaré libre a las cinco. A esa hora te recojo.

—No, no lo hará. Esto no cambia nada.

—Claro que sí.

—No sea arrogante. Perdí la cabeza unos segundos, pero sigo sin querer lo que usted quiere.

Sus dedos se flexionaron en torno al picaporte de la puerta.

—Sí, sí lo quieres. Pero no lo quieres en la forma en que yo quiero dártelo. Así que nos veremos y haremos modificaciones.

Más negocios. Pura rutina. Mi espalda se tensó.

Coloqué mi mano sobre la suya y abrí la puerta, escurriéndome bajo su brazo para salir. Su secretario dio un brinco, con la boca abierta, al igual que la mujer y dos hombres que lo esperaban. Lo oí hablar a mis espaldas.

—Scott los acompañará a mi oficina. Estaré acá en un momento.

Me alcanzó en la recepción y su brazo me tomó por la cadera. No queriendo hacer una escena en público, esperé a llegar a los ascensores para desprenderme de él.

Calmadamente presionó el botón de llamada del ascensor.

—A las cinco en punto entonces.

Miré fijamente el botón iluminado.

—Tengo un compromiso.

—Entonces mañana.

—Estaré ocupada todo el fin de semana.

Situándose frente a mí, me preguntó entre dientes

—¿Con quién?

—No es su...

Su mano se posó sobre mi boca.

—No lo hagas. Dime cuándo. Y, antes de que respondas que nunca, mírame bien y dime si ves un hombre que se desalienta fácilmente.

Su rostro estaba serio, su mirada decidida. Temblé. No estaba segura de poder ganar una batalla de voluntades contra Gideon Cross.

Tragando, esperé a que retirara su mano y respondí:

—Creo que ambos necesitamos calmarnos. Tomémonos un par de días para pensar.

Insistió.

—El lunes después del trabajo.

El ascensor llegó y yo subí. Dándole la cara, repliqué:

—Lunes a la hora de almuerzo.

Tendríamos tan solo una hora... una vía de escape garantizada.

Antes de que se cerraran las puertas, exclamó:

—Tú y yo vamos a encontrarnos, Eva.

Sonaba a amenaza y promesa a la vez.

—No corras Eva —me dijo Mark cuando llegué casi un cuarto de hora tarde—. No te perdiste de nada. Tuve un almuerzo tardío con el señor Leaman y acabo de llegar.

—Gracias —sin importar lo que él dijera, seguía sintiéndome mal. Mi maravillosa mañana de viernes parecía haber sido hacía años.

Trabajamos duro hasta las cinco, discutiendo un cliente de comidas rápidas y considerando algunos trucos para la publicidad de una cadena de almacenes de comida orgánica.

—Hablemos de compañeros de cama extraños —bromeó Mark, sin saber lo acertado que era en relación a mi vida personal.

Acababa de apagar mi computadora y sacaba el bolso del cajón cuando timbró mi teléfono. Miré el reloj, vi que eran las cinco en punto, y pensé en ignorar la llamada dado que ya había concluido mi día laboral.

Pero, como aún me sentía culpable por haberme tomado tanto tiempo al medio día, lo tomé como un castigo y respondí:

—Oficina de Mark...

—Eva, querida. Richard dice que olvidaste tu celular en su oficina.

Suspiré profundamente y me senté. Podía imaginarme el retorcido pañuelo que normalmente acompañaba ese tono de ansiedad en la voz de mi madre. Me enloquecía pero también me partía el corazón.

—Hola mamá. ¿Cómo estás?

—Oh, perfectamente, muchas gracias —la voz de mi madre era a la vez infantil y velada, como una mezcla de Marilyn Monroe y Scarlett Johansson—. Clancy te dejó el teléfono con el conserje de tu edificio. Realmente no deberías moverte sin él. Nunca sabes a qué hora se te ofrecerá llamar a alguien...

Había estado dándole vueltas a la posibilidad de quedarme con el teléfono y hacer que las llamadas fuesen transferidas a un nuevo número, uno que no fuera compartido con mi madre, pero esa no era mi preocupación principal.

—¿Qué opina el doctor Petersen de que rastrees mi teléfono?

El silencio al otro lado de la línea fue muy elocuente.

—El doctor Petersen sabe que me preocupo por ti.

Pellizcando el caballete de mi nariz, aclaré:

—Mamá, creo que es hora de que tengamos otra cita conjunta con él.

—Oh... claro. Aunque no ha mencionado que quiera volver a verte.

Probablemente porque sospecha que no estás siendo muy comunicativa...

Cambié de tema.

—Realmente me gusta mucho mi nuevo empleo.

—¡Eso es maravilloso, Eva! ¿Te trata bien tu jefe?

—Sí, es excelente. No quisiera ningún otro.

—¿Es guapo?

Sonreí.

—Sí, muy guapo. Y no está disponible.

—Maldición. Los buenos siempre están comprometidos —ella rió y mi sonrisa se amplió.

Me encantaba cuando estaba contenta. Ojalá lo estuviera con más frecuencia.

—Me encantará verte mañana en la cena.

Mónica Tramell Barker Mitchell Stanton se encontraba como pez en el agua en los eventos sociales, una estrella brillante a la que nunca le había faltado atención masculina.

—Convirtámoslo en una celebración —exclamó mi madre animadamente—. Tú, Cary y yo. Iremos al *spa* a ponernos lindos. Estoy segura de que te sentaría un masaje después de tanto trabajo.

—No lo rechazaré, puedes estar segura. Y sé que a Cary le encantará.

—¡Ay, qué emoción! Enviaré el auto por ustedes alrededor de las once.

—Estaremos listos.

Después de colgar, me recosté en mi silla y exhalé... necesitaba una ducha caliente y un orgasmo. No me importaba si Gideon Cross llegaba a enterarse de que me masturbaba pensando en él. Estar frustrada sexualmente estaba debilitando mi posición, una debilidad que yo sabía a ciencia cierta que él no compartiría. Sin duda él habría programado un orificio previamente aprobado antes de que terminara el día.

Mientras me cambiaba de zapatos, el teléfono volvió a timbrar. Mi madre no solía distraerse por periodos largos. Los cinco minutos transcurridos desde que colgamos el teléfono probablemente eran tiempo suficiente para que cayera en cuenta de que el tema del celular no se había resuelto. Una vez más pensé ignorar el teléfono, pero no quería llevarme ninguno de los disgustos del día a mi casa.

Respondí con la misma frase pero sin la fuerza de siempre.

—Sigo pensando en ti.

El ruido áspero de la voz aterciopelada de Cross me invadió con un alivio que me hizo comprender que había estado deseando oírla una vez más. Hoy.

Dios. El ansia era tan fuerte que sabía que él se convertiría en una droga para mi cuerpo, la fuente única de algunos vuelos muy intensos.

—Todavía puedo sentir tu cuerpo, Eva. Sentir tu sabor. Tengo una erección desde que te fuiste... sobrevivió a dos reuniones y una teleconferencia. Tienes la ventaja; dime tus exigencias.

—Ah —murmuré—. Déjeme pensar.

Lo hice esperar, sonriendo al recordar el comentario de Cary sobre los huevos azules.

—Mmm... no se me ocurre nada. Pero tengo un consejo amistoso. Pase un rato con una mujer que babee a sus pies y lo haga sentirse como un dios. Tire con ella hasta que ninguno de los dos pueda dar un paso. Cuando me vea el lunes, lo habrá superado y su vida retornará a su tradicional orden de obsesivo-compulsivo.

En la línea se alcanzó a escuchar el crujido del cuero y lo imaginé recostándose en su sillón.

—Ese era tú único pase libre Eva. La próxima vez que insultes mi inteligencia, te daré unas nalgadas.

—No me gustaría —sin embargo, esa advertencia, en ese tono de voz, me excitó. Era Oscuro y Peligroso, no había duda.

—Lo discutiremos. Entretanto, dime lo que *sí* te gusta.

Me puse de pie.

—Definitivamente tiene voz perfecta para una línea erótica, pero tengo que irme. Tengo una cita con mi vibrador.

Debí colgar en ese momento para conservar el efecto de mi rechazo desdeñoso, pero no pude resistir la tentación de descubrir si se regodearía con la información como imaginaba que haría. Además, me estaba divirtiendo.

—Oh, Eva —Cross pronunció mi nombre con un ronroneo decadente—. Estás resuelta a ponerme de rodillas, ¿verdad? ¿Qué tengo que hacer para convencerte de hacer un trío con tu vibrador?

Ignoré las dos preguntas mientras me colgaba el bolso del hombro, agradecida de que no pudiera ver la forma en que mi mano temblaba. *No* iba a discutir el tema de los vibradores con Gideon Cross. Jamás había hablado abiertamente sobre la masturbación con ningún hombre, mucho menos con uno que para todos los efectos era un perfecto desconocido para mí.

—Mi vibrador y yo tenemos un acuerdo establecido: cuando terminamos, sabemos exactamente cuál de nosotros fue utilizado... y no soy yo. Buenas noches Gideon.

Colgué y bajé por las escaleras, considerando que el descenso de veinte pisos cumpliría la doble función de reemplazar la visita al gimnasio y evitar encuentros en el ascensor.

ESTABA tan contenta de estar en casa después de semejante día que prácticamente entré bailando al apartamento. Mi sincera exclamación de "¡Dios, es bueno estar en casa!" y los trompos que la acompañaron fueron lo suficientemente vehementes para sobresaltar a la pareja que ocupaba el sofá.

—Oh —exclamé, avergonzándome de mi tontería. Cary no se encontraba en una situación comprometedora con su invitado, pero sí estaban sentados lo suficientemente cerca para sugerir cierta intimidad.

A regañadientes, pensé en Gideon Cross, quien prefería eliminar toda intimidad del acto más íntimo que yo pudiese imaginar. Yo había tenido aventuras de una noche y amigos con beneficios y nadie sabía mejor que yo que el sexo y hacer el amor eran dos cosas muy diferentes, pero no creo que nunca pudiera llegar a ver el sexo como un apretón de manos. Pensé que era una lástima que Cross sí lo viera así, aun cuando él no era un hombre que inspirara lástima o simpatía.

—Hola pequeña —exclamó Cary, poniéndose de pie—. Tenía la esperanza de que volvieras antes de que Trey tuviera que irse.

—Tengo clase en una hora —explicó Trey, dando la vuelta a la mesa auxiliar al tiempo que yo dejaba mi bolso en el suelo y mi cartera en un taburete de la barra—. Pero me alegro de haberte conocido antes de partir.

—Yo también me alegro —le estreché la mano que me extendió, observándolo rápidamente.

Tenía aproximadamente mi edad, estatura promedio y un cuerpo bastante musculoso. Su cabello rubio era desordenado, sus ojos color avellana y una nariz que sin duda alguna vez se había roto.

—¿Les importa si me sirvo una copa de vino? —pregunté—. Ha sido un día muy largo.

—Sírvetela —respondió Trey.

—Yo también tomaré una —Cary se reunió con nosotros junto a la barra. Llevaba unos *jeans* negros de corte amplio y un suéter de hombros caídos. Lucía informal y elegante, todo lo cual contribuía a resaltar su oscuro pelo y sus ojos color esmeralda.

Fui hasta la nevera del vino y saqué una botella al azar.

Trey metió las manos en los bolsillos de sus *jeans* y se balanceó en los talones, hablando en voz baja con Cary mientras yo descorchaba y servía el vino.

El teléfono timbró y yo tomé el auricular de la pared.

—Hola.

—¿Eva? Hola. Soy yo, Parker Smith.

—Hola Parker —me recosté en el mueble de la cocina—. ¿Cómo estás?

—Espero que no te moleste mi llamada. Tu padrastro me dio tu número.

Diablos. Había tenido suficiente de Stanton para un día.

—No hay problema. ¿Qué sucede?

—¿Honestamente? Todo funciona de maravilla ahora. Tu padrastro es como mi hada madrina. Va a financiar algunas obras de seguridad en el estudio y unas cuantas actualizaciones urgentes. Por eso te llamo. El estudio no estará abierto la semana entrante. Las clases se reanudarán del lunes en ocho días.

Cerré los ojos, luchando por controlar un ataque de furia. Parker no tenía la culpa de que Stanton y mi madre fueran unos maniáticos sobreprotectores. Obviamente no veían la ironía de defenderme mientras estaba rodeada por personas entrenadas para hacer exactamente eso

—Suena bien. Esperaré, y estoy muy emocionada de entrenar contigo.

—Yo también estoy entusiasmado. Te haré trabajar duro, Eva. Tus padres no lamentarán el dinero invertido.

Coloqué una copa llena frente a Cary y tomé un gran sorbo de la mía. Nunca dejaba de sorprenderme lo que podía comprar el dinero. Pero, una vez más, eso no era culpa de Parker.

—No me quejaré.

—Comenzaremos la semana entrante. Tu chofer tiene el horario.

—Excelente. Te veo entonces —colgué y alcancé a ver la mirada que Trey le lanzó a Cary cuando creyó que ninguno de nosotros lo observaba. Era tierna y llena de anhelo; me hizo recordar que mis problemas podían esperar—. Trey, lamento haber llegado cuando ya casi te ibas. ¿Tienes tiempo para una pizza el miércoles en la noche? Me encantaría verte.

—Tengo clase —me lanzó una sonrisa de pesar y otra mirada a Cary—. Pero podría pasar por acá el martes.

—Perfecto. Podríamos pedirla a domicilio y ver una película.

—Me encantaría.

Mi recompensa fue el beso que Cary me lanzó cuando se dirigía a la puerta a despedir a Trey. Cuando regresó a la cocina, tomó su vino y dijo

—Bueno, Eva. Escupe. Te ves estresada.

—Lo estoy —acepté, tomando la botella y pasando al salón.

—Es Gideon Cross, ¿verdad?

—Sí, pero no quiero hablar de él —aunque la persecución de Gideon era muy estimulante, su meta apestaba—. Más bien hablemos de Trey y tú. ¿Cómo se conocieron?

—Me lo topé en el trabajo. Trabaja medio tiempo como asistente de un fotógrafo. Sexy, ¿no? —sus ojos brillaban de alegría—. Y un verdadero caballero. De la vieja escuela.

—¿Quién creería que aún quedan de esos? —murmuré antes de terminarme mi primera copa.

—¿Qué se supone que significa eso?

—Nada. Lo siento Cary. Me pareció encantador y obviamente te gusta. ¿Estudia fotografía?

—Veterinaria.

—Vaya. Impresionante.

—Estoy de acuerdo. Pero, olvídate de Trey por un momento. Cuéntame qué te tiene tan molesta. Escupe.

Suspiré.

—Mi madre. Descubrió mi interés en el estudio de Parker y ahora está histérica.

—¿Qué? ¿Cómo lo supo? Juro que no le he contado a nadie.

—Lo sé. Ni siquiera pensé que lo hubieras hecho —tomando la botella de la mesa, llené nuevamente mi copa—. Imagínate. Ha estado rastreando mi teléfono celular.

Las cejas de Cary se elevaron.

—¿En serio? Eso es... repulsivo.

—Lo sé. Se lo dije a Stanton, pero no quiere oír una palabra al respecto.

—Diablos —pasó una mano por sus mechones—. Entonces, ¿qué harás?

Comprar otro teléfono y reunirme con el doctor Petersen para ver si puede hacerla entrar en razón.

—Buena idea. Transfiérele el problema a su psiquiatra. Entonces... ¿todo bien en el trabajo? ¿Sigues feliz?

—Totalmente —dejé caer mi cabeza en los cojines del sofá y cerré los ojos—. Mi trabajo y tú son mis salvavidas en este momento.

—¿Y qué me dices del ardiente multimillonario que quiere atraparte? ¡Vamos Eva, sabes que me muero de curiosidad! ¿Qué pasó?

Obviamente, le conté toda la historia. Quería oír su opinión. Pero cuando terminé, guardó silencio. Levanté la cabeza para mirarlo y lo encontré con los ojos brillantes y mordiéndose el labio.

—Cary... ¿En qué estás pensando?

—Esa historia me excitó —soltó una carcajada, y el alegre y masculino sonido arrasó con buena parte de mi rabia—. Ahora tiene que estar totalmente confundido. Habría pagado para ver su cara cuando le dijiste todo eso.

—No puedo creer que haya dicho eso —tan solo recordar la voz de Cross cuando me amenazó me hizo sudar las manos de tal forma que la copa se empañó—. ¿A qué diablos juega?

—Darte unas palmadas en el trasero no sería una perversión. Además, parece que iba a adoptar la posición del misionero en el sofá así que no se opone a lo básico —dijo, desplomándose en el sofá con una gran sonrisa iluminando su bello rostro—. Eres un gran reto para un tipo que obviamente se alimenta de ellos. Y está dispuesto a hacer concesiones para ganarte, algo que, apuesto, no suele hacer. Tan solo dile lo que quieres.

Repartí lo que quedaba de vino entre los dos, sintiéndome algo mejor gracias al alcohol en mis venas. ¿Qué quería? Aparte de lo obvio...

—Somos totalmente incompatibles.

—¿Así llamas a lo que sucedió en su sofá?

—Por favor, Cary. Me recogió del suelo en el vestíbulo y luego me pidió acostarme con él. Eso es todo. Hasta un tipo recogido en un bar hace más puntos a su favor. Oye ¿cómo te llamas? ¿Vienes con frecuencia? ¿Quién es tu amiga? ¿Qué estás tomando? ¿Te gustaría bailar? ¿Trabajas en el vecindario?

—Está bien, está bien. Lo entiendo —dejó su copa en la mesa—. Salgamos. Vayamos a un bar y bailemos hasta caer rendidos. Tal vez conozcamos algunos tipos que te animen.

—O al menos me compren un trago.

—Oye, Cross te ofreció uno en su oficina.

Negué con la cabeza y me levanté.

—Lo que sea. Déjame tomar una ducha y nos vamos.

Me lancé a recorrer clubes como si fuese la última vez que lo haría. Cary y yo saltamos de uno a otro desde Tribeca hasta el East Village, despilfarrando dinero en consumos mínimos y pasándola muy bien. Bailé hasta que mis pies estuvieron a punto de caerse, pero aguanté hasta que Cary se quejó de que sus botas le mataban.

Acabábamos de abandonar un club tecno-pop con la intención de ir a comprar unas chancletas en un Walgreens cercano, cuando nos topamos con un vendedor ambulante que promocionaba un bar a pocas manzanas de allí.

—Un sitio excelente para pasar un rato —nos dijo, sin exhibir la común sonrisa forzada o la exageración de la mayoría de los vendedores. Sus ropas –*jeans* negros y suéter de cuello de tortuga— eran de buena calidad, cosa que me intrigó. Y no llevaba volantes o postales. Lo que nos entregó fue una tarjeta hecha de papel papiro e impresa en unas letras doradas que reflejaban las luces a nuestro alrededor. Me propuse guardarla como muestra de una buena publicidad impresa.

Una corriente de peatones apurados circulaba a nuestro alrededor. Cary leyó con dificultad el texto a causa del leve exceso de bebidas que había consumido.

—Parece una fanfarronada.

—Enséñenles la tarjeta —nos recomendó el vendedor—. No les cobrarán el consumo mínimo.

—Queridos —Cary me tomó del brazo y me arrastró con él—. Vayamos. Tal vez encuentres un tipo de calidad en un antro fanfarrón.

Cuando finalmente encontramos el lugar, mis pies me estaban matando pero me abstuve de quejarme al ver la encantadora entrada. La fila para entrar era larga, extendiéndose por la calle hasta dar vuelta en la esquina. La voz de Amy Winehouse surgía de la puerta abierta, al igual que bien vestidos clientes que salían muy sonrientes.

Fiel a la palabra del vendedor, la tarjeta era la llave mágica que nos permitió ingresar de forma inmediata y sin cargo alguno. Una espectacular anfitriona nos guió a la segunda planta, hasta un bar VIP más tranquilo que daba sobre el escenario y la pista de baile. Nos señaló una pequeña área junto al balcón, donde nos acomodamos en una mesa rodeada por dos sofás rojos en forma de medialuna. Nos entregó la carta de bebidas y aclaró:

—Sus bebidas son por cuenta de la casa. Disfruten de su estadía.

—¡Guau! —exclamó Cary tras exhalar un silbido—. Punto para nosotros.

—Creo que ese vendedor te reconoció de algún anuncio.

—Eso sería maravilloso —sonrió—. Dios, es una noche excelente. Andar por ahí con mi mejor chica y enamorarme de un nuevo bon-bon.

—¿Oh?

—Creo que he resuelto ver a dónde me lleva la relación con Trey.

Eso me alegró. Parecía como si llevara toda una vida esperando a que él encontrara a alguien que lo tratara bien.

—¿Ya te ha invitado a salir?

—No, pero no creo que sea por falta de ganas —se encogió de hombros y alisó su artísticamente rasgada camisa que, junto a los pantalones negros de cuero y las muñequeras con clavos, lo hacía lucir sexy y salvaje—. Sospecho que tan solo está esperando a descubrir la situación contigo. Se puso nervioso cuando le conté que vivía con una mujer y que había atravesado el país para estar contigo. Está preocupado de que sea bisexual y que esté atado a ti sin saberlo. Por eso quería que se conocieran hoy, para que él viera cómo somos cuando estamos juntos.

—Lo siento Cary. Intentaré tranquilizarlo sobre eso.

—*No* es tu culpa. No te preocupes. Funcionará si debe funcionar.

Su seguridad no me hizo sentir mejor. Intenté pensar en alguna forma de ayudarle.

Dos tipos se detuvieron junto a nuestra mesa.

—¿Les importa si los acompañamos? —preguntó el más alto.

Eché una mirada a Cary y luego otra a los tipos. Parecían hermanos y eran muy atractivos. Ambos lucían sonrientes y confiados, tranquilos.

Estaba a punto de decirles "Sigan" cuando una cálida mano se apoyó en mi desnudo hombro apretándolo con firmeza.

—Esta está comprometida.

Frente a mí, Cary miraba boquiabierto mientras Gideon Cross rodeaba el sofá y le extendía una mano.

—Taylor. Soy Gideon Cross.

—Cary Taylor —sonriente, estrechó la mano de Gideon—. Pero usted ya sabía eso. Un placer conocerlo. He oído hablar mucho de usted.

¡Podría haberlo matado! Realmente lo pensé.

—Bueno saberlo —Gideon se sentó a mi lado, su brazo estirado tras mi espalda de manera que sus dedos podían acariciar descuidada y posesivamente mi brazo—. Tal vez todavía haya alguna esperanza para mí.

Girando la cintura, lo enfrenté y le susurré con fiereza:

—¿Qué diablos está haciendo?

Me lanzó una dura mirada y respondió:

—Lo que sea necesario.

—Voy a bailar —Cary se alejó con una traviesa sonrisa en su rostro—. Regreso en un minuto.

Ignorando mi mirada de súplica, mi mejor amigo me lanzó un beso y los tipos lo siguieron. Con mi corazón galopando, los vi alejarse. Tras un minuto, resultaba ridículo seguir ignorando a Gideon, además de imposible.

Lo recorrí con la mirada. Llevaba pantalones de paño gris oscuro y un suéter negro de cuello en V; el efecto general era de descuidada sofisticación. Me encantaba su aspecto y me atraía su aparente suavidad, aunque sabía que era tan solo una ilusión. Era un hombre duro en muchas formas.

Suspiré profundamente, sintiendo que tendría que hacer un esfuerzo para socializar con él. Después de todo, ¿no era esa mi principal queja? ¿Que él quería saltarse la etapa de conocerse y aterrizar directo en la cama?

—Se ve... —hice una pausa. *Fantástico. Maravilloso. Sorprendente. Tan condenadamente sexy...* Finalmente, opté por algo más medido—. Me gusta como luce.

Sus cejas se levantaron.

—Ah, al fin algo que le gusta de mí. ¿Es un "me gusta" general para todo el paquete? o, ¿es solamente mi ropa? ¿Solo el suéter? O, tal vez, ¿los pantalones?

Su tono me cayó mal.

—Y ¿si digo que es solo el suéter?

—Compraré una docena y los usaré todos los malditos días.

—Eso sería una lástima.

—¿No te gusta el suéter? —estaba molesto, sus palabras llegaban apresuradas y entrecortadas.

Flexioné nerviosamente mis manos.

—Me encanta el suéter, pero también me gustan los trajes.

Me miró fijamente un minuto y luego asintió con la cabeza.

—¿Cómo te fue en tu cita con el vibrador?

Diablos. Desvié la mirada. Era más fácil hablar sobre la masturbación por teléfono. Era mortificante hacerlo mientras uno se retorcía bajo esa penetrante mirada azul.

—No suelo hablar de esos temas.

Me acarició la mejilla con el dorso de su mano y murmuró:

—Te sonrojaste.

Escuché la diversión en su voz y rápidamente cambié de tema.

—¿Viene acá con frecuencia?

¡Maldita sea! ¿De dónde había salido ese cliché?

Su mano descendió hasta mi regazo y tomó una de las mías, sus dedos enroscándose en la palma de mi mano.

—Solo cuando es necesario.

Una repentina ráfaga de celos me hizo poner tensa. Lo miré fijamente, aunque estaba enojada conmigo misma por mi interés.

—¿Eso qué quiere decir? ¿Cuando anda al acecho?

La boca de Gideon se curvó en una sonrisa sincera que me golpeó duramente.

—Cuando es necesario tomar decisiones costosas. Eva, este club es mío.

Obvio. ¡Caray!

Una bonita mesera colocó dos bebidas heladas de color rosado sobre la mesa. Luego lanzó a Gideon una mirada seguida de una coqueta sonrisa.

—Aquí tiene señor Cross. Dos Stoli Elite con arándano. ¿Le traigo algo más?

—Eso es todo por ahora. Gracias.

Era evidente que ella quería ingresar en el listado de pre-aprobadas y eso me hizo erizar; luego me distraje por lo que nos habían servido. Era mi bebida preferida cuando visitaba los clubes y la que había estado tomando toda esa noche. Sentí un cosquilleo. Observé a Gideon tomar un sorbo, girarlo en su boca como si fuese un vino selecto y luego tragarlo. Los movimientos de su garganta me excitaron, pero eso no fue nada en comparación con lo que me produjo la intensidad de su mirada.

—No está mal —murmuró—. Dime si quedó bien hecho.

Me besó. Se movió con rapidez pero alcancé a ver lo que venía y no lo evité. Su boca estaba fría y sabía a arándanos con alcohol. Deliciosa. La caótica emoción y energía que había estado revoloteando en mi interior repentinamente se hizo imposible de controlar. Puse una mano en su fascinante pelo y lo agarré con fuerza, manteniéndolo quieto mientras chupaba su lengua. Su gruñido fue el sonido más erótico que he escuchado en la vida e hizo que la piel entre mis piernas se tensara brutalmente.

Horrorizada por el furor de mi reacción, me zafé de un tirón, jadeando.

Gideon me siguió, acariciando mi rostro, sus labios rozando mi oreja. También respiraba con dificultad y el sonido del hielo golpeando las paredes de su vaso se deslizó por mis inflamados sentidos.

—Necesito penetrarte, Eva —susurró ásperamente—. Estoy loco de deseo.

Mi mirada cayó sobre la bebida en la mesa, mis pensamientos bullían en mi cabeza, un remolino de impresiones, recuerdos y confusión.

—¿Cómo lo supiste?

Su lengua recorrió la concha de mi oreja y yo me estremecí. Sentía como si todas las células de mi cuerpo se esforzaran en su dirección. Resistirme a él me tomó una increíble cantidad de energía, dejándome débil y cansada.

—¿Cómo supe qué? —preguntó.

—Lo que me gusta beber. El nombre de Cary.

Respiró profundamente y se alejó. Poniendo su trago en la mesa, se giró en el sofá y apoyó una rodilla en el cojín entre los dos. Su brazo volvió a estar estirado sobre el espaldar del sofá, sus dedos dibujando círculos en la curva de mi hombro.

—Estuviste en otro de mis clubes hace unas horas. Tu tarjeta de crédito y las bebidas que tomaron quedaron registradas en el sistema. Y Cary aparece en el contrato de arriendo de tu apartamento.

La habitación giraba. *No podía ser...* Mi teléfono celular. Mi tarjeta de crédito. Mi maldito apartamento. No podía respirar. Me sentía atrapada entre mi madre y Gideon.

—Eva. Por Dios. Estás tan pálida que pareces un fantasma —exclamó poniendo un vaso en mi mano—. Bebe.

Era el Stoli con arándano. Lo bebí de un trago. Mi estómago se agitó un momento y luego se calmó.

—¿Usted es el dueño del edificio en el que vivo?

—Curiosamente sí —se movió para sentarse en la mesa, frente a mí, sus piernas a cada lado de las mías. Tomó mi vaso y lo dejó a un lado, luego calentó mis heladas manos entre las suyas.

—¿Está loco, Gideon?

Su boca se convirtió en una línea.

—¿Esa pregunta va en serio?

—Sí. Sí, así es. Mi madre me acosa también y la ve un psiquiatra. ¿Usted va al psiquiatra?

—Actualmente no, pero me estás enloqueciendo tanto que ya lo contemplo como una posibilidad.

—Entonces, ¿este comportamiento no es normal en usted? —mi corazón latía enloquecido. Podía escuchar la sangre al pasar por mis tímpanos—. O, ¿lo es?

Pasó una mano por sus cabellos, devolviendo a su posición los mechones que yo había halado mientras nos besábamos.

—Tuve acceso a información que tú me facilitaste voluntariamente.

—¡No a usted! ¡No para lo que la usó! Eso tiene que ser una violación de alguna ley sobre la privacidad —lo miré, más confundida que nunca—. ¿Por qué hizo eso?

Al menos tuvo la elegancia de parecer contrariado.

—¡Mierda, para tratar de entenderte!

—¿Por qué no me lo preguntó a mí directamente? ¿Es tan difícil?

—Contigo, lo es —tomó su bebida de la mesa y casi la acabó de un trago—. No puedo verte a solas por más de unos minutos cada vez.

—¡Eso es porque solo quiere hablar de lo que debe hacer para acostarse conmigo!

—Por Dios, Eva —susurró entre dientes—. ¡Baja la voz!

Lo estudié, asimilando cada línea de su rostro. Desafortunadamente, catalogar los detalles no redujo en nada la intimidación que sentía. Comenzaba a sospechar que nunca superaría el deslumbramiento que me causaba su figura.

Y yo no era la única; había visto la forma en que otras mujeres reaccionaban ante él. Además era inmensamente rico, cosa que solía hacer atractivos hasta a los hombres viejos, calvos y barrigones. No era de sorprenderse que estuviera acostumbrado a chasquear los dedos y lograr un orgasmo.

Su mirada recorrió rápidamente mi rostro.

—¿Por qué me miras así?

—Estoy pensando.

—¿En qué? —su mandíbula se endureció—. Y, te advierto, si dices alguna estupidez sobre orificios, pre-aprobaciones o emisiones seminales, no seré responsable de mis actos.

Eso casi logró hacerme sonreír.

—Quiero entender unas cuantas cosas, porque creo que tal vez no le esté dando el crédito que merece.

—Yo también quisiera entender algunas cosas —masculló.

—Imagino que el sistema de "quiero poseerte" tiene una tasa de éxito muy alta en su caso.

El rostro de Gideon se suavizó en una máscara ilegible e imperturbable.

—No tocaré ese tema, Eva.

—Bien. Usted quiere saber qué le tomará llevarme a la cama. ¿Es por eso por lo que está en este club hoy? ¿Por mí? Y no me responda lo que cree que quiero escuchar.

Su mirada era clara y firme.

—Estoy aquí por ti, sí. Lo arreglé.

Repentinamente las ropas que vestía el vendedor callejero adquirieron sentido. Habíamos sido tentados por un empleado de las Industrias Cross.

—¿Pensó que trayéndome acá lograría acostarse conmigo?

Su boca tembló con una risa reprimida.

—La esperanza es lo último que se pierde, pero pensé que requeriría más trabajo que un encuentro al azar y unas copas.

—Tiene razón. Entonces, ¿para qué hacerlo? ¿Por qué no esperar hasta el almuerzo del lunes?

—Porque tú andas ligando. No puedo hacer nada respecto al vibrador, pero sí puedo evitar que te encuentres a algún imbécil en un bar. Eva, tú quieres sexo y yo estoy aquí.

—No ando ligando. Estoy quemando la tensión después de un día difícil.

—No eres la única —jugueteó con uno de mis pendiente tipo candelabro—. Así que bebes y bailas cuando estás tensa. Yo primero trabajo en el problema que me estresa.

Su voz se había suavizado y despertó en mí un anhelo alarmante.

—¿Es eso lo que soy? ¿Un problema?

—Definitivamente —respondió con el dejo de una sonrisa en sus labios.

Yo era consciente de que eso constituía gran parte de su atracción por mí. Gideon Cross no estaría donde estaba, a su edad, si aceptara un "no" fácilmente.

—¿Cuál es su definición de salir juntos?

Una mueca frunció el espacio entre sus cejas.

—Largos encuentros sociales pasados con una mujer sin acostarse.

—¿No disfruta de la compañía de las mujeres?

La mueca se intensificó.

—Claro, siempre y cuando no haya demasiadas expectativas o exigencias sobre mi tiempo. He descubierto que la mejor manera de evitar eso es tener relaciones sexuales y amistades mutuamente excluyentes.

Volvía a referirse a las molestas "expectativas". Evidentemente, eran el obstáculo para él.

—Entonces, ¿sí tiene amigas?

—Desde luego —sus piernas se apretaron en torno a las mías, capturándome—. ¿A dónde quieres llegar?

—Usted separa el sexo del resto de su vida. Lo separa de la amistad, del trabajo... de todo.

—Tengo buenos motivos para hacerlo.

—No lo dudo. Bueno, estos son mis pensamientos —no me era fácil concentrarme cuando me encontraba tan cerca de él—. Le dije que no quería que saliéramos y así es. Mi principal prioridad es mi empleo y como mujer soltera que soy, mi vida personal está en segundo lugar. No quiero sacrificar nada de eso por una relación, y no queda mucho más en dónde acomodar algo estable.

—Estoy totalmente de acuerdo contigo.

—Pero... me gusta el sexo.

—Excelente. Disfrútalo conmigo —su sonrisa era una invitación erótica.

Le di un empujón en el hombro.

—Necesito una conexión personal con los hombres con los que me acuesto. No tiene que ser intensa ni profunda pero, para mí, el sexo tiene que ser más que una transacción privada de emoción.

—¿Por qué?

Sabía que no estaba siendo displicente. A pesar de lo extraña que esta conversación debía ser para él, Gideon se la estaba tomando en serio.

—Considéralo una de mis rarezas, y no lo digo en broma. Me enfurece sentirme utilizada en el sexo. Me hace sentir menospreciada.

—¿No podrías verlo como tú utilizándome a mí?

—No contigo —él era demasiado exigente, demasiado contundente.

Un alegre y depredador brillo invadió sus ojos cuando le revelé mi debilidad.

—Además —continué apresuradamente—, eso es simple semántica. Necesito un intercambio equitativo en mis relaciones sexuales. O tener el control.

—Muy bien.

—¿Muy bien? Dijiste eso realmente rápido, teniendo en cuenta que te estoy diciendo que necesito integrar dos cosas que tú te matas por mantener separadas.

—No me siento cómodo con eso y no estoy seguro de entenderlo, pero te estoy escuchando; es un problema. Dime cómo resolverlo.

En ese momento, perdí el aliento. Su respuesta me agarró por sorpresa. Era un hombre que no quería problemas con su vida sexual y yo era una mujer que consideraba que el sexo es complicado, pero él no se daba por vencido. Aún...

—Gideon, necesitamos ser amables. No mejores amigos o confidentes, pero sí dos personas que conocen algo más que la anatomía del otro. Para mí, eso significa que tenemos que pasar tiempo juntos cuando no estamos en la cama. Y me temo que tendremos que pasar tiempo sin acostarnos en los lugares en los que estamos forzados a reprimir nuestros instintos.

—¿No es eso lo que estamos haciendo en este momento?

—Sí. ¿Ves? A eso me refiero. No te estaba dando crédito por eso. Deberías haberlo hecho en una forma menos desagradable —cubrí sus labios con mis dedos cuando intentó interrumpirme—, pero reconozco que intentaste fijar una cita para conversar y yo no cooperé.

Mordisqueó mis dedos con sus dientes, haciéndome aullar y retirar la mano.

—Oye, ¿por qué hiciste eso?

Se llevó mi mano a la boca nuevamente y besó mis dedos; su lengua trabajando para calmar el dolor y... excitarme.

En defensa propia, retiré la mano. Aún no estaba muy segura de haber resuelto las cosas.

—Y, para que lo sepas, no hay expectativas exageradas. Cuando tú y yo pasemos tiempo juntos sin acostarnos, no lo consideraré una cita. ¿Está bien?

—Está claro —Gideon sonrió y mi decisión de estar con él se fortaleció. Su sonrisa era como un rayo en la oscuridad, cegadora, bella y misteriosa, y yo lo deseaba tan intensamente que me dolía el cuerpo.

Sus manos se deslizaron para posarse en mis muslos. Oprimiendo suavemente, me acercó a él. El borde de mi corto vestido negro se deslizó hasta un punto casi indecente y su mirada quedó clavada en la piel descubierta. Su lengua humedeció sus labios en una acción tan carnal y sugestiva que casi sentí la caricia en mi piel.

Duffy comenzó a pedir misericordia, su voz elevándose desde el piso inferior. Una indeseada pena creció en mi pecho.

Ya había tomado suficiente, pero me escuché a mí misma diciendo:

—Necesito otro trago.

5

El sábado en la mañana me desperté con una terrible resaca... lo menos que me merecía. A pesar de lo mucho que me había enojado la insistencia de Gideon en negociar el sexo con la misma pasión con que negociaría una fusión empresarial, al final yo había negociado. Debido a que lo deseaba lo suficiente para asumir un riesgo calculado y romper mis propias reglas.

Me consolaba saber que él también estaba rompiendo algunas de las suyas.

Después de una larga y caliente ducha, fui al salón y encontré a Cary en el sofá con su portátil. Lucía descansado y alerta. Olfateando el café en la cocina, me dirigí hasta allí y llené la taza más grande que encontré.

—Buenos días, preciosa —dijo Cary.

Con mi muy necesitada dosis de cafeína entre las manos, me uní a él en el sofá.

Me señaló una caja que estaba encima de la mesa.

—Eso llegó mientras estabas en la ducha.

Coloqué la taza en la mesa y tomé la caja. Estaba envuelta en papel café y bramante; mi nombre estaba escrito con una caligrafía elegante en la parte superior. En el interior había una botella amarilla de vidrio con un letrero de *CURA PARA LA RESACA* escrito en letra blanca y anticuada, y una nota amarrada con rafia al cuello de la botella. La nota decía "Bébeme". Una tarjeta de Gideon reposaba sobre el nido de papel que protegía la botella.

El regalo me pareció muy apropiado. Desde que había conocido a Gideon me sentía como si hubiera caído por el agujero del conejo a un mundo fascinante y seductor en el que pocas de las reglas conocidas aplicaban. Estaba en un territorio inexplorado que era emocionante pero me asustaba.

Miré a Cary, quien observaba la botella con desconfianza.

—¡Salud! —la descorché y tomé el contenido sin pensarlo dos veces. Sabía a jarabe para la tos. Mi estómago protestó momentáneamente y luego se calentó. Me limpié la boca con el dorso de la mano y volví a colocar el corcho en la botella vacía.

—¿Qué era eso? —preguntó Cary.

—A juzgar por lo que quema, otra dosis de la misma medicina.

Cary frunció la nariz.

—Efectivo pero desagradable.

Y estaba funcionando; empezaba a sentirme un poco más firme sobre mis piernas.

Cary levantó la caja y extrajo la tarjeta de Gideon. La volteó y luego me la entregó. En la parte trasera, Gideon había escrito "Llámame" en una caligrafía fuerte y oblicua, y un número de teléfono.

Cerré mi mano alrededor de la tarjeta. Su regalo probaba que estaba pensando en mí. Su tenacidad y decisión eran seductoras y halagadoras.

Era innegable que me encontraba en problemas en lo relacionado con Gideon. Anhelaba la forma en que me sentía cuando me tocaba, y me encantaba su reacción cuando yo lo acariciaba. Cuando intentaba pensar en algo que *no* haría para lograr que sus manos se volvieran a posar en mí, no se me ocurría nada.

Cuando Cary me alargó el teléfono, negué con la cabeza.

—Aún no. Necesito tener la mente despejada cuando hable con él y aún estoy confundida.

—Ustedes dos se veían muy cercanos anoche. Él definitivamente está loco por ti.

—Yo definitivamente estoy enloquecida por él —acurrucándome en una esquina del sofá, apoyé la mejilla en el cojín y doblé las rodillas contra mi pecho—. Vamos a vernos, a conocernos un poco, tener un sexo casual pero muy intenso y, del resto, ser totalmente independientes. Sin compromisos, sin expectativas, sin responsabilidades.

Cary oprimió un botón en su computadora y la impresora en el otro extremo del salón comenzó a escupir hojas de papel. Luego cerró el portátil, lo colocó en la mesa auxiliar y me dedicó toda su atención.

—Tal vez llegue a ser algo serio.

—Tal vez no —respondí burlona.

—Cínica.

—Cary, no estoy pensando en "fueron felices por siempre", especialmente no con un súper magnate como Cross. He visto la vida que lleva mi madre por estar vinculada a un hombre poderoso. Es un trabajo de tiempo completo con un compañero de medio tiempo. El dinero mantiene contenta a mi madre pero, para mí, no sería suficiente.

Mi padre había amado a mi madre. Le había pedido que se casara con él y que compartieran sus vidas. Ella lo había rechazado porque no tenía el pesado portafolio y la poderosa cuenta bancaria que ella exigía de un esposo. En opinión de Mónica Stanton, el amor no era un requisito para casarse y, dado que su belleza de ojos seductores y voz ronca era irresistible para la mayoría de los hombres, nunca tuvo necesidad de resignarse a menos de lo que quería. Desafortunadamente, no quiso permanecer con mi padre el resto de su vida.

En el reloj, vi que ya eran las diez y media.

—Supongo que debo alistarme.

—Me encantan los días en el *spa* con tu madre —comentó Cary, haciendo desaparecer las sombras de mi malestar—. Me siento como un dios cuando salgo de allá.

—Yo también. Como la diosa de la persuasión.

Estábamos tan ansiosos por salir que bajamos a esperar el auto en lugar de esperar a que nos avisaran cuando llegara.

El portero sonrió cuando salimos, yo con sandalias de tacón y un amplio vestido, y Cary de *jeans* descaderados y camiseta de manga larga.

—Buenos días señorita Tramell. Señor Taylor. ¿Necesitan un taxi?

—No gracias, Paul. Esperamos un auto —Cary sonrió de oreja a oreja—. ¡Es día de *spa* en Perrini!

—Ahh, *spa* en Perrini —Paul afirmó con cara de conocedor— Le di a mi esposa un bono de regalo para nuestro aniversario. Lo disfrutó tanto que pienso convertirlo en una tradición.

—Eso estuvo bien, Paul —le dije—. Cuidar de las mujeres nunca pasará de moda.

Una limusina negra, con Clancy al volante, se estacionó frente a nosotros. Paul abrió la puerta trasera y Cary y yo nos subimos, dando gritos de emoción cuando vimos una caja de chocolates de Knipschildt. Despidiéndonos de Paul, nos acomodamos y atacamos a pequeños mordiscos las trufas, dignas de ser saboreadas con calma.

Clancy nos llevó directamente a Perrini, donde la relajación comenzaba desde el instante en que uno atravesaba la puerta. Cruzar el umbral era como tomar vacaciones en el otro extremo del mundo. Cada portal estaba enmarcado por exóticas y coloridas sedas y almohadones enjoyados decoraban elegantes divanes y poltronas.

De jaulas colgantes llegaba el alegre gorjeo de pájaros, y plantas sembradas en macetas ocupaban todos los rincones con sus exuberantes hojas. Pequeñas fuentes decorativas contribuían al sonido del agua corriente, mientras se escuchaba música instrumental de cuerdas procedente de altavoces invisibles. El aire estaba aromatizado por una mezcla de especias y fragancias exóticas, que me hacían sentir como si acabara de ingresar a *Las mil y una noches.*

Estaba *muy cerca* de ser demasiado, pero no alcanzaba a cruzar esa línea. En cambio, Perrini era exótico y lujoso, una amable indulgencia para aquellos que podían pagarla... como mi madre que, cuando llegamos, acababa de salir de un baño en leche y miel.

Estudié la lista de tratamientos disponibles y resolví no tomar el usual "mujer guerrera" sino más bien el "consentimiento apasionado". Me había hecho la cera la semana anterior, pero el resto del tratamiento, "diseñado para hacerla irresistible sexualmente", parecía ser exactamente lo que necesitaba.

Finalmente había logrado concentrarme en el tema del trabajo, mucho más seguro, cuando Cary interrumpió mis pensamientos desde su silla de pedicura a mi lado.

—Señora Stanton, ¿conoce a Gideon Cross?

Lo miré boquiabierta. Sabía perfectamente que mi madre enloquecía con cualquier noticia sobre mis enredos amorosos y no-tan-amorosos, según el caso.

Mi madre, que estaba en una silla frente a mí, se inclinó hacia adelante con su habitual entusiasmo infantil por cualquier hombre rico y guapo.

—Desde luego. Es uno de los hombres más ricos del mundo. Si no estoy mal, ocupa el puesto veinticinco o algo así en la lista de *Forbes.* Un joven muy tenaz, obviamente, y un generoso benefactor de muchas de las obras de caridad para niños que yo apoyo. Un excelente partido, claro, pero no creo que sea *gay.* Tiene fama de ser todo un galán.

—Lamentable —Cary rió e ignoró las violentas muecas que le hice—. Pero, sería un amor utópico, ya que está interesado en Eva.

—¡Eva! No puedo creer que no me lo hayas contado. ¿Cómo pudiste ocultarme algo así?

Miré a mi madre, cuyo rostro exfoliado lucía joven, sin arrugas y muy parecido al mío. Sin duda yo era hija de mi madre, hasta en el apellido. La única concesión que ella le había hecho a mi padre, fue ponerme el nombre de su madre.

—No hay nada qué contar —aclaré—. Somos solo... amigos.

—Eso podemos arreglarlo —exclamó Mónica con una mirada calculadora que me aterró—. No entiendo cómo se me pasó que trabajas en el mismo edificio que él. Estoy segura de que quedó perdidamente enamorado de ti en el instante en que te vio. Aunque se sabe que prefiere las morenas... Mmmm... no importa. También es reconocido por su buen gusto. Es obvio que eso fue lo que lo hizo caer por ti.

—No es como lo pintas. Por favor no empieces a entrometerte. Me avergonzarás.

—Tonterías. Si alguien sabe cómo manejar a los hombres, soy yo.

Me encogí, los hombros se me pegaron a las orejas. Cuando al fin llegó la hora de mi cita para un masaje, lo necesitaba desesperadamente. Me estiré en la mesa y cerré los ojos, dispuesta a echar una siesta para recuperar energías para la larga noche que me esperaba.

Me encantaba vestirme elegante y verme bonita, pero los eventos de caridad eran realmente extenuantes. Las charlas triviales me cansaban, sonreír permanentemente era doloroso, y las conversaciones sobre negocios y empresarios desconocidos eran aburridoras. Si no fuera porque a Cary le convenía exhibirse un poco, yo no habría asistido tan dócilmente.

Suspiré. ¿A quién engañaba? Habría ido de todas maneras. Mi madre y Stanton apoyaban obras de caridad en beneficio de niños víctimas de abuso porque para mí eran importantes. Asistir al ocasional evento era poco en comparación con los beneficios.

Respirando profundamente, me obligué a relajarme. Me propuse llamar a mi padre cuando regresara a casa y pensé en cómo enviar una nota de agradecimiento a Gideon por el remedio para la resaca. Podría enviarle un correo electrónico a la dirección que aparecía en su tarjeta, pero eso no sería muy elegante. Además, yo no sabía quién leía los mensajes de esa cuenta.

Resolví que lo mejor era llamarlo cuando volviera a casa. ¿Por qué no? Él me lo había pedido —no, *ordenado*— lo había hecho por escrito en su tarjeta. Y así escucharía nuevamente su exquisita voz.

La puerta se abrió y el masajista se acercó.

—Hola Eva. ¿Lista?

No del todo pero ya casi.

TRAS varias deliciosas horas en el *spa*, mi madre y Cary me dejaron en el apartamento; ellos se fueron a hacerle la cacería a unos gemelos para Stanton. Aproveché que estaba sola para llamar a Gideon. A pesar de estar a solas, marqué el número de Gideon media docena de veces antes de decidirme a llamarlo.

Contestó al primer timbrazo.

—Eva.

Sorprendida de que supiera que era yo, mi mente se turbó por un momento. *¿Cómo habían llegado mi nombre y número telefónico a su lista de contactos?*

—Mmm... Hola Gideon.

—Estoy a una manzana de distancia. Avisa al portero que voy para allá.

—¿Qué? —me sentí como si me hubiera perdido parte de la conversación—. ¿Vas para dónde?

—A tu apartamento. Ya estoy en la esquina. Avisa a la portería.

Colgó y yo me quedé mirando el teléfono, intentando absorber el hecho de que Gideon estaría conmigo otra vez en pocos minutos. Algo aturdida, fui hasta el intercomunicador y me comuniqué con la portería, avisándoles que lo esperaba. Mientras hablaba con el portero, Gideon llegó al edificio. Pocos segundos después, se encontraba en la puerta de mi apartamento.

Solo entonces recordé que tan solo llevaba una bata corta de seda e iba peinada y maquillada para la cena. ¿Qué impresión se llevaría de mi apariencia?

Ajusté el cinturón de mi bata antes de abrirle. No era yo quien lo había invitado para seducirlo.

Gideon permaneció un largo momento en el recibidor, su mirada clasificándome de pies a cabeza. Yo quedé igualmente asombrada por su apariencia. Verlo luciendo unos gastados *jeans* y una camiseta hizo que deseara desvestirlo con los dientes.

—Encontrarte así justifica el viaje Eva —entró y cerró la puerta tras él—. ¿Cómo te sientes?

—Bien, gracias a ti. Gracias —mi estómago se estremecía por su presencia... me sentía casi mareada—. Pero no viniste por eso.

—Estoy acá porque te demoraste mucho en llamarme.

—No estaba enterada de que tenía un plazo definido.

—Tengo que preguntarte algo con prisa pero, más que eso, quería saber si te sentías bien después de anoche —sus ojos oscuros me recorrieron, su bello rostro enmarcado por la lujosa cortina de pelo azabache—. Dios. Te ves preciosa Eva. No recuerdo haber deseado algo tanto en mi vida.

Esas simples palabras fueron suficientes para encenderme y excitarme. Demasiado vulnerable.

—¿Qué puede ser tan urgente?

—Ven conmigo a la cena de caridad de esta noche.

Me retiré, sorprendida y entusiasmada por la invitación.

—¿Tú vas?

—Y tú también. Lo confirmé, sabiendo que tu madre estaría allá. Vayamos juntos.

Mis manos se detuvieron en mi garganta, mi mente desgarrada entre la extrañeza por todo lo que él sabía sobre mí y la preocupación por lo que me pedía.

—No me refería a eso cuando dije que debíamos pasar tiempo juntos.

—¿Por qué no? —la pregunta era todo un reto—. ¿Cuál es el problema de ir juntos a un evento al que de todas maneras íbamos a ir?

—No es muy discreto. Es un evento bastante notable.

—¿Y? —Gideon se acercó más y jugueteó con uno de mis mechones.

Su voz sonaba peligrosamente ronroneante y me hizo temblar de pies a cabeza. Podía sentir el calor de su poderoso cuerpo y oler el muy masculino aroma de su piel. Cada minuto que pasaba, yo caía más profundamente en su hechizo.

—La gente supondrá cosas, especialmente mi madre. Ya anda rastreando tu sangre de solterón entre el agua.

Inclinando la cabeza, Gideon presionó sus labios contra la curva de mi cuello.

—No me importa lo que piensen. Tú y yo sabemos lo que estamos haciendo. Y yo me encargaré de tu madre.

—Si crees que podrás... —le dije sin aliento— no la conoces muy bien.

—Te recogeré a las siete —su lengua acarició una vena de mi garganta que pulsaba enloquecida, y yo me derretí, mi cuerpo se relajó mientras él me rodeaba.

A pesar de todo me las arreglé para hablar.

—No he dicho que sí.

—Pero no dirás que no —rebatió tomando entre sus dientes el lóbulo de mi oreja—. No te lo permitiré.

Abrí la boca para protestar y él la selló con sus labios, obligándome a callar en un maravilloso y húmedo beso. Su lengua se movía con lentitud, saboreándome y haciendo que anhelara que hiciera lo mismo entre mis piernas. Mis manos se izaron hasta su cabeza, enredándose y halando el pelo. Cuando me rodeo con sus brazos, yo me acurruqué en sus manos.

Tal como había sucedido en su oficina, antes de que supiera que me estaba moviendo, él me tuvo acostada en el sofá, su boca devorando mi exclamación de sorpresa. La bata daba paso a sus hábiles manos; pronto tuvo sus manos sobre mis senos, masajeándolos con suaves y rítmicos apretones.

—Gideon...

—Shh —chupaba mi labio inferior y sus dedos acariciaban y apretaban mis pezones—. Me estaba volviendo loco saber que estabas desnuda bajo la bata.

—Llegaste sin... ¡Oh, Dios mío!

Su boca rodeó la punta de mi seno y una ráfaga de calor hizo sudar mi piel.

Miré con desesperación la hora.

—Gideon, no.

Levantó la cabeza y me observó con ojos tormentosos.

—Es una locura, lo sé. No... Eva, ¡no puedo explicarlo, pero sé que tengo que darte un orgasmo! Llevo días sin pensar en otra cosa.

Una de sus manos se coló entre mis piernas, que se abrieron descaradamente; mi cuerpo estaba tan excitado que estaba sonrojada y afiebrada. Su otra mano continuó jugueteando con mis senos, endureciéndolos y haciéndolos casi irresistiblemente sensibles.

—Estás lista para mí —murmuró, deslizando sus ojos por mi cuerpo hasta el lugar en que tenía la mano—. Acá abajo también eres hermosa. Peluda y rosada. Tan suave. No te hiciste la cera hoy, ¿verdad?

Sacudí la cabeza.

—Gracias a Dios. No creo que hubiera podido resistirme diez minutos, mucho menos diez horas. —dijo mientras deslizaba cuidadosamente un dedo en mi interior.

Mis ojos se cerraron ante la irresistible vulnerabilidad de estar de piernas abiertas y manoseada por un hombre cuyo conocimiento de las exigencias de la depilación brasilera revelaba un conocimiento muy íntimo de las mujeres. Un hombre que seguía totalmente vestido y de rodillas en el suelo junto a mí.

—Eres tan estrecha —Gideon salió y volvió a penetrar suavemente en mi interior. Mi espalda se arqueó al cerrarme impacientemente a su alrededor—. Y tan ambiciosa. ¿Hace cuánto que no tienes sexo con alguien?

Tragué con dificultad.

—He estado ocupada. Tuve que terminar mi tesis, buscar empleo y mudarme...

—Un tiempo, entonces —volvió a salir y entró nuevamente, esta vez con dos dedos. No pude reprimir un gemido de placer. El tipo tenía unas manos muy hábiles y confiadas; tomaba lo que deseaba con ellas.

—¿Estás tomando anticonceptivos?

—Sí —mis manos agarraron el borde del cojín—. Desde luego.

—Te daré pruebas de que estoy limpio y tú harás lo mismo; luego me permitirás penetrarte.

—Por Dios, Gideon —estaba jadeando de deseo por él, mis caderas giraban descaradamente al ritmo de sus dedos. Sentía que estallaría espontáneamente si él no me daba satisfacción.

Nunca en mi vida había estado tan caliente. Estaba a punto de perder la razón por la necesidad de un orgasmo. Si Cary regresaba en ese momento y me encontraba revolcándome en nuestra sala mientras Gideon me poseía con los dedos, creo que no me hubiera importado.

Gideon también jadeaba. Su rostro estaba sonrojado por la lujuria. Por el deseo. Y yo no había hecho nada más que responder incontroladamente a él.

La mano en mis senos ascendió a mi mejilla y la acarició.

—Estás sonrojada. Te he escandalizado.

—Sí.

Su sonrisa fue pícara y alegre; me comprimió el pecho.

—Quiero sentir que me vengo dentro de ti cuando te penetro con los dedos. Quiero que tú sientas mi semen en ti, para que pienses en cómo me veía y los sonidos que hacía mientras te poseía. Y, mientras piensas en eso, vas a desear que te lo haga una y otra vez.

Mi sexo se erizaba con sus caricias, la crudeza de sus palabras llevándome al borde del orgasmo.

—Te voy a decir todo lo que quiero que me hagas para darme placer, Eva, y vas a hacerlo todo... tomarlo todo; vamos a tirar de forma explosiva, primaria y sin restricciones. ¿Lo sabes? ¿Verdad? Puedes sentir cómo serán las cosas entre nosotros.

—Sí —respiré, apretando mis senos para aliviar la presión de mis endurecidos pezones—. Por favor, Gideon.

—Shhh... te tengo —la almohadilla de su pulgar frotaba mi clítoris con suaves movimientos circulares—. Mírame a los ojos cuando te vengas.

Todo se tensó dentro de mí, intensificándose mientras él masajeaba mi clítoris y me penetraba con sus dedos una y otra vez, con un ritmo constante y pausado.

—Entrégate Eva —me ordenó—. Ahora.

Alcancé el clímax con un débil gemido, mis nudillos pálidos en el borde del cojín, mientras mis caderas arremetían contra su mano, mi mente más allá de cualquier vergüenza o timidez. Mi mirada estaba fija en la de él, incapaz de desprenderse, fascinada por el masculino brillo de triunfo en sus ojos. En ese momento me poseía. Haría cualquier cosa que me pidiera... y él lo sabía.

Un placer abrasador palpitaba en mí. Creí escuchar que me hablaba con voz ronca a través del estruendo de la sangre en mis oídos, pero dejé de oírlo cuando levantó una de mis piernas sobre el espaldar del sofá y cubrió mi sexo con su boca.

—No —tomé su cabeza entre mis manos—. No puedo...

Estaba demasiado inflamado, demasiado excitado. Pero cuando su lengua tocó mi clítoris, vibrando sobre él, el deseo me abrasó nuevamente... con mayor intensidad que la primera vez. Bordeó mi palpitante hendidura, como burlándose de mí con la promesa de otro orgasmo cuando yo bien sabía que no podría volver a venirme tan pronto.

Luego su lengua me penetró y tuve que morderme los labios para no lanzar un grito. Me vine por segunda vez, mi cuerpo temblando violentamente, delicados músculos cerrándose desesperadamente en torno a sus extenuados lamidos. Su gruñido vibró a través de mi cuerpo. Yo no tenía fuerzas para alejarlo de mí cuando regresó a mi clítoris, esta vez para succionarlo suavemente... incansablemente... hasta que, jadeando su nombre, tuve un tercer orgasmo.

Cuando él enderezó mi pierna, mis huesos parecían haberse esfumado y seguía sin aliento cuando recorrió mi estómago y pecho besándome. Lamió cada uno de mis pezones, luego me enderezó colocando sus brazos alrededor de mi espalda. Yo permanecía relajada y maleable en sus brazos mientras él tomaba mi boca con suprimida violencia, hiriendo mis labios y delatando lo cerca que se encontraba del clímax.

Finalmente, cerró mi bata y se puso de pie.

—Gideon...

—A las siete en punto, Eva —se inclinó y tocó mi tobillo, acariciando la cadena de diamantes que me había puesto para esa noche—. Y no te quites esta. Cuando te haga el amor quiero que lleves tan solo esa cadena.

6

—Hola papá. Te encontré —ajusté mi mano alrededor del teléfono y acerqué un taburete a la barra del desayuno. Extrañaba a mi padre. Durante los últimos cuatro años habíamos vivido lo suficientemente cerca para vernos al menos una vez a la semana. Ahora, él vivía en Oceanside, en el otro extremo del país—. ¿Cómo estás?

Él bajó el volumen al televisor.

—Mejor, ahora que me has llamado. ¿Cómo te fue en tu primera semana de trabajo?

Le conté con detalles los eventos de lunes a viernes, omitiendo todo lo relacionado con Gideon.

—Mark, mi jefe, me gusta mucho. Y el ambiente en la oficina es muy activo y algo extravagante. Me gusta ir al trabajo cada día y cuando llega la hora de ir a casa lo lamento.

—Espero que siga siendo así. Pero tienes que asegurarte de tener también algún descanso. Sal, sé joven, diviértete. Pero tampoco te diviertas demasiado.

—Sí, de hecho me divertí de más anoche. Nos fuimos de clubes con Cary y hoy me levanté con una desagradable resaca.

—Caray. No me digas eso —gruñó—. Algunas noches me levanto sudando frío pensando en ti en Nueva York. Lo supero diciéndome a mí mismo que eres demasiado inteligente para tomar riesgos innecesarios, gracias a que tus padres te inculcamos las normas de seguridad en tu ADN.

—Lo cual es totalmente cierto —respondí riendo—. Eso me recuerda... voy a comenzar a entrenar en krav magá.

—¿En serio? —exclamó tras una pensativa pausa—. Uno de mis colegas es muy bueno en eso. Hablaré con él y compararemos notas cuando vaya a visitarte.

—¿Vas a venir a Nueva York? —no podía disimular mi entusiasmo—. Ay papá, me encantaría que vinieras. Aunque extraño mucho California, Manhattan es realmente formidable. Creo que te gustará.

—Me gustará cualquier lugar del planeta si tú estás allí —pausó un segundo y luego preguntó—. ¿Cómo está tu madre?

—Bueno... la conoces. Bella, encantadora y obsesiva-compulsiva.

Sentí un dolor en el pecho. Creo que mi padre aun estaba enamorado de ella. Jamás se casó. Esa era una de las razones por las cuales nunca le conté lo que me sucedió. Como policía, habría insistido en presentar la denuncia y el escándalo habría destruido a mi madre. También temía que él le perdiera el respeto o la culpara... no había sido culpa de ella. Tan pronto descubrió lo que su hijastro me hacía, abandonó a su querido marido y pidió el divorcio.

Seguí conversando y saludé con un gesto a Cary cuando llegó muy apurado y con una pequeña bolsa de Tiffany & Co.

—Hoy estuvimos en el *spa*. Fue una forma divertida de terminar la semana.

Pude imaginar su sonrisa cuando dijo:

—Me alegro de que se las arreglen para pasar tiempo juntas. ¿Qué otros planes tienes para el fin de semana?

Evité el tema del evento de caridad, sabiendo que la suntuosidad de las alfombras rojas y el precio del puesto tan solo servirían para resaltar la enorme brecha existente entre la vida de mi padre y la de mi madre.

—Cary y yo saldremos a cenar y mañana pienso quedarme en casa. Dormir hasta tarde, pasar el día en pijama, tal vez ver alguna película y pedir comida a domicilio. Mejor dicho, vegetar antes de que comience la semana de trabajo.

—Suena fascinante. Tal vez siga tu ejemplo cuando vuelva a tener un día libre.

Viendo el reloj, descubrí que ya eran más de las seis.

—Tengo que ir a arreglarme. Ten cuidado en el trabajo, ¿de acuerdo? También me preocupo por ti.

—Lo haré. Adiós, nena.

La tradicional frase de despedida me hizo extrañarlo tanto que la garganta me dolía.

—¡Espera! Voy a comprar un nuevo teléfono celular. Te enviaré el número en un mensaje tan pronto lo tenga.

—¿Otra vez? Conseguiste uno cuando te mudaste.

—La historia es larga y aburrida.

—Mmm... no lo aplaces. Son buenos como medida de seguridad y para jugar *Angry Birds*.

—¡Ya me aburrí de ese juego! —reí y me conmovió escuchar que también reía—. Te llamaré en unos días. Sé bueno.

—Esa es *mi* frase.

Colgamos. Permanecí un momento en el silencio que siguió, sintiendo que todo funcionaba bien en mi vida, cosa que nunca dura demasiado. Medité sobre ello un minuto; luego escuché que Cary ponía a tronar a Hinder en su equipo de sonido y eso me sacó de la inercia.

Me apresuré hasta mi habitación para arreglarme para una noche con Gideon.

—¿Con collar o sin collar? —le pregunté a Cary cuando apareció en mi habitación luciendo realmente despampanante. Con su nuevo esmoquin, lucía muy elegante y, sin duda, atraería mucha atención.

—Mmm —su cabeza se inclinó a un costado mientras me estudiaba—. Póntelo otra vez.

Coloqué la gargantilla de monedas de oro en mi garganta. El vestido que mi madre me había enviado era rojo-auto-de-bomberos y diseñado para una diosa griega. Colgaba de un hombro, con un escote diagonal, se fruncía en la cadera, y luego se abría desde la parte superior de mi muslo derecho hasta el piso. No tenía espalda, a excepción de una delgada franja de piedras de imitación que conectaban un lado con el otro para mantener el frente en su lugar. Del resto, la espalda quedaba desnuda hasta apenas por encima de mis nalgas.

—Olvida el collar. Estaba pensando en pendientes de oro, pero ahora pienso que será mejor que te pongas unos aros de diamantes. Lo más grandes que tengas.

—¿Qué? ¿En serio? —fruncí el ceño ante nuestros reflejos en mi espejo de cuerpo entero, observando a Cary trasladarse hasta mi cofre de joyas y escarbar en él.

—Estos —me los alcanzó y vi que eran los aros de dos pulgadas que mi madre me había dado cuando cumplí dieciocho años—. Confía en mí, Eva. Póntelos.

Lo hice y comprendí que Cary tenía razón. El resultado era muy diferente al de la gargantilla de oro, menos glamoroso y más sensual. Y los aretes iban bien con la cadena de diamantes en mi tobillo derecho... Con el cabello rodeando mi cabeza en una cascada de deliberadamente desordenados mechones, tenía un aire de recién-tirada que se complementaba con una sombra de ojos gris y brillo natural en los labios.

—¿Qué haría yo sin ti, Cary Taylor?

—Mi pequeña —colocó sus manos en mis hombros y oprimió su mejilla contra la mía—, nunca lo sabrás.

—Oye... te ves despampanante.

—¿Verdad que sí? —hizo un guiño y dio una vuelta luciéndose.

A su manera, Cary podía competir con Gideon. Cary tenía facciones más finas, era casi bonito en comparación con la belleza salvaje de Gideon, pero ambos eran hombres muy llamativos que te hacían seguirlos con la mirada y sentir una avara satisfacción.

Cary no era tan perfecto cuando lo conocí. En esa época estaba hecho un manojo de nervios y demacrado, sus ojos verdes nublados y perdidos. Pero me había atraído y me esforzaba por sentarme a su lado en las terapias de grupo. Finalmente me había hecho su propuesta, cruelmente, convencido de que las personas solamente se metían con él para tener sexo. Cuando me rehusé, firme e irrevocablemente, comenzamos a entendernos y nos convertimos en mejores amigos. Era el hermano que nunca había tenido.

El intercomunicador timbró y yo pegué un salto, comprendiendo lo nerviosa que estaba. Miré a Cary.

—Olvidé avisar a la portería que vendría de nuevo.

—Lo recibiré.

—¿No te importa ir solo con Stanton y mi madre?

—¿Bromeas? Ellos me aman —su sonrisa desapareció—. ¿Te estás arrepintiendo de ir con Cross?

Respiré profundamente, recordando dónde me encontraba un rato antes: de espaldas en un aturdimiento multiorgásmico.

—No, no. Es simplemente que todo está sucediendo tan rápidamente y mejor de lo que esperaba o sabía que quería...

—Te estás preguntando cuál es la trampa —se acercó y me dio golpecitos en la nariz con la punta de su dedo—. Eva, él es la trampa. Y tú lo has atrapado. Disfrútalo.

—Estoy tratando —me alegraba de que Cary me entendiera y entendiera la forma en que mi mente trabajaba. Era tan fácil estar con él, sabiendo que él llenaba los vacios cuando yo era incapaz de explicarme algo.

—Hice una investigación exhaustiva sobre él esta mañana e imprimí lo más interesante. Está en tu escritorio por si te interesa darle una mirada.

Recordé que lo había visto imprimir algo en la mañana, antes de irnos para el *spa*. Poniéndome de puntillas, lo besé en la mejilla.

—Eres lo mejor. Te quiero.

—Yo a ti, mi pequeña —se dirigió a la puerta—. Iré a la entrada y lo traeré hasta acá. Tómate tu tiempo. Llegó con diez minutos de anticipación.

Sonriente, lo observé salir al corredor. La puerta se cerraba tras él cuando pasé al pequeño salón adjunto a mi habitación. En el muy poco práctico escritorio escogido por mi madre, encontré una carpeta llena de artículos e imágenes impresas. Me senté y me sumergí en la historia de Gideon Cross.

Leer que era el hijo de Geoffrey Cross, ex presidente de la firma de inversiones que resultó ser una pantalla para el masivo esquema de Ponzi, fue como observar los restos de un tren. Gideon tenía tan solo cinco años cuando su padre se suicidó de un tiro en la cabeza para no enfrentar la condena en prisión.

Oh, Gideon. Intenté imaginarlo a esa edad, un guapo niño de cabello oscuro y bellos ojos azules terriblemente confundido y triste. La imagen me partió el alma. El suicidio de su padre —y las circunstancias que lo rodearon— debían haber sido, para él y su madre, algo devastador. El estrés y la tensión en semejantes circunstancias debieron ser enormes, especialmente para un niño tan pequeño.

Su madre se casó después con Christopher Vidal, un empresario de música, y tuvo dos hijos más: Christopher Vidal Jr. y Ireland Vidal, pero parece ser que la ampliación de la familia y la seguridad financiera habían llegado demasiado tarde para ayudar a Gideon a estabilizarse tras semejante sacudón. Estaba demasiado encerrado en sí mismo para no tener algunas dolorosas heridas emocionales.

Con ojo curioso y crítico, estudié a la mujer que aparecía al lado de Gideon en una fotografía y pensé en su forma de ver las citas, socializar y tener sexo. Confirmé que mi madre tenía razón; eran todas morenas. La que aparecía junto a él con más frecuencia tenía rasgos de una herencia hispana. Era más alta que yo, más esbelta que rellena.

—Magdalene Pérez —murmuré, admitiendo de mala gana que era despampanante. Su postura reflejaba esa confianza exuberante que yo tanto admiro.

—Bueno, suficiente —me interrumpió Cary con tono de diversión. Ocupaba el marco de la puerta de mi saloncito, apoyándose insolentemente en el quicio.

—¿En serio? —Había estado tan concentrada que no noté cuánto tiempo había pasado.

—Sospecho que estás a un minuto de que venga a buscarte. A duras penas se está aguantando.

Cerré la carpeta y me puse de pie.

—Interesante lectura, ¿verdad?

—Muy —¿Cómo habría influido su padre en la vida de Gideon o, más bien, su suicidio?

Sabía que todas las respuestas estaban esperándome en la habitación de al lado.

Abandonando mi habitación, salí al pasillo que llevaba al salón. Me detuve en el umbral con la mirada en la espalda de Gideon, quien se encontraba de pie observando la ciudad por la ventana. Los latidos de mi corazón se aceleraron. Su reflejo revelaba un ánimo contemplativo. Se veía concentrado y adusto. Sus brazos cruzados delataban una desazón inherente, como si se encontrara fuera de su elemento. Lucía remoto y alejado, un hombre intrínsecamente solo.

Él sintió mi presencia o, tal vez, olfateó mi anhelo. Se volvió y se detuvo en seco. Aproveché la oportunidad para observarlo de pies a cabeza. Era, sin duda, el poderoso magnate. Era tan sensualmente guapo que mis ojos ardían con solo mirarlo. El desenfadado montón de pelo negro que rodeaba su cabeza me hizo flexionar los dedos con el anhelo de tocarlo. Y la forma en que me miraba... mi pulso galopaba.

—Eva —se acercó a mí, con zancadas fuertes y elegantes. Tomó mi mano y la llevó a su boca. Su mirada era intensa, intensamente concentrada, intensamente ardiente.

La sensación de sus labios en mi piel me erizó y despertó recuerdos de esa pecaminosa boca en otras partes de mi cuerpo. Me excité instantáneamente.

—Hola.

Sus ojos brillaron divertidos.

—Hola tú. Te ves espectacular. No puedo esperar para presumir por tenerte a mi lado.

Respiré en medio de la emoción que me producía su cumplido.

—Ojala te haga justicia.

Frunció levemente el ceño.

—¿Estás lista?

Cary apareció a mi lado, llevando mi chal de terciopelo y guantes de ópera.

—Aquí tienes. Metí tu brillo en el bolso.

—Eres maravilloso Cary.

Me guiñó un ojo, lo cual me demostró que había visto los condones que yo había echado en el pequeño bolsillo interior.

—Bajaré con ustedes.

Gideon tomó el chal y me lo puso sobre los hombros. Luego sacó mi pelo debajo de él, y sentir sus manos en mi cuello me hizo estremecer al punto de no notar cuando Cary me entregó los guantes.

El viaje en ascensor hasta el primer piso fue un ejercicio de supervivencia ante la intensa excitación sexual. Cary pareció no notarla; se encontraba a mi izquierda, con las manos en los bolsillos, silbando. Por su parte, en el lado contrario, Gideon era una fuerza arrasadora. Aunque no se movió ni musitó palabra, yo podía sentir la energía nerviosa que irradiaba. Mi piel cosquilleaba con la corriente magnética que nos unía, y tenía la respiración acelerada. Me sentí aliviada cuando las puertas se abrieron y nos liberaron.

Dos mujeres esperaban para tomar el ascensor. Sus mandíbulas se abrieron cuando vieron a Gideon y Cary, y eso me relajó e hizo sonreír.

—Señoras —Cary las saludó, con una sonrisa que era realmente injusta. Casi pude ver sus neuronas haciendo cálculos.

En contraste, Gideon saludó con un gesto de cabeza y me guió colocando una mano en mi espalda, piel contra piel. El contacto era eléctrico y envió oleadas de calor por todo mi cuerpo.

Le oprimí la mano a Cary.

—Resérvame un baile.

—Siempre. Nos vemos en un rato.

Una limosina esperaba junto a la acera y el conductor abrió la puerta cuando Gideon y yo salimos. Me deslicé por la silla hasta el extremo opuesto y arreglé mi vestido. Cuando Gideon se acomodó a mi lado y cerró la puerta, fui consciente de su delicioso olor. Lo respiré a bocanadas, diciéndome a mí misma que debía relajarme y disfrutar de su compañía. Tomó mi mano y pasó sus dedos por ella, el solo toque despertó una excitación furiosa en mí. Me quité el chal pues sentía demasiado calor para llevarlo encima.

—Eva —oprimió un botón y el vidrio que nos separaba del conductor se cerró. Al instante estuve estirada sobre su regazo con su boca sobre la mía, besándome con fiereza.

Hice lo que había deseado desde que lo vi en el salón del apartamento: enredé mis manos en su pelo y lo besé. Me encantaba la forma en que me besaba, como si *tuviera* que hacerlo, como si fuera a enloquecer si no lo hacía y hubiera esperado demasiado para hacerlo. Chupé su lengua, sabiendo que le encantaba, sabiendo que *me* encantaba, sabiendo que me hacía desear chuparle algo más con la misma fogosidad.

Sus manos se deslizaban por mi espalda desnuda y yo gemía, sintiendo la presión de su erección en mi cadera. Me volteé para sentarme a horcajadas sobre él, retiré mi vestido y pensé en agradecerle a mamá ese regalo, por su conveniente abertura. Lo abracé con las rodillas a ambos lados de su cadera e intensifiqué el beso. Lamí su boca, mordisqueé sus labios, jugueteé con mi lengua en la suya...

Gideon agarró mi cintura y me alejó. Se recostó en la silla, su cuello arqueado para mirarme a la cara, su pecho jadeante.

—¿Qué es lo que me haces?

Pasé mis manos por su pecho, sintiendo la implacable dureza de sus músculos. Mi dedos rastrearon las ondulaciones de su abdomen, mi mente haciéndose una imagen de cómo se vería desnudo.

—Te estoy acariciando. Disfrutándote profundamente. Te deseo, Gideon.

Me agarró por las muñecas, deteniendo mis movimientos.

—Más tarde. Estamos en la mitad de Manhattan.

—Nadie puede vernos.

—Ese no es el punto. No es el momento ni el lugar adecuado para comenzar algo que no podremos terminar hasta dentro de muchas horas. Desde esta tarde estoy enloqueciendo.

—Entonces, asegurémonos de terminarlo ahora.

Me apretó hasta hacer doler.

—No podemos hacerlo aquí.

—¿Por qué no? —y se me ocurrió una idea sorprendente—. ¿Nunca has tenido sexo en una limosina?

—No —su gesto se endureció—. ¿Tú sí?

Desviando la mirada sin responderle, observé el tráfico y los peatones a nuestro alrededor. Estábamos a centímetros de cientos de personas, pero los vidrios oscuros nos protegían y me hacían imprudente.

Quería darle gusto. Quería saber que podía acercarme a Gideon Cross y que lo único que podría detenerme era él mismo.

Mecí mis caderas contra él, frotándome contra su pene erecto. Su respiración silbaba entre las apretadas mandíbulas.

—Gideon, te necesito —dije jadeando, inhalando su olor que era más fuerte ahora que estaba excitado. Pensé que tal vez estaba un poco intoxicada por el tentador aroma de su piel—. Me enloqueces.

Soltó mis muñecas y tomó mi rostro entre sus manos, sus labios presionando con fuerza los míos. Busqué la bragueta de sus pantalones y solté dos botones para llegar a la escondida cremallera. Se tensionó.

—Lo necesito —murmuré en sus labios—. Dame esto.

No se relajó, pero tampoco intentó detenerme. Cuando lo tuve en mis manos, gruñó con un sonido afligido y erótico. Lo apreté suavemente, mis movimientos deliberadamente delicados mientras lo reconocía con mis manos. Estaba duro como piedra, y caliente. Deslicé ambas manos a lo largo de ese pene, desde la raíz hasta la punta, dejando de respirar cuando él se agitó debajo de mí.

Gideon agarró mis muslos, sus manos deslizándose bajo mi vestido hasta que sus pulgares encontraron los lazos rojos de mi tanga.

—Tu sexo es tan dulce —murmuró entre mi boca—. Quiero abrirte de piernas y lamerte hasta que ruegues que te lo meta.

—Rogaré ya mismo, si quieres —seguí acariciándolo con una mano y con la otra busqué mi bolso para sacar un condón.

Uno de sus pulgares se introdujo bajo mis bragas, la yema resbalando en la humedad de mi deseo.

—A duras penas te he tocado —murmuró, sus ojos centelleando en las sombras del automóvil—, y ya estás lista para mí.

—No puedo evitarlo.

—No quiero que lo evites —me penetró con su pulgar, mordiéndose el labio cuando yo me cerré a su alrededor—. No sería justo si yo tampoco pudiera evitar lo que me produces.

Rompí el empaque de papel metálico con mis dientes y se lo entregué con el condón sobresaliendo de él—. No soy buena con estos.

Su mano se enroscó alrededor de la mía.

—Estoy rompiendo todas mis reglas contigo.

La seriedad de su tono me hizo sentir una oleada de ternura y confianza.

—Las reglas se hacen para romperlas.

Vi sus dientes blancos; luego oprimió un botón en el panel de control y ordenó al conductor conducir sin detenerse hasta que le ordenara lo contrario.

Me sonrojé. Las luces de otro automóvil penetraron el oscuro vidrio e iluminaron mi rostro, delatando mi vergüenza.

—¿Por qué, Eva? —ronroneó, colocándose el condón—. Me has seducido para tener sexo en mi limosina, ¿pero te sonrojas cuando le digo a mi conductor que no quiero ser interrumpido mientras sucede?

Su repentina alegría me acabó de enloquecer. Poniendo mis manos en sus hombros para mantener el equilibrio, me levanté en mis rodillas para alcanzar la altura necesaria para planear sobre la corona del poderoso pene de Gideon. Sus manos empuñaron mis caderas y escuché cómo rasgaba mis bragas. El brusco sonido y la violencia de su acción, espolearon mi deseo hasta hacerlo febril.

—Despacio —me ordenó roncamente, alzando sus caderas para bajar un poco sus pantalones.

Su erección rozó mis piernas cuando se movió; lancé un gemido tan afligido y vacío como si el orgasmo que me había producido poco antes hubiese intensificado mi anhelo en lugar de calmarlo.

Se tensó cuando agarré su pene y lo ubiqué de manera que su punta rozara los pliegues de mi sexo. El aroma de nuestra lujuria invadía el aire, una seductora mezcla de necesidad y feromonas que despertaban cada célula de mi cuerpo. Mi piel estaba sonrojada y hormigueaba, mis senos pesados y sensibles.

Esto era lo que yo había deseado desde el primer momento en que lo vi: poseerlo, trepar sobre su magnífico cuerpo y devorarlo.

—Dios. Eva —exclamó sin aliento cuando descendí sobre él, sus manos convulsionando en mis muslos.

Cerré los ojos, sintiéndome demasiado expuesta. Había deseado la intimidad con él y, a pesar de ello, esto parecía demasiado íntimo. Estábamos frente a frente, a solo centímetros de distancia, arrebujados en un pequeño espacio con el resto del mundo moviéndose a nuestro alrededor. Podía sentir su agitación, sabía que él se estaba sintiendo tan descompensado como yo.

—Eres tan estrecha —sus jadeantes palabras estaban entremezcladas con un toque de deliciosa agonía.

Descendí aún más, dejando que me penetrara más profundamente. Aspiré profundamente, sintiéndome exquisitamente llena.

—Tú lo tienes tan grande.

Presionando la palma de su mano en mi vientre, llegó hasta mi palpitante clítoris con su pulgar y comenzó a masajearlo en lentos y expertos círculos. Todo en mí se tensó... me penetró a fondo. Abrí los ojos y lo miré. Era tan bello, allí tumbado debajo de mí en su elegante esmoquin, su poderoso cuerpo tenso por la primitiva necesidad de copular.

Su cuello se arqueó, su cabeza apoyada con fuerza contra el espaldar de la silla, como si luchara con unas cadenas invisibles.

—Ahh, Cristo. Voy a venirme con fuerza.

La oscura promesa me excitó. El sudor bañaba mi cuerpo. Estaba tan húmeda y caliente que me deslicé suavemente hasta la base de su pene. Un gemido ahogado se me escapó antes de llegar a la raíz. Era tan largo que a duras penas podía tomarlo todo; me obligaba a bambolearme de un lado a otro para evitar la inesperada incomodidad. Pero a mi cuerpo no parecía importarle que fuera tan grande. Estaba tenso a su alrededor, presionando, temblando al borde del orgasmo.

Gideon lanzó un juramento y agarró mi cadera con su mano libre, instándome a inclinarme hacia atrás mientras su pecho se agitaba en busca de aire. La posición modificó el curso de mi descenso y me abrí totalmente, aceptándolo en su totalidad. La temperatura de su cuerpo aumentó inmediatamente, su pecho irradiaba calor a través de sus ropas. Gotas de sudor cubrían su labio superior.

Inclinándome hacia él, pasé mi lengua por la escultural curva, y su sabor salado me produjo un gemido de placer. Sus caderas se removían impacientemente. Me levanté cuidadosamente, elevándome unos pocos centímetros antes de que él me detuviera atenazando con furia mi cadera.

—Despacio —volvió a ordenar, con un tono autoritario que despertó aun más mi lujuria.

Descendí volviendo a tomarlo todo y sentí un curioso y exquisito dolor cuando él empujó un poco más allá de mis límites. Nuestras miradas se centraron en la del otro a medida que el placer se difundía desde nuestro punto de unión. En ese momento caí en cuenta de que, a excepción de las partes más íntimas de nuestros cuerpos, estábamos completamente vestidos. Eso me pareció terriblemente carnal, al igual que los sonidos que él emitía, como si el placer fuera para él tan extremo como para mí.

Enloquecida, presioné mi boca contra la suya, mis dedos enredándose en las húmedas raíces de su cabello. Lo besé mientras balanceaba mis caderas, cabalgándolo al enloquecedor ritmo de su pulgar, sintiendo cómo se acercaba mi orgasmo con cada deslizamiento de su grueso y largo pene dentro de mí.

Perdí la conciencia en algún punto; el instinto primitivo tomó el control hasta que mi cuerpo fue lo único que existía. No podía pensar en nada aparte de la urgencia de copular, la feroz necesidad de cabalgar en su pene hasta que las tensiones estallaran y me liberaran de esa hambre avasalladora.

—Es tan rico —gemí, totalmente abandonada a él—. Se siente... Oh, Dios, es demasiado bueno.

Usando las dos manos, Gideon fijaba mi ritmo, inclinándome en un ángulo que hacía que su pene frotara un delicado punto en mi interior. Mientras temblaba y me sacudía, comprendí que me iba a venir gracias a ese movimiento experto de su lanza en mi interior.

—*Gideon*.

Me tomó de la nuca cuando mi orgasmo explotó, comenzando por los frenéticos espasmos en mi sexo e irradiándose hacia arriba hasta que todo mi ser temblaba. Me observó desintegrarme, sosteniendo mi mirada cuando yo habría preferido cerrar los ojos. Poseída por su mirada, gemí y tuve el orgasmo más intenso de mi vida, mi cuerpo sacudido por las vibraciones del placer.

—Jode, jode, jode —rugió y me embistió con sus caderas, halando de las mías para encontrarnos en cada clavada. Cada una de sus embestidas llegaba al fondo de mí, maltratando mi interior. Podía sentir cómo su erección crecía aún más.

Lo miré ávidamente, con la necesidad de ver cómo perdía todo control por mí. Sus ojos estaban desencajados por el deseo, desenfocados, su bello rostro devastado por la brutal carrera hacia el clímax.

—¡*Eva*! —se vino con un sonido animal de éxtasis, una gruñida liberación que me envolvió en su ferocidad. Se sacudió cuando el orgasmo lo atravesó, sus rasgos suavizándose por un instante con una inesperada vulnerabilidad.

Tomé su cara y apoyé mis labios en los suyos, reconfortándolo mientras los sacudones de su jadeante respiración golpeaban mis mejillas.

—Eva —me atenazó en un abrazo, presionando su rostro húmedo en la curva de mi cuello.

Sabía exactamente cómo se sentía. Desnudo.

Nos quedamos en esa posición largo rato, abrazados, absorbiendo nuestras reacciones. Torció la cabeza y me besó con suavidad; las caricias de su lengua en mi boca calmaron mis diversas emociones.

—¡Guau! —exclamé aún agitada.

Su boca tembló nerviosamente.

—Sí.

Sonreí, sintiéndome aturdida y feliz.

Gideon quitó los húmedos mechones de pelo de mi frente pasando sus dedos casi con reverencia por mi rostro. La forma en que me estudiaba me hizo doler el pecho. Lucía aturdido y... agradecido; sus ojos eran tiernos y cálidos.

—No quiero romper este instante.

Sabía lo que seguiría:

—¿Pero...?

—Pero no puedo dejar de asistir a la cena. Tengo que dar un discurso.

—Oh —efectivamente, el encanto se rompió.

Me levanté con cautela de encima de él, mordiéndome el labio al sentirlo deslizarse fuera de mí. La fricción fue suficiente para hacerme desear más. Seguía casi igual de erguido.

—¡Mierda! —exclamó bruscamente—. Te deseo otra vez.

Me agarró antes de que me alejara, sacó un pañuelo de algún lugar y lo pasó delicadamente entre mis piernas. Era un acto profundamente íntimo, al igual que el sexo que habíamos tenido.

Cuando estuve seca, me acomodé en el asiento junto a él y busqué mi brillo labial en mi bolso. Observé a Gideon por mi espejo mientras retiraba el condón y lo anudaba. Lo envolvió en una servilleta y lo tiró en un disimulado cubo de basura. Tras arreglarse, le ordenó al conductor dirigirse a nuestro destino. Luego se acomodó en el asiento y dejó vagar su mirada por la ventana.

Con cada segundo que pasaba, lo sentía alejarse, la conexión entre nosotros se deshacía. Me encontré a mí misma encogida en el extremo del asiento, lejos de él, imitando la distancia que sentía abrirse entre nosotros. Toda la calidez que había sentido se desvaneció en un frío lo suficientemente fuerte para obligarme a ponerme el chal nuevamente. Él no movió un músculo mientras yo me movía a su lado y guardaba mis cosas... como si ni siquiera supiera que yo estaba allí.

Repentinamente, Gideon abrió el bar y sacó una botella. Sin mirarme, preguntó:

—¿Brandy?

—No gracias —mi voz sonó deprimida pero él no pareció notarlo. O tal vez no le importaba. Se sirvió un trago y lo engulló de un sorbo.

Confundida y dolida, me puse los guantes e intenté descubrir qué había marchado mal.

7

Recuerdo poco de lo que sucedió cuando llegamos. Los fogonazos de las cámaras estallaban a nuestro alrededor como fuegos artificiales mientras caminábamos entre el acoso de los medios, pero poca atención les puse, sonriendo por pura rutina. Me había encerrado en mí misma y estaba desesperada por huir de las oleadas de tensión que irradiaba Gideon.

En el instante en que ingresamos al edificio, alguien lo llamó por su nombre. Él se volvió hacia la voz y yo me escapé por entre la multitud de invitados que se arremolinaban en la entrada.

Cuando llegué a la recepción, agarré dos copas de champaña, me tomé una y busqué a Cary. Lo vi en el otro extremo del salón con mi madre y Stanton, dejé la copa vacía en una mesa y me dirigí hacia ellos.

—¡Eva! —el rostro de mi madre se iluminó cuando me vio—. ¡Ese vestido se te ve despampanante!

Me besó en ambas mejillas. Estaba espectacular con su ceñido y brillante vestido azul hielo. De sus orejas, garganta y muñecas colgaban zafiros que resaltaban sus ojos y pálida piel.

—Gracias —tomé un sorbo de champaña de mi segunda copa y recordé que había pensado agradecerle el vestido. Aunque aún estimaba el regalo, ya no estaba tan contenta con la conveniencia de la abertura desde el muslo.

Cary se adelantó y me tomó por el codo. Con una mirada supo que estaba molesta. Le hice una señal pues no quería discutir el tema en ese momento.

—Entonces... ¿más champaña? —me preguntó con suavidad.

—Por favor.

Sentí que Gideon se acercaba antes de ver el rostro de mi madre iluminarse como la bola de Año Nuevo en Times Square. Stanton también pareció erguirse y recomponerse.

—Eva —Gideon colocó su mano en la parte baja y desnuda de mi espalda y una ola de conciencia me atravesó. Cuando sus dedos se flexionaron, me pregunté si él también lo había sentido—. Huiste.

Me tensé en reacción al reproche que escuché en su tono de voz. Le lancé una mirada que le decía todo lo que no podía decirle en público.

—Richard, ¿conoces a Gideon Cross?

—Sí, desde luego —los dos hombres se estrecharon la mano.

Gideon me atrajo hacia él.

—Compartimos la suerte de acompañar a las dos mujeres más bellas de Nueva York.

Stanton asintió, sonriendo con indulgencia a mi madre.

Me tomé de un sorbo el resto de mi champaña y reemplacé agradecida la copa vacía que Cary acababa de traerme. Mi estómago comenzaba a calentarse con el alcohol y el nudo que tenía allí comenzaba a ceder.

Gideon se inclinó hacia mí y murmuró bruscamente.

—No olvides que estás acá conmigo.

¿Estaba *loco*? ¡A la mierda! Mi mirada lo fulminó.

—Mira quién habla.

—Aquí no, Eva —saludó a todos con un gesto y me arrastró con él—. Ahora no.

—Nunca —masculIé y lo seguí solo para evitarle una escena a mi madre.

Mientras bebía mi champaña, me deslicé a la modalidad de piloto automático, un mecanismo de supervivencia al que no había tenido que recurrir en muchos años. Gideon me presentó personas y creo que me comporté suficientemente bien: hablé en los momentos indicados y sonreí cuando debía, pero realmente no estaba poniendo atención a nada. Estaba demasiado consciente del muro de hielo que se había levantado entre nosotros y de mi ira adolorida. Si hubiese necesitado alguna prueba de que Gideon era estricto en no socializar con las mujeres con las que se acostaba... ya la tenía.

Cuando anunciaron la cena, fui con él al comedor y picoteé mi comida. Bebí unas cuantas copas del vino tinto que servían con la cena y escuché a Gideon conversar con nuestros compañeros de mesa; aunque no puse atención a las palabras, sí noté su cadencia y su tono seductor, profundo y regular. Él no intentó involucrarme en la conversación, cosa que me alegró. No creo que pudiera haber dicho nada muy amable.

No me enteré de nada hasta que él se levantó rodeado de aplausos y subió al escenario. Entonces, me volví en mi asiento y lo observé ir hasta el atril, incapaz de no admirar su gracia animal y abrumadora belleza. Cada paso que daba llamaba la atención e infundía respeto, lo cual era una proeza si se tenía en cuenta su ritmo tranquilo y sin afanes.

No se veía maltrecho después de nuestro encuentro sexual en su limosina. De hecho, parecía ser otra persona. Era una vez más el hombre al que había conocido en el vestíbulo del Crossfire, controlado y silenciosamente poderoso.

—En Norteamérica —comenzó—, el abuso sexual de menores es

sufrido por una de cada cuatro mujeres y uno de cada seis hombres. Miren a su alrededor. Alguien en su mesa es una víctima o conoce a alguien que lo es. Esa es la triste realidad.

Yo estaba absorta. Gideon era un consumado orador, su voz de barítono cautivaba al público. Pero lo que me conmovió fue el tema, tan cercano y conocido, y su forma apasionada y a veces impactante de tratarlo. Comencé a ablandarme, toda mi furia y herida confianza socavadas por el asombro. Mi idea de él cambió al convertirme sencillamente en otro individuo en medio de una audiencia embelesada. Ya no era el hombre que tan recientemente había herido mis sentimientos; era tan solo un hábil orador discutiendo un tema de inmensa importancia para mí.

Cuando terminó, me levanté y aplaudí, cosa que nos cogió por sorpresa a ambos. Pero, muy pronto, otros se unieron a mí en la ovación y escuché el sonido de las conversaciones a mi alrededor, todas emitiendo bien merecidos cumplidos.

—Eres una joven muy afortunada.

Me volví a mirar a la mujer que había hablado, una linda pelirroja de alrededor de cuarenta años.

—Somos solo... amigos.

Su serena sonrisa se las arregló para desvirtuar mis palabras.

La gente comenzó a alejarse de las mesas. Estaba a punto de tomar mi bolso para irme a casa cuando se me acercó un joven. Su caprichoso pelo color caoba inspiraba envidia y sus ojos grises verdosos eran suaves y amistosos. Guapo y luciendo una sonrisa casi infantil, logró sacarme la primera sonrisa sincera desde el viaje en la limosina.

—Hola.

Parecía saber quién era yo, lo que me obligaba a pretender que tenía idea de quién era él.

—Hola.

Lanzó una carcajada despreocupada y encantadora.

—Soy Christopher Vidal, el hermano de Gideon.

—Oh, claro —me sonrojé. No podía creer que hubiese estado tan perdida en mis lamentos para no hacer la conexión automáticamente.

—Te sonrojaste.

—Lo siento —me excusé con una humilde sonrisa—. No estoy segura de cómo decir, sin sonar torpe, que leí un artículo sobre ti.

Volvió a reír.

—Me siento halagado de que lo recuerdes. Pero no me digas que era de Page Six.

La columna de chismes era famosa por sus historias sobre las celebridades de Nueva York.

—No —me apresuré a aclarar—. Tal vez en *Rolling Stone*...

—Eso lo puedo soportar —me extendió su brazo—. ¿Te gustaría bailar?

Eché una mirada hacia donde Gideon estaba de pie al lado de las escaleras del escenario. Estaba rodeado de gente ansiosa por hablar con él... muchas de ellas mujeres.

—Él no vendrá muy pronto —aseguró Christopher en tono de burla.

—Cierto —estaba a punto de retirar la mirada cuando reconocí a la mujer que estaba al lado de Gideon: Magdalene Pérez.

Tomé mi bolso y sonreí a Christopher.

—Me encantaría bailar.

Tomados del brazo nos dirigimos a la pista de baile. La banda comenzó a tocar un vals y nos movimos con soltura al ritmo de la música. Él era un buen bailarín, ágil y confiado.

—¿Por qué conoces a Gideon?

—No lo conozco —saludé con un gesto de cabeza a Cary cuando pasó a nuestro lado con una rubia escultural—. Trabajo en el Crossfire y nos hemos cruzado un par de veces.

—¿Trabajas para él?

—No. Soy asistente en Waters Field & Leaman.

—Ah —sonrió—. La agencia de publicidad.

—Sí.

—Gideon debe estar realmente loco por ti para pasar de un par de encuentros casuales a invitarte a una cita como esta.

Maldije en mi interior. Sabía que la gente iba a dar por sentadas muchas cosas pero, ahora más que nunca, quería evitar mayores humillaciones.

—Gideon conoce a mi madre y ella ya había contado con que yo vendría, así que solo se trata de dos personas yendo al mismo evento en un auto en lugar de dos.

—Entonces, ¿estás disponible?

Aspiré profundamente, sintiéndome incomoda a pesar de lo bien que bailábamos juntos.

—Pues, no estoy comprometida.

Christopher lanzó una de sus infantiles y carismáticas sonrisas.

—Mi noche acaba de mejorar.

Pasó el resto del baile contando divertidas anécdotas sobre la industria de la música; me hizo reír y olvidar a Gideon.

Cuando el baile terminó, Cary me esperaba para la siguiente pieza. Bailábamos muy bien en pareja porque habíamos tomado lecciones juntos. Me relajé en sus brazos, agradecida por tenerlo de apoyo moral.

—¿Te estás divirtiendo? —le pregunté.

—Me sacudí durante la cena cuando caí en cuenta de que estaba sentado al lado de la coordinadora general de Fashion Week. ¡Y ella me estaba coqueteando! —sonrió pero sus ojos parecían angustiados—. Siempre que asisto a sitios como este... vestido así... me cuesta creerlo. Me salvaste la vida, Eva. Luego la modificaste totalmente.

—Tú te la pasas salvándome de la locura. Créeme, estamos empatados.

Su mano oprimió la mía y su mirada se endureció.

—Te ves triste. ¿Lo echó a perder?

—Creo que eso fue lo que hice. Hablaremos sobre eso más tarde.

—Temes que lo patee aquí enfrente a todos.

Suspiré.

—Preferiría que no lo hagas, por mi madre.

Cary me dio un breve beso en la frente.

—Se lo advertí. Él sabe lo que le espera.

—Oh, Cary —Mi amor por él me cerró la garganta al mismo tiempo que una sonrisa renuente curvaba mis labios. Debería haberme imaginado que Cary le echaría a Gideon algún discurso de hermano mayor. Era su estilo.

Gideon apareció a nuestro lado.

—Los voy a interrumpir.

No era una solicitud.

Cary se detuvo y me miró. Yo asentí. Se alejó con una venia, sin despegar su furiosa mirada del rostro de Gideon.

Gideon me tomó de las manos y asumió el baile como asumía el control de todo: con confianza dominante. Bailar con él era una experiencia totalmente diferente a la de bailar con mis dos parejas anteriores. Gideon tenía tanto la habilidad de su hermano como la familiaridad de Cary con mi cuerpo, pero su estilo era directo y agresivo, inherentemente sexual.

Tampoco ayudaba que estar tan cerca del hombre con el que recientemente había compartido la intimidad, sedujera mis sentidos a pesar de mi tristeza. Olía delicioso, con rastros de sexo, y la forma en que me guiaba por los pasos me hacía sentir el dolor en lo más profundo de mí, recordándome que hacía poco él había estado allí.

—Huyes a cada rato —murmuró, frunciendo el ceño.

—Me pareció que Magdalene recogió el cabo suelto rápidamente.

Sus cejas se arquearon y me apretó contra él.

—¿Celosa?

—¿Lo dices en serio?

Hizo un ruido de frustración.

—Eva, mantente alejada de mi hermano.

—¿Por qué?

—Porque yo te lo ordeno.

Mi mal genio estalló, lo cual fue bueno tras todas las autorecriminaciones y dudas que me habían asaltado desde que habíamos tenido sexo como conejos silvestres. Decidí descubrir si el sentido contrario también aplicaba en el mundo de Gideon Cross.

—Aléjate de Magdalene, Gideon.

Su mandíbula se tensó.

—Ella es solo una amiga.

—Lo cual significa que no te has acostado con ella... ¿aún?

—No, maldita sea. Y no me interesa. Mira... —la música disminuyó su ritmo y él también—. Me tengo que ir. Te traje y preferiría ser quien te lleve a casa de regreso, pero no quiero sacarte si estás pasándola bien. ¿Preferirías quedarte y volver a casa con Stanton y tu madre?

¿Pasarla bien? ¿Se burlaba de mí o era totalmente ciego? O peor. Tal vez me había borrado tan drásticamente que ni siquiera se estaba fijando en mí.

Me alejé de él; necesitaba poner distancias entre nosotros. Su olor me estaba aturdiendo.

—Estaré bien. Olvídate de mí.

—Eva —intentó acercarse pero yo me alejé nuevamente.

Un brazo apareció en mi espalda y oí la voz de Cary.

—La tengo Cross.

—No te atravieses en mi camino Taylor —lo amenazó Gideon.

Cary resopló.

—Me da la impresión de que tú te estás encargando de eso por ti mismo.

Tragué a pesar del nudo en mi garganta.

—Tu discurso fue excelente, Gideon. Fue lo más destacado de mi velada.

Respiró profundamente ante el tácito insulto y se pasó una mano por el pelo. Abruptamente maldijo y solo entendí el motivo cuando sacó su teléfono del bolsillo y examinó la pantalla.

—Me tengo que ir —su mirada se encontró con la mía y la sostuvo. Sus dedos vagaron sobre mi mejilla—. Te llamaré.

Y desapareció.

—¿Quieres quedarte? —preguntó Cary suavemente.

—No.

—Entonces te llevaré a casa.

—No, no lo hagas —quería estar sola. Meterme en la bañera caliente con una botella de vino frío y salirle adelante a la experiencia—. Debes quedarte. Puede ser bueno para tu carrera. Podemos hablar cuando vuelvas a casa. O mañana. Pasaré todo el día estirada haciendo nada.

Su mirada me examinó:

—¿Segura?

Asentí.

—Si puedes salir y pedirle a un mozo que traiga la limosina de Stanton, yo iré al baño en dos segundos.

—Está bien —Cary pasó sus manos por mi brazo—. Recogeré tu chal en el guardarropa y te acompañaré a la puerta.

Me demoré más tiempo del planeado yendo hasta el baño. Primero, una sorprendente cantidad de personas me detuvieron para conversar conmigo, supongo que por ser la pareja de Gideon Cross. Y, segundo, evité ir al baño más cercano porque una interminable fila de mujeres entraba y salía de él. Encontré uno más alejado. Me encerré y me demoré algo más de lo estrictamente necesario. No había nadie más allí, aparte de la encargada, así que nadie me presionó.

Estaba tan herida por Gideon que me costaba respirar. Sus cambios de ánimo me confundían. ¿Por qué había tocado mi mejilla de esa manera? ¿Por qué se había molestado cuando no me quedé a su lado? ¿Y por qué diablos había amenazado a Cary? Gideon le daba un nuevo sentido al dicho de "la vida es como una montaña rusa".

Cerrando los ojos, recuperé mi compostura. *Jesús.* No necesitaba pasar por todo esto.

Había desnudado mis emociones en la limosina y seguía sintiéndome terriblemente vulnerable; un estado que me había llevado a pasar infinitas horas en terapias para aprender a evitarlo. Lo único que quería era llegar a casa y esconderme, liberarme de la presión de actuar como si no sucediera nada.

Te lo buscaste, me recordé a mí misma. *Ahora trágatelo.*

Tomando aire profundamente, salí y me resigné a encontrarme a Magdalene Pérez recostada contra el tocador con los brazos cruzados. Era obvio que estaba allí esperándome, acechándome cuando mis defensas estaban debilitadas. Me tambaleé; luego me recuperé y fui hasta el lavamanos.

Ella se giró frente al espejo y estudió mi reflejo. Yo también la estudiaba. En vivo era aún más espectacular que en las fotos. Alta y delgada, con grandes ojos oscuros y una cascada de pelo liso café. Sus labios eran exuberantes, los pómulos altos y esculpidos. Su vestido era modestamente sexy: un traje entubado de satín, color crema, que contrastaba maravillosamente con su piel aceitunada. Parecía una maldita supermodelo y emanaba un exótico *sex-appeal*.

Acepté la toalla que me alargó la encargada y Magdalene se dirigió a la mujer en español, pidiéndole que nos dejara a solas. Completé la solicitud con un "por favor, gracias". Eso me dio la satisfacción de ver las cejas de Magdalene curvarse en un gesto de sorpresa y la llevó a examinarme más a fondo, cosa que yo también hice.

—Vaya, vaya —murmuró en el instante en que la encargada salió e hizo un ruido chillón que me molestó como la tiza sobre el tablero—. ¡Ya te lo comiste!

—¿Y tú no?

Eso pareció tomarla por sorpresa.

—Tienes razón, yo no. ¿Sabes por qué?

Saqué una moneda de mi bolso y la dejé caer en la bandeja de plata destinada a las propinas.

—Porque él no ha querido.

—Y yo tampoco, porque él no se compromete. Es joven, guapísimo, rico y lo disfruta.

—Sí —asentí—. Así fue.

Sus ojos se entrecerraron y su expresión amable desapareció.

—Él no respeta a las mujeres con las que se acuesta. En el instante en que te clavó con su asta, quedaste acabada. Al igual que todas las demás. Pero yo sigo acá, porque soy la que él quiere tener cerca en el largo plazo.

Mantuve la tranquilidad aun cuando el golpe había dado exactamente donde más daño podía hacer.

—Eso es patético.

Salí y no me detuve hasta llegar a la limosina de Stanton. Oprimiendo la mano de Cary antes de subir, logré esperar hasta que el auto arrancara para comenzar a llorar.

—Hola, pequeña —saludó Cary cuando, arrastrando los pies, entré al salón la mañana siguiente. Vestido solamente con unas bermudas viejas, estaba estirado en el sofá con los pies sobre la mesa auxiliar. Lucía lindamente desaliñado y a gusto consigo mismo—. ¿Dormiste bien?

Le hice una señal afirmativa con mi pulgar y me dirigí a la cocina en busca de una taza de café. Me detuve al lado de la barra, totalmente sorprendida ante un gigantesco arreglo de rosas rojas. Su aroma era maravilloso y lo aspiré profundamente.

—¿Y esto?

—Llegaron hace como una hora. Son para ti. Un domicilio dominguero. Bonito y muy costoso.

Retiré la tarjeta del envoltorio de plástico transparente y la abrí.

SIGO PENSANDO EN TI.

GIDEON

—¿Es de Cross? —preguntó Cary.

—Sí —le respondí mientras pasaba mi pulgar por lo que asumía era su caligrafía. Era llamativa, masculina y sexy. Un gesto romántico de un hombre que no tenía el romance en su repertorio. Dejé la tarjeta en la barra como si me hubiese quemado y me serví un tazón de café, rezando para que la cafeína me diera fuerzas y me devolviera el sentido común.

—No pareces muy entusiasmada —comentó, bajando el volumen del partido de beisbol que estaba mirando.

—A mí me da mala espina. Es como un tigre gigante. Necesito mantenerme alejada de él —Cary había asistido a las terapias conmigo y conocía las rutinas. No me miraba suspicazmente cuando yo traducía las cosas al lenguaje terapéutico y tampoco tenía dificultad en utilizarlo conmigo.

—Y... el teléfono ha estado timbrando toda la mañana. No quise que te despertara así que le quité el volumen.

Consciente del leve dolor entre mis piernas, me acurruqué en el sofá a luchar contra el impulso de escuchar los mensajes telefónicos y saber si era Gideon quien había estado llamando. Quería escuchar su voz y alguna explicación que diera sentido a lo sucedido la noche anterior.

—Me parece bien. Dejémoslo así todo el día.

—¿Qué pasó?

Soplé el vapor de encima de mi taza y tomé un sorbo tentativo.

—Hicimos el amor enloquecidamente en su limosina y luego él se volvió tan frío como el Ártico.

Cary me observaba con sus ojos color esmeralda, ojos que habían visto mucho más de lo que nadie debiera.

—Le pusiste el mundo patas arriba, ¿no?

—Sí, lo hice —y volví a sentir furia de solo pensarlo. Habíamos conectado. *Lo sabía*. La noche anterior yo lo había deseado más que a nada en el mundo, hoy no quería volver a tener nada que ver con él—. Fue intenso. La mejor experiencia sexual de mi vida y él estaba allí conmigo. Lo sé. Era la primera vez que yacía en un automóvil y al principio tenía dudas, pero luego lo excité tanto que no pudo negarse.

—¿En serio? ¿Nunca lo había hecho? —exclamó, pasando una mano por su incipiente barba—. La mayoría de los hombres tachan el sexo en un automóvil de su lista cuando están en la secundaría. De hecho, no se me ocurre nadie que no lo haya hecho, a excepción de los *nerds* y los demasiado feos, y él no es ninguno de los dos.

Me encogí de hombros.

—Supongo que el haberlo hecho me convierte en una puta.

Cary se quedó muy quieto.

—¿Te dijo eso?

—No. No dijo ni mierda. Eso lo recibí de su "amiga", Magdalene. ¿Te acuerdas? La chica que aparece en la mayoría de las fotos que imprimiste de Internet. Decidió afilarse las garras en una pequeña conversación femenina en el baño.

—La bruja está celosa.

—Frustración sexual. No puede tener sexo con él porque, aparentemente, las mujeres que se acuestan terminan en el bote de los deshechos.

—¿Él dijo eso? —nuevamente la ira marcaba su aparentemente tranquila pregunta.

—No con esas palabras. Dijo que no se acuesta con sus amigas. Tiene problemas con que las mujeres quieran algo más que un buen rato en la cama, así que mantiene separadas a las mujeres con las que se acuesta y a las mujeres con las que sale —tomé otro sorbo de café—. Le advertí que ese sistema no funcionaría conmigo y aseguró que haría algunos ajustes, pero supongo que es uno de esos tipos que dicen lo que sea necesario para obtener lo que quieren.

—O tú lo tienes acobardado.

Lo fulminé con la mirada.

—No le busques excusas. Al fin, ¿en qué bando estás?

—En el tuyo, nena —respondió dándome unos golpecitos en la rodilla—. Siempre en el tuyo.

Puse mi mano en su musculoso antebrazo y lo acaricié suavemente con mis dedos como muestra de mi gratitud. No pude sentir la gran cantidad de pequeñas cicatrices que marcaban su piel, pero nunca olvidaba que estaban allí. Daba gracias a Dios todos los días de que estuviera vivo, saludable y formara parte de mi vida.

—Y tu noche, ¿qué tal estuvo?

—No me puedo quejar —contestó con un destello de picardía en los ojos—. Me devoré a la rubia de grandes pechos en el armario del aseo. Sus tetas son de verdad.

—Bueno, bueno —sonreí—. Estoy segura de que le arreglaste la noche.

—Hago lo que puedo —tomó el teléfono y me guiñó un ojo—. ¿Qué quieres que pidamos? ¿Sándwiches, chino, indio?

—No tengo hambre.

—Tú siempre tienes hambre. Si no escoges algo, yo cocinaré y te tocará comerte lo que haga.

Levanté la mano dándome por vencida.

—Está bien. Está bien. Tú escoge.

El lunes llegué a la oficina veinte minutos temprano, con la intención de no toparme con Gideon. Cuando llegué a mi escritorio, sentí tal alivio que me convencí de que estaba en líos en todo lo relacionado con él. Mi ánimo variaba sin ton ni son.

Mark llegó de muy buen genio, aún en las nubes por sus éxitos de la semana anterior, y nos sentamos a trabajar inmediatamente. El domingo, yo había hecho algunas comparaciones de mercados de vodka, y él las revisó conmigo y escuchó mis ideas al respecto. A Mark también le habían asignado la cuenta de un nuevo fabricante de lectores electrónicos, así que comenzamos a trabajar en eso.

Con una mañana tan ocupada, el tiempo pasó rápidamente y no tuve un instante para pensar en mi vida personal, cosa que agradecí. Luego, contesté una llamada y escuché a Gideon al otro lado de la línea. No estaba preparada para eso.

—¿Cómo va tu lunes? —preguntó y su voz despertó un estremecimiento de consciencia en mí.

—Agotador —eché una mirada al reloj y me sorprendió descubrir que faltaban veinte para las doce.

—Eso está bien. Intenté llamarte ayer. Dejé un par de mensajes. Quería oír tu voz.

Cerré los ojos y respiré profundamente. Había sido toda una prueba de voluntad pasar el día sin escuchar los mensajes telefónicos. Incluso había reclutado a Cary para la causa, ordenándole que usara la fuerza si era necesario para impedirme caer en la tentación.

—Estuve jugando al ermitaño y trabajé un rato.

—¿Recibiste las flores que te envié?

—Sí, muy bonitas. Gracias.

—Me recordaron tu vestido.

¿A qué diablos estaba jugando? Comenzaba a pensar que tal vez sufría de un trastorno de personalidad múltiple.

—Algunas mujeres dirían que eso fue muy romántico.

—Solo me importa lo que digas tú —alcancé a oír que su silla crujía, probablemente porque se levantó—. Pensé pasar por allá... quería hacerlo.

Suspiré, resignándome a mi confusión.

—Me alegro de que no lo hayas hecho.

Hubo otra larga pausa.

—Me merezco eso.

—No lo digo por molestar. Es la verdad.

—Lo sé. Escúchame... Arreglé todo para que almorcemos acá en mi oficina para no desperdiciar tiempo saliendo y regresando.

Después de su "te llamaré", me había preguntado si querría volver a verme cuando superara la situación. Desde el sábado temía que así fuera, pues era consciente de que necesitaba cortar con él, pero al mismo tiempo deseaba estar con él. Quería repetir ese momento puro, perfecto, de intimidad compartida.

Pero ese breve momento no podía justificar todos los otros en que me hacía sentir como un trapo.

—Gideon, no tenemos ningún motivo para almorzar juntos. Lo discutimos el viernes en la noche y... completamos el negocio el sábado. Dejémoslo así.

—Eva —su voz sonó áspera—. Sé que lo arruiné. Déjame explicarte.

—No hay necesidad. Está bien.

—No, no está bien. Necesito verte.

—Yo no quiero...

—Eva, podemos hacer las cosas más fáciles. O tú puedes complicarlas —su tono adquirió una dureza que aceleró mi pulso—. De una u otra forma, me escucharás.

Cerré los ojos al entender que no tendría la suerte de deshacerme de él con una simple conversación telefónica.

—Está bien. Subiré.

—Gracias —respondió con evidente alivio—. No puedo esperar para verte.

Colgué y miré sin ver las fotografías en mi escritorio. Intentaba decidir lo que le diría y escudarme para mi encuentro con él. La ferocidad de mi respuesta física a él era imposible de controlar. De alguna manera tendría que superarla y resolver las cosas. Después, pensaría en cómo manejaría el verlo en el edificio en los días, semanas y meses por venir. Por el momento, tenía que concentrarme en sobrevivir al almuerzo.

Cediendo ante lo inevitable, volví a dedicarme a comparar el impacto visual de algunas muestras.

—Eva.

Di un salto y me giré en la silla, espantada de encontrar a Gideon de pie en mi cubículo. Verlo me aturdió, como siempre, y mi corazón perdió su ritmo en mi pecho. Una rápida mirada al reloj me confirmó que había pasado un cuarto de hora.

—Gid... Señor Cross. Usted no tenía que venir.

Su rostro estaba calmado e impasible, pero sus ojos lucían excitados y tormentosos.

—¿Lista?

Abrí el cajón y saqué mi bolso, aprovechando el momento para respirar profundamente. Olía delicioso...

—Señor Cross —era la voz de Mark—. Me encanta verlo. ¿Le puedo ayudar...?

—Vine a recoger a Eva. Tenemos una cita para almorzar.

Me enderecé a tiempo para ver las cejas de Mark arquearse en un gesto de sorpresa. Se recuperó rápidamente y su rostro retornó a ser el rostro amable y guapo de siempre.

—Regresaré a la una —le aseguré.

—Nos vemos entonces. Disfruta el almuerzo.

Gideon colocó su mano en la parte baja de mi espalda y me condujo a los ascensores. El gesto de sorpresa de Megumi cuando pasamos por la recepción no pasó desapercibido. Yo no pude quedarme quieta mientras él llamaba el ascensor, deseando haber pasado el día sin ver al hombre cuyas caricias ansiaba como una droga.

Mientras esperábamos, se acercó y pasó sus dedos por la manga de mi blusa de satín.

—Cada vez que cierro los ojos, te veo con tu vestido rojo. Escucho los sonidos que haces cuando estás excitada. Te siento descendiendo por mi pene, oprimiéndolo, haciéndome venir tan intensamente que duele.

—No digas más —desvié la mirada, incapaz de soportar la mirada íntima que me dirigía.

—No puedo evitarlo.

La llegada del ascensor fue un alivio. Me tomó de la mano y me hizo entrar. Tras poner la llave en el panel de control, me abrazó.

—Te voy a besar, Eva.

—Yo no...

Me rodeó con sus brazos y selló su boca en la mía. Me resistí tanto como pude; luego me derretí al sentir su lengua acariciando la mía. Había deseado que me besara desde que tuvimos sexo. Quería sentir la tranquilidad de que él valoraba lo que habíamos compartido, que para él también había significado algo.

Volví a sentirme abandonada cuando él se alejó.

—Vamos —extrajo la llave al abrirse la puerta del ascensor.

La recepcionista pelirroja de Gideon no dijo una palabra esta vez, aunque me miró con suspicacia. Por el contrario, su secretario, Scott, se puso de pie cuando nos acercamos y me saludó amablemente por mi nombre.

—Buenas tardes, señorita Tramell.

—Hola Scott.

Gideon le hizo una seña cortante.

—No me pases ninguna llamada.

—Desde luego.

Entré a la inmensa oficina de Gideon e inmediatamente mi mirada se posó en el sofá en el que me había tocado por primera vez.

El almuerzo estaba servido en el bar: dos platos cubiertos con bandejas de metal.

—¿Te recibo el bolso? —preguntó.

Lo miré, noté que se había quitado la chaqueta y la llevaba colgada del hombro. Estaba allí de pie en pantalones y chaleco, su camisa y corbata de un blanco impecable, su grueso y oscuro pelo rodeando su despampanante rostro, sus ojos salvajes y asombrosamente azules. En una palabra, me dejaba pasmada. No podía creer que le hubiera hecho el amor a semejante hombre.

Por otra parte, para él no había sido lo mismo.

—¿Eva?

—Eres bello, Gideon —las palabras salieron de mi boca sin pensar.

Sus cejas se arquearon; luego, sus ojos se suavizaron.

—Me alegra que te guste lo que ves.

Le entregué mi bolso y me alejé; necesitaba espacio. Él colgó su chaqueta y mi bolso en el perchero y se acercó al bar.

Me crucé de brazos.

—Terminemos con esto. No quiero volver a verte.

8

GIDEON SE PASÓ una mano por el pelo y exhaló fuertemente.

—No es lo que quieres.

Repentinamente me sentí muy cansada, exhausta de luchar conmigo misma por él.

—Sí, es lo que quiero. Tú y yo... fue un error.

Su mandíbula se tensó.

—No lo fue. El error fue la forma en que yo lo manejé después.

Lo miré fijamente, sorprendida por la ferocidad de su negativa.

—No me refería al sexo, Gideon. Me refiero a aceptar este negocio de extraños-sin-beneficios. Desde el principio supe que estaba mal. Debí obedecer a mis instintos.

—¿Eva, quieres estar conmigo?

—No. Eso es...

—No en las condiciones que discutimos en el bar. Más que eso.

Mi corazón comenzó a galopar.

—¿De qué estás hablando?

—De todo —abandonó el bar y se acercó a mí—. Yo quiero estar contigo.

—No se te notó el sábado —me envolví en mis propios brazos.

—Estaba... todo me daba vueltas.

—¿Y? A mí también.

Llevó sus manos a las caderas y luego sus brazos se cruzaron igual que los míos.

—Por Dios, Eva.

Lo vi inquieto y alcancé a sentir un rayo de esperanza

—Si eso es todo lo que tienes que decir, hemos terminado.

—Al demonio que sí.

—Hemos llegado a un punto muerto si tú vas a esconderte cada vez que tengamos sexo.

Era evidente que luchaba por encontrar algo que decir.

—Estoy acostumbrado a tener el control. Lo *necesito*. Y tú cambiaste todo eso en la limosina. No supe manejarlo.

—¿En serio?

—Eva —se acercó—. Nunca había vivido algo así. Nunca habría creído que era posible para mí. Ahora que ha pasado... tengo que tenerlo. Tengo que tenerte a *ti*.

—Solo es sexo, Gideon. Sexo súper maravilloso, pero puede herirte terriblemente si los involucrados no son el uno para el otro.

—Mierda. Ya acepté que me equivoqué. No puedo cambiar lo que pasó, pero sí puedo enfurecerme de que quieras deshacerte de mí por ello. Tú fijaste tus reglas y yo me acomodé a ellas, pero tú no harás ni una pequeña concesión por mí. Tienes que ceder —su rostro estaba endurecido por la frustración—. Al menos cede un maldito centímetro.

Lo miré fijamente, intentando entender lo que hacía y hacia dónde se dirigía.

—¿Qué quieres? —pregunté en voz baja.

Me tomó por el brazo y colocó una mano en mi mejilla.

—Quiero seguir sintiéndome como me siento cuando estoy contigo. Solo dime qué debo hacer. Y dame espacio para equivocarme. Nunca he hecho esto. Tengo que aprender.

Puse mi mano sobre su corazón y sentí su ritmo acelerado. Estaba ansioso y apasionado, y eso me tenía muy nerviosa. ¿Qué se suponía que debía hacer? ¿Debía guiarme por mis instintos o por el sentido común?

—¿Qué no has hecho antes?

—Lo que sea que debo hacer para pasar todo el tiempo posible contigo. Dentro y fuera de la cama.

La oleada de emoción que me traspasó fue absurdamente poderosa.

—Gideon, ¿entiendes cuánto trabajo y tiempo exigirá una relación entre nosotros? Yo ya estoy agotada. Además, estoy trabajando en algunos problemas personales y tengo mi nuevo empleo... mi madre loca... —cubrí su boca con mis dedos antes de que pudiera responder—. Pero tú vales la pena y te deseo lo suficiente. Así que supongo que no tengo opción, ¿o sí?

—Eva. Maldita seas —Gideon me alzó, pasándome un brazo por detrás para que estrechara su cadera con mis piernas. Me besó apasionadamente en la boca y acarició mi nariz con la suya—. Lo lograremos.

—Lo dices como si fuera fácil —sabía que yo era exigente y él seguramente también lo sería.

—Lo fácil es aburrido —me llevó alzada hasta el bar y me dejó en una silla. Retiró la cubierta de mi plato y descubrí una gigantesca hamburguesa con papas fritas. La comida aún estaba caliente, gracias a la lámina de granito caliente en la que reposaban los platos.

—Mmm —murmuré, descubriendo lo hambrienta que estaba. Ahora que habíamos hablado, mi apetito regresó en todo su esplendor.

Él desdobló mi servilleta y la puso sobre mis piernas aprovechando para hacerme una leve caricia en la rodilla; luego se sentó a mi lado.

—Entonces, ¿cómo hacemos esto?

—Bueno, pues, la tomas entre las dos manos y la llevas a tu boca.

Me lanzó una mirada irónica que me hizo sonreír. Era bueno sonreír nuevamente. Era bueno estar de nuevo con él. Generalmente era así... por un rato al menos. Di un mordisco a mi hamburguesa, gimiendo al sentir su delicioso sabor. Era una hamburguesa de queso tradicional, pero el sabor era delicioso.

—Está buena, ¿verdad?

—Muy rica. De hecho, tal vez valga la pena quedarme con un tipo que conoce estas maravillosas hamburguesas —me limpié la boca y las manos—. ¿Qué tanto te opones a la exclusividad?

Mientras dejaba su hamburguesa en la mesa, sentí una quietud espeluznante en él. No podía imaginar lo que estaba pensando.

—Asumí que eso estaba explícito en nuestro acuerdo. Pero, para evitar malentendidos, seré claro. No habrá otros hombres para ti, Eva.

Un temblor me recorrió al escuchar la contundente irrevocabilidad de su tono y la frialdad de su mirada. Sabía que tenía un lado oscuro; hacía tiempo había aprendido a detectar y evitar a los hombres que tenían sombras peligrosas en sus ojos. Pero las conocidas sirenas de alarma no sonaron ante Gideon... tal vez debieron hacerlo.

—¿Pero mujeres sí? —pregunté para contrarrestar la tensión.

Sus cejas se arquearon.

—Sé que tu compañero de apartamento es bisexual. ¿Tú también?

—¿Te molestaría?

—Compartirte me molestaría. No es una opción. Tu cuerpo me pertenece Eva.

—Y el tuyo, ¿me pertenece a mí? ¿Con exclusividad?

Su mirada se hizo ardiente.

—Sí, y espero que lo aproveches frecuente y excesivamente.

Bueno...

—Pero tú me has visto desnuda —lo incité con voz ronca—. Sabes lo que tienes. Yo no. Amo lo que he visto de tu cuerpo hasta ahora pero no ha sido mucho.

—Eso lo podemos resolver ahora mismo.

La idea de que se desnudara para mí me hizo retorcerme en el asiento. Él lo notó y su boca se curvó en un gesto de picardía.

—Mejor no lo hagas —dije con pesar—. El viernes llegué tarde a la oficina.

—Esta noche entonces.

Tragué saliva.

—Definitivamente.

—Me aseguraré de estar libre a las cinco —me dijo, y retornó a su almuerzo, tranquilo con el hecho de que acabábamos de fijar, en nuestras agendas mentales, una cita para tener *sexo alucinante.*

—No tienes que hacerlo —destapé la botellita de salsa de tomate—. Necesito ir al gimnasio después del trabajo.

—Iremos juntos.

—¿En serio? —giré la botella y la golpeé en la base con la palma de la mano.

Él me la quitó y usó su cuchillo para echar la salsa en mi plato—. Probablemente lo mejor que puedo hacer es ir a botar algo de energía antes de verte desnuda. Estoy seguro de que querrás estar en condiciones de caminar mañana.

Lo observé, asombrada por la naturalidad con la que había hecho esa afirmación y la expresión de su rostro que me decía claramente que no estaba bromeando. Mi sexo se apretó ante la deliciosa expectativa. Podía imaginar fácilmente cómo me volvería adicta a Gideon Cross.

Comí algunas papas, pensando en alguien más que era adicto a Gideon.

—Magdalene podría representar un problema para mí.

Tragó un bocado de su hamburguesa y lo bajó con un sorbo de agua.

—Me dijo que te había hablado y que no les había ido bien.

Reconocí a Magdalene sus habilidades para intrigar y su astuto intento de alejarme. Tendría que ser muy cuidadosa con ella y Gideon tendría que hacer algo al respecto... deshacerse de ella, punto.

—No, no resultó muy bien —acepté—. No suelo agradecer que me digan que no respetas a las mujeres con que te acuestas ni que, en el momento en que me penetraste, dejé de existir para ti.

—¿Te dijo eso?

—Tal cual. También aseguró que la tienes en reserva para cuando estés listo para echar raíces.

—¿En serio? —su voz tenía un dejo de frialdad.

Mi estómago se tensionó... sabía que las cosas podrían arreglarse o empeorar horriblemente dependiendo de lo que Gideon dijera a continuación.

—¿No me crees?

—Claro que te creo.

—Ella podría ser un problema para mí —repetí, resuelta a no dejar pasar el momento.

—No será un problema. Hablaré con ella.

Odiaba la idea de que él le hablara, me enfermaba de celos. Decidí que ese era otro tema que debíamos tratar inmediatamente.

—Gideon...

—Dime —había terminado su hamburguesa y estaba concentrado en las papas.

—Soy una persona muy celosa. Puedo llegar a ser irracional —jugueteé con la hamburguesa y una papa—. Tal vez quieras pensar en eso y en si estás dispuesto a meterte con alguien que tiene serios problemas de autoestima, como es mi caso. Ese fue uno de los puntos decisivos cuando me hiciste la primera propuesta, pues sabía que me enloquecería ver a las mujeres babeando a tu alrededor y no tener derecho a decir una palabra al respecto.

—Ahora tienes ese derecho.

—No me estás tomando en serio —meneé la cabeza y di otro mordisco a mi hamburguesa.

—Nunca en la vida he hablado tan seriamente —estirando su brazo, Gideon pasó un dedo por la comisura de mi boca y luego lamió la gota de salsa que había recogido—. No eres la única que puede ser posesiva. Yo soy muy consciente de mis derechos sobre lo que me pertenece.

No lo dudé por un segundo.

Tomé otro bocado y pensé en la noche que nos esperaba. Estaba ansiosa. Ridículamente ansiosa. Moría por ver a Gideon desnudo. Moría por pasar mis manos y labios por todo su cuerpo. Moría por volver a enloquecerlo. Y estaba al borde de la desesperación por estar bajo él, por sentirlo sobre mí, martilleándome, viniéndose intensa y profundamente en mí...

—Sigue pensando en todo eso —exclamó bruscamente— y llegarás tarde otra vez.

Lo miré asombrada.

—¿Cómo sabes en qué estoy pensando?

—Tienes esa expresión en tu rostro... cuando te excitas. Me propongo producir esa expresión tan frecuentemente como me sea posible —Gideon cubrió su plato y se puso de pie, sacó una tarjeta de su bolsillo y la dejó a mi lado. Vi que había escrito en la parte trasera los números telefónicos de su casa y su celular—. Me siento estúpido al hacer esta pregunta después de nuestra conversación, pero necesito el número de tu celular.

—Oh —con dificultad salí de mi ensoñación—. Primero tengo que comprar uno. Lo tengo en la lista de cosas por hacer.

—¿Qué sucedió con el que tenías la semana pasada?

Arrugué la nariz.

—Mi madre lo estaba utilizando para rastrear mis movimientos por la ciudad. Ella es un poco... sobreprotectora.

—Entiendo —pasó el dorso de sus dedos por mi cuello—. A eso te referías cuando dijiste que tu madre te acosaba.

—Sí, desafortunadamente.

—Bueno, entonces, compraremos el teléfono después del trabajo, antes de ir al gimnasio. Es mejor que tengas uno. Y quiero poder llamarte siempre que me apetezca.

Dejé el cuarto de hamburguesa restante y me limpié las manos y boca.

—Esto estuvo delicioso. Gracias.

—Fue un placer —se inclinó sobre mí y me besó brevemente—. ¿Necesitas entrar al baño?

—Sí. Tengo el cepillo de dientes en mi bolso.

Unos minutos después, me encontré de pie en un cuarto de baño escondido tras una puerta que se mimetizaba con los paneles de caoba en los que estaban las pantallas planas. Nos lavamos los dientes uno al lado del otro en el lavamanos doble, observando nuestros reflejos en el espejo. Era algo tan simple, tan *normal*, pero ambos parecíamos disfrutarlo profundamente.

—Te acompañaré —dijo mientras se dirigía al perchero.

Lo seguí, pero cambié de dirección cuando nos acercamos a su escritorio. Me acerque y coloqué mi mano frente a su sillón. —¿Es acá donde pasas la mayor parte del día?

—Sí —se puso la chaqueta y quise morderlo... se veía tan encantador.

En lugar de eso, me subí al escritorio para quedar sentada justamente enfrente a su sillón. Según mi reloj, me quedaban cinco minutos. Apenas el tiempo necesario para llegar a mi oficina, pero... no pude evitar la tentación de ejercer mis nuevos derechos. Señalé su sillón.

—Siéntate.

Sus cejas se levantaron, pero se acercó sin discutir y ocupó su lugar. Extendí las piernas y le hice una seña con el dedo.

—Más cerca.

Deslizó la silla hacia adelante y llenó el espacio entre mis piernas. Me rodeó la cadera con los brazos y me miró.

—Eva, un día muy pronto te voy a hacer el amor acá mismo.

—Por ahora solo dame un beso —murmuré, inclinándome para cubrir su boca. Coloqué las manos en sus hombros para mantener el equilibrio y lamí sus labios abiertos; luego introduje mi lengua y exploré su boca delicadamente.

Gruñendo, me besó con intensidad, devorando mi boca hasta enloquecerme de deseo.

—Un día pronto —repetí—, me arrodillaré bajo este escritorio y te lo chuparé. Tal vez mientras hablas por teléfono jugando con tus millones como en el Monopolio. Usted, señor Cross, caerá en "Recoja sus doscientos dólares".

Su boca se torció sobre la mía.

—Puedo imaginarme cómo será esto. Me harás perder la cabeza yendo a todas partes en tu estrecho y sexy cuerpito.

—¿Te estás quejando?

—Ángel mío, estoy babeando.

Quedé perpleja por sus palabras cariñosas, aunque me encantaba su dulzura.

—¿Ángel?

Asintió y me besó nuevamente.

Yo no podía creer la diferencia que había significado esa hora. Abandoné la oficina de Gideon en un estado de ánimo totalmente diferente al de cuando entré. La sensación de su mano en mi espalda hacía vibrar mi cuerpo de emoción en lugar de la infelicidad que sentí al llegar allí.

Me despedí de Scott y le sonreí exageradamente a la seria recepcionista.

—Creo que no le caigo bien —le dije a Gideon mientras esperábamos el ascensor.

—¿A quién?

—Tu recepcionista.

Volteó la mirada en dirección a ella y la pelirroja le sonrió emocionada.

—Mmm... —murmuré—. Le gustas.

—Le pago su sueldo.

Hice un gesto.

—Sí, eso debe ser. No hay riesgo de que tenga que ver con el hecho de que eres el hombre más sexy que existe.

—¿Lo soy? —me arrinconó contra la pared y me atravesó con su ardiente mirada.

Posé mis manos en su abdomen, lamiéndome el labio inferior al sentir los sólidos músculos tensionarse bajo mis manos.

—Era solo un comentario.

—Me gustas —dijo con las manos apoyadas en la pared a lado y lado de mi cabeza, inclinó la cabeza y me besó delicadamente.

—Y tú me gustas. Eres consciente de que estás en el trabajo, ¿verdad?

—¿De qué sirve ser el jefe si no puedes hacer lo que quieres?

—Mmm.

Cuando el ascensor llegó, pasé bajo su brazo y me subí. Me siguió y comenzó a dar vueltas a mi alrededor como un depredador, deslizándose tras de mí para atraerme hacia él. Sus manos se colaron en mis bolsillos y se extendieron sobre los huesos de mi cadera, manteniéndome presionada contra él. La calidez de su contacto tan cerca de mi centro fue una nueva forma de tortura. En venganza, meneé mi trasero contra él y reí cuando bufó y su miembro se endureció.

—Compórtate —me reprendió ásperamente—. Tengo una reunión dentro de quince minutos.

—¿Pensarás en mí cuando estés sentado en tu escritorio?

—Sin duda alguna. Y tú definitivamente pensarás en mí cuando estés en el tuyo. Es una orden, señorita Tramell.

Recosté mi cabeza contra su pecho, emocionada por el tono de su voz.

—No sé cómo podría evitarlo, señor Cross, teniendo en cuenta que pienso en usted en todas partes.

Salió del ascensor conmigo cuando llegamos al piso veinte.

—Gracias por el almuerzo.

—Creo que eso me corresponde a mí. Te veo más tarde, Oscuro y Peligroso.

Sus cejas se arquearon al escuchar el apodo que le había dado.

—A las cinco en punto. No me hagas esperar.

Uno de los ascensores del costado izquierdo llegó al piso. Megumi salió de él y Gideon se subió, su mirada fija en la mía hasta que las puertas se cerraron.

—¡Vaya! —lo enlazaste—. Me muero de la envidia.

No pude pensar en nada que decir. Todo era aún muy novedoso y temía estropearlo. En el fondo de mi mente sabía que este sentimiento de felicidad no podía durar. Todo estaba resultando *demasiado* bien.

Corrí a mi escritorio y comencé a trabajar.

—Eva —levanté la vista para ver a Mark de pie en el umbral de su oficina—. ¿Puedo hablar contigo un minuto?

—Desde luego —tomé mi tableta aunque su expresión sombría y tono me decían que tal vez no la necesitaría. Cuando Mark cerró la puerta, mi temor aumentó—. ¿Pasa algo?

—Sí —esperó hasta que me senté y luego se sentó a mi lado, en lugar de sentarse en el sillón de su escritorio—. No sé cómo decir esto...

—Tan solo dilo. Lo comprenderé.

Me miró con ojos compasivos y se encogió de vergüenza.

—No me corresponde interferir. Tan solo soy tu jefe y eso implica límites, pero los voy a cruzar porque me caes bien Eva, y quiero que trabajes conmigo por mucho tiempo.

Mi estómago se tensó.

—Eso es maravilloso. Me encanta mi trabajo.

—Bien, bien. Me alegro —me lanzó una breve sonrisa—. Tan solo... ten cuidado con Cross, ¿sí?

Pestañeé, sorprendida por el curso que tomaba la conversación.

—Está bien.

—Es brillante, rico y sexy, así que entiendo su atractivo. Con todo lo que quiero a Steven, me inquieto bastante cuando Cross está cerca. Tiene ese tipo de energía —Mark hablaba de prisa y se retorcía avergonzado—. Y también entiendo perfectamente que esté interesado en ti. Eres bella, inteligente, honesta, considerada... podría seguir eternamente porque eres maravillosa.

—Gracias —respondí en voz baja, rezando para no verme tan enferma como me sentía. Ese tipo de advertencia, proveniente de un amigo, y saber que otros me verían como otra nena-de-la-semana, era exactamente lo que alimentaba mis inseguridades.

—Sencillamente, no quiero que te hieran —murmuró, luciendo tan miserable como se sentía—. En parte es egoísmo, lo admito. No quiero perder una excelente asistente porque ella no quiera trabajar en un edificio cuyo propietario es su ex.

—Mark, te agradezco mucho tu preocupación y que me valores tanto. Pero no tienes que preocuparte por mí. Soy una niña grande. Además, nada me hará renunciar a este empleo.

Mark soltó un respiro de alivio.

—Está bien. Dejémoslo de lado y pongámonos a trabajar.

Así lo hicimos, pero yo me ofrecí para futuras torturas suscribiéndome a las alertas diarias de Google sobre Gideon. Y, cuando dieron las cinco de la tarde, mi conciencia de mis muchas insuficiencias continuaba extendiéndose como una mancha sobre mi felicidad.

Gideon fue tan puntual como había amenazado ser, y no pareció notar mi estado anímico cuando descendíamos en el abarrotado ascensor. Más de una mujer lanzaba miradas furtivas en su dirección, pero eso no me importaba. Era un hombre ardiente, lo raro habría sido que no lo miraran.

Tras pasar por los torniquetes, tomó mi mano y entrelazó sus dedos con los míos. Ese gesto simple, íntimo, significaba tanto para mí en ese momento que intensifiqué la presión en su mano. Tendría que cuidarme de eso. En el instante en que empezara a estar agradecida de que pasara tiempo conmigo, sería el principio del fin. Ni él ni yo me respetaría si eso sucedía.

El Bentley estaba estacionado enfrente y el conductor nos esperaba de pie al lado de la puerta trasera. Gideon me miró.

—Hice empacar y traer alguna ropa deportiva, en caso de que insistieras en ir al gimnasio. Equinox, ¿verdad? O podemos ir al mío.

—¿Dónde queda el tuyo?

—Me gusta ir al CrossTrainer, en la treinta y cinco.

Mi curiosidad por saber cómo sabía a qué gimnasio solía ir yo desapareció cuando escuche el "Cross" en el nombre del gimnasio.

—Y, por casualidad, ¿también eres el dueño del gimnasio?

Soltó una carcajada.

—De toda la cadena. Normalmente, practico artes marciales con un entrenador personal, pero ocasionalmente voy al gimnasio.

—La cadena —repetí—. Obvio.

—Tú decides —insistió—. Iré a donde tú quieras ir.

—Faltaría más, vamos a tu gimnasio.

Abrió la puerta trasera y se subió. Yo coloqué mi bolsa sobre mi regazo y miré por la ventana mientras el automóvil se ponía en movimiento. El sedán a nuestro lado estaba tan cerca que, con solo inclinarme un poco, podría tocarlo. Aún no me acostumbraba a la hora punta en Manhattan. El tráfico en mi tierra de origen también era pesado pero se movía a la velocidad de un caracol. Acá, en Nueva York, la velocidad y el abarrote se mezclaban de tal manera que, con frecuencia, tenía que cerrar los ojos y rezar para no morir en el viaje.

Era un mundo totalmente nuevo. Una nueva ciudad, un nuevo apartamento, un nuevo empleo y un nuevo hombre. Era mucho para asumirlo de una vez. Supuse que era normal sentirme algo desequilibrada.

Observé a Gideon y lo encontré mirándome con una expresión indescifrable. Todo en mí se revolvió en un lío de lujuria salvaje y profunda ansiedad. No tenía ni idea de qué hacía con él, tan solo que no podría evitarlo aunque quisiera.

9

FUIMOS PRIMERO A la tienda de teléfonos celulares. La mujer que nos atendió parecía muy susceptible a los atractivos de Gideon. Se desvivía por darle gusto en cuanto demostraba el más mínimo interés en algo, dándole detalladas explicaciones e invadiendo su espacio personal al hacerlo.

Intenté alejarme de ellos y buscar a alguien que me ayudara a *mí*, pero Gideon se negaba a soltar mi mano. Luego tuvimos una discusión sobre quién pagaría el teléfono; parecía pensar que eso le correspondía aunque el teléfono y la cuenta fuesen mías.

—Tú ya escogiste el proveedor —le señalé mientras retiraba su tarjeta de crédito y le entregaba la mía a la vendedora.

—Porque es práctico. Estaremos en la misma red y las llamadas nos saldrán gratis —exclamó, intercambiando hábilmente las tarjetas de crédito.

—¡Yo no te llamaré jamás si no guardas inmediatamente tu tarjeta!

Eso lo convenció, aunque era evidente que no estaba satisfecho. Tendría que superarlo.

Cuando regresamos al Bentley, estaba otra vez de buen genio.

—Angus, vamos al gimnasio —le informó al conductor, acomodándose en el asiento. Luego extrajo del bolsillo su teléfono celular. Guardó mi nuevo número en su lista de contactos y luego tomó mi nuevo teléfono e ingresó en él sus números de oficina, casa y celular.

Acababa de terminar cuando llegamos a CrossTrainer. Obviamente, el gimnasio de tres plantas era el sueño de cualquier entusiasta de la salud. Quedé impresionada con cada centímetro del lugar. Incluso el vestuario de mujeres parecía sacado de una película de ciencia ficción.

Pero mi asombro se vio totalmente eclipsado cuando acabé de cambiarme y encontré a Gideon esperándome en el vestíbulo. Se había puesto unas bermudas y una camiseta sin mangas que me permitieron ver por primera vez sus brazos y piernas desnudos.

Me detuve en seco y alguien tropezó contra mi espalda. A duras penas me las arreglé para pedir excusas; estaba demasiado ocupada devorando con los ojos el cuerpo de Gideon. Sus piernas eran fuertes y poderosas, perfectamente proporcionadas con sus estrechas caderas y cintura. Sus brazos me hicieron agua la boca. Sus bíceps eran perfectos y sus antebrazos estaban marcados por gruesas venas a la vez brutales e infernalmente sexys. Se había recogido el pelo atrás, y su cuello y los esculturales ángulos de su rostro resaltaban.

Dios. Yo conocía íntimamente a ese hombre. A mi cerebro le costaba trabajo aceptar ese hecho, especialmente cuando enfrentaba la irrefutable evidencia de su belleza única.

Y él tenía el ceño fruncido.

Alejándose de la pared en la que había estado recostado, se acercó y me rodeó. Sus dedos recorrieron mi estómago y espalda mientras giraba; la piel se me puso de gallina. Cuando se detuvo frente a mí, lancé mis brazos a su cuello y alcancé su boca para darle un rápido, juguetón y sonoro beso.

—¿Qué diablos llevas puesto? —preguntó, luciendo algo apaciguado por mi entusiasta saludo.

—Ropa.

—Luces desnuda con esa camiseta.

—Pensé que te gustaba desnuda —estaba muy satisfecha con la elección de aquella mañana, cuando aún no sabía que iría al gimnasio con él. El *top* era un triángulo con largos tirantes en los hombros y costillas que lo aseguraban con Velcro; podía usarse de diversas formas y permitía a quien la llevaba decidir dónde necesitaban más apoyo los pechos. Estaba especialmente diseñado para mujeres rellenitas y era el único de los que tenía que impedía a mis pechos saltar a un lado y otro. La objeción de Gideon era por su color piel, que hacía juego con las rayas de los pantalones de yoga.

—Me gustas desnuda *en privado* —murmuró—. Tendré que estar a tu lado donde quiera que vayas.

—No me quejaré, ya que estoy disfrutando profundamente lo que veo —además, estaba perversamente emocionada por su posesividad tras la herida que me había causado su actitud el sábado en la noche. Dos extremos: los primeros de muchos, sin duda.

—Salgamos de esto —tomó mi mano y me alejó de los vestidores, tomando de paso dos toallas—, necesito hacerte el amor.

—Y yo necesito que me hagas el amor.

—Por Dios, Eva —me apretó la mano hasta hacerla doler—. ¿A dónde vamos? ¿Pesas? ¿Máquinas? ¿Trotadoras?

—A las trotadoras, quiero correr un rato.

Me condujo en esa dirección. Observé la forma en que las mujeres lo seguían con la mirada y luego con sus pies. Todas querían estar en la misma zona del gimnasio que él y yo no podía culparlas. Además me moría de ganas de verlo en acción.

Cuando llegamos a la aparentemente interminable fila de trotadoras y bicicletas, descubrimos que no había dos contiguas libres.

Gideon se dirigió a un hombre que tenía una libre a cada lado.

—Le quedaré en deuda si se mueve un lugar.

El hombre me miró y sonrió.

—Claro, no hay problema.

—Muchas gracias.

Gideon se apoderó de la trotadora del hombre y me señaló la de al lado. Antes de que programara su entrenamiento, me incliné hacía él.

—No quemes demasiada energía —le susurré—. Quiero tenerte en la posición del misionero la primera vez. He estado fantaseando con tenerte encima, embistiéndome.

Su mirada me traspasó.

—Eva, no tienes idea.

Casi mareada por la expectativa y un encantador acceso de poder femenino, me subí a la trotadora y comencé a caminar a paso rápido. Mientras me calentaba, puse mi iPod a tocar música de forma aleatoria y, cuando "Sexy Back" de Justin Timberlake comenzó, aceleré el paso y comencé a correr. Correr era un ejercicio físico y mental para mí. Algunas veces deseaba que el simple hecho de correr a marchas forzadas pudiese alejarme de lo que fuera que me estuviese molestando.

Después de veinte minutos desaceleré, me detuve y me arriesgué a lanzar una mirada a Gideon, quien corría con la fluidez de una máquina bien engrasada. Miraba CNN en la pantalla que tenía enfrente, pero me lanzó una sonrisa cuando me secaba el sudor. Tomé un trago de agua y pasé a las máquinas, donde escogí una que me permitía observarlo fácilmente.

Él corrió treinta minutos en la trotadora y luego hizo pesas, siempre manteniéndome en su línea de visión. Mientras trabajaba, rápida y eficientemente, no pude evitar pensar en lo viril que era. Desde luego, saber lo que tenía dentro de sus bermudas contribuyó a ello pero, aún sin ese dato, era sorprendente que un hombre que trabajaba tras un escritorio mantuviese su cuerpo en tan buen estado físico.

Cuando cambiaba de ejercicio, se me acercó uno de los entrenadores. Como era de esperarse en un gimnasio de ese nivel, era muy guapo y fornido.

—Hola —me saludó, con una sonrisa de estrella de cine que dejaba ver su dentadura perfecta. Tenía el pelo castaño oscuro y ojos del mismo tono—. Primera vez que vienes, ¿verdad? No te he visto por acá antes.

—Sí, es la primera vez.

—Soy Daniel —me extendió la mano y yo le di mi nombre—. ¿Todo bajo control, Eva?

—Hasta ahora todo va perfectamente, gracias.

—¿De qué sabor te gusta el granizado?

Fruncí el ceño.

—¿Perdón?

—El granizado gratis que te dan en la orientación —se cruzó de brazos y sus poderosos bíceps templaron las mangas de su camiseta—. ¿No te lo dieron en la cafetería de abajo cuando te inscribiste? Se supone que debes inscribirte...

—Mmm —hice un gesto como de excusa—. No recibí la orientación normal.

—¿Te hicieron el recorrido? Si no, ven y te muestro todo —me tomó suavemente del codo y señaló las escaleras—. También recibes una hora gratis de entrenamiento personalizado. Podríamos hacerlo hoy o fijar una cita para otro día. Y me encantaría llevarte a la cafetería de abajo y dejar eso resuelto también.

—Ni modo —fruncí la nariz—. No me he inscrito.

—Ah —me hizo un guiño—. ¿Viniste con un pase temporal? Está bien. No se puede esperar que decidas inscribirte sin conocer todo lo que ofrecemos. Sin embargo, te aseguro que CrossTrainer es el mejor gimnasio de Manhattan.

Gideon apareció al lado de Daniel.

—Cuando eres la novia del dueño, todo está incluido en la experiencia —dijo, rodeándome y poniendo su brazo alrededor de mi cintura.

La palabra "novia" retumbó en mí, enviando una cascada de adrenalina a todo mi sistema. Aun no me convencía de que teníamos ese tipo de compromiso, pero eso no me impidió pensar que el título sonaba bien.

—Señor Cross —Daniel se enderezó y dio un paso atrás, luego extendió la mano—. Es un honor conocerlo.

—Daniel me enamoró del lugar —le dije a Gideon cuando estaban estrechándose la mano.

—Pensé que eso lo había hecho *yo* —su pelo estaba empapado de sudor y olía delicioso. Nunca pensé que un hombre sudado pudiese oler tan bien.

Sus manos acariciaron mis brazos y sentí sus labios en mi nuca.

—Vámonos. Hasta luego, Daniel.

Me despedí de Daniel con un gesto de la mano.

—Gracias.

—A sus órdenes.

—No lo dudo —murmuró Gideon—. No te quitaba los ojos de las tetas.

—Son muy bonitas...

Él soltó un gruñido sordo y yo disimulé una sonrisa. Me dio una nalgada lo suficientemente fuerte para doler y hacerme dar un paso apresurado.

—Esa estúpida curita que tú llamas "camiseta" no deja mucho a la imaginación. No te demores en la ducha... dentro de poco volverás a estar sudada.

—Espera —lo tomé del brazo antes de pasar frente al vestidor femenino—. ¿Te molestaría si te pido que no te bañes? ¿Si te digo que me gustaría encontrar un lugar muy cerca donde pueda hacerte el amor antes de que se te seque el sudor?

Su mandíbula se endureció y su mirada se oscureció peligrosamente.

—Estoy comenzando a temer por tu seguridad, Eva. Toma tus cosas. Hay un hotel en la esquina.

Ninguno de los dos se cambió y en cinco minutos estuvimos fuera del gimnasio. Gideon caminaba rápidamente y yo lo seguía. Cuando se detuvo abruptamente, se giró, y me plantó un generoso y ardiente beso en medio de la acera, quedé tan aturdida que no reaccioné. Fue una unión de bocas desgarradora, llena de pasión y espontaneidad, que me hizo doler el corazón. Alrededor nuestro, los transeúntes aplaudían.

Cuando me pude enderezar nuevamente, estaba jadeando y mareada.

—¿Qué fue eso?

—Tan solo el preludio —y continuó su carrera al hotel más cercano, uno del que no supe el nombre pues pasamos como una ráfaga al lado del portero y directamente al ascensor. Aún antes de que el administrador lo saludara por su nombre, era obvio que el hotel también le pertenecía.

Gideon soltó su bolsa en el suelo del ascensor y se ocupó en descubrir cómo librarme de mi camiseta. Estaba dándole un golpe en las manos cuando se abrió la puerta del ascensor y él tomó nuevamente su bolsa. No había nadie a la vista en el piso. Gideon sacó una llave maestra de algún lugar y, segundos después, nos encontrábamos en una habitación.

Me abalancé sobre él, metí mis manos bajo su camiseta para sentir su piel húmeda y la dureza de los músculos que cubría.

—Desnúdate. *Ya.*

Entre risas se quitó los tenis y se sacó la camiseta por encima de la cabeza.

Oh Dios... verlo desnudo, todo él cuando las bermudas cayeron al piso, era para fritarme las neuronas. No tenía un gramo de grasa, tan solo láminas de músculos perfectos. Sus abdominales eran como una tabla sólida y exhibía la muy sexy V de músculos en su pelvis que Cary denominaba el Lomo de Apolo. Gideon no se hacía la cera en el pecho como Cary, pero se lo arreglaba con el mismo cuidado que dedicaba al resto de su cuerpo. Era un macho primario, la encarnación de todo lo que yo deseaba, fantaseaba y quería tener.

—He muerto y llegué al cielo —dije mirándolo descaradamente.

—Sigues vestida —respondió, atacando mis ropas, sacándome el *top* antes de que me diera cuenta. Me arrancó los pantalones y yo me saqué los zapatos con tal afán que perdí el equilibrio y caí sobre la cama. Casi no alcanzo a recuperar la respiración cuando ya lo tenía encima de mí.

Rodamos sobre el colchón totalmente enredados. Donde quiera que me tocara dejaba un rastro de fuego. El aroma de su piel era un afrodisiaco que me intoxicaba... despertaba mi deseo hasta hacerme pensar que perdería la cabeza.

—Eres tan bella, Eva —tomó un seno en su mano antes de llevarse el pezón a la boca.

Grité al sentir el calor y los azotes de su lengua, mi sexo tensionándose con cada chupada. Mis manos se deslizaron ambiciosamente sobre su húmeda piel, acariciándolo, amasándolo, buscando los puntos que lo harían gruñir y gemir. Entrelacé mis piernas con las suyas e intenté obligarlo a voltearse, pero era demasiado pesado y fuerte para mí.

Levantó la cabeza y me sonrió.

—Esta vez es mi turno.

Lo que sentí por él en ese momento, al ver esa sonrisa y la excitación en sus ojos, fue tan intenso que dolió. Demasiado rápido, pensé. Yo estaba cayendo demasiado rápido.

—Gideon...

Me besó profundamente, explorando mi boca a su manera. Pensé que podría hacerme venir con solo besarme, si nos tomábamos el tiempo suficiente. Todo en él me excitaba, desde la forma en que lucía y se sentía bajo mis manos, hasta la manera en que me miraba y tocaba.

Su afán y las exigencias silenciosas que hacía a mi cuerpo, la energía con que me daba placer, me enloquecían.

Pasé mis manos por la húmeda seda de su pelo. Los vellos de su pecho hacían cosquillas a mis tensos pezones, y la sensación de su poderoso cuerpo contra el mío fue suficiente para humedecerme y excitarme.

—Amo tu cuerpo —le susurré, sus labios pasando de mi mejilla a la garganta. Su mano acarició mi torso desde los senos hasta la cadera—. Lo deseo.

—Aún no has recibido mucho de él —se burló de mí.

—Creo que nunca tendré suficiente —mordisqueó y lamió mi hombro, luego descendió y tomó mi otro pezón entre sus dientes. Haló y la leve sensación de dolor me hizo arquear la espalda y soltar un gemido suave. Alivió el dolor con una suave chupada y continuó su descenso—. Nunca había deseado nada de esta manera.

—Entonces, ¡tómame!

—Aún no —murmuró, bajando aún más, rodeando mi ombligo con la punta de su lengua—. Todavía no estás lista.

—¿Qué? Oh Dios... nunca estaré más lista —halé su pelo, intentando hacerlo ascender otra vez.

Gideon agarró mis muñecas y las oprimió contra el colchón.

—Eres muy estrecha, Eva. Te maltrataré si no logro humedecerte y que te relajes.

Me recorrió un violento temblor de excitación. Me excitaba que hablara tan directamente del sexo. Luego, bajó más y yo me tensé.

—No Gideon. Para eso debo tomar antes una ducha.

Sepultó su cara en mi sexo y yo luché, repentinamente avergonzada. Mordisqueó el interior de mi muslo.

—Detente. Por favor, no. No tienes que hacer eso.

Su feroz mirada detuvo mis frenéticos movimientos.

—¿Crees que no siento por tu cuerpo lo mismo que tú sientes por el mío? —preguntó fríamente—. Te deseo, Eva.

Me pasé la lengua por los labios resecos, tan caliente por su necesidad animal que no podía musitar palabra. Él gruñó suavemente y se sumergió en la resbalosa carne entre mis piernas. Su lengua me penetró, lamiendo y separando los sensibles tejidos. Mis caderas se agitaban sin descanso, mi cuerpo pedía más en silencio. Me sentía tan bien que podría llorar.

—Dios, Eva. He deseado tener mi boca en tu sexo desde el primer día en que te vi.

A medida que la aterciopelada suavidad de su lengua oscilaba sobre mi inflamado clítoris, mi cabeza se hundía en la almohada.

—Sí. Así. Hazme venir.

Lo hizo, succionando delicadamente y lamiéndome con furia. Me retorcí cuando el orgasmo estalló en mí, violentamente, mis miembros temblando. Su lengua se clavó en mi sexo mientras yo me contorsionaba; la penetración no era profunda y mi cuerpo luchaba por atraparla, por hacer que me llenara totalmente. Sus gruñidos vibraban en mi carne, perpetuando el clímax. Las lágrimas invadieron mis ojos y rodaron por mis sienes: el placer físico arrasaba con el muro que mantenía mis emociones bajo control.

Y Gideon no se detenía. Rodeó la temblorosa entrada de mi cuerpo con la punta de su lengua y azotó mi palpitante clítoris. Dos dedos me penetraron, me acariciaron y se curvaron en mi interior. Estaba tan sensible que luché contra la arremetida. Cuando, succionando rítmica y regularmente, se concentró en mi clítoris, volví a venirme con un grito quebrado. Y siguieron tres dedos, tres dedos que se extendían para abrirme.

—No —mi cabeza iba de un lado a otro, todo mi cuerpo cosquilleaba y ardía—. No más.

—Uno más —respondió con voz quebrada—. Uno más y te poseeré.

—No puedo...

—Podrás —sopló delicadamente sobre mi húmeda piel, un soplo

frío sobre mi enfebrecida piel, que revivió todos mis terminales nerviosos— Me encanta verte llegar, Eva. Me encantan los sonidos que emites, la forma en que tiembla tu cuerpo...

Masajeó un punto débil en mi interior y un orgasmo palpitó en mí, en una lenta y ardiente oleada de placer, no menos devastadora por ser más suave que las dos anteriores.

Su peso y calor me abandonaron. En un rincón distante de mi aturdida mente, escuché un cajón que se abría y luego el sonido de un papel metálico al ser rasgado. El colchón se hundió cuando él regreso a mi lado y sus manos me arrastraron al centro de la cama. Se estiró encima de mí, inmovilizándome al colocar sus antebrazos a cada lado de mis bíceps.

Mis ojos no abandonaban su austero y bello rostro. Sus rasgos estaban endurecidos por la lujuria, su piel templada sobre los pómulos y quijada. Sus ojos, oscuros y dilatados, lucían negros y supe que estaba mirando el rostro de un hombre que había superado los límites de su control. Para mí era importante que hasta entonces se hubiese esmerado tanto en darme placer y prepararme para lo que bien sabía sería una embestida brutal.

Cerré los puños sobre el cubrecama. Él me había dado placer una y otra vez. Este sería su turno.

—Cógeme —le ordené, retándolo con la mirada.

—*Eva* —escupió mi nombre mientras arremetía dentro de mí, clavando su pene hasta el fondo en un solo y feroz empujón.

Jadeé. Era grande, sólido como la piedra, y tan largo. La conexión fue extraordinariamente intensa. Emocional y mentalmente. Nunca en mi vida me había sentido tan... tomada, tan poseída.

Jamás habría pensado que sería capaz de soportar ser reprimida durante el sexo, no con mi pasado, pero el total dominio de mi cuerpo por parte de Gideon despertó mi deseo a un grado escandaloso. Nunca había estado tan excitada en mi vida, lo cual parecía increíble después de mis experiencias con él hasta el momento.

Mi sexo se cerró a su alrededor, disfrutando la sensación de tenerlo dentro, llenándome.

Sus caderas frotaban las mías, arremetiendo como para decir *¿Me sientes? Estoy dentro de ti. Soy tu dueño.*

Todo su cuerpo se endureció, los músculos de su pecho y brazos se tensaron a medida que salía de mí. Solo la rigidez de sus abdominales me anunciaba su siguiente arremetida. Violenta.

Grité y su pecho produjo un sonido sordo y primitivo.

—Dios... eres deliciosa.

Agarrándome con más fuerza, comenzó a joderme, enterrando mis caderas en el colchón en cada una de sus fieras embestidas. El placer volvió a invadirme, deslizándose por mi cuerpo con cada empujón de su cuerpo dentro del mío. *Así*, pensé, *así te quiero.*

Enterró su rostro en mi cuello y me apuntaló en la cama, clavándome fuerte y rítmicamente, jadeando crudas y ardientes palabras sexuales que alimentaban mi deseo.

—Nunca había logrado estar tan grande. Te llego al fondo... puedo sentirlo contra mi estómago... siento mi pene embistiéndote.

Yo había pensado en este turno como el de él pero, a pesar de ello, él seguía concentrado en mí, sus caderas oscilaban para producir placer en mi ardiente interior. Hice un leve e impotente sonido de necesidad y su boca se posó en la mía. Estaba desesperada por él; hundí las uñas en sus palpitantes caderas, luchando con el arrasador impulso de igualar las feroces arremetidas de su inmenso miembro.

Estábamos empapados en sudor, nuestra piel caliente y resbalosa, nuestros pechos luchando por obtener aire. Mientras un orgasmo crecía en mi interior como una gran tormenta, todo se tensó para apretar y estrechar. Él maldijo y metió una mano bajo mi cadera, agarrando mis nalgas y levantándome al encuentro de sus embestidas para que la cabeza de su pene restregara una y otra vez aquel punto que moría por él.

—Vente Eva —me ordenó— ¡Vente ya!

Alcancé el clímax en un estallido que me hizo gemir su nombre, la sensación intensificada por la forma en que él tenía apresado mi cuerpo. Echó la cabeza hacia atrás temblando.

—¡Oh, Eva! —me apretó con tanta fuerza que me impedía respirar, sus caderas arremetiendo mientras lo dominaba un lento, largo y poderoso orgasmo.

No tengo idea de cuánto tiempo estuvimos allí tumbados, acariciándonos con la boca los hombros y gargantas para aliviar la tensión y calmarnos. Todo mi cuerpo hormigueaba y palpitaba.

—¡Vaya! —logré exclamar finalmente.

—Tú me vas a matar —susurró con su boca en mi cuello—. Vamos a terminar matándonos de sexo.

—¿Yo? Yo no hice nada —él me había controlado totalmente y *¿eso* que tenía de abrumadoramente sexy?

—Aún respiras. Eso es suficiente.

Reí y lo abracé.

Levantó la cabeza y me acarició la nariz.

—Vamos a comer y luego lo repetiremos.

Mis cejas se arquearon.

—¿Puedes repetirlo?

—Toda la noche —desvió sus caderas y pude ver que seguía teniendo una erección.

—Eres una máquina —le dije—, o un dios.

—Eres tú —tras darme un beso, se levantó de la cama. Se quitó el condón, lo envolvió en un pañuelo de papel y lo tiró en la papelera al lado de la cama—. Nos ducharemos y pediremos la cena al restaurante del primer piso. A menos de que quieras bajar...

—No creo que pueda caminar.

La expresión de su sonrisa me hizo perder un latido del corazón.

—Me alegro de no ser el único.

—Pareces estar bien.

—Me siento maravillosamente bien —se sentó al borde de la cama y me retiró el pelo de la frente. Su rostro era amable, su sonrisa cálida y afectiva.

Me pareció ver algo más en sus ojos y la posibilidad me ahogó. Sentí miedo.

—Ven. Báñate conmigo —me pidió, pasando su mano por mi brazo.

—Dame un minuto para recuperar la cabeza y me reuniré contigo.

—Está bien —se dirigió al baño ofreciéndome una maravillosa visión de su escultural espalda y trasero. Suspiré instintivamente ante un perfecto espécimen masculino.

Escuché el agua de la ducha correr. Me las arreglé para sentarme y bajar las piernas de la cama, sintiéndome deliciosamente temblorosa. Mi mirada se posó en el cajón de la mesa de noche y vi varios condones.

Mi estómago dio un brinco. El hotel era demasiado sofisticado para ser de los que proveen condones junto con la tradicional Biblia.

Con mano temblorosa, abrí un poco más el cajón y descubrí una importante cantidad de productos profilácticos, incluyendo una botella de lubricante femenino y un gel espermicida. Mi corazón se volvió a acelerar. En mi mente, volví a recorrer nuestro apresurado viaje hasta el hotel. Gideon ni siquiera había preguntado qué habitación estaba libre... a menos de que supiera de antemano que esta habitación específicamente estaría libre.

Obviamente, era *su* habitación, un refugio sexual dotado de todo lo que él podría necesitar para pasar un buen rato con las mujeres que cumplían esa función en su vida.

Cuando me levantaba y me dirigía al armario, escuché la puerta de vidrio de la ducha abrirse y volver a cerrarse. Tomé las perillas de las puertas de nogal del armario y las abrí. Había una buena selección de ropas masculinas colgadas: algunas camisas y pantalones formales, *jeans* y otros pantalones informales. Mi temperatura descendió de golpe y una miseria enfermiza se apoderó de mí.

En los cajones del lado derecho había camisetas, ropa interior y medias. En el primero a mano izquierda, encontré juguetes sexuales aún en sus empaques. No revisé los demás cajones. Ya había visto suficiente.

Me puse los pantalones y me robé una de las camisas de Gideon. Mientras me vestía, mi mente recorrió los pasos aprendidos en la terapia: *Hable de ello. Explique qué disparó los sentimientos negativos hacia su pareja. Enfrente eso y trabájelo.*

Tal vez, si mis sentimientos por Gideon no me tuvieran tan apabullada, habría podido hacer todo eso. Tal vez si no acabáramos de tener un encuentro sexual maravilloso, me habría sentido menos herida y vulnerable. Nunca lo sabría. Lo que sentía era un poco sucio, un poco usado y muy doloroso. Esta revelación en particular me golpeó con una fuerza espantosa y, como un niño, quise herirlo a mi vez.

Recogí los condones, el lubricante y los juguetes, y los puse sobre la cama. Luego, al mismo tiempo que él me llamaba con voz divertida y burlona, tomé mi bolso y salí corriendo.

10

MANTUVE LA CABEZA baja al pasar frente a la recepción y salí del hotel por una puerta lateral. Me sonrojé de vergüenza al recordar al administrador que había saludado a Gideon cuando subimos al ascensor. Podía imaginar lo que pensaba de mí. Seguramente sabía para qué utilizaba Gideon la habitación. No resistía la idea de ser una más en una lista de muchas, y eso era exactamente lo que había sido desde el momento en que ingresamos al hotel.

¿Qué tan difícil habría sido detenerse en la recepción y pedir una habitación que fuese solo nuestra?

Comencé a caminar sin ningún destino en mente. Ya había oscurecido y la ciudad adquiría nueva vida y energía, diferente a la que tenía durante el día laboral. Las aceras estaban pobladas por puestos de comida que irradiaban vapor; había un vendedor ofreciendo obras de arte enmarcadas, otro ofrecía novedosas camisetas y otro más tenía dos mesas cubiertas con libretos de películas y episodios de televisión.

La adrenalina de mi huida me acompañaba en cada paso. La maliciosa y alegre imagen de Gideon saliendo del baño para encontrarse con una habitación vacía y una cama cubierta de parafernalia sexual me deleitaba. Comencé a calmarme... y a pensar seriamente en lo que acababa de suceder.

¿Era pura coincidencia que Gideon me hubiese invitado a un gimnasio que estaba convenientemente ubicado al lado de su nido de amor?

Recordé la conversación que habíamos sostenido en su oficina al almuerzo y la forma en que había luchado para expresarse y atraparme. Estaba tan confundido y aturdido como yo por lo que nos estaba sucediendo, y yo sabía lo fácil que es caer en patrones ya establecidos. Después de todo, ¿no acababa de caer yo misma en uno de ellos al fugarme? Había pasado suficientes años en terapia para saber que no debía herir y correr cuando me sentía herida.

Muy abatida, entré a un restaurante italiano y pedí una mesa. Ordené una copa de *syrah* y una pizza margarita, con la esperanza de que el vino y la comida calmaran la profunda ansiedad que sentía y me permitieran pensar.

Cuando el mesero regresó con el vino, tomé media copa de un trago y sin saborearlo. Ya extrañaba a Gideon, extrañaba el genio juguetón y alegre en que lo dejé. Llevaba su olor conmigo, el olor de su piel y su ardiente sexo. Los ojos me ardían y, a pesar de estar en un restaurante muy concurrido, permití que las lágrimas rodaran por mi cara. Llegó la comida y tomé algunos bocados. Sabía a cartón, aunque dudo que fuese culpa del chef o el restaurante.

Acercando la silla en la que había dejado mi bolso, saqué mi nuevo teléfono con la intención de dejar un mensaje en el contestador del doctor Travis. Él me había sugerido que tuviéramos citas por video chat hasta que encontrara un terapeuta en Nueva York, y resolví aceptar su ofrecimiento. En ese momento noté las veintiún llamadas perdidas de Gideon y un mensaje de texto: "Volví a arruinarlo todo. Por favor, no me dejes. Háblame. Por favor".

Las lágrimas regresaron. Sostuve el teléfono contra mi pecho sin saber qué hacer. No lograba sacarme de la cabeza las imágenes de Gideon con otras mujeres. No podía evitar imaginarlo haciéndole el amor a otra mujer en esa misma cama, usando los juguetes, enloqueciéndola, disfrutando de su cuerpo...

No tenía sentido pensar esas cosas; era irracional y me hacía sentir muy pequeña y enferma físicamente.

Me sobresalté cuando el teléfono vibró contra mi pecho. Casi lo dejo caer. Cuidando mi tristeza, me pregunté si debía dejar que la llamada fuera al buzón de mensajes pues era Gideon —él era el único que tenía mi número— pero no pude ignorarlo porque era evidente que estaba frenético. Aunque había querido herirlo un rato antes, ahora no podía hacerlo.

—Hola —mi voz sonaba diferente, atascada como estaba por las lágrimas y las emociones.

—¡Eva! Gracias a Dios —Gideon sonaba realmente ansioso—. ¿Dónde estás?

Mirando alrededor, no vi nada que me indicara el nombre del restaurante—. No lo sé. Yo... yo, lo siento, Gideon.

—No, Eva. No. Es mi culpa. Necesito encontrarte. Descríbeme el lugar. ¿Fuiste caminando?

—Sí. Llegué a pie.

—Sé por cuál puerta saliste. ¿Para qué lado tomaste? —respiraba rápidamente y yo podía oír los sonidos del tráfico y las bocinas en el fondo.

—A la izquierda.

—¿Torciste en alguna esquina después?

—No lo creo. No sé —busqué a un mesero para preguntarle— Estoy en un restaurante italiano. Tiene mesas en la acera... y un cerco de hierro forjado. Puertas francesas... Dios, Gideon, yo...

Su silueta apareció en la entrada... aun tenía el teléfono en la oreja. Lo reconocí inmediatamente, lo vi quedar paralizado cuando me vio sentada contra la pared del fondo. Guardando el teléfono en el bolsillo de los *jeans* que guardaba en el hotel, pasó frente a la anfitriona y se dirigió a mí. A duras penas logré ponerme de pie antes de que me agarrara y me estrechara en sus brazos.

—Dios —tembló levemente y sepultó su rostro en mi cuello—. Eva.

Lo abracé. Estaba recién salido de la ducha y fui consciente de que yo necesitaba urgentemente una.

—No puedo quedarme acá —dijo roncamente, alejándose para tomar mi rostro entre sus manos—. No puedo aparecer en público en este momento. ¿Vendrás a casa conmigo?

Algo en mi expresión debió delatar mi prevención, porque él presionó sus labios contra mi frente y murmuró:

—No será como el hotel, te lo prometo. Mi madre es la única mujer que ha visitado mi casa, aparte de los criados y empleadas.

—Esto es estúpido —susurré—. Estoy siendo estúpida.

—No —retiró el cabello de mi cara y se inclinó para susurrarme al oído—. Si me hubieses llevado a un lugar que tienes reservado para tener sexo con otros hombres, me habría enloquecido.

El mesero regresó y nosotros nos separamos.

—¿Le traigo la carta, señor?

—No será necesario —Gideon sacó la billetera de su bolsillo trasero y le entregó al mesero una tarjeta de crédito—. Tenemos que irnos.

TOMAMOS un taxi hasta la casa de Gideon y él no soltó mi mano en todo ese tiempo. No debería haber estado tan nerviosa al montar en un ascensor privado hacia un penthouse en la Quinta Avenida. La vista de techos altos y arquitectura de la preguerra no era nueva para mí y, realmente, no era de sorprenderse si salía con un hombre que parecía ser el propietario de casi todo en la ciudad. Y la codiciada vista sobre Central Park... era de esperarse que también la tuviera.

Pero la tensión de Gideon era palpable y me hizo comprender que esto era importante para él. Cuando el ascensor se abrió directamente en el vestíbulo de mármol de su apartamento, presionó con más fuerza mi mano antes de soltarla. Abrió la puerta doble para hacerme pasar y pude sentir su ansiedad mientras esperaba mi reacción.

El hogar de Gideon era tan hermoso como su dueño. Era totalmente diferente a su oficina, que era pulcra, moderna e impersonal. Su espacio privado era cálido y suntuoso, lleno de antigüedades y obras de arte acompañadas de alfombras de Aubusson tendidas sobre brillantes pisos de madera.

—Es... increíble —dije suavemente, sintiéndome privilegiada de verlo. Era un atisbo del Gideon privado que ansiaba conocer, y era sensacional.

—Entra —me guió por el apartamento—, quiero que duermas aquí esta noche.

—No tengo ropa ni nada...

—Lo único que necesitas es un cepillo de dientes. Podemos pasar por tu apartamento mañana temprano para recoger lo demás. Te prometo llevarte a la oficina a tiempo —me atrajo hacia él y apoyó su barbilla en mi cabeza—. Eva, realmente me gustaría que te quedes. No te culpo por huir de aquella habitación, pero descubrir que te habías ido casi me mata del susto. Necesito estar contigo un rato.

—Yo necesito que me abraces —metí las manos debajo de su camiseta para acariciar la sedosa dureza de su espalda desnuda—. También me caería bien darme una ducha.

Aún con su nariz entre mi pelo, inhaló profundamente.

—Me gusta que huelas a mí.

Pero me condujo al extremo del salón, por un corredor y a su habitación.

—¡Vaya! —respiré profundamente cuando encendió la luz. Una inmensa cama tipo trineo, de madera oscura —aparentemente su preferida— y tendidos color crema, dominaba la habitación. El resto de los muebles hacía juego con la cama. Era un espacio cálido, masculino y sin obras de arte para no quitar importancia a la serena vista nocturna de Central Park y los espectaculares edificios residenciales del otro lado. Mi lado de Manhattan.

—Aquí es el baño.

Mientras yo admiraba el tocador, que parecía ser un antiguo ropero de nogal adaptado, él sacó toallas del armario y me las entregó, moviéndose con esa confiada y sensual gracia que yo tanto admiraba. Verlo en su casa, vestido informalmente, me conmovió. Saber que era la única mujer que vivía esta experiencia con él me afectó aún más. Sentí que ahora lo veía más desnudo que nunca.

—Gracias.

Me echó una mirada y pareció entender que no me refería solamente a las toallas. Su mirada me taladraba.

—Se siente bien tenerte acá.

—No tengo idea de cómo acabé así, contigo —pero, me gustaba mucho, mucho.

—¿Tiene importancia? —Gideon se acercó a mí y levantó mi barbilla para darme un beso en la punta de la nariz—. Te dejaré una camiseta encima de la cama. ¿Te parece bien caviar y vodka?

—Bueno... es bastante mejor que una pizza.

Sonrió.

—Caviar Ossetra.

—Corrección —sonreí de vuelta—. Muchísimo mejor que la pizza.

Me duché y me puse la inmensa camiseta de Industrias Cross que él me había dejado; luego llamé a Cary para avisarle que no iría a dormir y darle un breve informe sobre el incidente del hotel.

Soltó un silbido.

—No estoy seguro de qué decir sobre eso.

Cary Taylor sin palabras es algo muy revelador.

Me reuní con Gideon en el salón y nos sentamos en el suelo, junto a la mesa de centro, a comer el costoso caviar con tostaditas y *crème fraîche*. Vimos la repetición de un episodio policiaco ambientado en Nueva York que, curiosamente, incluía una escena filmada en la calle del Crossfire.

—Sería agradable ver un edificio mío así, en la televisión —dije.

—No está mal, siempre y cuando no cierren la calle durante horas para filmar.

Le di un empujón con el hombro.

—Pesimista.

Nos metimos en la cama a las diez y media, y vimos la última parte de un programa juntos. La tensión sexual chisporroteaba en el ambiente pero, como él no hizo ningún avance, yo me abstuve de tomar la iniciativa. Sospecho que continuaba intentando reparar el daño del hotel, probar que quería pasar tiempo conmigo sin estar siempre haciendo el amor.

Funcionó. A pesar de lo mucho que lo deseaba, me gustó simplemente estar con él.

Él durmió desnudo, lo cual fue delicioso para acurrucarme a su lado. Pasé una pierna sobre las suyas, un brazo por su cintura y apoyé mi mejilla sobre su corazón. No recuerdo el final del programa, así que supongo que me dormí antes de que terminara.

Cuando me desperté, la habitación aún estaba a oscuras. Me deslicé hasta mi extremo de la cama, me senté y vi en el reloj digital de la mesa de noche de Gideon que hasta ahora eran las tres de la mañana. Normalmente duermo toda la noche de un solo tirón pero supongo que el cambio de ambiente me impidió dormir profundamente; luego Gideon gimió y se movió intranquilo. En ese momento comprendí qué era lo que me había despertado: emitía sonidos de angustia y su respiración sonaba atormentada.

—No me toques —susurró agresivamente—, ¡quita tus malditas manos de encima de mí!

Quedé paralizada, con el corazón galopando en mi pecho. Sus palabras se deslizaron a través de la oscuridad, llenas de furia.

—Bastardo enfermo —se retorció, sus piernas pateando las sábanas. Su espalda se arqueó en un gruñido perversamente erótico—. No. Oh, Cristo... *¡duele!*

Su cuerpo se contorsionaba, dominado por la tensión. No soportaba verlo.

—Gideon —debido a que Cary solía tener pesadillas, sabía que no debía tocar a un hombre en medio de ellas. En su lugar, me arrodillé en mi lado de la cama y lo llamé por su nombre—. Gideon, despierta.

Apaciguándose abruptamente, cayó de espaldas, tenso y a la expectativa. Su pecho subía y bajaba con dificultad, su respiración era entrecortada. Su pene estaba erecto y se apoyaba pesadamente sobre su estómago.

Le hablé firmemente, aunque la pena me atenazaba.

—Gideon. Estás soñando. Regresa a mí.

Pareció desinflarse sobre el colchón.

—¿Eva...?

—Aquí estoy —al moverme, abandoné la leve luz de la luna pero no vi un brillo que me indicara si sus ojos estaban abiertos—. ¿Estás despierto?

Su respiración comenzó a calmarse, pero no respondió. Sus manos estaban empuñadas sobre la sábana. Me saqué por encima de la cabeza la camiseta y la dejé sobre la cama. Me acerqué a él, alargando tentativamente una mano hacia su brazo. Cuando no se movió, lo acaricié pasando mis dedos suavemente sobre los músculos de sus bíceps.

—¿Gideon?

Se despertó abruptamente.

—¿Qué? ¿Qué pasa?

Me puse de cuclillas con las manos en los muslos. Lo vi parpadear y pasarse las manos por los cabellos. Podía sentir que la pesadilla todavía lo tenía atrapado, era evidente en la rigidez de su cuerpo.

—¿Qué pasa? —preguntó con brusquedad, enderezándose sobre un hombro—. ¿Estás bien?

—Te deseo —me estiré a su lado, alineando mi cuerpo desnudo con el de él. Presioné mi cara contra su húmeda garganta y lamí su salada piel. Sabía por mis propias pesadillas que un abrazo amoroso podía devolver los espectros de regreso al armario.

Sus brazos me rodearon y sus manos recorrieron mi columna. Sentí que la pesadilla se alejaba con un largo y profundo suspiro.

Poniéndolo de espaldas, trepé sobre él y sellé su boca con la mía. Su erección encajaba entre los labios de mi sexo. Me mecí sobre él. La sensación de sus manos en mi pelo, controlando el beso, hizo que muy pronto estuviera húmeda y lista para él. El fuego invadía mi piel. Acaricié mi clítoris arriba y abajo contra su grueso miembro, usándolo para masturbarme hasta que lanzó un sonido gutural de deseo y dio un bote para quedar encima de mí.

—No tengo condones acá —murmuró antes de cerrar sus labios sobre un pezón y comenzar a chuparlo suavemente.

Me encantó que no estuviera preparado. Este no era su nido de amor; era su hogar y yo era la única amante a la que había llevado allí.

—Sé que mencionaste intercambiar pruebas de salud cuando hablamos sobre los anticonceptivos y es lo que se debe hacer, pero...

—Confío en ti —levantó la cabeza y me miró bajo la suave luz de la luna. Abrió mis piernas con sus rodillas e introdujo en mí dos centímetros de su pene, que ardía pero era suave como la seda.

—Eva —exclamó, oprimiéndome fuertemente contra él—. Yo nunca... Dios, se siente tan bien. Estoy muy feliz de que estés acá.

Atraje sus labios hasta los míos y lo besé.

—Yo también.

Me desperté de la misma forma en que había caído dormida: con Gideon encima y dentro de mí. Su mirada estaba llena de deseo cuando pasé de la inconsciencia a un ardiente placer. Su pelo colgaba alrededor de sus hombros y rostro, y se veía aún más sexy así despeinado. Pero, mejor que todo, no había sombras en sus bellos ojos, no quedaba nada del dolor que lo perseguía en sueños.

—Espero que no te moleste —murmuró con sonrisa de picardía, mientras entraba y salía de mí—. Estás caliente y suave. No puedo evitar desearte.

Estiré los brazos sobre mi cabeza y arqueé la espalda, presionando mis senos contra su pecho. Por las estrechas ventanas coronadas por arcos, percibí la suave luz del amanecer.

—Podría acostumbrarme a despertarme así.

—Eso pensé yo a las tres de la mañana —meneó las caderas y me penetró profundamente—. Pensé en devolverte el favor.

Mi cuerpo volvió a la vida y mi pulso se aceleró.

—Por favor.

Cary ya había salido cuando llegamos a mi apartamento; había dejado una nota diciendo que estaba trabajando pero regresaría mucho antes de la cita para comer pizza con Trey. Dado que no había disfrutado la pizza de la noche anterior, me sentía bien dispuesta a repetir en un ambiente más alegre.

—Tengo una comida de negocios esta noche —dijo Gideon, inclinándose sobre mi hombro para leer—. Esperaba que me acompañaras para hacerla soportable.

—No puedo quedarle mal a Cary —dije disculpándome—. Ya sabes... los amigos antes que los amantes.

Su boca se frunció y él me acorraló contra la barra. Iba vestido con un traje escogido por mí, un Prada gris grafito levemente brillante. La corbata era la azul que hacía juego con sus ojos y, mientras lo observaba vestirse tuve que controlarme para no ir quitándole todo a medida que se lo ponía.

—Entiendo, pero quiero verte esta noche. ¿Puedo pasar por acá después de la cena y quedarme contigo?

La ilusión me atravesó de lado a lado. Pasé mis manos por su chaleco pensando que poseía un secreto porque sabía cómo lucía sin ropas.

—Me encantaría.

—Bien —asintió satisfecho—. Haré café mientras te vistes.

—El café está en el congelador. La moledora está al lado de la cafetera —le indiqué—. Y me gusta con mucha leche y algo de endulzante.

Cuando regresé a la cocina veinte minutos después, Gideon agarró dos tazas de café del mesón y nos dirigimos al vestíbulo. Paul nos despidió en la puerta principal cuando subimos al Bentley SUV de Gideon.

Cuando el auto se puso en marcha, Gideon me examinó y dijo:

—Definitivamente estás intentando matarme. ¿Otra vez llevas las ligas?

Subiéndome la falda, le mostré el lugar en donde el extremo superior de mis medias negras de seda se enganchaba a la liga de encaje también negro.

Maldijo en voz baja, cosa que me hizo reír. Me había puesto un suéter de manga corta y cuello de tortuga, de seda negra, y una corta falda plisada color rojo granate y tacones Mary Janes. Como Cary no estaba para hacer algo con mi peinado, me hice una cola de caballo:

—¿Te gusta?

—Ya tengo una erección —su voz era ronca y tuvo que acomodarse los pantalones—. ¿Cómo voy a pasar el día pensando en ti vestida de esa manera?

—Tenemos la hora de almuerzo —sugerí, fantaseando sobre lo que podríamos hacer en el sofá de su oficina.

—Hoy tengo un almuerzo de negocios. Lo cambiaría pero era ayer y lo reprogramé para hoy.

—¿Reprogramaste una cita por mí? Me siento halagada.

Pasó sus dedos por mis mejillas, un gesto de afecto ya habitual, muy íntimo y cariñoso. Ya comenzaba a depender de esas caricias.

Apoyé mi mejilla en la palma de su mano.

—¿Puedes sacar quince minutos para mí?

—Lo haré.

—Llámame cuando sepas a qué hora.

Respirando profundamente, busqué en mi cartera un regalo que no estaba segura de que él quisiera, pero yo no conseguía borrar el recuerdo de su pesadilla. Tenía la esperanza de que mi regalo lo hiciera pensar en mí y el sexo a las tres de la mañana, y eso le ayudará a combatir sus sueños.

—Te tengo algo. Pensé...

Repentinamente me pareció presuntuoso darle lo que le había traído.

Frunció el ceño.

—¿Qué sucede?

—Nada. Es que... —tomé aire—. Mira, te tengo algo, pero acabo de comprender que es uno de esos regalos, bueno no es realmente un regalo. Empiezo a pensar que no es apropiado...

Extendió su mano y me ordenó:

—Dámelo.

—Puedes rechazarlo...

—Cállate Eva —movió los dedos exigiendo que se lo entregara—. Dámelo.

Lo saqué de mi cartera y se lo di.

Gideon miró fijamente la fotografía enmarcada sin decir palabra. El marco era una baratija con imágenes troqueladas de cosas relacionadas con la graduación, incluyendo un reloj digital detenido en las 3:00 A.M. En la foto aparecía yo posando en Coronado Beach, de bikini color coral y un sombrero de paja: estaba bronceada, feliz y le soplaba un beso a Cary, quien se hacía pasar por fotógrafo de modas y gritaba tonterías como *Bellísima, querida; déjame ver tu lado atrevido; muéstrame a la gata... rarr...*

Avergonzada, me removí en el asiento.

—Como te dije, no tienes que guardarlo...

—Yo —se aclaró la garganta—. Gracias, Eva.

—Ahh, bueno... —vi con alivio que llegábamos al Crossfire. Tan pronto el auto se detuvo, salté fuera y me alisé la blusa, sintiéndome acomplejada—. Si quieres, te lo puedo guardar.

Gideon cerró la puerta del Bentley y meneó la cabeza.

—Es mío. No te lo llevarás.

Entrelazó nuestros dedos y, con la otra mano, hizo un gesto en dirección a la puerta giratoria. Me conmoví cuando entendí que pretendía llevar mi foto a su oficina.

UNA de las cosas divertidas del negocio de la publicidad es que ningún día se parece al anterior. Estuve corriendo toda la mañana y comenzaba a pensar en qué haría a la hora de almuerzo cuando timbró mi teléfono.

—Oficina de Mark Garrity, le habla Eva Tramell.

—Te tengo noticias —fue el saludo de Cary.

—¿Qué? —por su voz, imaginé que eran buenas noticias, fuera lo que fuera.

—Me dieron una campaña de Grey Isles.

—¡Oh, Dios mío, eso es maravilloso! Me encantan sus *jeans*.

—¿Qué vas a hacer a la hora del almuerzo?

Sonreí.

—Celebrar contigo. ¿Puedes estar acá a las doce?

—Ya estoy en camino.

Colgué y me recosté en mi silla, estaba tan contenta por la noticia que quería cantar. Para matar los quince minutos que faltaban para el descanso de medio día, revisé mi correo y encontré un boletín de alerta de Google sobre Gideon. Aparecía mencionado más de treinta veces en un solo día.

Abrí el correo electrónico; me molestaron bastante las numerosas referencias en los titulares a la "mujer misterio". Ingresé al primer vínculo y fui a dar a un blog de chismes.

Aparecía, a todo color, una fotografía de Gideon besándome apasionadamente en la acera de enfrente del gimnasio. El artículo que la acompañaba era breve y directo:

Gideon Cross, el mejor partido de Nueva York desde John F. Kennedy Jr. fue visto ayer en medio de un público y apasionado abrazo. Una fuente en Industrias Cross identificó a la afortunada mujer misterio como la conocida Eva Tramell, hija del multimillonario Richard Stanton y su esposa, Mónica. Al preguntársele sobre la naturaleza de la relación entre Cross y Tramell, nuestra fuente confirmó que la señorita Tramell es actualmente "la mujer importante" en la vida del magnate. Sospechamos que muchos corazones se han roto esta mañana a lo largo y ancho del país.

—Basura —mascullé.

11

Rápidamente revisé otros vínculos del boletín y en todos encontré la misma fotografía con similares comentarios y artículos. Alarmada, me senté a pensar en lo que esto podría significar. Si un beso aparecía en los titulares, ¿cómo lograríamos que esa relación funcionara?

Mis manos no dejaban de temblar mientras cerraba las ventanas del navegador. Jamás había pensado en los medios de comunicación y, estaba claro, debería haberlos tenido en cuenta.

—Maldita sea.

El anonimato era mi amigo. Me protegía de mi pasado. Protegía a mi familia y a Gideon de la vergüenza. Yo ni siquiera tenía cuentas en las redes sociales para evitar que me encontraran las personas que no formaban parte activa de mi vida.

El delgado e invisible muro entre mí y el estar expuesta al mundo había desaparecido.

—Maldición —respiré y concluí que me encontraba en una situación dolorosa que podría haberse evitado si hubieses dedicado unas cuantas neuronas a algo que no fuera Gideon.

También tenía que tener en cuenta cuál sería *su* reacción a este lío... me encogí de solo pensar en ello. Y mi madre. No pasaría mucho tiempo antes de que llamara y exagerara...

—Mierda —recordando que ella no tenía mi nuevo número de celular, tomé el teléfono del escritorio y llamé a mi buzón de voz para saber si ya me había estado buscando. Di un respingo cuando escuché que mi buzón estaba lleno.

Colgué, tomé mi cartera y me dirigí a la puerta; sabía que Cary me ayudaría a poner todo ese enredo en perspectiva. Estaba tan nerviosa cuando llegué al primer piso, que abandoné corriendo el ascensor con la idea fija de encontrar a mi compañero de apartamento. Finalmente lo vi, sin fijarme en nadie más hasta que Gideon se atravesó frente a mí y me bloqueó el paso.

—Eva —me frunció el ceño. Tomándome del codo, me hizo girar. En ese momento vi a las dos mujeres y el hombre que me habían impedido verlo antes.

Logré esgrimir una sonrisa.

—Hola.

Gideon me presentó a sus compañeros de almuerzo. Luego se excusó y me llevó a un lado.

—¿Qué te pasa? Estás molesta.

—Está en todas partes —le musité—. Una foto de nosotros.

Asintió.

—Sí, la vi.

Me sorprendió su despreocupación.

—Y, ¿no te importa?

—¿Por qué habría de importarme? Por una vez, están informando la verdad.

Me invadió una ligera sospecha.

—Lo planeaste. Tú creaste la historia.

—No del todo —replicó suavemente—. El fotógrafo estaba allá por casualidad. Tan solo le facilité una fotografía que valiera la pena imprimir y le pedí a mi departamento de relaciones públicas que aclarara quién eres y lo que significas para mí.

—¿Por qué? ¿Por qué harías eso?

—Tú tienes tu manera de manejar los celos y yo tengo la mía. Ahora ambos estamos fuera del mercado y todos lo saben. ¿Cuál es el problema?

—Estaba preocupada por tu reacción, pero además... Hay cosas que tú no sabes y yo... —respiré profundamente—. No puede ser así para nosotros. No puede volverse público. No quiero... Maldita sea, te avergonzaré.

—No podrías. Es imposible —retiró un mechón de cabello de mi cara—. ¿Podemos hablar sobre esto más tarde? Si me necesitas...

—No, está bien. Vete.

Cary se acercó. Vestido con pantalones de camuflaje anchos y una camiseta en V blanca, seguía viéndose bien vestido.

—¿Todo bien?

—Hola Cary. Todo bien —Gideon me oprimió la mano—. Disfruten del almuerzo y no te preocupes.

Él podía decir eso porque no sabía nada.

Y yo no sabía si él estaría dispuesto a seguir conmigo cuando se enterara.

Cary me miró con un gesto interrogativo cuando Gideon se alejó.

—¿Preocuparte? ¿Por qué?

—Por todo —suspiré—. Salgamos de acá y te lo contaré.

—Bueno —murmuró Cary, tras mirar el vínculo que le envié desde mi teléfono—. No fue un beso cualquiera. Parecen bailando tango. Si se lo propusiera, él no podría parecer más convencido.

—Ese es el punto —tomé otro sorbo de agua—. Se lo propuso.

Cary devolvió el teléfono a su bolsillo.

—La semana pasada lo odiabas porque solo le interesaba tu vagina. Esta semana él hace público que se encuentra comprometido en una apasionada relación contigo y tú te sigues quejando. Empiezo a sentir lástima por el tipo. Nunca puede ganar.

Eso dolió.

—Los reporteros comenzarán a investigar, Cary, y encontrarán muchas porquerías. Y, debido a que son porquerías jugosas, las difundirán por cielo y tierra, y Gideon acabará avergonzándose.

—Pequeña —tomó mi mano en la suya—. Stanton enterró todo.

Stanton. Me enderecé. No había pensado en mi padrastro. Vería el desastre que se avecinaba y lo evitaría porque sabía lo que la revelación significaría para mi madre. A pesar de ello...

—Tendré que hablar con Gideon sobre eso. Tiene derecho a estar informado.

Solo pensar en esa conversación me enfermaba.

Cary conocía el funcionamiento de mi cerebro.

—Creo que estás equivocada si piensas que saldrá a perderse. Te mira como si no existiera nadie más en el universo.

Picoteé mi ensalada César de atún.

—También tiene sus propios demonios. Pesadillas. Por eso es tan reservado... algo lo carcome.

—Pero te ha dejado entrar.

Y ya había dado muestras de lo posesivo que podía ser al respecto. Yo lo aceptaba así porque era un defecto que compartía, pero aun así...

—Eva, estás complicándote demasiado —me aseguró Cary—. Estás convencida de que es un error que él te quiera. Alguien como él no puede enamorarse de ti por tu gran corazón e inteligencia, ¿verdad?

—Mi autoestima no es *tan* mala —protesté.

Cary tomó un trago de su champaña.

—¿No? Entonces dime algo que creas que a él le gusta de ti, exceptuando el sexo y la codependencia.

Lo pensé y no se me ocurrió nada. Fruncí el ceño.

—Bien —continuó él asintiendo—. Y si Cross tiene líos como los nuestros o cerca, estará pensando lo mismo pero al revés, preguntándose qué hace una belleza ardiente como tú con un tipo como él. Tienes dinero, así que ¿qué podría gustarte de él, aparte de que es un macho incansable?

Recostándome en la silla, digerí todo lo que Cary había dicho.

—Cary, te quiero con locura.

Sonrió.

—Y yo a ti, dulzura. Te doy mi consejo, si te interesa. Vayan a terapia de pareja. Siempre he pensado que lo haré cuando encuentre a la persona con la que quiera pasar mi vida. Y trata de divertirte con él. En la vida tienes que tener tantos ratos buenos como malos; de otra forma, la vida se vuelve demasiado dolorosa y complicada.

Le tomé una mano y la oprimí entre la mía.

—Gracias.

—¿Por qué? —preguntó desechando mi gratitud con un gesto de la mano—. Es fácil resolver la vida de los demás. Bien sabes que no podría desenredar mis líos sin ti.

—Pero ahora no tienes líos —señalé, transfiriéndole el protagonismo en nuestra conversación—. Estás a punto de aparecer en una valla en Times Square. Ya no serás mi secreto. ¿Te parece si cambiamos la pizza por algo más digno para la ocasión? ¿Qué opinas de que descorchemos la champaña que nos regaló Stanton?

—Ahora nos entendemos.

—¿Película? ¿Algo en especial que quieras ver?

—Lo que quieras. No quisiera competir con tu genio para las películas.

Sonreí sintiéndome mejor, tal como había esperado que sucediera después de estar una hora con Cary.

—¿Me dirás si soy muy lenta para entender que es hora de dejarte a ti y a Trey a solas?

—Ah, no te preocupes por eso. Tu tempestuosa vida amorosa me está haciendo sentir torpe y aburrido. No me disgustaría tener un encuentro tormentoso con mi propio semental.

—¡Hace dos días te diste un revolcón en un armario de mantenimiento!

Suspiró.

—Se me había olvidado. ¿Triste no?

—No tanto... tus ojos sonríen.

ACABABA de llegar a mi escritorio cuando revisé mi teléfono y encontré un mensaje de texto de Gideon informándome que tendría quince minutos libres a un cuarto para las tres. Controlé mi emoción durante la siguiente hora y media; había decidido seguir los consejos de Cary y divertirme. Pronto, Gideon y yo tendríamos que vadear las atrocidades de mi pasado pero, por ahora, yo podría hacer que ambos sonriéramos.

Le envié un mensaje antes de salir para que supiera que ya iba en camino. Teniendo en cuenta las restricciones de tiempo, no podíamos desperdiciar ni un minuto. Gideon debió pensar lo mismo pues encontré a Scott esperándome en la recepción de Industrias Cross. Él me guió cuando la recepcionista me hizo entrar.

—¿Qué tal tu día? —le pregunté.

Sonrió.

—Excelente hasta ahora. ¿El tuyo?

—He tenido peores.

Gideon hablaba por teléfono cuando entré a su oficina. Su tono era cortado e impaciente al decirle a quien estaba al otro lado de la línea que deberían ser capaces de hacer el trabajo sin necesidad de que él lo supervisara personalmente.

Levantó un dedo para indicarme que se demoraría un minuto más. Respondí soplando una gran burbuja de chicle y haciéndola estallar ruidosamente.

Sus cejas se arquearon y él presionó los botones para cerrar la puerta y velar la pared de vidrio.

Sonriendo de oreja a oreja, me acerqué a su escritorio y me senté sobre él, balanceando las piernas. Gideon estalló con su dedo la siguiente burbuja que hice. Hice un puchero.

—Encárguese —concluyó diciéndole con autoridad a quien lo escuchaba al otro lado de la línea—. No podré ir antes de la semana entrante y, si me esperan, nos retrasaremos aun más. Deje de hablar. Tengo algo muy importante en mi escritorio y usted me impide dedicarle mi atención. Le aseguro que eso no contribuye a mi buena disposición. Arregle lo que haya que arreglar, e infórmeme nuevamente mañana.

Colgó el teléfono con violencia reprimida.

—Eva...

Levanté una mano para interrumpirlo y envolví el chicle en un papel que tomé de su escritorio.

—Antes de que me regañe, señor Cross, quiero decirle que ayer, cuando tuvimos un impase en nuestras discusiones sobre la fusión, en el hotel, no debí huir. Eso no contribuyó a resolver la situación. Y también sé que no reaccioné muy bien al asunto de la fotografía. Aún así... Aunque he sido una mala secretaria, creo que merezco otra oportunidad.

Sus ojos se entrecerraron mientras me estudiaba, evaluando la situación en segundos.

—¿Acaso le pedí su opinión sobre la acción a seguir, señorita Tramell?

Meneé la cabeza y lo miré a través de mis pestañas. Podía sentir que su frustración por la llamada comenzaba a desaparecer, reemplazada por su creciente interés y excitación.

Saltando del escritorio, me acerque a él y alisé su corbata con ambas manos.

—¿No podríamos pensar en algo?... Poseo una gran variedad de habilidades útiles.

Me agarró por la cadera.

—Motivo por el cual eres la única mujer a la que he tenido en cuenta para el cargo.

La emoción me invadió al oír sus palabras. Tomando descaradamente su pene en mi mano, lo acaricié por encima de los pantalones.

—Tal vez deba ser más cuidadosa en mis labores. Podría demostrarle algunas de las formas únicas en que puedo ayudarle...

La erección de Gideon no se hizo esperar.

—Maravillosa iniciativa, señorita Tramell. Pero mi siguiente reunión es en diez minutos. Además, no estoy acostumbrado a discutir en mi oficina las oportunidades de enriquecimiento de los puestos de trabajo.

Desabotoné su bragueta y bajé la cremallera. Con los labios en su mandíbula, susurré:

—Si cree que existe algún lugar en el que no podré producirle un orgasmo, tendrá que revisar y verificar su información.

—Eva —jadeó con ojos brillantes y tiernos. Tomó mi garganta entre sus manos.

—Me estás enloqueciendo. ¿Lo sabías? ¿Lo haces a propósito?

Metí las manos bajo sus calzoncillos y lo estreché con ellas, ofreciéndole mis labios. No me decepcionó; me besó con tal ferocidad que me dejó sin aliento.

—Te deseo —gruñó.

Caí de rodillas en la alfombra y bajé sus pantalones lo suficiente para llegar a donde quería.

Él exhaló ásperamente.

—Eva, ¿Qué...?

Mis labios se pasearon por su pene. Él se recostó en el borde del escritorio con las manos crispadas. Lo sostuve con ambas manos y lo chupé suavemente. La suavidad de su piel y su olor único me hicieron gemir. Sentía las vibraciones que recorrían su cuerpo y el sonido sordo en su pecho.

Gideon tocó mi mejilla.

—Lámelo.

Excitada por la orden, agité mi lengua a su alrededor y temblé de emoción cuando me recompensó con un cálido chorro. Tomando la base de su pene en mi puño, ahueque las mejillas y lo tomé, con la esperanza de otra recompensa.

Lamentaba no tener más tiempo para hacerlo durar y enloquecerlo...

El siguiente sonido que emitió estaba lleno de una dulce agonía.

—Dios, Eva... tu boca. Sigue mamando. Así... hasta el fondo.

Estaba tan excitada por su placer que me retorcía. Sus manos se enredaron en mi cola de caballo, halando y presionando las raíces. Me encantaba sentir que comenzaba suavemente y luego se volvía más brusco, cuando la lujuria superaba su control.

El leve dolor me hizo desear más. Mi cabeza saltaba mientras le daba placer, aprisionándolo con una mano y succionando y acariciándolo con mi boca. Su pene estaba surcado por inflamadas venas y las recorrí con la lengua, inclinando la cabeza para encontrarlas y acariciarlas una a una.

A cada minuto su erección aumentaba en grosor y largo. Me dolían las rodillas pero no me importó; mi mirada estaba fija en Gideon, quien luchaba por respirar con la cabeza inclinada hacia atrás.

—Eva, ¡qué mamada! —obligó a mi cabeza a detenerse y tomó el control. Embistiendo con sus caderas, poseyó mi boca. Había alcanzado un grado de necesidad en el cual lo único que importa es la carrera hacia el orgasmo.

La idea me enloqueció, al igual que la imagen de cómo nos veríamos en ese instante: Gideon en su gran sofisticación, de pie contra el escritorio desde el cual dirigía un imperio, penetrando con su gran pene mi avarienta boca.

Me agarré de sus tensos muslos con ambas manos, trabajando frenéticamente con labios y lengua, desesperada por llevarlo al clímax. Sus testículos eran grandes y pesados, un audaz despliegue de su poderosa virilidad. Los tomé y los acaricié, sintiéndolos tensos.

—Ah, Eva —su voz era un gruñido gutural. Me agarró con más fuerza del pelo. —Me vas a hacer venir.

El primer chorro de semen fue tan espeso que luché para tragarlo. Inconsciente en su placer, Gideon seguía arremetiendo contra mi boca, su pene vibraba en cada penetración. Mis ojos se llenaron de lágrimas y los pulmones me quemaban, pero seguí ordeñándolo. Todo su cuerpo se estremeció cuando lo tomé todo en mi boca. Los sonidos que emitía y sus jadeantes elogios eran lo más gratificante que había escuchado en mi vida.

Lo limpié con la lengua y me sorprendí de que, aún después de un orgasmo explosivo, su miembro siguiera erecto. Aún era capaz y estaba dispuesto a joderme hasta la inconsciencia, lo sabía. Pero ya no quedaba tiempo y eso me alegró. Quería hacer esto por él. Por nosotros. Por mí, en realidad, porque necesitaba saber que era capaz de participar en un desinteresado acto sexual sin sentirme utilizada.

—Tengo que irme —murmuré, dándole un beso—. Espero que el resto del día sea maravilloso y también tu cena de esta noche.

Comencé a alejarme pero me agarró de la muñeca sin perder de vista el reloj de su escritorio. Entonces vi mi fotografía, ubicada donde la vería a toda hora.

—Eva... Maldición, espera.

Fruncí el ceño al escuchar su tono pues sonaba ansioso, frustrado.

Se arregló rápidamente, cerrándose la bragueta y estirando su camisa antes de apuntarse los pantalones. Había algo dulce en observarlo retomar el control, restablecer la fachada que lucía ante el mundo mientras que yo conocía un poco del hombre que escondía.

Abrazándome, Gideon me besó en la ceja y sus manos abrieron la hebilla que mantenía mi pelo atado.

—No te hice venir.

—No había necesidad —me encantaba sentir sus manos en mi cráneo—. Eso fue tal como debía ser.

Estaba totalmente concentrado en arreglar mi peinado y sus mejillas aún estaban sonrojadas a causa del orgasmo.

—Sé que necesitas un intercambio equitativo —insistió tercamente—. No puedo dejar que te marches sintiendo que te utilicé.

Me invadió una ternura agridulce. Me había escuchado... le importaba.

Tomé su rostro entre mis manos.

—Me utilizaste, con mi autorización, y fue maravilloso. Quería darte eso, Gideon. ¿Recuerdas? Te lo advertí. Quería que tuvieras este recuerdo de mí.

Sus ojos se abrieron alarmados.

—¿Para qué carajos necesito recuerdos si te tengo a ti? Eva, si es por lo de la foto...

—Cállate y disfruta del momento —ahora no teníamos tiempo para discutir el tema de la foto y, además, ya no quería hablar de eso. Arruinaría todo—. Si hubiésemos tenido una hora, tampoco te habría permitido hacerme venir. No llevo el marcador, campeón. Y, la verdad, eres el primer tipo al que le puedo decir eso. Ahora, tenemos que irnos.

Nuevamente intenté alejarme y, nuevamente, me agarró.

La voz de Scott se oyó por el altavoz.

—Disculpe, señor Cross. Su cita de las tres está aquí.

—Gideon, está todo *bien* —le repetí—. Vienes esta noche, ¿verdad?

—Nada podría impedírmelo.

Me puse de puntillas y lo besé en la mejilla.

—Hablaremos entonces.

DESPUÉS del trabajo, bajé por las escaleras hasta el primer piso para contrarrestar la culpa por no ir al gimnasio. Para cuando llegué al vestíbulo, estaba seriamente arrepentida. La falta de sueño de la noche anterior me tenía cansada. Estaba pensando en tomar el metro en lugar de ir a pie cuando vi el Bentley de Gideon estacionado enfrente. Me detuve en seco, sorprendida, cuando el conductor se bajó y me saludó por mi nombre.

—El señor Cross me ordenó llevarla a su casa —dijo, luciendo muy elegante con su traje negro y gorra. Era un hombre mayor, de cabello canoso que alguna vez había sido rojo, ojos azul pálido y un acento suave y educado.

Con el dolor de piernas que tenía, agradecí la oferta.

—Gracias. Perdone, ¿cómo se llama usted?

—Angus, señorita Tramell.

¿Cómo podía haber olvidado eso? Era un nombre fenomenal.

—Gracias, Angus.

—El placer es mío —respondió, llevándose la mano a la gorra.

Subí por la puerta que él abrió para mí y cuando me acomodaba noté el revólver que llevaba en una funda bajo la chaqueta. Aparentemente Angus, al igual que Clancy, era no solo conductor sino también guardaespaldas.

Nos alejamos y le pregunté cuánto tiempo llevaba trabajando para el señor Cross.

—Ocho años ya.

—Es un rato, sí.

—Pero lo conozco desde antes —me explicó, mirándome por el espejo retrovisor—. Lo llevaba al colegio cuando era un niño. Luego me sacó de donde el señor Vidal cuando llegó el momento.

Una vez más, intenté imaginarme a Gideon de niño. Sin duda, ya entonces era buenmozo y carismático.

¿Habría tenido relaciones sexuales normales cuando era adolescente? No tenía duda de que ya entonces las mujeres estarían a sus pies.

Y siendo de naturaleza sexual como lo era, suponía que habría sido un joven muy cachondo.

Tras escarbar en mi cartera, saqué mis llaves y las coloqué en el asiento del copiloto.

—¿Podría entregarle esas a Gideon? Se supone que vendrá esta noche después de lo que sea que tiene y, dependiendo de la hora, podría no escuchar el timbre.

—Desde luego.

Paul me abrió la puerta cuando llegamos al edificio y saludó a Angus por su nombre, recordándome que Gideon era el dueño del edificio. Me despedí de ambos, informé en la recepción que Gideon llegaría más tarde y subí. Las cejas arqueadas de Cary cuando me abrió la puerta hicieron que soltara una carcajada.

—Gideon vendrá más tarde —le expliqué—, pero estoy tan cansada que no creo que aguante hasta tarde. Le di mis llaves para que entre. ¿Ya pediste la comida?

—Sí. Y puse unas botellas de Cristal en la nevera.

—¡Eres el mejor! —exclamé pasándole mi cartera.

Me duché y llamé a mamá desde el teléfono de mi habitación. Su grito me hizo brincar:

—¡Llevo *días* buscándote!

—Mamá, si es sobre Gideon Cross...

—Bueno, desde luego es en parte por él. Por Dios, Eva. Te llaman la mujer significativa de su vida. ¡Claro que quiero hablar sobre eso!

—Mamá...

—Pero también quería contarte sobre la cita que me pediste que hiciera con el doctor Petersen —su tono de petulante diversión me hizo sonreír—. Estamos programadas para reunirnos con él el jueves a las seis de la tarde. Espero que puedas. No suele dar citas en la noche.

Caí de espaldas sobre la cama con un suspiro. Había estado tan distraída con el trabajo y Gideon que había olvidado la cita.

—El jueves a las seis está bien. Gracias.

—Bueno, ahora cuéntame de Gideon.

Cuando salí de mi cuarto vestida con una sudadera de la San Diego State University, encontré a Trey sentado con Cary en el salón. Ambos se pusieron en pie cuando entré y Trey me recibió con una sonrisa abierta y amistosa.

—Siento lucir tan andrajosa —les dije humildemente, pasándome los dedos por mi húmeda cola de caballo—. Bajar por las escaleras al salir del trabajo hoy me dejó acabada.

—¿El ascensor estaba de vacaciones? —preguntó Trey.

—No. Mi cerebro. No sé en qué estaba pensando —pasar la noche con Gideon era más que suficiente ejercicio.

Escuchamos el timbre y Cary fue a recibir el pedido mientras yo me dirigía a la cocina por una de las botellas de Cristal. Nos reunimos en el mesón de la cocina y él firmó el recibo de la tarjeta de crédito; la expresión de sus ojos cuando echó una mirada a Trey me obligó a tragarme una sonrisa.

Los dos hombres intercambiaron muchas miradas de esas a lo largo de la noche. Y tuve que estar de acuerdo con Cary en que Trey era un bombón. Vestido con *jeans* gastados, un chaleco que hacía juego con ellos y una camisa de manga larga, el aspirante a veterinario lucía informal pero bien vestido. Su personalidad era muy diferente a la de los tipos con los que Cary solía salir. Trey parecía más aterrizado; no era lúgubre pero, definitivamente, no era caprichoso. Pensé que, si les duraba lo suficiente la relación, sería una buena influencia para Cary.

Entre los tres consumimos dos botellas de Cristal y dos pizzas, y vimos *Demolition Man* antes de que yo resolviera irme a acostar. Animé a Trey para que se quedara a ver *Driven* y redondearan la mini maratón de Stallone; luego me fui a mi habitación y me puse una sexy pijama negra que me habían regalado como parte de una canasta de regalo de novia, sin los pantis compañeros.

Dejé encendida una vela para Gideon y caí profunda.

Me desperté en la oscuridad y sentí el olor de Gideon. Las luces y sonidos de la ciudad eran levemente audibles a través de las ventanas a prueba de ruido y las cortinas gruesas.

Gideon se deslizó sobre mí, una sombra en movimiento, su piel desnuda, fría al tacto. Su boca se inclinó sobre la mía, besándome lenta y profundamente; sabía a menta y a su propio y exclusivo sabor. Mis manos recorrieron su musculosa espalda y mis piernas se abrieron para que él se acomodara entre ellas. Sentir su peso me hizo suspirar y calentó mi sangre.

—Bueno, buenas noches a ti —le dije jadeante cuando me dejó respirar.

—La próxima vez vendrás conmigo —susurró en su sexy y decadente voz, mordisqueando mi garganta.

—¿Sí? —bromeé.

Se estiró y agarró mi trasero en una mano, oprimiéndolo y levantándome hacia sus caderas.

—Sí. Me hiciste falta Eva.

Pasé mis dedos entre su pelo y anhelé poder verlo.

—No me conoces hace tanto como para extrañarme.

—Eso demuestra lo mucho que sabes —se burló, deslizándose y acariciándome entre los senos.

Di una boqueada cuando su boca cubrió mi pezón y lo chupó a través del satín, con profundos arranques que hacían eco en el centro de mi sexo. Cambió de seno, su mano introduciéndose bajo mi pijama. Me arqueé hacía él, habiendo perdido la magia de su boca mientras ésta recorría mi cuerpo, explorando mi obligo y descendiendo aún más.

—Y tú también me extrañaste —ronroneó con satisfacción masculina, a la vez que la punta de su dedo bordeaba mi vulva—. Estás húmeda y ardiente para mí.

Colocó mis piernas sobre sus hombros y me lamió entre las piernas con suaves y provocativos lengüetazos. Mis manos se empuñaron sobre las sábanas y mi pecho luchó por respirar mientras él rodeaba mi clítoris con la punta de la lengua y luego golpeaba suavemente el hipersensible centro nervioso. Mis caderas se movían incansablemente al ritmo de dicho tormento, mis músculos tensionados por la desgarradora necesidad de alcanzar el clímax.

Los leves y pícaros toques me estaban enloqueciendo, dándome solo lo suficiente para hacerme contorsionar pero no suficiente para alcanzar el orgasmo.

—Gideon, por favor.

—Aún no.

Me torturó llevando mi cuerpo al borde del clímax y luego dejándome caer nuevamente. Una y otra vez hasta que estuve bañada en sudor y mi corazón se sintió a punto de estallar. Su lengua era incansable y diabólica, concentrada en mi clítoris hasta que un toque más desencadenó el clímax y luego me penetró. Las suaves y superficiales arremetidas eran desesperantes; su contacto con mis tejidos llenos de nervios me llevaba a rogar desvergonzadamente.

—Por favor, Gideon... déjame venir... necesito venirme, por favor.

—Shh, mi ángel... me encargaré de ti.

Me llevó al clímax con una ternura que hizo que el orgasmo se difundiera por mi cuerpo como una ola gigantesca que se desarrollaba, crecía y se difundía en mí en una ardiente ráfaga de placer.

Enlazó sus dedos con los míos cuando volvió a colocarse sobre mí. Mis brazos quedaron inmovilizados. La cabeza de su miembro quedó alineada con la resbalosa entrada a mi cuerpo y él me penetró sin compasión, inexorablemente. Gemí y me moví para acomodar las embestidas de su pene.

Su respiración caía en oleadas fuertes y húmedas sobre mi cuello, su inmenso cuerpo temblaba mientras se introducía en mí.

—Eres tan suave y caliente. Mía, Eva, eres mía.

Coloqué mis piernas en torno a sus caderas, invitándolo a penetrarme más, sintiendo sus nalgas flexionarse contra mis pantorrillas, mientras él le demostraba a mi cuerpo que sí era capaz de tomarlo todo en su interior.

Con las manos unidas, tomó mi boca y comenzó a moverse, entrando y saliendo con lánguida habilidad, con ritmo preciso e implacable pero también suave y natural. Yo sentía en mi interior cada centímetro de su dura verga, sentía la inconfundible reiteración de que cada centímetro de mí le pertenecía para ser poseído. Envió su mensaje repetidamente hasta que yo jadeaba contra su boca, contorsionándome bajo él, mis manos vacías de sangre por la fuerza que hacía.

Él se desvivía en ardientes alabanzas y estímulos verbales, diciéndome cuán bella era... lo perfectamente que iba con él... que nunca se detendría... no podría detenerse. Grité de alivio cuando el orgasmo me invadió, vibrando de éxtasis, y él llegó al mismo tiempo. Su ritmo se aceleró en las últimas arremetidas; luego llegó pronunciando mi nombre, derramándose sobre mí.

Me derrumbé en el colchón, sudada y llena.

—Aún no he acabado —murmuró misteriosamente, ajustando sus rodillas para incrementar la fuerza de sus ataques. El ritmo continuó expertamente medido, cada arremetida convertida en un reclamo: *tu cuerpo existe para servirme.*

Mordiéndome el labio, controlé los sonidos de impotente placer que habrían podido irrumpir en la tranquilidad de la noche... y traicionar la miedosa profundidad de mis emociones por Gideon Cross.

12

A LA MAÑANA SIGUIENTE, Gideon me encontró en la ducha. Entró al baño principal gloriosamente desnudo, caminando con esa elegante y confiada gracia que yo admiraba desde el primer día. Observando cómo se flexionaban sus músculos al moverse, ni siquiera me molesté en disimular que miraba el magnífico paquete entre sus piernas.

A pesar de que el agua estaba caliente, mis pezones se irguieron y mi piel se volvió de gallina.

Su sonrisa cómplice al reunirse conmigo me hizo saber que él era perfectamente consciente del efecto que tenía en mí. Yo contraataqué pasando mis manos enjabonadas por todo su espectacular cuerpo y luego me senté en la banca a chupárselo con tal entusiasmo que tuvo que apoyarse con ambas manos contra el baldosín.

Sus crudas y ásperas instrucciones siguieron rondando mi mente mientras me vestía para el trabajo, cosa que hice rápidamente, antes de que él saliera de la ducha y volviera a hacerme el amor como había amenazado segundos antes de venirse en mi boca.

Gideon no había tenido pesadillas esa noche. Parecía que el sexo estaba funcionando como sedante y yo me sentía muy agradecida por ello.

—Espero que no creas que has escapado —me dijo cuando llegó a la cocina tras de mí. Vestido inmaculadamente con un traje negro de raya diplomática, aceptó una taza de café y me lanzó una mirada que prometía todo tipo de perversiones. Lo vi en su fachada civilizada y pensé en el insaciable hombre que había invadido mi cama durante la noche. Mis latidos se aceleraron. Estaba adolorida, pero mis músculos zumbaban con el recuerdo del placer experimentado y seguía pensando en más.

—Sigue mirándome de esa manera —me advirtió al recostarse en el mostrador y tomar un sorbo de café—, y verás lo que te sucede.

—Voy a perder mi empleo por ti.

—Yo te daré otro.

Solté un resoplido.

—¿En qué? ¿Cómo esclava sexual?

—Qué buena sugerencia. Discutámoslo.

—Demonio —murmuré, mientras lavaba la taza y la ponía en el lavaplatos— ¿Listo? Para *trabajar*...

Cuando terminó su café, extendí mi mano para tomar la taza pero él pasó a mi lado y la enjuagó. Otra tarea mortal que lo hacía parecer accesible y no tanto una fantasía que nunca podría tener.

—Quiero invitarte a cenar esta noche y luego llevarte a casa, a mi cama.

—No quiero que te canses de mí Gideon —él era un hombre acostumbrado a estar solo, un hombre que no había tenido una relación física significativa en mucho tiempo, si es que la había tenido alguna vez. ¿Cuánto tiempo pasaría antes de que sus instintos retornaran y él huyera? Además, como pareja, realmente deberíamos mantenernos lejos de la vista del público...

—No me vengas con excusas —sus rasgos se endurecieron—. No te corresponde decidir lo que yo hago.

Lamenté mucho haberlo ofendido. Él se estaba esforzando y yo debía darle el crédito por ello, en lugar de desanimarlo.

—No es eso lo que quise decir. No quiero apabullarte. Y, todavía debemos...

—Eva —suspiró y la tensión lo abandonó con esa exhalación de frustración—. Debes confiar en mí. Yo confío en ti. Si no fuera así, no estaría acá.

Asentí, tragando saliva.

—Cena y tu casa, entonces. Me encantará.

LAS palabras de Gideon sobre confiar en el otro me rondaron en la cabeza toda la mañana y más aún cuando recibí la alerta de Google de aquella mañana.

Esta vez había más de una fotografía. Cada uno de los artículos y blogs iba acompañado de varias fotos de mí y Cary abrazándonos al despedirnos frente al restaurante en el que almorzamos el día anterior. Los pie de fotos especulaban sobra la naturaleza de nuestra relación y algunos señalaban que vivíamos juntos. Otros sugerían que yo me estaba apoyando en el "billonario y vividor Cross" y manteniendo a mi novio —futura estrella del modelaje— a mi lado.

El motivo de todo aquello se hizo evidente cuando vi una fotografía de Gideon mezclada con las de Cary y yo. Había sido tomada la noche anterior, mientras yo veía películas con Cary y Trey, y mientras supuestamente Gideon asistía a una cena de negocios. En la foto,

Gideon y Magdalene Pérez se sonreían íntimamente y Magdalene tomaba su brazo con una mano. Aparecían frente a un restaurante. Las leyendas iban desde alabanzas al prestigio de Gideon por tener tal "grupo de bellas damas de la sociedad", hasta especulaciones según las cuales él disimulaba su pena por mi infidelidad saliendo con otras mujeres.

Debes confiar en mí.

Cerré el buzón de mi correo. Respiraba con dificultad y mi corazón latía demasiado rápido. La confusión y los celos me removían las entrañas. Sabía que no había riesgo de que hubiera tenido intimidad física con otra mujer y sabía que él me quería. Pero odiaba apasionadamente a Magdalene —ella se había encargado de eso en nuestra conversación en aquel baño— y no resistía verla con Gideon. No soportaba verlo sonriéndole tan cariñosamente, especialmente después de la forma en que ella me había tratado.

Pero resolví olvidar el asunto. Lo relegué a un rincón en mi mente y me concentré en el trabajo. Mark y Gideon se reunirían al día siguiente para revisar la propuesta para la campaña de Kingsman, y yo estaba organizando la información que intercambiaban Mark y los otros departamentos de la agencia.

—Oye Eva —Mark sacó la cabeza por la puerta de su oficina— Steve y yo nos veremos en el Bryant Park Grill para almorzar. Me pidió que te invitara. Le encantaría volver a verte.

—Me encantará —todo el día se iluminó con la idea de almorzar en uno de mis restaurantes favoritos con dos hombres encantadores. Ellos me distraerían y así evitaría pensar en la conversación que sostendría esa noche con Gideon sobre mi pasado.

Mi privacidad ya no existía. Tendría que armarme de valor y hablar con Gideon antes de que fuéramos a cenar. Antes de que lo volvieran a ver conmigo en público. Él tenía que conocer el riesgo que corría si lo relacionaban conmigo.

Poco después, cuando recibí un sobre de otra oficina, asumí que se trataba de una maqueta de alguna de las propagandas para Kingsman. Resultó ser una tarjeta de Gideon.

Medio día. En mi oficina.

—¿En serio? —farfullé, molesta por la ausencia de un saludo y despedida, por no mencionar el hecho de que no me consultara. Y, ¿cómo olvidar que Gideon ni siquiera me había mencionado su encuentro con Magdalene en la comida?

¿La había invitado como su pareja en mi lugar? Después de todo, para eso estaba ella: para ser una de las mujeres con las que él socializaba fuera de la habitación del hotel.

Di vuelta a la tarjeta y escribí el mismo número de palabras. No la firmé.

Lo siento. Ya tengo planes.

Una respuesta irritante pero él se la merecía. A un cuarto para las doce, Mark y yo nos dirigimos al primer piso. Mi irritación se convirtió en cólera cuando los guardas de seguridad me detuvieron y avisaron a Gideon que me encontraba en el vestíbulo.

—Vamos —le dije a Mark, dirigiéndome a la puerta giratoria e ignorando los ruegos del guarda para que esperara un momento. No quería meterlo en problemas pero...

Vi a Angus y el Bentley al mismo tiempo que escuché a Gideon pronunciar mi nombre con brusquedad, como un látigo tras de mí. Lo enfrenté cuando nos alcanzó en la acera con rostro impasible y mirada glacial.

—Voy a almorzar con mi jefe —le dije con gesto altanero.

—Garrity, ¿a dónde van? —preguntó Gideon sin quitarme los ojos de encima.

—Bryant Park Grill.

—Me aseguraré de que ella llegué allá —con eso, me tomó del brazo y me condujo firmemente hacia el Bentley y la puerta trasera que Angus mantenía abierta. Gideon subió detrás de mí, obligándome a hacerle espacio. La puerta se cerró y el auto se puso en movimiento.

Me arreglé la falda.

—¿Qué diablos crees que estás haciendo? ¡Aparte de avergonzarme frente a mi jefe!

Posó un brazo sobre el espaldar del asiento y se inclinó hacia mí.

—¿Cary está enamorado de ti?

—¿Qué? No.

—¿Te has acostado con él?

—¿Has perdido la cabeza? —mortificada, lancé una mirada a Angus y vi que se comportaba como si fuera sordo—. Vete a la mierda, vividor billonario con tu grupo de bellas mujeres de la sociedad.

—Así que viste las fotos.

Estaba tan enfurecida que resollaba. Qué descaro. Volteé la cabeza, haciendo caso omiso de él y sus imbéciles acusaciones.

—Cary es como un hermano para mí. Lo sabes.

—Ahhh. Pero, ¿tú que eres para él? Las fotos son terriblemente elocuentes, Eva. Reconozco el amor cuando lo veo.

Angus disminuyó la velocidad para dar paso a una manada de peatones que cruzaban la calle. Abrí la puerta y miré a Gideon sobre el hombro para que alcanzara a ver muy bien mi cara.

—Obviamente no es así.

Di un portazo y caminé rápidamente. Me había abstenido de hacer mis preguntas y controlado mis celos con un esfuerzo hercúleo y, ¿qué recibí a cambio? Un Gideon irracionalmente enojado.

—Eva. Detente inmediatamente.

Le hice un gesto obsceno por encima del hombro y subí corriendo las escaleras de Bryant Park, un oasis verde, exuberante y tranquilo en medio de la ciudad. Ingresar en él era como ser transportado a una esfera totalmente diferente. Eclipsado por los gigantescos rascacielos que lo rodean, Bryant Park era un jardín tras una bellísima y antigua biblioteca. Un lugar donde el tiempo corría más despacio, los niños reían de alegría al montar en el inocente carrusel y los libros eran una compañía muy preciada.

Desafortunadamente para mí, el guapo ogro de un mundo me siguió al otro. Gideon me agarró por la cintura.

—No corras —me ordenó entre dientes.

—Te estás comportando como un loco.

—Tal vez sea porque tú me enloqueces —sus brazos parecían bandas de acero—. Tú eres mía. Dime que Cary lo sabe.

—Bien. Así como Magdalene sabe que tú eres mío —hubiese querido que él tuviera algo lo suficientemente cerca a mi boca para morderlo—. Estás haciendo una escena.

—Podríamos haber discutido esto en mi oficina, si no fueras tan terca.

—Tenía planes, imbécil. Y los estás estropeando —la voz me falló y las lágrimas arrasaron mis ojos al sentir cantidades de ojos observándonos. Acabaría perdiendo mi empleo por dar espectáculos vergonzosos—. Estás acabando con todo.

Gideon me soltó instantáneamente, obligándome a mirarlo. Sus manos en mis hombros me impedían escapar.

—Cielos —me apretó contra él y apoyó los labios en mi pelo—. No llores. Lo siento.

Lo golpeé en el pecho con los puños, cosa que resultó tan efectiva como pegarle a una pared de roca.

—¿Qué pasa contigo? ¿Tú puedes salir con una mujerzuela que me llama puta y está convencida de que se casará contigo, pero yo no puedo almorzar con mi mejor amigo que me anima a salir contigo desde el primer día?

—Eva —me sostuvo la cabeza con una mano y presionó su mejilla en mi sien—. Maggie, casualmente, estaba en el restaurante en el que cené con mis socios.

—No me importa. ¿Me hablabas de las miradas de amor? Tu mirada... ¿Cómo puedes mirarla de esa manera después de lo que me dijo?

—Ángel... —sus labios se movieron ardientemente por mi rostro—.

Esa mirada era para ti. Maggie me alcanzó afuera y le dije que iba a casa a verte. No puedo controlar mi expresión cuando pienso en estar a solas contigo.

—¿Y esperas que te crea que ella sonreía por eso?

—Me pidió que te saludara pero pensé que no te caería muy bien, y no iba a arruinar nuestra noche hablando de ella.

Mis brazos se deslizaron hasta su cintura, bajo la chaqueta.

—Tenemos que hablar. Esta noche, Gideon. Hay cosas que tengo que contarte. Si un reportero busca en el lugar correcto y está de suerte... Tenemos que mantener nuestra relación en privado o terminarla. Cualquiera de las dos sería mejor para ti.

Gideon tomó mi cara en sus manos y apoyó su frente en la mía.

—Ninguna de las dos es una opción. Lo que quiera que sea, nos las arreglaremos.

Me empiné y presioné su boca con la mía. Nuestras lenguas se encontraron, se acariciaron; nos besamos apasionadamente. Yo estaba levemente consciente de la multitud que nos rodeaba, el zumbido de las conversaciones y el constante estruendo del tráfico, pero nada de eso me importaba si estaba protegida por Gideon. Si él me quería. Él era el torturador y la fuente de placer, un hombre cuyos cambios de ánimo y volátiles pasiones rivalizaban con las mías.

—Eso —susurró, pasando sus dedos por mis mejillas—. Deja que *este* sea nuestro virus.

—No me estás escuchando, hombre loco y terco. Tengo que irme.

—Iremos a casa juntos después del trabajo —se alejó, sin soltar mi mano hasta que la distancia lo obligó.

Cuando me volví en dirección al restaurante cubierto de hiedra, vi que Mark y Steven me esperaban en la entrada. Hacían una pareja muy curiosa: Mark con su traje y corbata, y Steven con sus *jeans* viejos y botas de trabajo.

Steven estaba de pie con las manos en los bolsillos y una inmensa sonrisa en su atractiva cara.

—Siento que debería aplaudir. Eso fue mejor que ver una película romántica.

Me sonrojé y me moví inquieta.

Mark abrió la puerta y me condujo al interior.

—Creo que puedes ignorar mis sabias palabras sobre lo mujeriego que es Cross.

—Gracias por no despedirme —le respondí sarcásticamente mientras esperábamos a que la anfitriona revisara nuestra reserva y mesa—. O, al menos, advertirme.

Steven me dio una palmadita en el hombro.

—Mark no se puede dar el lujo de perderte.

Mark sonrió y me ofreció una silla.

—¿Cómo mantendría a Steven actualizado sobre tu vida amorosa? Es adicto a las telenovelas. Le encantan los melodramas románticos.

Solté un bufido.

—¿En serio?

Steven se pasó una mano por la barbilla y sonrió.

—Nunca lo reconoceré. Un hombre tiene que tener sus secretos.

Mis labios sonrieron pero me sentí dolorosamente consciente de mis verdades escondidas y de cuán pronto tendría que revelarlas.

A las cinco de la tarde me escapé dispuesta a divulgar mis secretos. Cuando Gideon se subió al Bentley, yo estaba nerviosa y triste, y mi inquietud tan solo empeoró cuando sentí que me estudiaba. Cuando tomó mi mano y se la llevó a los labios, sentí deseos de llorar. Seguía intentando recuperarme de nuestra pelea en el parque y eso era lo menos grave de lo que teníamos por delante.

No hablamos hasta llegar a su apartamento.

Cuando entramos, me condujo directamente a través de su bonito e inmenso salón hacia su dormitorio. Allí, sobre la cama, había un maravilloso traje de coctel del color de los ojos de Gideon y una bata de seda negra.

—No tuve mucho tiempo para las compras antes de la comida de anoche —me explicó.

Mi aprensión se disipó un poco, suavizada por el placer que me causaba su interés.

—Gracias.

Puso mi cartera en una silla cerca al vestidor.

—Quiero que te pongas cómoda. Puedes ponerte la bata o algo mío. Descorcharé una botella de vino y nos acomodaremos. Cuando estés lista, hablaremos.

—Me gustaría tomar una ducha —hubiese querido que pudiéramos separar lo que había sucedido en el parque de lo que tenía que decirle, de manera que cada tema fuese discutido por sus propios méritos, pero no tenía opción. Cada día era una nueva oportunidad para que alguien le contara a Gideon lo que yo debía decirle.

—Lo que quieras, amor. Siéntete en tu casa.

Mientras me quitaba los tacones y entraba al baño, sentí el peso de su preocupación pero mis revelaciones tendrían que esperar hasta que lograra recomponerme. Me demoré en la ducha, esforzándome por recuperar el control. Desafortunadamente, me hizo recordar la que habíamos tomado juntos esa misma mañana. ¿Habría sido la primera y última ducha que tomaríamos como pareja?

Cuando estuve lista, encontré a Gideon de pie junto al sofá de la sala. Se había puesto unos pantalones de pijama de seda negra. Nada más. Una pequeña llama saltaba en la chimenea y en la mesa de centro estaba la botella de vino entre un balde con hielo. En el centro se encontraba un grupo de velas encendidas; su dorado brillo era la única iluminación aparte de la chimenea.

—Perdón —dije desde el umbral—. Busco a Gideon Cross, el hombre que no tiene el romance en su repertorio.

Sonrió con humildad, una sonrisa infantil totalmente en desacuerdo con la madurez sexual de su cuerpo desnudo.

—No lo veo de esa manera. Tan solo intento adivinar lo que te gustará, luego ensayo y rezo para que funcione.

—*Tú* me gustas —me acerque a él con la bata negra balanceándose entre mis piernas. Me encantó que llevara puesto algo que hacía juego con lo que me había regalado.

—Eso quiero —respondió con seriedad—. Estoy trabajando en ello.

Deteniéndome frente a él, absorbí la belleza de su rostro y la forma sexy en que sus mechones acariciaban sus hombros. Pasé la palma de mi mano por sus bíceps, oprimiendo suavemente el poderoso músculo antes de abrazarlo y apoyar mi cabeza en su pecho.

—Hey —murmuró, envolviéndome en sus brazos—. ¿Esto es porque fui una bestia al medio día? ¿O es por lo que tienes que decirme? Háblame Eva, para que pueda decirte que todo saldrá bien.

Sepulté mi nariz entre sus pectorales, sintiendo el cosquilleo de su pelo contra mi mejilla y respirando el tranquilizador y familiar aroma de su piel.

—Debes sentarte. Tengo que hablarte de mí... contarte algunas cosas feas.

Gideon me soltó de mala gana. Me enrosqué como un gato en su sofá y él sirvió dos copas de vino antes de sentarse. Inclinándose en mi dirección, extendió un brazo en el espaldar del sofá y sostuvo la copa con la otra mano, dedicándome toda su atención.

—Bueno. Aquí voy —respiré profundamente antes de comenzar a hablar. Me sentía mareada por la aceleración de mi pulso. No podía recordar la última vez que había estado tan nerviosa o enferma.

—Mis padres nunca se casaron. No sé mucho sobre cómo se conocieron porque ninguno de los dos habla de ello. Sé que mi madre proviene de una familia pudiente; no tanto como su esposo, pero más pudiente que la mayoría. Hizo su debut con traje blanco y todo lo demás. La repudiaron por quedar embarazada pero, de todas maneras, me tuvo.

Miré fijamente mi copa.

—La admiro por eso. La presionaron mucho para que se deshiciera del bebé —de *mí*— pero ella se negó. Obviamente.

Sus dedos juguetearon con mi pelo.

—Suerte la mía.

Tomé sus dedos y besé sus nudillos; luego puse su mano en mi regazo.

—A pesar de cargar con una niña, logró conquistar a un millonario. Era un viudo con un hijo dos años mayor que yo, y creo que ambos pensaron que la situación era perfecta. Él viajaba mucho y no solía estar en casa; mi madre gastaba su dinero y asumió la crianza de su hijo.

— Eva, entiendo la necesidad de tener dinero —murmuró—. Yo lo necesito. Necesito el poder que me da. La seguridad.

Nuestros ojos se encontraron. Algo pasó entre nosotros con esa pequeña confesión y me facilitó continuar con lo que tenía que decir.

—Yo tenía diez años la primera vez que mi hermanastro me violó...

La pata de su copa estalló en su mano. Se movió con tal velocidad que se desdibujó: agarró la copa contra su muslo antes de que su contenido se derramara.

Me puse de pie cuando él lo hizo.

—¿Te cortaste? ¿Estás bien?

—Estoy bien —contestó. Fue a la cocina y tiró la copa, haciéndola trizas. Solté cuidadosamente mi copa... mis manos temblaban. Escuché que abría y cerraba aparadores. Pocos minutos después, Gideon regresó con un vaso cuyo contenido era más oscuro que el vino que estábamos tomando.

—Siéntate.

Lo miré fijamente. Su cuerpo estaba rígido, sus ojos fríos. Pasó una mano por su rostro e insistió con más suavidad.

—Siéntate, por favor.

Mis débiles rodillas cedieron y me senté en el borde del sofá, arropándome con la bata.

Gideon siguió de pie y tomó un largo sorbo de su bebida.

—Dijiste "la primera vez". ¿Cuántas veces lo hizo?

Respiré profundamente intentando calmarme.

—No lo sé. Perdí la cuenta.

—¿Se lo contaste a alguien? ¿Le dijiste a tu madre?

—No. Dios, si ella lo hubiera sabido, me habría sacado de allí. Pero Nathan se aseguró de que el miedo no me dejara decírselo a nadie —intenté tragar saliva, pero sentí un gran dolor en mi reseca garganta. Cuando volví a hablar, fue con un susurro—. Hubo una época en que se volvió tan grave que estuve a punto de contárselo, pero él sabía. Nathan sabía que me encontraba al borde del precipicio. Así que estranguló a mi gato y lo dejó sobre mi cama.

—¡Jesucristo! —su pecho subía y bajaba violentamente—. No solo estaba jodido... estaba loco. Y te estaba tocando... *Eva.*

—Los sirvientes tuvieron que enterarse —continué quedamente, con la mirada fija en mis manos. Quería terminar, sacarlo todo para poder volver a guardarlo en el rincón de mi mente que me permitía olvidarme de ello en mi vida diaria—. El hecho de que tampoco dijeran nada me confirmó que también tenían miedo. Eran adultos y no dijeron una palabra. Yo era una niña. ¿Qué podía hacer si ellos no hacían nada?

—¿Cómo saliste de ello? —preguntó Gideon roncamente—. ¿Cuándo terminó?

—Cuando tenía catorce años. Pensé que tenía la regla, pero la hemorragia era demasiado fuerte. Mi madre entró en pánico y me llevó a la sala de urgencias. Había tenido un aborto. En los exámenes encontraron evidencia de... otros traumas. Cicatrices en la vagina y el ano...

Gideon depositó su vaso en la mesa con brusquedad.

—Lo siento —susurré, sintiendo que iba a vomitar—. Te evitaría los detalles, pero es necesario que sepas lo que alguien más podría descubrir. El hospital informó del abuso al departamento de bienestar infantil. Todo está en los registros. Están sellados, pero existen personas que conocen la historia. Cuando mi madre se casó con Stanton, él se aseguró de que esos registros siguieran sellados, pagó para garantizar su privacidad... algo así. Pero tienes derecho a saber que esto podría reaparecer para avergonzarte.

—¿*Avergonzarme* a mí? —estalló, temblando de ira—. La vergüenza no está en la lista de lo que yo sentiría.

—Gideon...

—Destruiría la carrera de cualquier periodista que escriba sobre esto y acabaría con la publicación que lo publique —su furia era glacial—. Voy a encontrar al monstruo que te hirió, Eva, donde quiera que esté, y haré que desee estar muerto.

Un temblor me recorrió porque no dudé de que lo hiciera. Se le notaba en la cara. En la voz. En la energía que irradiaba y en su concentración. Su apariencia ya no era solo oscura y peligrosa. Gideon era un hombre que obtenía lo que quería, sin importar los medios.

Me puse de pie.

—No justifica ni tu esfuerzo ni tu tiempo.

—*Tú* sí. Maldita sea, maldita sea.

Me acerqué a la chimenea en busca de calor.

—También hay un rastro de dinero. La policía y los periodistas siempre rastrean el dinero. Alguien podría preguntarse por qué mi madre salió de su primer matrimonio con dos millones de dólares en el bolsillo y su hija, de otro hombre, salió con cinco.

Sin mirarlo, sentí su repentina quietud.

—Claro —continué—, ese dinero sucio probablemente se ha multiplicado. No lo he tocado, pero Stanton administra la cuenta de inversión en que lo puse y todos sabemos que él es como el Rey Midas. Si alguna vez pasó por tu mente que me interesaba tu dinero...

—Calla.

Volteé a mirarlo. Vi su cara, sus ojos. Vi la compasión y el horror. Pero lo que más me dolió fue lo que *no* vi.

Fue mi peor pesadilla hecha realidad. Había temido que mi pasado matara su amor por mí. Le había dicho a Cary que Gideon podría seguir conmigo por los motivos incorrectos. Que tal vez siguiera a mi lado pero que, a pesar de ello, yo lo perdería.

Y todo parecía indicar que así era.

13

APRETÉ EL CINTURÓN de mi bata.

—Voy a vestirme y me voy.

—¿Qué? —exclamó—. ¿A dónde vas?

—A casa —respondí exhausta—. Creo que necesitas tiempo para digerir todo esto.

Se cruzó de brazos.

—Eso lo podemos hacer juntos.

—No lo creo —levanté la barbilla, la tristeza inundaba mi vergüenza y la apabullante decepción—. No mientras me mires con lástima.

—No estoy hecho de piedra, Eva. No sería humano si no me afectara.

Las emociones que había sufrido desde el mediodía se acumularon en un insoportable dolor en mi pecho y una liberadora racha de rabia.

—No quiero tu maldita lástima.

Pasó las dos manos por su cabello.

—Entonces, ¿qué diablos quieres?

—A ti. Te quiero a ti.

—Ya me tienes. ¿Cuántas veces tengo que decírtelo?

—Tus palabras no significan nada si no las puedes respaldar. Desde el momento en que nos conocimos me has deseado. No has podido mirarme sin dejar malditamente claro que quieres acostarte conmigo. Y eso se acabó Gideon —los ojos me ardían—. Esa mirada ha desaparecido.

—No puedes hablar en serio —me miraba como si fuera un monstruo de circo.

—No creo que entiendas cómo me hace sentir tu deseo —me abracé a mí misma y cubrí mi pecho. De repente me sentía desnuda—. Me hace sentir bella. Me hace sentir fuerte y llena de vida. No... no soporto estar contigo si ya no me deseas.

—Eva, yo... —su voz se disipó en el silencio. Su expresión era dura y distante, los puños colgaban a sus lados.

Deshice el nudo de mi bata y me la quité.

—Mírame Gideon. Mira mi cuerpo. Es el mismo que anoche te enloquecía. El mismo que hizo que me llevaras a ese hotel porque no podías esperar para tenerlo. Si ya no lo quieres... si no te excitas al verlo...

—¿Te parece que no estoy suficientemente excitado? —reventó el cinturón de sus pantalones y los dejó caer, exponiendo su magnífica erección.

Ambos nos lanzamos sobre el otro a la vez, estrellándonos. Nuestras bocas se unieron mientras él me alzaba para que envolviera su cintura con mis piernas. El se desplazó hasta el sofá y cayó sobre él, suavizando nuestra caída con un brazo.

Quedé postrada debajo de él, sin aliento y llorando, y él se apoyó con sus rodillas en el piso y comenzó a lamer mi sexo. Fue brusco e impaciente, abandonando la suavidad a la que me había acostumbrado y me gustó que así fuera. Me gustó aún más cuando se ubicó encima de mí y me penetró. Aun no estaba bien húmeda y el dolor me hizo jadear; su dedo se desplazó hasta mi clítoris para acariciarlo con un movimiento circular que inmediatamente me hizo seguir el ritmo con las caderas.

—Sí —gemí, arañando su espalda. Él había vuelto a ser el hombre ardiente—. Cógeme Gideon. Penétrame sin piedad.

—*Eva* —su boca cubrió la mía. Agarró mi pelo inmovilizándome mientras embestía contra mí una y otra vez, fuerte y profundamente. Apartó el brazo del sofá con un pie, penetrando aun más en mí, buscando su orgasmo con resuelta ferocidad—. Mía... mía... mía...

El rítmico golpe de sus pelotas contra la curva de mis nalgas y la severidad de su posesiva letanía me enloquecieron de lujuria. Sentí que me excitaba más con cada punzada de dolor, sentí mi sexo tensionarse con la cercanía del orgasmo.

Él se vino con un gruñido gutural y su cuerpo tembló mientras se derramaba dentro de mí.

Lo abracé mientras el clímax lo hacía convulsionar. Acaricié su espalda y besé su hombro.

—Espera —dijo bruscamente, metiendo sus manos debajo de mí y aplastando mis senos contra él.

Gideon me levantó y se sentó conmigo a horcajadas sobre él. Estaba totalmente mojada por su orgasmo, cosa que facilitó que me volviera a penetrar.

Sus manos retiraron el pelo de mi rostro y secaron mis lágrimas de alivio.

—Siempre estoy listo para ti. Siempre estoy excitado por ti. Siempre estoy enloquecido por tenerte. Si algo pudiera cambiar eso, lo habría hecho antes de llegar tan lejos. ¿Me entiendes?

—Sí —agarré sus muñecas con fuerza.

—Ahora, demuéstrame que tú aún me deseas a mí después de eso —su cara estaba sonrojada y húmeda, sus ojos oscuros y agitados—. Necesito saber que perder el control no significa perderte a ti.

Tomé sus manos y las llevé a mis senos. Cuando los apretó, apoyé mis manos en sus hombros y comencé a balancear las caderas. Su pene no estaba totalmente duro, pero a medida que me movía comenzó a hincharse nuevamente. Las caricias de sus dedos en mis pezones enviaban oleadas de placer a todo mi cuerpo. Lancé un grito cuando me apretó más fuertemente contra él y chupó el sensible pezón... mi cuerpo estalló sin necesidad de más.

Apretando los muslos, me levanté. Cerré los ojos para concentrarme en lo que él sentiría al salir de mí; luego, me mordí un labio al sentir que me obligaba a descender sobre él una vez más.

—Eso es —susurró, lamiendo mis senos, golpeando con su lengua mis tensionados pezones—. Vente por mí. Necesito que te vengas cabalgando mi pene.

Disfruté la exquisita sensación de sentir que me llenaba totalmente cuando giraba mis caderas. No sentía vergüenza ni arrepentimiento mientras me excitaba con su miembro erecto, ajustando el ángulo para que su gruesa cabeza me acariciara donde yo quería.

—Gideon... Oh sí... oh, por favor...

—Eres tan bella —tomó mi nuca con una mano y, con la otra, mi cintura. Arqueó sus caderas para llegar más profundamente aún—. Tan sexy. Voy a volver a venirme. Eso es lo que me haces, Eva. Nada es suficiente contigo.

Gimoteé al sentir que todo en mí se tensaba, que la tensión se acumulaba con cada rítmica embestida. Lo embestía con mis caderas, jadeante y frenética. Tocándome entre las piernas, friccioné mi clítoris con las yemas de los dedos, acelerando el clímax.

Él jadeó. Su cabeza se inclinó hacia atrás sobre el cojín del sofá. Su cuello estaba tenso, sus músculos claramente marcados.

—Te siento lista para venirte. Tu sexo está apretado y ardiendo...

Sus palabras y su voz me llevaron al orgasmo. Grité al sentir las primeras sacudidas y luego cuando el orgasmo invadió todo mi cuerpo. Mi sexo palpitaba en torno a la magnífica erección de Gideon.

Con un chirrido de dientes, se aguantó hasta que mis espasmos comenzaron a apagarse; luego atrapó mis caderas en el aire y levantó las suyas para penetrarme nuevamente. Una, dos veces. A la tercera embestida gruñó mi nombre y eyaculó, con lo cual mis temores y dudas desaparecieron por completo.

No sé cuánto tiempo estuvimos echados en el sofá así, unidos, mi cabeza sobre su hombro y sus manos acariciando la curva de mi columna vertebral.

Gideon me besó en la sien y murmuró:

—Quédate.

—Sí.

Me abrazó.

—Eva, eres tan valiente. Tan fuerte y honesta. Eres un milagro. Mi milagro.

—Un milagro de la terapia moderna, tal vez —me burlé. Mis dedos jugaban con su pelo—. E incluso con eso, he tenido muy malos tiempos y aún hay cosas que me hacen estallar y creo que nunca superaré.

—Dios. La forma en que te abordé al principio... Podría haberlo arruinado todo antes de que empezara. Y la cena de caridad... —se estremeció y sepultó su cara en mi cuello—. Eva, no me dejes arruinar esto. No me permitas alejarte de mí.

Levantando la cabeza, examiné su rostro. Era imposiblemente guapo. A veces me costaba creerlo

—No puedes controlar todo lo que me haces o dices por culpa de Nathan y lo que él me hizo. Eso nos destruiría. Acabaría con nosotros.

—No digas eso. Ni siquiera lo pienses.

Suavicé su ceño fruncido con caricias de mis dedos.

—Quisiera no haber tenido que contártelo nunca. Desearía que no necesitaras saberlo.

Tomó mi mano y se llevó las yemas a su boca.

—Tengo que saber todo, todo de ti, por fuera y por dentro, cada detalle.

—Una mujer tiene que tener sus secretos —bromeé.

—Conmigo no tendrás ninguno —me capturó por el pelo y su brazo se enlazó en torno a mis caderas, acercándome a él, recordándome, como si pudiera olvidarlo, que aún estaba dentro de mí—. Te voy a poseer, Eva. Es lo justo, ya que tú me has poseído.

—Y, ¿qué me dices de tus secretos?

Su rostro quedó convertido en una máscara desprovista de toda emoción, algo que sucedía con tal facilidad que supe que se había convertido en un acto reflejo para él.

—Comencé desde ceros cuando te conocí. Todo lo que creía ser, todo lo que creía necesitar... —meneó la cabeza—. Juntos estamos descubriendo quién soy. Eres la única que me conoce.

Pero no era así. No realmente. Estaba descubriéndolo, conociéndolo poco a poco, pero en muchas formas seguía siendo un misterio para mí.

—Eva... si tan solo me dices lo que quieres... —su garganta tragó con dificultad—. Puedo mejorar, si me das la oportunidad. Pero no... no me abandones.

Jesús. Él me podía desarmar con tanta facilidad. Unas pocas palabras, una mirada desesperada, y yo quedaba abierta de par en par.

Toqué su cara, su pelo, sus hombros. Estaba tan herido como yo pero yo todavía desconocía en qué forma.

—Necesito algo de ti, Gideon.

—Lo que sea. Tan solo dime qué es.

—Necesito que todos los días me digas algo de ti que yo no sepa. Algo significativo, sin importar qué tan pequeño sea. Necesito que me prometas que lo harás.

Gideon me miró cautelosamente.

—¿Lo que yo quiera?

Asentí, insegura de mí misma y de lo que esperaba obtener de él.

Exhaló fuertemente.

—Está bien.

Lo besé suavemente en señal de agradecimiento.

Acariciando mi nariz con la suya, me preguntó:

—Salgamos a comer. O ¿prefieres que pidamos a domicilio?

—¿Estás seguro de que debemos salir?

—Quiero salir contigo.

No había forma de negarme a eso, no cuando sabía el gigantesco paso que significaba para él. En realidad, un gran paso para ambos ya que nuestra última cita había terminado desastrosamente.

—Suena romántico e irresistible.

Mis recompensas fueron su alegre sonrisa y la ducha que tomamos juntos. Me encantaba la intimidad de jabonar su cuerpo tanto como sentir sus manos deslizándose sobre mí. Tomé su mano y la puse entre mis piernas, dirigiendo dos de sus dedos hacia mi interior, y vi el ya familiar y bienvenido ardor en sus ojos cuando sintió la resbaladiza esencia que hacía poco había abandonado.

Me beso y murmuró

—Mía.

No necesité más para deslizar mis manos sobre su miembro y murmurar el mismo reclamo.

En la habitación, levanté mi nuevo vestido y lo abracé.

—Gideon, ¿tú escogiste este vestido?

—Sí. ¿Te gusta?

—Es muy bonito —sonreí—. Mi madre dijo que tenías muy buen gusto... excepto al preferir a las morenas.

Me lanzó una mirada segundos antes de que su bello y firme trasero desapareciera en el gigantesco vestidor.

—¿Cuáles morenas?

—Ohhh, bien hecho.

—Echa una mirada en el primer cajón de la derecha —gritó.

¿Estaría intentando desviar el tema de todas las morenas con las que le habían tomado fotografías, incluyendo a Magdalene?

Dejé el vestido sobre la cama y abrí el cajón. En su interior encontré una docena de juegos de ropa interior de Carine Gilson, todos de mi talla y en varios colores. También había ligas y medias de seda aún empacadas.

Levanté la mirada cuando Gideon regresó con su ropa en la mano.

—¿Tengo un cajón para mí?

—Tienes tres en el armario y dos en el baño.

—Gideon —sonreí—. Tener derecho a un cajón normalmente toma algunos meses.

—¿Cómo lo sabes? —puso la ropa sobre la cama—. ¿Has vivido con algún otro hombre aparte de Cary?

Le lancé una mirada.

—Tener un cajón no significa vivir con alguien.

—Eso no es una respuesta —se acercó y pasó a mí lado para tomar unos calzoncillos.

Percibiendo que su ánimo se retraía y ensombrecía, respondí antes de que se alejara.

—No, no he vivido con ningún otro hombre.

Inclinándose, me dio un brusco beso en la frente antes de regresar a la cama. Se detuvo al borde dándome la espalda.

—Quiero que esta relación signifique más para ti que cualquier otra que hayas tenido.

—Así es. De lejos —hice un nudo a la toalla frente a mi pecho—. He estado luchando un poco con eso. Ha adquirido tanta importancia en tan poco tiempo. Tal vez ha sido demasiado rápido. Siempre pienso que es demasiado bueno para ser verdad.

Se giró para responder.

—Tal vez lo sea. Si es así, nos lo merecemos.

Me acerqué a él y dejé que me tomara en sus brazos. Era donde quería estar...

Me besó en la coronilla.

—No puedo soportar la idea de que tú estás esperando que esto termine. Es lo que haces, ¿verdad? Suena a que así es.

—Lo siento.

—Tan solo tenemos que lograr que te sientas segura —pasó sus dedos por mi pelo—. ¿Cómo logramos eso?

Dudé por un momento y luego me decidí.

—¿Asistirías a terapia de pareja conmigo?

Las caricias de sus dedos se detuvieron. Se quedó en silencio un momento, respirando profundamente.

—Tan solo piénsalo —sugerí—. Averigua un poco sobre el tema, entérate de qué se trata.

—¿No lo estoy haciendo bien? ¿Lo nuestro? ¿Lo estoy estropeando tanto?

Me retiré para mirarlo a los ojos.

—No, Gideon. Eres perfecto. Perfecto para mí, al menos. Estoy loca por ti. Creo que eres...

Me besó.

—Lo haré. Iré contigo.

Lo amé en ese momento. Con locura. Y en el momento siguiente. Y todo el camino hasta lo que resultó ser una deslumbrante e íntima cena en Masa. Éramos una de las tres mesas ocupadas en el restaurante y a Gideon lo recibieron llamándolo por su nombre. La cena que nos sirvieron fue increíblemente buena y el vino tan costoso que si hubiera pensado en ello no habría podido beberlo. Gideon estaba oscuramente carismático; con un encanto relajado y seductor.

Me sentía bella con el vestido que había escogido él y estaba de buen ánimo. Él ya sabía lo peor de mí y seguía conmigo.

Sus dedos acariciaron mi hombro... dibujaron círculos en mi nuca... descendieron por mi espalda. Me besó en la sien y acarició bajo la oreja, su lengua tocando levemente la piel. Bajo la mesa, su mano presionó mi muslo y me acarició tras la rodilla. Todo mi cuerpo vibraba al sentirlo. Lo deseaba tanto...

—¿Cómo conociste a Cary? —me preguntó, observándome por encima de su copa de vino.

—Terapia de grupo —coloqué mi mano sobre la suya para detener su ascenso por mi pierna, sonriendo ante el pícaro brillo en sus ojos—. Mi padre es policía y había oído hablar de este terapeuta que supuestamente tenía habilidades mágicas con los chicos problema como yo. Cary también visitaba al doctor Travis.

—¿Habilidades mágicas, eh? —Gideon sonrió.

—El doctor Travis no es como ningún otro terapeuta al que haya conocido. Su consultorio es un viejo gimnasio adaptado. Tenía la política de puertas abiertas para "sus chicos" y pasar el tiempo allí era más real que recostarse en un diván. Además, no había normas pendejas. Allí solo contaba la honestidad mutua o se enfurecía. Eso siempre me ha gustado de él, se involucraba lo suficiente para ser emotivo.

—¿Escogiste la Universidad de San Diego porque tu padre está en California del Sur?

Mi boca se torció en un gesto cuando él reveló saber otro dato sobre mí que yo no le había dado.

—¿Qué tanto me has investigado?

—Todo lo que he podido.

—¿Querré saber qué tanto es eso?

Se llevó mi mano a sus labios y la besó.

—Probablemente no.

Meneé la cabeza molesta.

—Sí, ese es el motivo por el cual estudié en San Diego. Mientras crecía no pasé mucho tiempo con mi padre. Además, mi madre me estaba asfixiando.

—¿Y nunca le contaste a tu padre lo que te sucedió?

—No —giré la pata de mi copa entre los dedos—. Él sabe que yo era una rabiosa alborotadora con problemas de autoestima, pero no sabe lo de Nathan.

—¿Por qué?

—Porque no puede cambiar lo que sucedió. Nathan fue castigado por la ley. Su padre pagó una gran suma por perjuicios. Se hizo justicia.

Gideon respondió fríamente.

—No estoy de acuerdo.

—¿Qué más podría esperarse?

Tomó un largo trago antes de responder. —No sería apropiado describirlo mientras comemos.

—Oh —su respuesta sonó siniestra, especialmente unida a su mirada glacial, así que opté por retornar mi atención a la comida que tenía enfrente. En Masa no había menú, solo *omakase*, de manera que cada bocado era una deliciosa sorpresa y la escasez de clientes nos hacía sentir como si tuviéramos el lugar para nosotros solos.

Tras un momento, Gideon volvió a hablar.

—Me encanta verte comer.

Lo miré.

—¿Qué se supone que significa eso?

—Comes con gusto. Y tus gemidos de placer me calientan.

Le di un golpe con el hombro.

—Tú lo has reconocido: siempre estás caliente.

—Es culpa tuya —respondió con una mueca que me hizo reír.

Gideon comió aún más que yo y ni pestañeó cuando trajeron la cuenta.

Antes de salir, me puso su chaqueta sobre los hombros y propuso:

—Vayamos mañana a tu gimnasio.

Le eché una mirada.

—El tuyo es mejor.

—Desde luego que es mejor. Pero iré a donde tú quieras.

—¿Algún lugar sin amables entrenadores llamados Daniel? —le pregunté dulcemente.

Me miró con una ceja alzada y torciendo el gesto.

—Cuidado, ángel. Pensaré en una consecuencia apropiada para tus burlas sobre mi posesividad con respecto a ti.

Noté que esta vez no me había amenazado con darme una nalgada. ¿Entendía que un dolor controlado cuando teníamos sexo me excitaba terriblemente? Eso me llevó a un lugar mental al que nunca quería regresar.

En el camino de regreso a casa de Gideon, me acurruqué contra él en el asiento trasero del Bentley; mis piernas posadas sobre su muslo y mi cabeza en su hombro. Pensé en las formas en que los abusos de Nathan seguían afectando mi vida, mi vida sexual en particular.

¿Cuántos de esos fantasmas lograríamos exorcizar Gideon y yo? Tras el breve vistazo a los juguetes en el cajón del hotel, era claro que él era más experto y sexualmente aventurero que yo. Y el placer que había obtenido de la ferocidad de su ataque en el sofá unas horas antes, me confirmaba que él podía hacerme cosas que nadie más habría podido.

—Confío en ti —le susurré.

Sus brazos me estrecharon. Con sus labios en mi pelo, murmuró:

—Eva, tú y yo vamos a ser algo bueno para el otro.

Con esas palabras en mente caí dormida en sus brazos esa noche.

—No... no. ¡Por favor, no!

Los gritos de Gideon me hicieron brincar de la cama con el corazón palpitando violentamente. Luché por respirar, observando con ojos desorbitados al hombre que se contorsionaba a mi lado. Gruñía como una bestia salvaje, tenía las manos empuñadas y sus piernas lanzaban patadas. Me alejé, temiendo que me golpeara en sus sueños.

—Quítate —jadeó.

—¡Gideon, despierta!

—Qui... ta... —sus caderas se arquearon a la vez que lanzaba un silbido de dolor. Quedó allí, con los dientes apretados y rechinando, y la espalda levantada como si la cama estuviera en llamas. Luego se derrumbó haciendo saltar el colchón.

—Gideon —busqué la lámpara de la mesa de noche, la garganta me ardía. No la alcancé así que tuve que quitarme el edredón para llegar a ella. Gideon se retorcía en agonía, revolcándose tan violentamente que hacía temblar la cama.

La habitación se iluminó. Me giré hacía él...

Y lo encontré masturbándose con escandalosa perversidad.

Su mano derecha asía su pene con tal fuerza que sus nudillos estaban blancos y lo refregaba rápida y brutalmente. Su mano izquierda agarraba la sábana. El tormento y dolor desencajaban su bello rostro.

Temiendo por su seguridad, golpeé su hombro con ambas manos.

—Gideon, maldita sea. *¡Despierta!*

Mi grito penetró en su pesadilla. Sus ojos se abrieron y se enderezó.

—¿Qué? —exclamó. Su pecho luchaba por respirar. Su rostro estaba sonrojado, los labios y mejillas colorados de excitación—. ¿Qué pasa?

—Jesús —pasé las manos por mi pelo y salí de la cama. Tomé la bata negra que había dejado a los pies de la cama.

¿Qué pasaba por su mente? ¿Qué puede hacer que alguien tenga sueños sexuales de tal violencia?

Mi voz temblaba.

—Tuviste una pesadilla. Casi me matas del susto.

—Eva —su vista descendió a su erección y el rostro se le oscureció de vergüenza.

Lo observé desde mi refugio al lado de la ventana, atando el cinturón de mi bata de un jalón.

—¿Qué estabas soñando?

Bajó la mirada; sus ojos estaban apagados por la humillación, una postura vulnerable que yo no conocía en él. Era como si alguien hubieses tomado posesión del cuerpo de Gideon.

—No lo sé.

—Mentira. Hay algo en ti, algo te está carcomiendo. ¿Qué es?

Se recobró a medida que su cerebro se despertaba.

—Eva, fue tan solo un sueño. La gente suele soñar.

Lo miré fijamente, dolida por su tono que sugería que me estaba comportando de manera absurda.

—Vete al diablo.

Enderezó los hombros y se cubrió con la sábana.

—¿Por qué estás molesta?

—Porque me estás mintiendo.

Respiró profundamente y exhaló con fuerza.

—Lamento haberte despertado.

Me oprimí el tabique de la nariz, sintiendo que una jaqueca tomaba forma en mi cerebro. Me ardían los ojos por la necesidad de llorar, de llorar por el tormento que tomaba posesión de él. Y de llorar por nosotros, porque si él no me dejaba conocerlo nuestra relación no llevaría a nada.

—Una vez más Gideon: ¿Qué soñabas?

—No lo recuerdo —pasó una mano por su pelo y bajó las piernas de la cama—. Tengo algunos negocios en mente y probablemente me están molestando. Voy a trabajar un rato en el estudio. Ven a la cama y trata de dormir un poco.

—Gideon, había varias respuestas correctas a esa pregunta: "Hablemos mañana sobre eso" era una de ellas. "Hablemos sobre ello en el fin de semana" habría sido otra. Incluso "no estoy listo para hablar de esto" habría estado bien. Pero tienes cojones para actuar como si no supieras a qué me refiero.

—Amor...

—No —me envolví en mis brazos—. ¿Crees que fue fácil hablarte de mi pasado? ¿Crees que abrirme a ti y dejarte ver toda esa fealdad no duele? Habría sido más simple cortar contigo y salir con alguien menos famoso. Asumí el riesgo porque quiero estar contigo. Tal vez algún día sientas eso mismo.

Abandoné la habitación.

—¡Eva! Eva, maldita sea, regresa. ¿Qué te pasa?

Caminé con rapidez. Sabía cómo se sentía él: el malestar en los intestinos, que se difunde como cáncer; la rabia impotente y la necesidad de hacerse un ovillo a solas y encontrar la fuerza para empujar los recuerdos de regreso al agujero negro en el que viven al acecho.

Nada de eso justificaba mentir o desviar la culpa hacia mí.

Agarré mi bolso de la silla en la que la había dejado al llegar después de la cena y salí al vestíbulo del ascensor. Las puertas se estaban cerrando cuando lo vi aparecer en el salón. Su desnudez me garantizaba que no podría seguirme... la mirada de sus ojos me convencía de que no podía quedarme. Se había puesto su máscara una vez más, ese rostro impresionante e implacable que mantenía al mundo a una distancia segura.

Temblando, me apoyé en el pasamanos de bronce. Estaba desgarrada entre mi preocupación por él, que me instaba a quedarme, y mi bien ganada sabiduría, que me decía que su forma de lidiar el problema no era una con la que yo pudiera vivir. El viaje de recuperación para mí estaba pavimentado con duras verdades, no con negaciones y mentiras.

Al pasar por el tercer piso, me sequé las mejillas, respiré profundamente y me recompuse antes de que las puertas se abrieran en el primero.

El portero detuvo un taxi. Era tan profesional que se comportó como si yo fuese vestida para la oficina y no descalza y en bata. Se lo agradecí sinceramente.

Y quedé tan agradecida con el taxista por llevarme rápidamente a casa que le di una buena propina e hice caso omiso de las furtivas miradas del portero y el recepcionista de mi edificio. Ni siquiera me importó la mirada que me lanzó la escultural rubia que salió del ascensor, hasta que percibí la colonia de Cary y noté que la camiseta que llevaba era de él.

Ella examinó mi vestuario con una sonrisa burlona.

—Linda bata.

—Linda camiseta.

La rubia continuó su camino con una sonrisita.

Cuando llegué a mi piso, encontré a Cary de pie en la puerta y también en bata.

Se enderezó y me recibió en sus brazos.

—Ven acá, pequeña.

Me lancé en sus brazos y lo abracé con fuerza, sintiendo el perfume de mujer y del sexo que irradiaba.

—¿Quién es la pollita que acaba de salir?

—Otra modelo. No te preocupes por ella —me condujo al apartamento y cerró la puerta—. Cross llamó. Dijo que venías para acá y que él tiene tus llaves. Quería asegurarse de que yo estuviera para abrirte la puerta. Por si importa: sonaba ansioso y preocupado. ¿Quieres contarme qué pasó?

Dejando mi bolso en la barra, seguí hacia la cocina.

—Tuvo otra pesadilla. Una muy grave. Cuando le pregunté al respecto, lo negó, mintió y se comportó como si la loca fuera yo.

—Ah, lo clásico.

El teléfono timbró. Le bajé el volumen al timbre y Cary hizo lo mismo con el auricular que tenía a su lado. Luego saqué mi teléfono celular, cerré el mensaje que me indicaba que tenía numerosas llamadas perdidas de Gideon, y le envié un mensaje de texto: *En casa a salvo. Espero que duermas bien el resto de la noche.*

Apagué el teléfono y lo volví a dejar en el bolso. Luego, saqué una botella de agua de la nevera.

—Lo interesante es que yo le conté toda mi historia esta tarde.

Las cejas de Cary se elevaron.

—Lo hiciste... ¿Cómo lo tomó?

—Mejor de lo que tengo derecho a esperar. Nathan tendrá que rezar para no encontrarse nunca con él —acabé el agua—. Y Gideon aceptó ir a la terapia de pareja que me aconsejaste. Pensé que habíamos superado una etapa. Tal vez así fue pero, de todas formas, nos topamos contra una pared de concreto.

—Aun así, pareces estar bien —se recostó en el mesón—. No veo lágrimas. Estás calmada. ¿Debería preocuparme?

Me masajeé la barriga para aliviar el miedo que se había concentrado allí.

—No, estaré bien. Es solo que... quiero que las cosas funcionen entre nosotros. Quiero estar con él, pero mentir sobre las cosas serias no funciona conmigo.

Dios. No podía permitirme pensar que no podríamos superar esto. Ya me sentía ansiosa. La necesidad de estar con Gideon era un palpitar frenético en mi sangre.

—Eres un hueso duro de pelar, nena. Estoy orgulloso de ti —se acercó a mí, me tomó del brazo y, juntos, apagamos las luces de la cocina—. Vamos a dormir y mañana será otro día.

—Pensé que las cosas entre tú y Trey iban bien.

Su sonrisa fue espléndida.

—Querida, creo que estoy enamorado.

—¿De quién? —apoyé mi mejilla en su hombro—. ¿Trey o la rubia?

—Trey, boba. La rubia solo fue para hacer ejercicio.

Tenía mucho que decir al respecto, pero no era el momento para sentarnos a discutir la historia de Cary y su forma de sabotear su propia felicidad. Y, tal vez, la mejor manera de manejar este caso fuera concentrándonos en cómo eran las cosas con Trey.

—Así que al fin has caído en brazos de un buen tipo. Tenemos que celebrarlo.

—Oye, esa frase me corresponde a mí.

14

La mañana siguiente amaneció curiosamente surrealista. Llegué a la oficina y pasé la mayor parte de la mañana sumergida en una neblina helada. No lograba calentarme, a pesar de llevar una chaqueta y una bufanda que no hacían juego con nada. Me tomó más tiempo del que debía hacer las cosas y no lograba deshacerme de la sensación de temor.

Gideon no intentó contactarme. No había nada de él en mi teléfono ni en el correo electrónico. No llegó ninguna nota.

El silencio era espantoso y se hizo peor cuando la alerta de Google llegó a mi correo y vi las fotos y videos de nosotros en Bryant Park. Vernos juntos —ver la pasión y necesidad, la dolorosa añoranza en nuestros rostros, y la emoción de la reconciliación— fue algo amargo.

El dolor hacía retorcer mi pecho. *Gideon.*

Si no lográbamos resolver esto, ¿dejaría alguna vez de pensar en él y lamentarme?

Luché para recomponerme. Mark se reuniría hoy con Gideon. Tal vez ese era el motivo por el cual Gideon no había sentido afán de contactarme. O, tal vez, estaba ocupado. Sabía que tenía que estar ocupado, dada su agenda de negocios. Hasta donde sabía, aún teníamos planes de ir al gimnasio después del trabajo. Exhalé y me dije a mí misma que las cosas se arreglarían de alguna forma. Tenían que arreglarse.

Faltaba un cuarto para las doce cuando el teléfono de mi escritorio timbró. Viendo que la llamada provenía de la recepción, solté un suspiro de decepción y respondí.

—Oye Eva —exclamó Megumi alegremente—. Magdalene Pérez está acá para verte.

—¿Qué? —miré fijamente el monitor de mi computador, confundida e irritada. ¿Acaso las fotografías de Bryant Park habían tentado a Magdalene a salir de su guarida?

Sin importar el motivo de su visita, no me interesaba hablar con ella.

—Retenla allí, por favor. Tengo que hacer algo antes.

—Con gusto. Le diré que tome asiento.

Colgué, saqué mi teléfono y busqué el número de la oficina de Gideon. Marqué y me alegró que Scott respondiera.

—Hola Scott. Soy Eva Tramell.

—Hola Eva. ¿Quieres hablar con el señor Cross? Está en una reunión pero puedo interrumpirlo.

—No, no lo molestes.

—Es una orden. No se molestará.

Me tranquilizó muchísimo escuchar eso.

—No me gusta hacer esto, pero necesito pedirte un favor.

—Lo que sea. Esa también es la orden —el tono de diversión en su voz también contribuyó a relajarme.

—Magdalene Pérez está acá en el piso veinte. Francamente, lo único en común entre ella y yo es Gideon, y eso no es bueno. Si tiene algo que decir, es a tu jefe a quien tiene que decírselo. ¿Podrías enviar a alguien para que la acompañe hasta allá?

—No hay problema. Ya mismo me hago cargo.

—Gracias Scott. Te lo agradezco.

—El placer es todo mío, Eva.

Colgué el teléfono y me derrumbé en mi silla, sintiéndome mejor y muy orgullosa de mí misma por no permitir que los celos tomaran el mando. Aunque aún odiaba la idea de que pasara tiempo con Gideon, no había mentido cuando le dije que confiaba en él. Estaba convencida de que sus sentimientos por mí eran fuertes y profundos. Lo que no sabía era si serían suficientes para anular su instinto de supervivencia.

Megumi volvió a timbrarme.

—Oh, Dios mío —exclamó riendo—. Debiste ver su cara cuando esa persona vino por ella.

—Qué bien —sonreí—. No creo que tuviera buenas intenciones. Entonces, ¿ya se fue?

—Sí.

—Gracias —crucé el pasillo hasta la oficina de Mark y asomé la cabeza para preguntarle si quería que le trajera algo de almuerzo.

Frunció el ceño.

—No gracias. Hasta que no salga de la presentación con Cross estaré demasiado nervioso para comer. Para entonces, lo que traigas estará frío y viejo.

—Y, ¿qué te parece un batido lleno de proteínas? Te dará energía hasta que puedas comer.

—Eso sería perfecto —una sonrisa iluminó sus oscuros ojos—. Algo que mezcle bien con vodka, para darme ánimo.

—¿Hay alguno que no te guste o sufres de alguna alergia?

—Nada.

—Perfecto. Te veré en una hora —sabía exactamente a qué lugar ir. El delicatesen que tenía en mente estaba a un par de manzanas y vendía batidos, ensaladas y *paninis*. La atención era muy rápida.

Me dirigí al primer piso e intenté no pensar en el silencio de Gideon. Creo que había esperado oír *algo* de él tras el incidente con Magdalene Pérez. El hecho de que no hubiera una reacción me tenía otra vez muy preocupada. Salí a la calle por los torniquetes y no puse atención al hombre que descendía de una limosina hasta que me llamó por mi nombre.

Al girar, me encontré frente a Christopher Vidal.

—Oh... hola —lo saludé—. ¿Cómo estás?

—Mejor ahora que te he visto. Te ves fantástica.

—Gracias. Tú también.

Aunque era muy diferente a Gideon, también era guapo a su manera con sus cabellos color caoba, ojos grises verdosos y una encantadora sonrisa. Llevaba unos *jeans* anchos y un suéter en V, y lucía muy sexy.

—¿Vienes a visitar a tu hermano? —le pregunté.

—Sí, Y a ti.

—¿A mí?

—¿Vas a almorzar? Te acompaño y te explico.

Recordé brevemente la advertencia de Gideon de que me mantuviera alejada de Christopher pero asumí que a estas alturas ya confiaba en mí. Especialmente con su hermano.

—Voy al delicatesen de esta calle —le dije—. Tú dirás.

—Perfecto.

Comenzamos a caminar.

—¿Por qué querías verme? —le pregunté, no resistiendo la curiosidad.

Sacó del bolsillo de sus jeans una invitación formal en un sobre de pergamino.

—Tendremos una recepción al aire libre en casa de mis padres el domingo. Vine a invitarte. Será una mezcla de negocios y placer. Muchos de los artistas de Vidal Records asistirán. Pensé que sería una buena oportunidad para tu compañero de apartamento: tiene la pinta perfecta para los videos musicales.

Me entusiasmé.

—¡Eso sería maravilloso!

Chistopher sonrió y me entregó la invitación.

—Ambos se divertirán. Mi madre es experta en dar fiestas.

Miré brevemente el sobre que tenía en la mano. ¿Por qué Gideon no había dicho una palabra sobre el evento?

—Si te estás preguntando por qué Gideon no te dijo nada —observó como si leyera mi mente—, es porque él no asistirá. Nunca lo hace. Aunque es el principal accionista de la compañía. Creo que la industria musical y los músicos son demasiado impredecibles para su gusto. Ya sabes cómo es él.

Oscuro e intenso. Poderosamente atractivo y muy ardiente. Sí, ya sabía. Y además prefiere ir siempre sobre seguro.

Señalé la tienda cuando nos acercamos. Entramos e hicimos la fila.

—Este lugar huele delicioso —exclamó Christopher mientras escribía un mensaje de texto en su teléfono.

—El aroma está a la altura de lo que promete, créeme.

Soltó una de sus deliciosas sonrisas infantiles que, sin duda alguna, enloquecían a la mayoría de las mujeres.

—Mis padres realmente están deseosos de conocerte, Eva.

—¿Oh?

—Ver las fotografías de ustedes dos la última semana ha sido una verdadera sorpresa. Una buena sorpresa —rectificó rápidamente al verme hacer un gesto—. Es la primera vez que lo vemos realmente interesado en la persona con la que sale.

Suspiré, pensando que en ese momento no estaba tan interesado en mí. ¿Habría cometido un terrible error al abandonarlo la noche anterior?

Cuando llegamos al mostrador, ordené un *panini* de vegetales y queso, y dos batidos de granada. Les pedí que me guardaran, mientras almorzaba, un batido con una dosis extra de proteínas. Christopher pidió lo mismo y logramos conseguir una mesa en el atestado lugar.

Hablamos del trabajo y nos reímos de un reciente comercial de comida para bebés que había sido una gran metedura de pata y sobre algunas anécdotas entretelones de actos en los que Christopher había trabajado. El tiempo pasó rápidamente y, cuando nos separamos a la entrada del Crossfire, me despedí de él con verdadero afecto.

Me dirigí al piso veinte y encontré a Mark en su escritorio. Me lanzó una rápida sonrisa a pesar del estado de concentración en que se encontraba.

—Si no me necesitas —dije—, creo que me convendría no asistir a esta presentación.

Aunque intentó disimularlo, alcancé a ver un atisbo de alivio en su expresión. No me ofendió. Su estrés era real y mi volátil relación con Gideon no era algo de lo que Mark debiera preocuparse mientras trabajaba en una cuenta importante.

—Vales oro, Eva. ¿Lo sabías?

Sonreí y dejé su batido sobre el escritorio.

—Tómate el batido. Está delicioso y las proteínas evitarán que sientas demasiada hambre. Si me necesitas, estaré en mi escritorio.

Antes de desaparecer mi bolso en el cajón del escritorio, le envié un mensaje a Cary para saber si tenía planes para el domingo o si querría ir a la fiesta de Vidal Records. Luego, me puse a trabajar. Había comenzado a organizar los archivos de Mark en el servidor, clasificándolos y ubicándolos en directorios para facilitar el trabajo de reunir portafolios.

Cuando Mark se fue a la reunión con Gideon, mis latidos se aceleraron y la expectativa me hizo retorcer el estómago. No podía creer que me sintiera tan entusiasmada solo por saber lo que Gideon estaría haciendo en ese momento en particular, y porque tuviera que pensar en mí al ver a Mark. Esperaba recibir alguna noticia de él después de esa reunión. Mi ánimo mejoró con solo pensarlo.

Durante la siguiente hora estuve ansiosa por escuchar cómo había resultado la reunión. Cuando Mark reapareció con una gran sonrisa en el rostro y nueva energía en su cuerpo, me puse de pie y lo aplaudí.

Me hizo una caballerosa y exagerada venia.

—Gracias, señorita Tramell.

—¡Me alegro por ti!

—Cross me pidió que te entregara esto —dijo, entregándome un sobre de manila sellado—. Ven a mi oficina y te cuento todos los detalles.

El sobre era pesado y emitía ruidos. Supe lo que encontraría dentro antes de abrirlo, pero eso no evitó que me golpeara ver mis llaves. Jadeando a causa de un dolor más intenso que cualquiera que pudiera recordar, leí la nota que las acompañaba.

GRACIAS EVA. POR TODO.
TUYO, G.

Era una despedida. Tenía que serlo. De otra manera, me habría entregado las llaves cuando fuéramos al gimnasio después del trabajo.

Mis oídos retumbaban sordamente. Me sentí mareada. Desorientada. Sentía miedo y una terrible agonía.

Pero estaba en el trabajo.

Cerré los ojos y empuñé las manos para controlarme. Luché contra el impulso de subir y gritarle que era un cobarde. Probablemente me consideraba una amenaza, alguien que llegaba sin ser invitado para desordenar su rígido mundo. Alguien que le había exigido algo más que su ardiente cuerpo y poderosa cuenta bancaria.

Reprimí mis emociones tras una pared de vidrio que no me permitía olvidarlas pero me permitió resistir hasta el final del día laboral. Seguía sin saber de Gideon cuando abandoné la oficina. En ese momento estaba en tan mal estado emocional que tan solo sentí una leve punzada de desesperación al salir del Crossfire.

Me dirigí al gimnasio. Apagué mi cerebro y corrí a toda velocidad en la trotadora, intentando evitar la angustia que me abrumaría muy pronto. Corrí hasta que el sudor rodó a chorros por mi cara y cuerpo, y las piernas dejaron de responderme.

Me metí a la ducha sintiéndome maltrecha y exhausta. Luego llamé a mi madre y le pedí que enviara a Clancy a recogerme para ir a la cita con el doctor Petersen. Mientras me ponía mi ropa de trabajo nuevamente, reuní la energía para cumplir con esa cita antes de poder irme a casa y derrumbarme en mi cama.

Esperé la limosina en la acera, sintiéndome separada y distante de la ciudad que me rodeaba. Me sorprendió ver a mi madre en el auto cuando Clancy llegó y saltó para abrirme la puerta. Estaba temprano. Había esperado ir sola hasta el apartamento que ella compartía con Stanton y esperarla unos veinte minutos. Esa era la rutina normal.

—Hola mamá —la saludé cansinamente, sentándome a su lado.

—¿Cómo pudiste, Eva? —lloraba cubriéndose el rostro con un pañuelo con monograma, su cara bella a pesar del sonrojo y las lágrimas—. *¿Por qué?*

Sacudida de mi tormento por su miseria, fruncí el ceño y le pregunté:

—¿Qué hice ahora?

El nuevo celular, si se había enterado, podía ser la causa de este drama. Era muy pronto para que se hubiera enterado de mi rompimiento con Gideon.

—Le contaste a Gideon Cross... lo que te sucedió —su labio inferior temblaba de angustia.

Mi corazón dio un salto por el shock. ¿Cómo podía saberlo? Dios mío... ¿Tendría micrófonos en mi apartamento? ¿En mi bolso? ¿...?

—No te hagas la tonta.

—¿Cómo sabes que se lo conté? —mi voz era un susurro—. Eso fue anoche.

—Hoy visitó a Richard para hablarle del tema.

Intenté imaginar la cara de Stanton durante *esa* conversación. No creo que mi padrastro lo haya recibido muy bien.

—¿Por qué haría eso?

—Quería saber lo que hemos hecho para evitar que la información se filtre. Y quería saber dónde está Nathan... —sollozó—. Quiere saber todo.

Mi respiración silbó al pasar entre los dientes. No estaba segura de los motivos de Gideon, pero la posibilidad de que tan solo estuviera asegurándose de estar a salvo del escándalo me hirió más que nada hasta entonces. Me retorcí de pena, mi espalda arqueada. Yo había dado por hecho que era *su* pasado el que nos distanciaba, pero tenía más sentido que fuera el *mío*.

Por una vez en la vida agradecí lo ensimismada que era mi madre, lo cual le impedía ver cuán devastada me encontraba.

—Tenía derecho a saberlo —logré decir con una voz tan cruda que me costó reconocerla—. Y tiene derecho a protegerse de cualquier posible ataque.

—Nunca le habías contado a tus novios.

—Nunca había salido con alguien que aparece en los titulares de todo el país cada vez que estornuda —observé por la ventana el tráfico que nos rodeaba—. Gideon Cross y las Industrias Cross son noticia en el mundo, mamá. Él está a años luz de los tipos con los que yo salía cuando estaba en la universidad.

Ella continuó hablando pero yo no la escuchaba. Me encerré en mí misma para protegerme, para aislarme de una realidad que repentinamente era demasiado dolorosa para soportarla.

La oficina del doctor Petersen era tal como yo la recordaba. Decorada en tranquilizadores tonos neutros, era profesional y cómoda. El doctor Petersen era el mismo: un hombre guapo de cabellos canosos y amables e inteligentes ojos azules.

Nos recibió con una amplia sonrisa y alabó la belleza de mi madre y mi gran parecido con ella. Aseguró que se alegraba de verme nuevamente y que lucía bien, pero fue obvio que lo hizo para dar gusto a mi madre. Él era un observador muy bien entrenado para no notar las fieras emociones que yo intentaba disimular.

—Entonces —comenzó, acomodándose en su silla enfrente del sofá ocupado por mi madre y yo—. ¿Qué las trae por aquí?

Le informé sobre la forma en que mi madre había estado rastreando mis movimientos por medio de mi celular y cómo me sentía invadida. Mi madre le informó de mi interés en el krav magá y cómo lo había tomado como una señal de que yo no me sentía segura. Le conté que habían invadido también el estudio de Parker, cosa que me hacía sentir sofocada y claustrofóbica. Ella le dijo que yo había traicionado su confianza al divulgar asuntos muy personales, cosa que la hacía sentir desnuda y dolorosamente expuesta.

Durante todo ese tiempo, el doctor Petersen nos escuchó activamente, tomó notas y habló poco.

Cuando terminamos de desahogarnos, preguntó:

—Mónica ¿por qué no me contaste que rastreabas el teléfono de Eva?

El ángulo de su barbilla se alteró, en un gesto defensivo que bien conocíamos.

—No veo nada de malo en ello. Muchos padres siguen la pista a sus hijos a través de los celulares.

—Hijos menores de edad —respondí—. Yo soy una adulta. Mi tiempo es eso exactamente: mío.

—Si tú estuvieras en su lugar, Mónica —interrumpió el doctor Petersen—, ¿crees que te sentirías como ella? ¿Qué pasaría si descubrieras que alguien espía tus movimientos sin que lo sepas y sin tu autorización?

—No me importaría si esa persona fuese mi madre y yo supiera que eso le permite vivir en paz.

—¿Y has pensado en cómo tus acciones pueden afectar la tranquilidad de Eva? —le preguntó amablemente—. Tu necesidad de protegerla es entendible, pero debes discutir con ella la forma en que lo haces. Es importante que cuentes con ella y solamente esperes su cooperación cuando ella así lo decida. Tienes que respetar su prerrogativa para fijar límites que tal vez no sean tan amplios como tú quisieras.

Mi madre lanzó un gruñido de indignación.

—Mónica, Eva necesita fijar sus límites y sentir que controla su vida. Son cosas que no tuvo por mucho tiempo y tenemos que respetar su derecho a establecerlos ahora en la forma en que más le convenga.

—Oh —mi madre enrollaba el pañuelo en sus dedos—. No lo había pensado de esa manera.

Tomé la mano de mi madre cuando su labio inferior comenzó a temblar violentamente.

—Nada podría haber impedido que le hablara a Gideon sobre mi pasado. Pero podría haberte avisado que lo iba a hacer. Siento no haberlo pensado.

—Siempre has sido más fuerte que yo —aseguró mi madre—, pero no puedo evitar preocuparme.

—Mi sugerencia —intervino el doctor Petersen—, sería que te tomes un tiempo para pensar cuidadosamente en qué tipo de eventos y situaciones te causan ansiedad. Luego escríbelos.

Mi madre asintió.

—Cuando tengas lo que será, no una lista exhaustiva, pero sí un buen comienzo —continuó—, te puedes sentar con Eva y discutir las estrategias para manejar esas preocupaciones. Estrategias con las que ambas puedan vivir tranquilas. Por ejemplo, si te angustia no recibir noticias de Eva en varios días, tal vez un mensaje de texto o un correo electrónico sea la solución.

—Está bien.

—Si quieres, podemos revisar la lista juntos.

El intercambio entre ellos me producía ganas de gritar. Eso ya era demasiado. No había esperado que el doctor Petersen lograra hacer entrar en razón a mi madre, pero sí que al menos fuera más duro con ella... Alguien tenía que hacerlo, alguien a quien ella respetara.

Cuando pasó la hora y salíamos, le pedí a mamá que me esperara un momento mientras le hacía una última pregunta, personal y privada, al doctor Petersen.

—Dime Eva —estaba de pie frente a mí, paciente y sabio.

—Me preguntaba... —hice una pausa para tragar con dificultad— ¿Es posible que dos sobrevivientes del abuso sexual tengan una relación romántica que funcione?

—Definitivamente —su inmediata y rotunda respuesta me permitió respirar nuevamente.

Le di un apretón de mano. —Gracias.

Cuando llegué a casa, abrí la puerta con las llaves que Gideon me había devuelto y, tras saludar a Cary que hacía yoga en la sala ante una película, fui directamente a mi habitación.

Me desvestí mientras recorría la distancia entre la puerta y mi cama. Finalmente, en ropa interior, me metí entre las frías sábanas. Abracé una almohada y cerré los ojos, totalmente cansada y exhausta.

A mis espaldas, la puerta se abrió y, un segundo después, Cary estaba sentado a mi lado.

Retiró los mechones de mi rostro bañado en lágrimas.

—¿Qué pasa pequeña?

—Me botó. Con una maldita nota.

Cary suspiró.

—Eva, ya conoces la rutina. Él se dedicará a alejarte, porque espera que falles como todos los demás.

—Y yo sigo dándole la razón —me reconocía a mí misma en la descripción que Cary acababa de hacer. Yo huía cuando las cosas se complicaban porque estaba convencida de que todo terminaría mal. Ser quien se iba era la única forma de control que tenía... en lugar de ser la abandonada.

—Eso es porque sigues luchando por tu propia recuperación —se recostó a mi espalda y me abrazó fuertemente con un musculoso brazo.

Me acurruqué contra él, agradecida por ese contacto físico que, aunque no lo sabía, estaba necesitando.

—Tal vez me haya abandonado por *mi* pasado, no por el suyo.

—Si es así, mejor que haya terminado. Pero creo que se reencontrarán un día. Al menos eso espero —suspiró suavemente en mi cuello—. Quiero que haya finales felices para tantos que viven jodidos. Eva, muéstrame el camino. Hazme creer.

15

El viernes amaneció con Trey compartiendo el desayuno con nosotros. Mientras tomaba la primera taza de café del día, lo observé interactuar con Cary y quedé realmente contenta al ver las sonrisas íntimas y las disimuladas caricias que se hacían.

Yo había tenido relaciones fáciles como esa y no las había apreciado suficientemente. Habían sido relaciones cómodas y descomplicadas pero, también, superficiales en lo fundamental.

¿Qué tan profunda podía ser una relación amorosa si no se conocía lo más recóndito del alma del otro? Ese era el dilema que yo enfrentaba con Gideon.

Comenzaba el Día Dos Después de Gideon. Quería verlo y pedirle excusas por haberlo abandonado aquella noche. Quería decirle que estaba allí para él, lista para escucharlo o, simplemente, darle mi apoyo silencioso. Pero... estaba demasiado involucrada emocionalmente. Salir herida era demasiado fácil. Temía demasiado que me rechazara y saber que no me dejaría acercarme demasiado, tan solo intensificaba ese temor. Incluso si lográbamos resolver las cosas, tan solo me desgarraría intentando vivir con los mendrugos que él decidiera compartir conmigo.

Por fortuna mi trabajo iba muy bien. El almuerzo de celebración dado por los ejecutivos en honor a la agencia por haber logrado la cuenta de Kingsman me alegró muchísimo. Me sentía muy afortunada de trabajar en un ambiente tan positivo. Pero escuché que Gideon estaba invitado y, aunque nadie esperaba que asistiera, regresé discretamente a mi escritorio y me dediqué a trabajar el resto de la tarde.

De regreso a casa, pasé por el gimnasio y luego me detuve a comprar los ingredientes para preparar *fettuccini* alfredo y *crème brûlée* para la cena: comida casera que sin duda me dejaría en coma por carbohidratos. Esperaba que el sueño me diese un respiro de los infinitos "y si..." que rondaban mi cerebro; con suerte dormiría hasta tarde el sábado.

Cary y yo cenamos en la sala con palillos, cosa que él pensó me divertiría. Aseguró que la cena estaba maravillosa pero no estoy segura de ello. Finalmente me sacudí cuando él permaneció en silencio y comprendí que no estaba resultando muy buena compañía.

—¿Cuándo saldrán las propagandas de la campaña de los Grey Isles? —pregunté.

—No estoy seguro pero... —sonrió—. Tú sabes cómo es la cosa con los modelos masculinos: nos pasean de un lado a otro como condones en una orgía. Es difícil sobresalir a menos de que estés saliendo con alguien famoso. Y resulta que repentinamente ese es mi caso, gracias a esas fotografías de nosotros dos que ahora están en todas partes. Soy la tercera ficha en tu relación con Gideon Cross. Has hecho maravillas para convertirme en la mercancía de moda.

Reí.

—No necesitabas mi ayuda para eso.

—Pues, no me hizo daño. Igual, me llamaron para unas cuantas tomas extra. Es posible que me usen durante más de cinco minutos.

—Tendremos que celebrarlo —bromeé.

—Definitivamente. Cuando quieras...

Pasamos el día pereceando y nos sentamos a ver *Tron*. El teléfono de Cary timbró a los veinte minutos de comenzar la película y escuché que hablaba con la agencia.

—Seguro. Estaré allí en quince minutos. Te llamaré cuando llegue.

—¿Un trabajo? —pregunté cuando colgó.

—Sí. Un modelo se apareció en tan mal estado que no les sirve —me estudió—. ¿Quieres venir conmigo?

Estiré las piernas en el sofá.

—No. Aquí estoy bien.

—¿Segura que estarás bien?

—Lo único que necesito es una entretención. La sola idea de vestirme otra vez me deja exhausta —estaría feliz de pasar todo el fin de semana en pijama. Con el dolor que sentía, la comodidad exterior parecía ser una necesidad—. No te preocupes por mí. Sé que últimamente soy un desastre, pero me recuperaré. Ve y disfrútalo.

Cuando Cary se fue, pausé la película y fui a la cocina a buscar una copa de vino. Me detuve al lado de la barra y mis dedos acariciaron las rosas que Gideon me había enviado el fin de semana anterior. Los pétalos caían como lágrimas. Pensé en cortar los palos y agregarles el alimento que venía con el arreglo, pero no tenía sentido apegarme a ellas. Mañana las tiraría a la basura... el último recuerdo de mi también condenada relación.

Con Gideon la relación había progresado más en una semana que cualquiera de mis otras relaciones en dos años. Siempre lo querría por eso. Tal vez siempre lo querría. Punto.

Y, tal vez, algún día no dolería tanto.

—A bañarse y decorarse, dormilona —canturreó Cary mientras me quitaba la manta de encima.

—Uff. Vete.

—Tienes cinco minutos para levantarte y meterte a la ducha, o la ducha vendrá a ti.

Abriendo un ojo, lo miré. Estaba sin camisa y llevaba unos pantalones anchos que a duras penas se sostenían en sus caderas. Como despertador era excelente.

—¿Por qué tengo que levantarme?

—Porque cuando estás sobre tu espalda no estás de pie.

—Guau. Eso fue profundo, Cary Taylor.

Se cruzó de brazos y me lanzó una mirada maliciosa.

—Tenemos que ir de compras.

Enterré la cara en la almohada.

—No.

—Sí. Me parece recordar que dijiste que esto sería una "fiesta dominical al aire libre" y una "reunión de estrellas del rock", todo en una frase. ¿Qué diablos me voy a poner para ir a eso?

—Ahh. Tienes razón.

—¿Qué te vas a poner tú?

—Yo... no sé. Había pensado en la pinta de "té inglés con sombrero" pero no estoy muy convencida.

Asintió brevemente.

—Bueno. Entonces vamos a buscar algo sexy, elegante y bonito.

Lanzando un último gruñido de protesta, me levanté y me dirigí al baño. No podía ducharme sin pensar en Gideon, sin imaginar su cuerpo perfecto y recordar los sonidos desesperados que había emitido al alcanzar el orgasmo en mi boca. Dondequiera que mirara, encontraba a Gideon. Incluso había comenzado a ver Bentleys negros en todas partes... siempre había uno cerca a donde yo iba.

Cary y yo almorzamos y luego recorrimos la ciudad visitando todas las tiendas económicas del Upper East Side y las boutiques de Madison Avenue, antes de tomar un taxi para ir a SoHo. En el camino, dos adolescentes se acercaron a pedirle un autógrafo a Cary y creo que me emocioné más que el.

—Te lo dije —cacareó.

—Me dijiste ¿qué?

—Me reconocen por el blog de chismes. Por una de las publicaciones sobre Cross y tú.

Resoplé.

—Me alegra que mi vida romántica le funcione a alguien.

Cary tenía que ir a trabajar a las tres así que lo acompañé. Pasamos algunas horas en el estudio de un ruidoso y desenvuelto fotógrafo. Recordé que era sábado, día de la llamada semanal a mi padre.

—¿Sigues contenta en Nueva York? —me preguntó, gritando sobre el ruido de un parte transmitido por radio desde su lancha.

—Hasta el momento, sí señor —le mentí porque decirle la verdad no serviría de nada.

Su compañero dijo algo que no alcancé a escuchar. Mi padre resopló y me dijo:

—Oye, Chris insiste en que te vio en televisión el otro día. En un canal por cable de chismes. Los muchachos me tienen loco con el cuento.

Suspiré.

—Diles que ver esos programas es malo para sus neuronas.

—Entonces, ¿no estás saliendo con uno de los hombres más ricos del país?

—No. ¿Cómo va tu vida amorosa? —pregunté para desviar la conversación—. ¿Estás saliendo con alguien?

—Nada serio. Espera —respondió una llamada en el radio y continuó—: Lo siento, mi amor. Tengo que irme. Te amo y me haces mucha falta.

—Y tú a mí, papá. Cuídate.

—Siempre. Adiós.

Colgué y regresé al lugar donde había estado esperando a que Cary terminara. Mientras esperaba, mi mente comenzó a atormentarme. ¿Dónde estaría Gideon? ¿Qué estaría haciendo?

El lunes... ¿me encontraría con un buzón lleno de fotografías de él con otra mujer?

El domingo en la tarde pedí prestado a Clancy y una limosina para ir hasta la propiedad de los Vidal en Dutchess County. Recostada en el asiento miraba por la ventana, admirando distraídamente el tranquilo paisaje de onduladas praderas y verdes bosques que cubría el horizonte. Caí en cuenta de que estaba viviendo el Día Cuatro Después de Gideon. El dolor que había sentido los primeros días se había convertido en una palpitación sorda que me hacía sentir como si tuviese gripe. Todo mi cuerpo dolía y la garganta me ardía a causa de las lágrimas contenidas.

—¿Estás nerviosa? —me preguntó Cary.

Lo miré.

—No realmente. Gideon no asistirá.

—¿Estás segura?

—No habría venido si no fuera así. Aún me queda algo de orgullo —lo observé tamborilear con los dedos en el brazo entre las dos sillas. El día anterior él había hecho solamente una compra: una corbata negra de cuero. Yo le había tomado del pelo sin descanso por eso; él, el experto en moda, luciendo eso.

Cary vio que miraba su corbata.

—¿Qué? ¿Sigue sin gustarte mi corbata? Creo que va bien con mis jeans Emo y mi chaqueta de bohemio.

—Cary, tú puedes ponerte cualquier cosa.

Era verdad. Cary lucía bien con cualquier cosa debido a su escultural cuerpo y una cara que podía hacer llorar a los ángeles.

Coloqué mi mano sobre sus inquietos dedos.

—Y *tú*, ¿estás nervioso?

—Trey no llamó anoche —murmuró—. Había dicho que llamaría.

Le di un apretón en la mano para tranquilizarlo.

—Es tan solo un olvido Cary, estoy segura de que no significa nada.

—Podría haber llamado esta mañana —argumentó—. Trey no es extraño como los otros tipos con los que he salido. Él no olvidaría llamar, lo cual quiere decir que no llamó porque no quiso.

—El cabrón. Para atormentarlo el lunes, me aseguraré de tomar muchas fotografías de ti pasando muy bien y luciendo sexy y elegante.

Su boca hizo un gesto.

—Ahh, la astucia de la mente femenina. Es una pena que Cross no te vea hoy. Creo que casi sufro una erección cuando saliste de tu cuarto con ese vestido.

—¡Ewww! —lo golpeé en el hombro y le lancé una mirada supuestamente furibunda cuando soltó la carcajada.

El vestido nos había parecido perfecto cuando lo vimos. El corte era el clásico para las fiestas al aire libre: corpiño ajustado y falda hasta la rodilla. Incluso era blanco con flores. Pero hasta ahí llegaba la inocente elegancia.

La gracia estaba en su diseño escotado, las enaguas de alternadas capas de satín negro y colorado que le daban volumen, y las flores de cuero negro que parecían traviesos molinetes. Cary había escogido las sandalias Jimmy Choo rojas y los aretes de rubí para dar el toque final. Habíamos decidido que llevaría el pelo suelto sobre los hombros, por si llegábamos y descubríamos que era necesario lucir un sombrero. En general, me sentía bonita y confiada.

Siguiendo las instrucciones de un mozo, Clancy nos condujo a través de un imponente portalón con monogramas y en dirección a un camino de entrada circular. En la entrada, Cary y yo descendimos del auto y él tomó mi brazo cuando mis tacones se enterraron en la gravilla del camino.

Al ingresar a la gigantesca mansión estilo Tudor de los Vidal, fuimos amablemente recibidos por la familia de Gideon: su madre, su padrastro, Christopher y su hermana.

Los observé pensando que tan solo podrían lucir más perfectos si

Gideon estuviese con ellos. Su madre y hermana tenían el mismo color de piel, lucían el mismo pelo de brillante obsidiana y tupidas pestañas sobre sus ojos azules. Ambas eran bellas.

—¡Eva! —la madre de Gideon tiró de mí y me plantó un beso en cada mejilla—. Me alegra tanto conocerte. ¡Eres una belleza! Y tu vestido... ¡me encanta!

—Muchas gracias.

Sus manos acariciaron mi pelo, tomaron mi cara y descendieron por mis brazos. No fue fácil para mí soportarlo, porque las caricias de los desconocidos solían disparar mi ansiedad.

—Tu cabello, ¿es rubio natural?

—Sí —respondí, sorprendida y confundida por la pregunta. ¿A quién se le ocurría preguntarle eso a una desconocida?

—Fascinante. Bueno, bienvenida. Espero que disfrutes de la fiesta. Estamos felices de que hayas podido venir.

Sintiéndome extrañamente agitada, sentí un gran alivio cuando desvió su atención hacia Cary.

—Y tú debes ser Cary —canturreó—. Y yo que estaba convencida de que mis hijos eran los más atractivos del universo. Ahora comprendo que estaba equivocada. Eres sencillamente divino, jovencito.

Cary respondió con su sonrisa más atractiva.

—Ahh, creo que estoy enamorado, señora Vidal.

Ella soltó una carcajada ronca.

—Por favor, llámame Elizabeth. O Lizzie, si eres lo suficientemente valiente.

Desviando la mirada, vi a Christopher Vidal padre que, en ese momento, tomaba mi mano. De alguna forma me recordaba a su hijo, con sus ojos verde pizarra y sonrisa infantil. De otras, fue una agradable sorpresa. Vestido con pantalones caqui, mocasines y un suéter de cachemira, parecía más un profesor universitario que un ejecutivo de una empresa musical.

—Eva. ¿La puedo llamar Eva?

—Por favor.

—Llámame Chris. Así es más fácil distinguirnos a Christopher y a mí —su cabeza se inclinó a un lado mientras me observaba a través de unas extravagantes gafas doradas—. Puedo entender por qué Gideon está tan fascinando contigo. Tus ojos son de un gris tormenta y, a pesar de ello, son claros y directos. Los ojos más bonitos que he visto en la vida, aparte de los de mi esposa.

Me sonrojé.

—Gracias.

—¿Gideon viene?

—No que yo sepa —¿por qué me harían sus padres esa pregunta? ¿Acaso no conocían la respuesta?

—Siempre nos queda la esperanza de que venga —continuó haciendo un gesto a un sirviente—. Por favor, sigue al jardín y siéntete como en casa.

Christopher me recibió con un abrazo y un beso en la mejilla, mientras la hermana de Gideon —Ireland— me examinó con una mueca típica de adolescente.

—Eres rubia —afirmó.

Síií. La preferencia de Gideon por las morenas, ¿era una maldita ley o qué?

—Y tú eres una morena muy guapa.

Cary me dio el brazo y nos alejamos agradecidos. De camino al jardín, me preguntó en voz baja:

—¿Son lo que esperabas?

—Su madre, tal vez. Su padrastro, no —miré atrás sobre el hombro y observé el elegante vestido largo color crema que colgaba de la esbelta silueta de Elizabeth Vidal. Pensé en lo poco que sabía sobre la familia de Gideon—. ¿Cómo sucede que un niño crezca y se convierta en un ejecutivo que asume el control de la empresa familiar de su padrastro?

—¿Cross tiene acciones en Vidal Records?

—Tiene la participación mayoritaria.

—Mmm. Tal vez los rescató —sugirió—. Una mano amiga en tiempos difíciles para la industria musical...

—Entonces, ¿por qué no simplemente darle el dinero?

—Porque es un astuto hombre de negocios.

Con una exhalación, descarté la pregunta y despejé mi mente. Estaba en esa fiesta por Cary, no por Gideon, y no permitiría que se me olvidara.

Cuando salimos al jardín, encontramos una grande y muy decorada carpa. Aunque hacía sol, escogí una silla en una mesa redonda cubierta con un damasco blanco.

—Tú relájate. Yo me encargaré de las relaciones públicas —dijo Cary, dándome unos golpecitos en el hombro.

—Ve por ellos.

Se alejó, decidido a aprovechar la oportunidad.

Tomé champaña y conversé con todos los que se acercaron. En la fiesta había muchos músicos cuyo trabajo me gustaba y los observé discretamente, un poco encandilada por su fama.

A pesar de tanta elegancia y el gran número de sirvientes, el ambiente era relajado e informal.

Comenzaba a divertirme cuando alguien a quien esperaba no volver a ver jamás apareció en la terraza: Magdalene Pérez. Lucía fenomenal con un traje color rosa que flotaba alrededor de sus rodillas.

Una mano se posó en mi hombro y lo apretó, haciendo brincar mi corazón porque me recordó la noche en que Cary y yo habíamos estado en el club de Gideon. Pero, esta vez, era Christopher.

—Hola Eva —tomó la silla a mi lado y se sentó apoyando los codos en sus rodillas—. ¿Te estás divirtiendo? No has socializado mucho...

—Estoy muy contenta —o, al menos, así había sido hasta hace un momento—. Gracias por invitarme.

—Gracias por venir. Mis padres están muy contentos de que hayas venido y yo también, claro —su sonrisa me hizo reír y su corbata también pues estaba decorada con discos de cartón por todas partes—. ¿Tienes hambre? Los pasteles de cangrejo están deliciosos. No los dejes pasar cuando los veas.

—Lo recordaré.

—Avísame si necesitas algo y reserva un baile para mí —me guiñó un ojo y se alejó.

Ireland lo reemplazó en la silla, acicalándose con la práctica de una estudiante de secundaria. Su cabello caía en masa hasta la cintura y sus ojos eran muy directos. Parecía mayor de los diecisiete años que yo le calculaba guiándome por los recortes de periódico que Cary había recolectado.

—Hola.

—Hola.

—¿Dónde está Gideon?

Me encogí de hombros ante la pregunta.

—No lo sé.

Asintió con sabiduría.

—Le gusta estar solo.

—¿Siempre ha sido así?

—Supongo. Se mudó cuando yo era pequeña. ¿Lo amas?

Quedé sin respiración por un segundo.

—Sí.

—Eso pensé cuando vi el video de ustedes en Bryant Park —afirmó mordiéndose el labio inferior— ¿Es divertido? Me refiero a pasar el tiempo con él.

—Oh. Bueno... —Dios. ¿*Alguien* en el mundo conocía a Gideon?—. No diría que es divertido, pero nunca es aburrido.

La música en vivo comenzó al son de "Come Fly with Me" y Cary apareció a mi lado como por encanto.

—Es hora de que me hagas lucir, Ginger.

—Haré lo que pueda, Fred —le sonreí a Ireland—. Excúsame un minuto.

—Tres minutos y diecinueve segundos —me corrigió, alardeando de los conocimientos de la familia sobre música.

Cary me condujo a la desierta pista de baile y comenzó a liderar un rápido foxtrot. Me tomó un minuto coger el ritmo pues llevaba días tensionada y adolorida. Luego, la sinergia de antigua pareja nos cobijó y nos deslizamos por la pista con pasos ágiles.

Cuando la voz del cantante y la música descendieron, nos detuvimos sin aliento. Quedamos gratamente sorprendidos por los aplausos. Cary hizo una elegante reverencia y yo una venia, sin soltar su mano para no perder el equilibrio.

Cuando levanté la cabeza y me enderecé, me encontré con Gideon de pie frente a mí. Sorprendida, di un paso atrás. No iba vestido de forma apropiada, con *jeans* y una camisa blanca por fuera de los pantalones, con el cuello abierto y las mangas enrolladas, pero era tan guapo que, aún así, dejaba mal parados a los otros hombres de la fiesta.

El tremendo anhelo que sentí al verlo me abrumó. Supe que el cantante de la banda se llevaba a Cary pero no podía despegar los ojos de Gideon, cuyos azules luceros me atravesaban.

—¿Qué haces acá? —preguntó bruscamente, frunciendo el ceño.

Retrocedí ante su rudeza.

—¿Perdón?

—No deberías estar acá —me tomó por el codo y comenzó a arrastrarme hacia la casa—. No te quiero acá.

Si hubiese escupido en mi cara, no me habría sentido más herida. Solté mi brazo de un tirón y caminé rápidamente hacia la casa con la cabeza en alto, rezando para alcanzar a llegar a la privacidad de la limosina y la protección de Clancy antes de que las lágrimas comenzaran a brotar.

Detrás de mí, escuché una voz femenina que llamaba a Gideon y recé para que la mujer lo detuviera el tiempo suficiente para escaparme de otra confrontación.

Alcancé a pensar que lo lograría cuando llegué al fresco interior de la casa.

—Eva, espera.

Mis hombros se encorvaron al escuchar la voz de Gideon pero me rehusé a mirarlo.

—Piérdete. Conozco el camino de salida.

—No he terminado...

—¡Yo sí! —grité girando para enfrentarlo—. A mí no me hablas de esa manera. ¿Quién te crees que eres? ¿Crees que vine acá por ti? ¿Que esperaba verte y que me dieras alguna migaja... algún patético reconocimiento de mi existencia? ¿Que tal vez podría arrinconarte y hacerte el amor en una esquina con la esperanza de recuperarte?

—Cállate Eva —su mirada me taladraba, su rostro estaba tenso y endurecido—. Escúchame...

—Vine únicamente porque me dijeron que tú no vendrías. Estoy acá por Cary y su carrera profesional. Así que puedes regresar a la fiesta y volver a olvidarte de mí. Te aseguro que, cuando atraviese la puerta, eso es lo que haré contigo.

—Cállate la maldita boca —me tomó por los codos y me sacudió con tanta fuerza que mis dientes se golpearon entre sí—. Ya cállate y déjame hablar.

Le di una bofetada lo suficientemente fuerte para hacerle voltear la cabeza.

—¡No me toques!

Con un rugido me atrapó y me apretó entre sus brazos, besándome con violencia. Tenía una mano en mi pelo, agarrándome con fuerza para que no pudiera voltearme. Mordí su lengua cuando penetró mi boca con ella, mordí sus labios, sentí el sabor a sangre, pero él no se detuvo. Empujé sus hombros con todas mis fuerzas, pero no logré apartarlo de mí.

¡*Maldito sea Stanton*! Si no fuera por él y mi chiflada madre, ya habría tomado varias clases de krav magá...

Gideon me besó como si la necesidad de sentirme lo estuviera matando y mi resistencia comenzó a perder fuerza. Olía tan bien... Su cuerpo se sentía tan perfecto contra el mío. Mis pezones me traicionaron, endureciéndose, y una lenta pero intensa oleada de excitación comenzó a invadirme. Mi corazón galopaba en mi pecho.

Dios, lo deseaba. El deseo no me había abandonado ni por un segundo.

Me alzó y, aprisionada entre sus brazos, no podía respirar. Mi cabeza comenzó a girar. Cuando me llevó al otro lado de una puerta y la cerró tras él de una patada, no pude hacer más que gemir débilmente en señal de protesta.

Me encontré a mí misma apretujada contra una pesada puerta de vidrio al otro lado de la biblioteca, totalmente dominada por el poderoso cuerpo de Gideon. El brazo que tenía en mi cintura se deslizó hacia abajo y su mano comenzó a escarbar bajo mi falda encontrando la curva de mis nalgas, expuestas por mi ropa interior de niño. Atrajo con fuerza mis caderas hacia él, dejándome sentir su tremenda erección. Mi sexo se removió de deseo, dolorosamente vacío.

Toda la fuerza me abandonó. Dejé caer los brazos a los lados y apoyé las palmas de las manos contra el vidrio. Sentí que la frágil tensión de su cuerpo desaparecía al yo darme por vencida... la presión de su boca se suavizó y el beso se convirtió en apasionada persuasión.

—Eva —dijo entre jadeos—. No luches conmigo. No lo soporto.

Cerré los ojos.

—Déjame ir, Gideon.

Acarició mi mejilla con la suya, y su aliento cosquilleó en mi oreja.

—No puedo. Sé que estás molesta por lo que presenciaste la otra noche... lo que me estaba haciendo...

—Gideon, ¡no! —¡Dios mío, él creía que había huido por eso!—. No me fui por eso...

—Me estoy volviendo loco sin ti —sus labios se deslizaban por mi cuello, su lengua me acariciaba. Chupó mi piel y la sensación de placer me invadió—. No puedo pensar. No puedo trabajar ni dormir. Mi cuerpo te llama a gritos. Puedo hacer que me desees otra vez. Déjame intentarlo.

Las lágrimas, al fin libres, rodaron por mi rostro. Cayeron sobre mi pecho y él las lamió.

¿Cómo podría recuperarme si él volvía a hacerme el amor? ¿Cómo sobreviviría si no?

—Nunca he dejado de desearte —susurré—. No puedo hacerlo. Pero me hieres Gideon. Tienes el poder de herirme como nadie más.

Su mirada era escueta y confundida.

—¿Te hiero? ¿Cómo?

—Me mentiste. Te cerraste a mí —tomé su cara en mis manos, decidida a que él entendiera de una vez eso—. Tu pasado no me espanta. Solo tú puedes hacer eso y lo hiciste.

—No sabía qué hacer —respondió con voz áspera—. Nunca quise que me vieras así...

—Gideon, ese es el problema. Quiero saber quién eres, lo bueno y lo malo, y tú quieres esconder cosas de mí. Si no te abres, nos perderemos y no lo soportaré. A duras penas he sobrevivido estos días. Me he arrastrado los últimos días de mi vida. Otra semana, un mes... perderte me mataría.

—Te dejaré conocerme. Estoy intentándolo. Pero tu respuesta cuando fallo es huir. Siempre lo haces y no resisto pensar que en cualquier momento me equivocaré y tú desaparecerás.

Ahora su boca acariciaba tiernamente mis labios. No discutí con él. ¿Cómo podría, si lo que decía era cierto?

—Esperaba que regresaras por ti misma —murmuró—, pero no puedo seguir alejado de ti. Te sacaré alzada de acá si tengo que hacerlo. Haré lo que sea necesario para estar contigo en una misma habitación y discutir esto.

Mi corazón palpitaba de manera irregular.

—¿Esperabas que regresara? Pensé... Me enviaste las llaves. Pensé que era el final.

Se enderezó, su rostro marcado por furiosas líneas.

—Nosotros *nunca* terminaremos, Eva.

Lo miré con el corazón ardiendo como una herida abierta al ver su gran belleza, lo herido y adolorido que estaba. Dolor que, hasta cierto punto, era causado por mí.

Me puse de puntillas y besé la marca roja que había dejado en su mejilla.

Gideon dobló las rodillas para alinear nuestros cuerpos; su respiración era áspera y errática.

—Haré lo que quieras, lo que necesites. Cualquier cosa. Tan solo acéptame de regreso.

Tal vez debí asustarme por la intensidad de su necesidad, pero yo sentía la misma locura apasionada por él.

Pasando mis manos por su pecho en un intento de calmar sus temblores, le dije la cruda verdad.

—No podemos evitar hacer infeliz al otro. Yo no puedo seguir haciéndotelo a ti y no puedo continuar viviendo en esta incertidumbre. Necesitamos ayuda, Gideon. Somos verdaderamente disfuncionales.

—Estuve donde el doctor Petersen el viernes. Voy a ser su paciente y, si estás de acuerdo, nos tratará como pareja. Pensé que si tú confías en él, yo también puedo.

—¿El doctor Petersen? —recordé el sacudón que sentí al ver un Bentley negro en el momento en que nosotros nos alejábamos de la oficina del doctor. En ese momento pensé que era tan solo una ilusión, después de todo, había cantidades de limosinas negras en Nueva York—. Hiciste que me siguieran.

Su pecho se amplió en una profunda inhalación. No lo negó.

Controlé mi rabia. Tan solo podía imaginar lo terrible que era para él depender de algo —o *alguien*— que no podía controlar. Lo que importaba en ese momento era su deseo de intentarlo y el hecho de que no estaba simplemente hablando por hablar. Ya había tomado medidas.

—No será fácil, Gideon —le advertí.

—Eso no me asusta —me estaba manoseando angustiadamente; deslizaba sus manos por mis muslos y nalgas como si para él tocar mi piel desnuda fuera tan necesario como respirar—. Lo único que me asusta es perderte.

Presioné mi mejilla contra la suya. Nos completábamos mutuamente. Incluso ahora, mientras sus manos deambulaban posesivamente por mi cuerpo, sentí que mi alma se calentaba con el intenso alivio de ser abrazada, finalmente, por el hombre que entendía y satisfacía mis más profundos e íntimos deseos.

—Te necesito —su boca descendía de mi mejilla a mi garganta—. Necesito estar dentro de ti...

—*No*. Dios, no acá —pero hasta yo sentí la debilidad de mi protesta. Lo deseaba en cualquier parte, a cualquier hora, en cualquier forma...

—Tiene que ser aquí —susurró, cayendo de rodillas—. Tiene que ser ya.

Me ardió la piel cuando él rasgó mis calzones; luego me subió la falda hasta la cintura y chupó mi sexo. Su lengua se metió entre mis pliegues para llegar hasta mi palpitante clítoris.

Jadeé e intenté retroceder, pero no había a dónde ir. No con la puerta a mis espaldas y un decidido Gideon enfrente, cuya mano me mantenía inmóvil mientras la otra pasaba mi pierna izquierda sobre su hombro, abriéndome para su encendida lengua.

Mi cabeza chocó contra el vidrio; el calor se irradiaba por todo mi cuerpo desde el punto en que su lengua intentaba enloquecerme. Mis piernas se flexionaron contra su espalda, instándolo a acercarse aún más; mis manos agarraron su cabeza para mantenerla quieta mientras mis caderas se refregaban contra él. Sentir los ásperos mechones de su pelo contra el sensible interior de mis muslos era una gran provocación e intensificaba mi conciencia de todo lo que me rodeaba...

Estábamos en el hogar de los padres de Gideon, en medio de una fiesta a la que asistían docenas de famosos, y él estaba de rodillas, gruñendo de deseo mientras su lengua lamía y chupaba mi resbaloso y excitado sexo. Él sabía exactamente cómo llegar a mí, sabía lo que me gustaba y lo que necesitaba. Tenía un conocimiento de mi naturaleza que iba más allá de sus increíbles habilidades orales. La mezcla era devastadora y adictiva.

Mi cuerpo tembló, mis párpados cerrados ante el ilícito placer.

—Gideon... me haces venir tan intensamente.

Su lengua frotaba una y otra vez la entrada de mi cuerpo, tentándome, haciéndome gozar desvergonzadamente. Sus manos agarraron mi trasero desnudo, guiándome hacia su lengua cuando ésta me penetró. Había veneración en la forma en que él disfrutaba de mí, un sentido inconfundible de culto a mi cuerpo, de que darle placer y recibir placer de él era algo tan vital como la sangre que corría por sus venas.

—Sí —mascullé entre dientes al sentir la cercanía del orgasmo. Estaba aturdida por el champán, el aroma ardiente de la piel de Gideon y el de mi propia excitación. Mis senos luchaban con las restricciones que les imponía el sostén, mi cuerpo se sacudía al borde de un desesperadamente necesitado orgasmo—. Ya casi.

Percibí un movimiento en el otro extremo de la habitación y quedé helada cuando mi mirada se encontró con la de Magdalene. Se encontraba al lado de la puerta, paralizada a medio camino, observando la nuca ondulante de Gideon con ojos muy abiertos y la boca abierta.

Pero él ignoraba su existencia o la pasión hacía que no le importara. Sus labios rodeaban mi clítoris y sus mejillas se hundían en mí. Chupando rítmicamente, masajeaba ese punto hipersensible con la punta de la lengua.

Todo en mí se tensó brutalmente para luego liberarse en una furiosa oleada de placer.

El orgasmo me invadió como una ola abrasadora. Grité, meneando mis caderas en su boca, perdida en la primitiva conexión entre nosotros. Gideon me sostuvo cuando mis rodillas cedieron, lamiendo mi agitada carne hasta que el último estremecimiento me abandonó.

Cuando volví a abrir los ojos, nuestro público había desaparecido.

Levantándose aceleradamente, Gideon me alzó y llevó al sofá. Me depositó en los cojines y luego levantó mis caderas para que reposaran en el brazo del sofá. Mi columna se arqueó.

Lo observé. ¿Por qué no simplemente me doblaba en dos y me penetraba por detrás?

Él abrió con violencia su bragueta y sacó su inmenso y bello pene. No me importaba cómo me tomara, siempre y cuando lo hiciera. Gemí cuando me penetró y mi cuerpo luchó para acomodarse a la maravillosa presencia. Tirando de mis caderas para recibir sus poderosas arremetidas, Gideon atacaba mi sensible sexo con su brutalmente grueso miembro. Su mirada era oscura y posesiva, y su respiración llegaba entrecortada por gruñidos primitivos cada vez que encontraba mis límites.

Un gemido me abandonó; la fricción de sus embestidas despertaba mi insaciable necesidad de que él me poseyera hasta dejarme sin sentido. Él y solo él.

Unas cuantas embestidas más y su cabeza cayó hacia atrás mientras jadeaba mi nombre y meneaba sus caderas para enloquecerme.

—Apriétame, Eva. Aprieta mi verga.

Cuando lo hice, el sonido que emitió fue tan erótico que mi sexo le respondió agradecido.

—¡Sí ángel... así!

Me tensé a su alrededor y él maldijo. Su mirada se encontró con la mía, el increíble azul de sus ojos nublado por la euforia. Un estremecimiento convulso sacudió su poderoso cuerpo, seguido de un angustiado sonido de éxtasis. Su pene me embistió una, dos, tres veces y él llegó intensamente, derramándose en las profundidades de mi cuerpo.

Yo no alcancé a llegar al clímax otra vez, pero no importaba. Lo observé sobrecogida y triunfante... *Yo* podía hacerle eso a *él*.

Cuando él tenía un orgasmo, me pertenecía tan completamente como yo a él.

16

Gideon se acurrucó en torno a mí, su pelo haciéndome cosquillas en el pecho, sus pulmones luchando por obtener aire.

—Dios. No puedo pasar días sin esto. Incluso las horas en la oficina son demasiado largas.

Pasé mis dedos por las húmedas raíces de su pelo.

—También me hiciste falta.

Acarició mis senos.

—Cuando no estás conmigo, siento... No vuelvas a huir, Eva. No lo soporto.

Manteniendo su pene en mi interior, me levantó hasta dejarme de pie frente a él.

—Ven conmigo a casa.

—No puedo dejar a Cary.

—Entonces lo arrastraremos con nosotros. Shhh... Antes de que te quejes: lo que sea que quiere sacar de esta fiesta, yo se lo puedo dar. Estar acá no hará ninguna diferencia.

Estuvimos abrazados largo rato. Sentí que su corazón y su respiración se tranquilizaban.

Inhalé profundamente, disfrutando de la mezcla de su olor personal y el de nuestra lujuria.

Cuando la punta de su dedo anular se deslizó tenuemente sobre mi ano, me tensé y lo miré a los ojos.

—¿Gideon?

—¿Por qué yo? —me preguntó suavemente, sus bellos ojos angustiados y oscuros—. Sabes que estoy enfermo, Eva. Viste lo que... esa noche que me despertaste... Lo *viste*, maldita sea. ¿Cómo puedes confiarme tu cuerpo de esta forma?

—Confío en mi corazón y en lo que me dice. Gideon, tú puedes devolverme mi cuerpo. Creo que eres el único que puede hacerlo.

Sus ojos se cerraron y su frente llena de sudor se apoyó en la mía.

—Eva, ¿tienes una palabra de seguridad?

Sorprendida, retrocedí para estudiar su rostro. Algunos de mis compañeros de terapia hablaban de relaciones de dominación y/o sumisión. Algunos exigían tener total control para sentirse seguros durante el sexo. Otros ocupaban el otro extremo del espectro, y la esclavitud y humillación satisfacía su necesidad intrínseca de sentir dolor para experimentar placer. Para aquellos que practicaban ese estilo de vida, una palabra de seguridad era una forma clara de decir *¡Detente!* Pero no veía cómo podría afectarnos eso a Gideon y a mí.

—¿Tú tienes una?

—Yo no necesito una —entre mis piernas, las suaves caricias de su dedo se volvieron menos indecisas y él repitió la pregunta:

—¿Tienes una palabra de seguridad?

—No. Nunca he necesitado una. Mis locas habilidades en la cama no pasan del misionero, el perrito... poco más.

Mi respuesta pareció divertirlo.

—Gracias a Dios. De otra forma, no creo que sobreviva a ti.

Y su dedo seguía masajeándome, despertando un oscuro anhelo.

Gideon tenía esa capacidad: conseguía hacerme olvidar todo lo sucedido antes de él. Con él, yo no tenía disparadores sexuales negativos, ni dudas, ni miedos. Eso se lo debía a él. A cambio, yo quería darle el cuerpo que él había liberado de mi pasado.

El gran reloj al lado de la puerta comenzó a dar la hora.

—Gideon, llevamos rato perdidos de la fiesta. Comenzarán a buscarnos.

Presionó tenuemente mi ano.

—¿Realmente te importa si nos buscan?

Mis caderas se arquearon al sentir su dedo. La expectativa me estaba excitando nuevamente.

—Cuando me tocas, lo único que me importa eres tú.

Su mano libre ascendió hasta mi pelo y se enredó en las raíces inmovilizando mi cabeza.

—¿Alguna vez disfrutaste de los juegos anales? ¿Accidentalmente o a propósito?

—No.

—Y, a pesar de ello, ¿confías en mi lo suficiente para pedírmelo? —besó mi frente mientras suavizaba con su semen mi agujero.

Así la pretina de sus pantalones.

—No tienes que...

—Sí, tengo que hacerlo —su voz tenía un tono pícaramente afirmativo—. Si deseas algo, seré yo quien te lo dé. Todas tus necesidades, Eva, las satisfaré yo. Sin importar cuánto cueste.

—Gracias Gideon —mis caderas se movían inquietas mientras él continuaba lubricándome—. Yo quiero ser lo que tú necesitas.

—Eva, te he dicho lo que necesito... control —acarició mis labios con los suyos—. Me estás pidiendo que te lleve de regreso a situaciones dolorosas y lo haré, si es lo que necesitas. Pero tenemos que ser muy cuidadosos.

—Lo sé.

—La confianza es algo que nos cuesta trabajo a ambos. Si la estropeamos, podríamos perder todo. Piensa en una palabra que tú asocies con el poder. *Tu* palabra de seguridad, amor. Escógela.

La presión de ese único dedo se hizo más insistente.

—Crossfire —gemí.

—Mmmm... me gusta. Muy apropiada —su lengua penetró mi boca y volvió a retirarse. Su dedo rodeaba mi ano una y otra vez, introduciendo semen en mi agujero. Un suave gruñido escapó de Gideon cuando me flexioné en un silencioso ruego.

La siguiente vez que ejerció presión allí, yo empujé hacia él y obligué a su dedo a penetrarme. La sensación de penetración fue terriblemente intensa.

Como antes, me entregué.

—¿Estás bien? —preguntó Gideon angustiado mientras yo me apoyaba en él—. ¿Me detengo?

—No... no pares.

Penetró milímetros más y yo lo rodeé, una reacción automática ante la sensación de algo navegando por mis sensibles tejidos.

—Eres estrecha y muy ardiente —murmuró—. Y suave. ¿Te duele?

—No. Sigue, por favor.

Gideon retiró casi totalmente el dedo y luego volvió a penetrarme hasta el nudillo, lenta y fácilmente. Me estremecí de placer, sorprendida por la deliciosa sensación de tener esa pequeña erección penetrando mi trasero.

—¿Qué tal eso? —preguntó roncamente.

—Bien. Todo lo que me haces se siente bien.

Volvió a retirarse y entrar más profundamente. Inclinándome hacia adelante, desplacé las caderas hacia atrás para facilitarle el acceso y presioné mis senos contra su pecho. El puño que inmovilizaba mi cabeza se tensó, halando mi cabeza hacia atrás para poder besarme apasionadamente. Nuestras resbalosas bocas se acariciaron cada vez más frenéticamente a medida que mi excitación crecía. Sentir el dedo de Gideon en ese oscuro lugar, penetrándome con ese dulce ritmo, me llevó a mover las caderas para recibir sus arremetidas.

—Eres tan bella —murmuró con voz infinitamente cariñosa—. Me encanta hacerte sentir bien. Me encanta ver el orgasmo tomar tu cuerpo.

—Gideon —estaba perdida, ahogándome en la infinita alegría de ser abrazada por él, amada por él. Los cuatro días sola me habían demostrado lo infeliz que sería si no lográbamos solucionar las cosas, lo aburrido y descolorido que sería mi mundo sin él—. Te necesito.

—Lo sé —me lamió los labios, haciendo que mi cabeza girara—. Aquí estoy. Tu sexo tiembla y se tensa. Vas a volver a venirte por mí.

Con manos temblorosas busqué su miembro y lo encontré erecto. Levanté las capas de mi combinación para poder insertarlo en mi inundado sexo. Me penetró unos pocos centímetros pues nuestra posición, de pie, no permitía más, pero la conexión fue suficiente. Pasé mis brazos por encima de sus hombros y sepulté mi cara en su cuello al sentir que mis piernas cedían. Su mano abandonó mi cabeza y su brazo me sostuvo muy apretada contra su pecho.

—Eva —el ritmo de las arremetidas de su dedo se aceleró—. ¿Sabes lo que me produces?

Sus caderas se restregaban contra las mías y la cabeza de su pene me masajeaba un punto muy sensible.

—Estás ordeñándome con esos pequeños apretones que me das. Me vas a hacer venir. Alcanzaremos el clímax juntos.

Era levemente consciente de los impotentes ruidos que producía en mi garganta. Mis sentidos estaban sobrecargados por el aroma de Gideon y el calor de su cuerpo, la sensación de su pene en mi interior y su dedo penetrando mi trasero. Estaba rodeada por él, llena de él, dichosa y totalmente poseída. El clímax se acercaba con fuerza, palpitando por mi cuerpo, concentrándose en mis entrañas. Y no se debía solamente al placer físico sino también al hecho de que él hubiera aceptado correr el riesgo. Otra vez. Por mí.

Su dedo se detuvo y yo protesté.

—Shh —me susurró— Alguien viene.

—¡Oh Dios! Magdalene vino hace un rato y nos vio. ¿Qué tal que le haya contado...?

—No te muevas —Gideon no me soltaba. Siguió de pie en la misma posición, llenándome por delante y por detrás, su mano acariciando mi columna vertebral y alisando mi vestido—. Tu falda esconde todo.

De espaldas a la puerta de la habitación, apoye mi sonrojada cara contra su camisa.

La puerta se abrió. Hubo una pausa, luego:

—¿Todo bien?

Christopher. Me sentí incomoda por no poder girarme.

—Desde luego —respondió Gideon tranquilo y controlado—. ¿Qué quieres?

Para mi horror, su dedo retomó su ritmo, no con las profundas arremetidas de antes sino con medidos y superficiales movimientos que mi falda no permitía ver. Ya excitada hasta extremos insoportables y al borde del orgasmo, clavé mis uñas en el cuello de Gideon. La tensión que me causaba tener a Christopher en la habitación, tan solo redobló las sensaciones eróticas.

—¿Eva?

Pasé saliva con dificultad.

—¿Sí?

—¿Estás bien?

Gideon se acomodó, su pene se movió en mi interior y sus caderas presionaron mi abotagado clítoris.

—S-sí. Estamos... hablando. Sobre. La cena —cerré los ojos al sentir la punta del dedo de Gideon rozar la fina pared que lo separaba de su pene. Si llegaba a tocar nuevamente mi clítoris, me vendría. Estaba tan excitada que ya no podía evitarlo.

El pecho de Gideon vibró contra mi mejilla cuando habló de nuevo.

—Terminaremos más pronto si te vas, así que dime qué necesitas.

—Mamá te está buscando.

—¿Por qué? —Gideon volvió a cambiar de posición, friccionando mi clítoris al mismo tiempo que embestía mi trasero rápida y profundamente con su dedo.

Alcancé el clímax. Temiendo el gemido de placer que luchaba por abandonarme, mordí el pectoral de Gideon. Él gruñó suavemente y su orgasmo se desató, su pene comenzó a estremecerse a medida que disparaba espesos chorros de semen en mi interior.

El resto de la conversación quedó sepultada por el estruendo de mi sangre. Christopher dijo algo, Gideon respondió y luego la puerta se cerró. Gideon me levantó, me sentó en el brazo del sofá y arremetió entre mis piernas abiertas, usando mi cuerpo para completar su orgasmo, rugiendo en mi boca cuando terminamos el más crudo y exhibicionista encuentro sexual de mi vida.

DESPUÉS, Gideon me condujo hasta un baño donde enjabonó una toallita y me limpió entre las piernas, antes de hacer lo mismo con su pene. La forma en que me cuidaba era tierna e íntima, demostrando una vez más que, aunque su necesidad de mí era primitiva, yo era su tesoro.

—No quiero que peleemos más —le dije suavemente.

Él botó la toallita en el lugar para la ropa sucia y se abotonó la bragueta. Luego se me acercó y pasó sus dedos por mis mejillas.

—No peleamos, ángel. Tan solo tenemos que aprender a no aterrorizarnos mutuamente.

—Lo haces parecer fácil —rezongué. Decir que éramos vírgenes sería ridículo pero, emocionalmente, realmente lo éramos: titubeando en la oscuridad, demasiado ansiosos, sin entender nada y acomplejados, intentando impresionar y dejando pasar los matices más delicados.

—Fácil o difícil, no importa. Vamos a lograrlo, tenemos que lograrlo —pasó sus dedos por mi pelo, organizando los desordenados mechones—. Lo hablaremos cuando lleguemos a casa. Creo que he descubierto el quid de nuestro problema.

Su convencimiento y determinación aliviaron la inquietud de mis últimos días. Cerrando los ojos, me relajé y disfruté del placer de sentir sus dedos jugueteando en mi pelo.

—A tu madre pareció sorprenderle que yo sea rubia.

—¿En serio?

—A mi madre también... no que yo sea rubia —aclaré—, sino que estés interesado en una rubia.

—¿Sí?

—¡Gideon!

—¿Mmm? —besó la punta de mi nariz y pasó sus manos por mis brazos.

—No soy el tipo de mujer con el que normalmente andas, ¿verdad?

Sus cejas se arquearon.

—Tengo un solo tipo: Eva Lauren Tramell. Punto.

Puse los ojos en blanco.

—Está bien.

—¿Qué importa? Estoy contigo.

—No importa. Es solo curiosidad. La gente no suele desviarse de su tipo preferido.

De pie entre mis piernas, rodeó mis caderas con sus brazos.

—De buenas yo, que sí soy tu tipo.

—Gideon, tú no encajas en ningún tipo —exclamé con acento sureño—. Eres único.

Sus ojos brillaron.

—Te gusta lo que ves, ¿verdad?

—Sabes que así es, y ese es el motivo por el que debemos salir de aquí antes de que comencemos a tirar como conejos otra vez.

Con su mejilla contra la mía, murmuró:

—Solo tú podrías enloquecerme en este lugar que siempre me ha espantado. Gracias por ser exactamente lo que quiero y necesito.

—¡Oh Gideon! —lo envolví con brazos y piernas, apretándolo contra mí—. Viniste acá por mí, ¿no es así? Para sacarme de este lugar que tanto odias.

—Por ti iría al infierno, Eva, y esto es lo más cercano que conozco —exhaló bruscamente—. Cuando me enteré de que vendrías, estuve a punto de ir a tu apartamento y llevarte conmigo. Tienes que mantenerte alejada de Christopher.

—¿Por qué dices eso siempre? Parece ser muy simpático.

Gideon retrocedió pero mantuvo su mano en mi pelo. Sus ojos no se despegaban de mí.

—Él lleva la competencia entre hermanos a extremos y es lo suficientemente inestable para ser peligroso. Intenta acercarse a ti porque sabe que así puede herirme. Tienes que confiar en mí cuando te hablo de él.

¿Por qué sospechaba Gideon de la motivación de su medio hermano? Debía tener buenos motivos. Era otro tema que no compartía totalmente conmigo.

—Confío en ti, desde luego. Mantendré las distancias.

—Gracias —me tomó por la cintura y exclamó—: Busquemos a Cary y larguémonos de aquí.

Regresamos al jardín cogidos de la mano. Yo estaba muy consciente de que habíamos pasado mucho tiempo adentro. Estaba atardeciendo. Y yo no tenía bragas. Mis bragas rasgadas estaban embutidas en el bolsillo de los *jeans* de Gideon.

Gideon me miró cuando entramos a la carpa.

—Debí decírtelo antes... Te ves maravillosa, Eva. Ese vestido te luce y también esos provocativos tacones rojos.

—Bueno, no hay duda de que funcionan —respondí dándole un codazo—. Gracias.

—¿Por el cumplido? o ¿por el sexo?

—¡Shh! —lo reprendí sonrojándome.

Su oscura carcajada hizo voltear la mirada a todas las mujeres y algunos de los hombres en los alrededores.

Colocando nuestras manos en la parte baja de mi espalda, Gideon me acercó y me besó en la boca.

—¡Gideon! —su madre se acercaba con ojos brillantes y una amplia sonrisa en su linda cara—. Estoy tan contenta de que hayas venido.

Por un momento pareció que lo abrazaría, pero Gideon cambió de postura y el aire a nuestro alrededor se convirtió en un campo de poder invisible que nos aislaba.

Elizabeth se detuvo en seco.

—Mamá —la saludo él con la calidez de una tormenta en el Ártico—. Puedes agradecerle a Eva. He venido a llevármela.

—Pero si ella se está divirtiendo, ¿verdad Eva? Deberías quedarte por ella —Elizabeth me lanzó una mirada de súplica.

Mis dedos presionaron la mano de Gideon. Él estaba primero, de eso no tenía duda, pero me habría gustado conocer la historia tras su frialdad ante una madre que parecía quererlo mucho. Su mirada de adoración se deslizó por el rostro que tenía rastros del de ella, con una avidez increíble. ¿Hacia cuánto que no lo veía?

Luego me pregunté si tal vez ella lo había querido *demasiado*...

El asco hizo que mi espalda se tensionara.

—No la presiones, mamá —le dijo Gideon, pasando sus nudillos por mi tensionada espalda—. Tienes lo que querías, ya la conociste.

—¿Les gustaría venir a cenar algún día esta semana?

Su única respuesta fue un gesto con las cejas. Luego levantó la mirada y yo la seguí. Vi a Cary salir de lo que parecía ser un laberinto de setos, llevando del brazo a una conocida princesa del pop. Gideon le hizo señas para que se acercara.

—¡Oh, no te vas a llevar a Cary también! —protestó Elizabeth—. Es el alma de la fiesta.

—Me imaginé que te gustaría —Gideon dejó ver sus dientes en un gesto demasiado crudo para ser una sonrisa—. No olvides que es amigo de Eva, madre. Eso también lo hace mío.

Me sentí muy aliviada cuando Cary se reunió con nosotros y dilató la tensión con su despreocupada personalidad.

—Te estaba buscando —me dijo—. Tenía la esperanza de que estuvieras lista para irte. Recibí la llamada que estaba esperando.

Al ver el brillo en sus ojos, supe que Trey al fin lo había llamado.

—Sí, estamos listos.

Cary y yo dimos una vuelta para despedirnos y agradecer la invitación. Gideon permaneció a mi lado como una sombra posesiva, calmado pero notoriamente distante.

Nos dirigíamos hacia la casa cuando vi a Ireland a un lado observando a Gideon. Me detuve y le pedí que la trajera para despedirnos de ella.

—¿Qué?

—Está allí a tu izquierda —desvié la cabeza para impedir que la chica notara mi insistencia. Sospechaba que su hermano mayor era su héroe.

Él le hizo un brusco gesto con la mano y ella se tomó su tiempo recorriendo la distancia que nos separaba. Su lindo rostro tenía una estudiada expresión de aburrimiento. Miré a Cary meneando mi cabeza y recordando demasiado bien esa época de mi vida.

—Oye —dije a Gideon presionando su muñeca—. Dile que sientes mucho no haber tenido tiempo para conversar con ella y ponerse al día, y que te puede llamar si quiere.

Gideon arqueó las cejas.

—¿Ponernos al día en qué?

Acariciando sus bíceps, le respondí:

—Ella se encargará de hablar si le das la oportunidad.

—Es una adolescente. ¿Para qué le voy a dar la opción de enloquecerme con su parloteo? —exclamó frunciendo el ceño.

Me puse en puntas de pies y le susurré al oído:

—Porque te quedaré en deuda por ello.

—Estás planeando algo —me miró con recelo; luego me dio un beso en los labios—. Entonces lo dejaremos abierto y diremos que me debes más de una. La cantidad será determinada posteriormente.

Asentí. Cary se balanceaba en los talones e hizo un gesto con el dedo meñique que, claramente, significaba *lo manejas con un dedito*. *Justo*, ya que él me manejaba con el corazón.

Me sorprendió ver que Gideon recibía las llaves del Bentley de manos de uno de los mozos.

—¿*Tú* conduciendo? ¿Dónde está Angus?

—Es su día libre... Te extrañé, Eva.

Me ubiqué en el puesto del copiloto y él cerró la puerta tras de mí. Mientras me ponía el cinturón de seguridad, lo vi hacer una pausa y mirar directamente a un par de hombres vestidos de negro que esperaban al lado de un elegante Mercedes negro al final del camino. Ellos asintieron y se metieron al Mercedes. Cuando Gideon abandonó la casa de los Vidal, ellos nos siguieron.

—¿Medidas de seguridad? —le pregunté.

—Sí. Salí disparado cuando supe que estabas acá y me perdieron la pista.

Cary se fue a casa con Clancy, así que Gideon y yo nos dirigimos directamente a su apartamento. Me descubrí a mí misma excitada con solo observar a Gideon al volante. Conducía el vehículo de la misma forma que hacía todo: confiado, agresivo y con absoluto control. Lo hacía a alta velocidad pero prudentemente, tomando con facilidad las curvas de la pintoresca ruta de regreso a la ciudad. No encontramos casi ningún tráfico hasta llegar a Manhattan.

Cuando llegamos a su apartamento, nos dirigimos directamente al baño principal y nos desvestimos para tomar una ducha. Como si no pudiese dejar de tocarme, Gideon me bañó de pies a cabeza; luego me secó con una toalla y me envolvió en una nueva bata bordada de seda verde azulada y mangas de kimono. Luego sacó de un cajón unos pantalones del mismo color y se los puso.

—¿No tengo derecho a bragas? —pregunté al recordar mi cajón de ropa interior.

—No. Hay un teléfono empotrado en la pared de la cocina. Marca el número uno y dile al hombre que contesta que quiero que traiga una ración doble de mi pedido normal en Peter Luger.

—Listo —me dirigí a la sala y realicé la llamada; luego tuve que buscar a Gideon. Lo encontré en su estudio, una habitación a la que aún no había entrado.

Al principio no vi mucho de la habitación porque la única iluminación provenía de una pequeña luz que alumbraba una pintura y de una lámpara ubicada encima del escritorio. Además, mis ojos estaban más interesados en enfocarlo a él. Sentado en su silla de cuero negro, lucía absolutamente sensual y provocativo. Calentaba entre las manos una copa de algún licor, y la belleza de sus bíceps y músculos del abdomen envió corrientazos por todo mi cuerpo.

Miraba fijamente la pared en que colgaba la pintura y mis ojos lo siguieron. Quedé sorprendida al ver la obra de arte: un gigantesco collage de fotografías de nosotros. Aquella en la que nos besábamos en la calle, frente al gimnasio... una de nosotros en la cena de caridad... una inocente de nuestra reconciliación en Bryant Park...

El foco de atención era la imagen central, tomada mientras yo dormía en mi cama iluminada tan solo por la vela que había dejado encendida para él. Era una fotografía voyerista íntima, una que hablaba más sobre el fotógrafo que sobre la modelo.

Quedé muy conmovida por esa prueba de que estaba tan enamorado como yo.

Gideon señaló la bebida que me había servido y reposaba en un extremo de su escritorio.

—Siéntate.

Obedecí. Sentía curiosidad. Había algo nuevo en él, un propósito y una tranquila determinación.

¿De dónde provenía ese estado de ánimo? ¿Y qué consecuencias tendría para nosotros esa noche?

Luego noté el pequeño collage de fotos enmarcadas que estaba al lado de mi bebida y mi preocupación desapareció. El marco era muy similar al que yo tenía en mi escritorio, pero esté enmarcaba tres fotografías de nosotros dos.

—Quiero que tengas ese en tu oficina —me dijo tranquilamente.

—Gracias —por primera vez en muchos días, me sentía feliz. Apreté el marco contra mi pecho con una mano y, con la otra, cogí la copa.

Sus ojos brillaban mientras me miraba tomar asiento.

—Tú me mandas besos todo el día desde la fotografía que tengo en el escritorio. Creo que es justo que tú tengas un recordatorio de mí. De nosotros.

Exhalé fuertemente, mi corazón no tan estable como quisiera.

—Nunca me olvido de ti o de nosotros.

—Si lo intentaras, no te lo permitiría —Gideon tomó un largo sorbo de su trago—. Creo que ya sé cuál fue nuestro primer paso en falso, el que nos llevó a todos los problemas que hemos tenido.

—¿Oh?

—Toma un trago de tu Armagnac. Creo que lo necesitarás.

Cautelosamente probé el licor e instantáneamente sentí su calor; el sabor era delicioso. Tomé otro sorbo.

Jugueteando con su copa entre las manos, Gideon tomó otro sorbo y me observó pensativo.

—Eva, dime qué fue más excitante: ¿el sexo en la limosina cuando tenías el control o el sexo en el hotel cuando yo tenía el control?

Me moví intranquila, sin saber a dónde se dirigía la conversación.

—Creo que, mientras sucedía, disfrutaste lo que sucedió en la limosina. Después ya no, claro.

—Me encantó —afirmó con convicción—. Esa imagen tuya, con el vestido rojo, gimiendo y diciéndome lo bien que se siente mi miembro dentro de ti, me perseguirá el resto de mis días. Si quieres repetirlo en el futuro, no tengo ninguna objeción.

Mi estómago y los músculos de los hombros se tensionaron.

—Gideon, estoy perdiendo el hilo de la conversación. Todo lo que has dicho sobre palabras de seguridad y dominación... me da la sensación de que esta conversación se dirige a un lugar al que yo no puedo ir.

—Tú estás pensando en esclavitud y dolor. Yo estoy hablando de un intercambio de poder por consenso —Gideon me estudiaba atentamente—. ¿Quieres más brandy? Estás pálida.

—¿Te parece? —puse la copa vacía sobre el escritorio—. Creo que me estás diciendo que eres un dominante.

—Ángel, eso ya lo sabías —su boca se torció en una suave y sexy sonrisa—. Lo que te estoy diciendo es que tú eres sumisa.

17

ME PUSE DE pie confundida.

—No —me advirtió con un oscuro ronroneo—. No vas a huir todavía. No hemos terminado.

—No sabes lo que estás diciendo.

Estar bajo el dominio de alguien. *Perder el derecho a decir ¡no!*, eso no volvería a sucederme jamás.

—Sabes lo que soporté. Necesito el control tanto como tú.

—Eva, siéntate.

Permanecí de pie, tan solo para enfatizar mi posición.

Su sonrisa se amplió y mis entrañas se derritieron.

—¿Tienes alguna idea de cuánto te quiero? —susurró.

—Estás loco si crees que voy a aceptar que me domines, especialmente en lo sexual.

—Vamos Eva, sabes que no quiero golpearte, castigarte, humillarte o dominarte como a una mascota. Ninguno de los dos tiene esas necesidades —enderezándose, Gideon se inclinó hacia adelante y colocó los codos sobre el escritorio—. Eres lo más importante de mi vida. Mi tesoro. Quiero protegerte y hacerte sentir segura. Por eso estamos teniendo esta conversación.

Dios. ¿Cómo podía ser tan maravilloso y tan demente al mismo tiempo?

—¡No necesito ser dominada!

—Lo que necesitas es tener a alguien en quién confiar. No, cállate. Espera hasta que termine.

Silencié mi protesta.

—Me has pedido que familiarice a tu cuerpo con actos que antes fueron usados para herirte y aterrorizarte. No puedo decirte lo que esa confianza significa para mí, o lo que significaría para mí traicionarla. No puedo arriesgarme, Eva. Tenemos que hacer bien esto.

Me crucé de brazos.

—Supongo que soy más estúpida de lo que parezco. Pensé que nuestra vida sexual era perfecta.

Dejando su copa en el escritorio, Gideon hizo caso omiso de mí y continuó:

—Hoy me pediste que satisficiera una de tus necesidades y yo acepté. Ahora tenemos que...

—¡Si no soy lo que quieres, dilo de una vez! —antes de hacer algo de lo que me arrepentiría, puse el marco y la copa sobre el escritorio—. No trates de suavizarlo con...

Me alcanzó antes de que tuviera tiempo para retroceder más de dos pasos. Su boca se selló sobre la mía; sus brazos me aprisionaron. Como ya había hecho ese mismo día, me llevó hasta la pared y me inmovilizó contra ella, sosteniéndome las muñecas sobre mi cabeza.

Atrapada, no pude hacer nada cuando se inclinó y acarició mi sexo con la rigidez de su erección. Una, dos veces. La seda frotaba mi inflamado clítoris. Sus dientes en mi cubierto pezón me hicieron estremecer, y el limpio olor de su cálida piel me intoxicó. Con un jadeo, me derrumbé en sus brazos.

—¿Ves lo fácil que te entregas cuando tomo el control? —sus labios seguían la curva de mi ceja—. Y se siente bien, ¿o no?

—Esto no es justo —respondí mirándolo a los ojos. ¿Cómo podría responder de otra manera? Sin importar qué tan molesta o confundida estuviese, luchar contra su atracción era inútil.

—Claro que no lo es, pero es cierto.

Mi mirada se paseó por esa gloriosa melena de pelo negro y las afiladas líneas de su rostro. El anhelo que sentía era tan fuerte que dolía. El daño que él escondía me hacía amarlo aún más. A veces sentía que en él había encontrado la otra mitad de mi ser.

—No puedo evitar que me excites —murmuré—. Mi cuerpo está fisiológicamente programado para relajarse y permitirte penetrarlo con tu gran asta.

—Eva, seamos honestos. Tú *quieres* que yo tenga el control. Para ti es importante confiar en mí y dejar que te cuide. Eso no tiene nada de malo. En mi caso, lo contrario es cierto: necesito que confíes en mí lo suficiente para dejarme el control.

No podía pensar teniéndolo apoyado contra mí, mi cuerpo consciente de cada centímetro de su poderoso cuerpo.

—*No* soy sumisa.

—Conmigo sí lo eres. Si miras atrás, verás que todo el tiempo has estado cediendo ante mí.

—¡Eres bueno en la cama! Y tienes más experiencia que yo. Obviamente te dejo hacerme lo que quieras —me mordí el labio inferior para que dejara de temblar—. Lamento no haber sido tan interesante para ti.

—No digas tonterías, Eva. Sabes cuánto disfruto haciendo el amor contigo. Si de mí dependiera, no haría nada más. No estamos hablando de juegos que me exciten.

—Entonces estamos hablando de lo que me excita *a mí*. ¿Es eso?

—Sí. Eso pensé —frunció el ceño—. Estás molesta. No era mi intención. Mierda. Pensé que discutirlo nos ayudaría.

—Gideon —los ojos me ardían y estaban inundados de lágrimas. Él lucía tan herido y confundido como yo—. Me partes el corazón.

Liberando mis muñecas, retrocedió y me levantó en sus brazos llevándome fuera de su estudio y por el corredor hasta una puerta cerrada.

—Ábrela —me ordenó suavemente.

Entramos a una habitación iluminada por velas y con un leve olor a pintura fresca. Me desorienté unos segundos, incapaz de comprender cómo habíamos pasado del apartamento de Gideon a mi propia habitación.

—No entiendo —dije aunque no reflejaba mi situación, pues mi cerebro seguía intentando superar la sensación de ser tele transportado de una residencia a otra—. ¿Me... trasladaste a vivir contigo?

—No exactamente —me dejó de pie, pero mantuvo un brazo sobre mis hombros—. Recreé tu habitación guiándome por la foto que te tomé cuando dormías.

—*¿Por qué?*

¿Por qué diablos? ¿Quién haría algo así? ¿Sería para evitar que fuese testigo de sus pesadillas?

La idea me destrozó aún más. Sentí que Gideon y yo nos apartábamos el uno del otro cada vez más.

Sus manos jugaron con mi pelo húmedo, cosa que solo aumentó mi agitación. Quise rechazar sus caricias y poner entre nosotros cuando menos el ancho de la habitación. Mejor dos habitaciones.

—Si sientes la necesidad de huir —dijo con suavidad—, puedes venir aquí y encerrarte. Prometo no molestarte hasta que estés lista. Así, tienes un lugar seguro y yo sé que no me has abandonado.

Mi mente bullía con un millón de preguntas y especulaciones, pero la principal era:

—¿Seguiremos compartiendo la cama para dormir?

—Todas las noches —sus labios rozaron mi frente—. ¿Cómo no? Háblame Eva. ¿Qué tienes en mente?

—¿Qué qué tengo en mente? —ladré—. ¿Qué diablos tienes tú en la tuya? ¿Qué pasó contigo en los cuatro días que estuvimos separados?

Su mandíbula se endureció.

—Eva, nunca hemos estado separados.

El teléfono timbró en la otra habitación. Maldije en voz baja. Quería que siguiéramos hablando y quería que se largara... todo al mismo tiempo.

Me apretó un hombro y luego me soltó.

—Esa es la cena.

No lo seguí cuando abandonó la habitación. Estaba demasiado molesta para comer. Preferí meterme entre la cama que era igual a la mía y acurrucarme con una almohada. Cerré los ojos. No escuché a Gideon cuando regresó pero lo sentí cuando se detuvo junto a la cama.

—Por favor, no me hagas comer solo —dijo, hablándole a mi espalda.

—¿Por qué no simplemente me ordenas cenar contigo?

Soltó un suspiro y luego se metió en la cama conmigo. Agradecí su calor que espantó la piel de gallina. No dijo nada en un largo rato, tan solo me ofreció el consuelo de tenerlo cerca. O, tal vez, lo consolaba tenerme cerca...

—Eva —sus dedos acariciaron mi brazo cubierto de seda—. No resisto verte triste. Háblame.

—No sé qué decir. Creí que finalmente estábamos acercándonos al punto en que las cosas funcionarían bien entre nosotros —apreté la almohada con más fuerza.

—No te tensiones. Me duele cuando te alejas de mí.

Yo sentía que *él me estaba alejando.*

Me giré y lo empujé sobre su espalda; luego monté sobre él y mi bata se abrió cuando me situé a horcajadas en su cadera. Pasé las palmas de mis manos por su poderoso pecho y rasguñé la piel con las uñas. Mis caderas comenzaron a ondular sobre él, refregando mi desnudo sexo contra su pene. Podía sentir cada pliegue y vena a través de la delgada seda de sus pantalones. Por la forma en que sus ojos se oscurecieron y su boca se entreabrió para respirar aceleradamente, supe que él también podía sentir mis labios y el calor de mi sexo.

—¿Es tan terrible? —le pregunté, balanceando la cadera— ¿Estás ahí tendido pensando que no me das lo que quiero porque yo tengo el control?

Gideon posó las manos en mis muslos. Incluso ese inocente gesto me pareció dominante.

La irritabilidad y concentración que había detectado hacía poco repentinamente adquirieron sentido: él ya no estaba conteniendo su fuerza de voluntad.

El tremendo poder que habitaba en él ahora estaba dirigido a mí como una ráfaga de calor.

—Ya te lo he dicho —respondió roncamente—. Te tomaré como sea.

—Como sea. No creas que no soy consciente de que estás siendo dominante desde tu posición de pasivo.

Su boca se torció en un descarado gesto de diversión.

Deslizándome, hice cosquillas al disco de su pezón con mi lengua. Lo cubrí como él lo había hecho numerosas veces, estirando mi cuerpo sobre su cadera y piernas, mis manos metidas debajo de su espectacular trasero para oprimir sus carnes y mantenerlo contra mí. Su miembro era una erecta columna contra mi vientre que renovaba mi fiero apetito.

—¿Me vas a castigar con placer? —me preguntó en voz baja—. Porque... puedes hacerlo. Puedes tenerme a tus pies, Eva.

Mi frente cayó sobre su pecho y el aire abandonó mi pecho.

—Ya quisiera.

—Por favor, no te preocupes tanto. Superaremos esto y todo lo demás.

—Estás tan convencido de tener razón —entrecerré los ojos—. Estás intentando probar algo.

—Y tú puedes probarte algo también —Gideon lamió mi labio inferior y mi sexo se estremeció.

Sus ojos expresaban una abrumadora profundidad de emociones. Sin importar lo que sucedía con nuestra relación, el hecho era que ambos estábamos seriamente enredados con el otro.

Y yo estaba a punto de demostrárselo en carne y hueso.

Gideon arqueó el cuello al sentir mi boca descender por su torso.

—Oh, Eva.

—Señor Cross, su mundo está a punto de convulsionar.

Y así fue. Me aseguré de que así fuera.

SINTIÉNDOME aturdida por la sensación de triunfo, me senté a la mesa y recordé al Gideon de unos minutos antes: bañado en sudor y jadeando, maldiciendo mientras yo me tomaba mi tiempo para saborear su exquisito cuerpo.

Gideon tragó un bocado de su *steak*, aún caliente gracias a un cajón calentador, y dijo con calma:

—Eres insaciable.

—Pues... Tú eres guapísimo, sexy y muy bien dotado.

—Me alegra que lo pienses. También soy extremadamente rico.

Hice un gesto despreocupado con la mano, cubriendo todo el apartamento, que debía costar cuando menos cincuenta millones de dólares.

—¿A quién le importa eso?

—Pues, de hecho, a mí —su boca se curvó.

Ataqué una papa frita alemana, pensando que la comida de Peter Luger era casi tan buena como el sexo. Casi.

—Tu dinero solo me interesa si significa que puedes dejar de trabajar para dedicarte a holgazanear desnudo como mi esclavo sexual.

—Financieramente, podría hacerlo. Sí. Pero te aburrirías de mí, me botarías y ¿qué sería de mí entonces? —su mirada era cariñosa y alegre—. ¿Crees que probaste tu punto, verdad?

Mastiqué y respondí:

—¿Quieres que lo vuelva a probar?

—El hecho de que sigas estando lo suficientemente caliente para querer hacerlo prueba *mi* punto.

—Mmm —tomé un sorbo de vino—. ¿Estás proyectando?

Me lanzó una mirada y masticó despreocupadamente otro pedazo de la carne más blanda que yo había probado en la vida.

Inquieta y preocupada, respiré hondo y pregunté.

—¿Me lo dirías si nuestra vida sexual no te satisficiera?

—No seas ridícula, Eva.

¿Qué otra cosa podría haber hecho que trajera a cuento esta conversación después de nuestro rompimiento de cuatro días?

—Estoy segura de que el hecho de que no sea el tipo que te gusta no ayuda. Y no hemos usado ninguno de los juguetes que tenías en el hotel...

—Cállate.

—¿Perdón?

Gideon dejó el tenedor y cuchillo en el plato.

—No me voy a sentar acá a escucharte acabar con tu amor propio.

—¿Qué? ¿Acaso solo tú puedes hablar?

—Eva, puedes buscarme pelea pero eso no te llevará a un orgasmo.

—¿Quién dijo...? —me callé cuando me miró con furia. Tenía razón. Aún lo deseaba. Quería tenerlo encima de mí, lujurioso y totalmente en control de nuestro placer mutuo.

Poniéndose de pie, me dijo fríamente:

—Espera acá.

Cuando regresó pocos minutos después, dejó a mi lado un pequeño joyero negro de cuero y volvió a sentarse a la mesa. Verlo me golpeó como un puñetazo. Primero sentí un miedo atenazador, helado, que rápidamente se convirtió en un anhelo ardiente.

Mis manos temblaban en mi regazo. Junté con fuerza mis manos y comprendí que todo mi cuerpo se estremecía. Perdida, levanté la vista. Sentir sus dedos rozando mi mejilla alivió gran parte de la ansiedad que sentía; me quedó tan solo un terrible anhelo.

—No es *ese* anillo —murmuró cariñosamente—. Aún no. No estás lista.

Algo en mi interior se marchitó y luego me invadió una intensa sensación de alivio. Era *demasiado* pronto. Ninguno de nosotros estaba listo. Pero, si alguna vez me había preguntado qué tan enamorada estaba de Gideon... ahora lo sabía.

Asentí.

—Ábrelo.

Tomé cautelosamente la cajita y la destapé.

—Oh.

En su interior, entre el terciopelo negro, había un anillo como ningún otro. Bandas de oro se entrelazaban e iban decoradas con equis cubiertas de diamantes.

—Lazos —murmuré—, asegurados por cruces. Gideon *Cross*.

—No exactamente. Veo los lazos como una representación de tus muchos hilos, no de esclavitud. Pero sí, las equis soy yo aferrándome a ti. Por las uñas, parece —terminó su copa de vino y rellenó las dos.

Permanecí inmóvil, aturdida, intentando entender. Todo lo que había hecho él mientras estuvimos peleados: las fotos, el anillo, el doctor Petersen, la copia de mi habitación, y quienquiera que me había estado siguiendo, me decía que yo nunca había abandonado su mente.

—Me devolviste mis llaves —susurré, recordando la pena que me había causado.

Su mano cubrió la mía.

—Hubo muchas razones para hacer eso. Eva, cuando me dejaste no llevabas encima sino una bata y no tenías llaves. No resisto pensar en lo que habría sucedido si Cary no hubiese estado en casa para abrirte.

Llevándome su mano a la boca, la besé en el dorso. Luego cerré el joyero.

—Es precioso, Gideon. Gracias. Significa mucho para mí.

—Pero no lo usarás —era una afirmación.

—Después de nuestra conversación de hoy, siento que es como un collar.

Tras un segundo, asintió.

—No estás del todo equivocada.

Me dolían la cabeza y el corazón. Las cuatro noches de mal dormir no ayudaban. No podía entender por qué Gideon me consideraba tan necesaria, a pesar de que yo sentía lo mismo con respecto a él. Había miles de mujeres solas en Nueva York que podrían reemplazarme, pero solo había un Gideon Cross.

—Gideon, siento que soy una decepción para ti. Después de todo lo que hemos discutido esta noche... siento que esto es el principio del fin.

Retirando su silla, se inclinó hacia mí y acarició mi mejilla.

—No lo es.

—¿Cuándo veremos al doctor Petersen?

—Yo iré solo los martes. Cuando hables con él y se pongan de acuerdo sobre la terapia de pareja, podemos ir juntos los jueves.

—Dos horas de tu semana, todas las semanas. Sin contar el tiempo que gastarás yendo y volviendo. Es un gran compromiso —retiré los mechones de su mejilla—. Gracias.

Gideon tomó mi mano y la besó en la palma.

—Eva, no es un sacrificio.

Gideon se fue a su estudio a trabajar un rato antes de acostarse y yo me dirigí al baño principal llevando el joyero. Seguí estudiándolo mientras me lavaba los dientes y cepillaba el pelo.

Sentía un leve zumbido de necesidad bajo la piel, una persistente excitación que no debería estar allí, teniendo en cuenta la cantidad de orgasmos que había experimentado en el día. Era una necesidad emocional de estar conectada con Gideon para convencerme de que estábamos bien.

Oprimiendo la cajita en una mano, fui hasta mi lado de la cama de Gideon y la dejé en la mesa de noche. Quería que fuera lo primero que viera en la mañana, después de una buena noche de sueño.

Con un suspiro, doblé mi nueva bata a los pies de la cama y me metí bajo las sábanas. Tras dar vueltas un buen rato, finalmente me dormí.

Desperté a alguna hora de la noche con el pulso acelerado y jadeante. Desorientada, permanecí inmóvil, recuperándome y recordando dónde estaba. Cuando lo recordé, mis oídos lucharon por descubrir si Gideon estaba teniendo otra pesadilla. Cuando lo encontré durmiendo tranquilamente a mi lado, respirando profundamente, me relajé aliviada.

¿A qué hora se habría acostado? Tras cuatro días sin vernos, me preocupaba que hubiese sentido la necesidad de estar a solas.

Luego, repentinamente, entendí. Estaba *excitada*. Dolorosamente excitada.

Mis senos estaban llenos y pesados, mis pezones erizados y sensibles. Mis entrañas dolían y mi sexo estaba mojado. Mientras estaba allí tendida en la oscuridad, comprendí que mi propio cuerpo me había despertado con sus exigencias. ¿Había tenido un sueño erótico? o ¿tener a Gideon al lado era suficiente para excitarme así?

Apoyándome en los codos, me levanté a observarlo. La sábana y el edredón colgaban de su cintura, dejando su escultural pecho y bíceps a la vista. Tenía el brazo derecho encima de su cabeza, enmarcando la melena de pelo oscuro alrededor de su rostro. Su brazo izquierdo reposaba en la sábana entre nosotros, la mano empuñada para aliviar la red de gruesas venas que recorrían el brazo. Incluso en reposo, lucía fiero y poderoso.

Me di cuenta de la tensión que dominaba mi cuerpo, la sensación de que era atraída hacia él por el silencioso ejercicio de su formidable voluntad. No era posible que él exigiera mi entrega mientras dormía, pero así lo sentía, sentía que ese lazo invisible me halaba hacia él.

Los pálpitos entre mis piernas se hicieron insoportables y presioné una mano contra mi sexo, con la esperanza de acallar la necesidad. La presión tan solo empeoró las cosas.

No me podía quedar quieta. Deshaciéndome de las sábanas, me senté en la cama pensando en tomar un vaso de leche con brandy. Me detuve abruptamente, fascinada por la luz de la luna que se reflejaba en el joyero que había dejado en la mesa de noche. Pensé en la joya que escondía y mi deseo aumentó. En ese momento, la idea de que Gideon me pusiese un collar me llenó de un cálido anhelo.

Estás simplemente excitada, me reprendí a mí misma.

Una de las niñas que asistían a mi grupo de terapia había contado como su "amo" podía utilizar su cuerpo en cualquier momento y en la forma que le diera la gana, solo para satisfacer su placer. No me había parecido nada sexy el asunto... hasta que pensaba en Gideon. Me encantaba excitarlo. Me encantaba hacer que alcanzara el orgasmo.

Pasé mis dedos por la tapa del pequeño joyero. Exhalando una temblorosa bocanada de aire, lo tomé y lo destapé. Un segundo después deslizaba la fría argolla en el dedo anular de mi mano derecha.

—¿Te gusta?

Un estremecimiento me recorrió al escuchar la voz de Gideon, más profunda y fuerte que nunca. Había estado observándome.

¿Cuándo se había despertado? ¿Estaba tan compenetrado conmigo mientras dormía como yo lo estaba con él?

—Lo amo —*te amo.*

Dejando a un lado el joyero, me volteé y lo encontré sentado en la cama. Sus ojos brillaban de una manera que me excitó aún más, si eso era posible, pero también me produjeron una punzada de miedo. Era una mirada desprotegida, como la que —literalmente— me había tumbado en el vestíbulo el día que nos conocimos: abrasadora y posesiva, llena de oscuras amenazas de éxtasis. Su maravilloso rostro lucía severo en las sombras, su mandíbula tensa mientras se llevaba mi mano derecha a su boca y besaba el anillo que me había regalado.

Me arrodillé en la cama y pasé mis brazos por su cuello.

—Tómame. Tienes carta blanca.

Agarró mi trasero y le dio un apretón.

—¿Cómo se siente decir eso?

—Casi tan bien como los orgasmos que me darás.

—Mmm, un reto —la punta de su lengua jugaba con mis labios, tentándome con la promesa de un beso que él retenía a propósito.

—¡Gideon!

—Acuéstate, ángel, y abraza la almohada con dos manos —su boca se torció en una sonrisa traviesa—. No la sueltes por ningún motivo. ¿Entendido?

Tragando saliva con dificultad, obedecí, tan excitada que pensé que podría venirme solo con los incesantes espasmos de mi ardiente sexo.

Él quitó las mantas.

—Abre las piernas y dobla las rodillas.

Perdí el aliento al sentir que mis pezones se endurecían aún más produciéndome un profundo dolor en los senos. Dios, Gideon era tan ardiente como el infierno. Yo jadeaba, mi mente enloquecida por las posibilidades. La carne entre mis piernas temblaba de deseo.

—Oh, Eva —canturreó, pasando su dedo índice por mi resbaloso sexo—. Mira qué ávida estás por mí. Mantener a esta nena satisfecha es trabajo de tiempo completo.

Ese mismo dedo se adentró en mí, abriendo los inflamados tejidos. Me apreté en torno a él, tan cerca del éxtasis que lo podía saborear. Él retiró el dedo y se lo llevó a la boca, lamiendo mis jugos. Mis caderas se arquearon por voluntad propia, mi cuerpo buscando el suyo.

—Es culpa tuya si te deseo tanto —jadeé—. Abandonaste tu puesto varios días.

—Entonces será mejor que me ponga al día —descendiendo boca abajo, ubicó sus hombros entre mis muslos y rodeó la temblorosa entrada a mis entrañas con la punta de la lengua. Una y otra vez. Ignorando mi clítoris y negándose a poseerme a pesar de mis ruegos.

—Gideon, por favor.

—Shh, primero tengo que prepararte.

—Estoy lista. Estaba lista desde antes de que te despertaras.

—Entonces debiste despertarme antes. Siempre me encargaré de ti, Eva. Vivo para eso.

Gimiendo de angustia, balanceé las caderas contra su inquieta lengua. Solo cuando estuve inundada por mi propia excitación, retorciéndome desesperadamente por sentir alguna parte de él dentro de mí, se estiró encima de mí, entre mis muslos, y se apoyó en sus antebrazos.

Sostuvo mi mirada. Su pene, enfebrecido y duro como la piedra, estaba posado sobre los labios de mi sexo. Lo quería dentro de mí aunque en ello me fuera la vida.

—Ya —gemí—. Ya.

Con un hábil movimiento de cadera, me embistió a fondo, empujando todo mi cuerpo.

—Oh, Dios —grité, convulsionando alrededor de esa gruesa columna de carne que me poseía. Esto era lo que había deseado desde nuestra conversación en su estudio, lo que había ansiado mientras cabalgaba sobre su pene antes de la cena, lo que necesitaba incluso mientras alcanzaba el clímax.

—No te vengas —murmuró en mi oído, tomando mis senos en sus manos y oprimiendo mis pezones entre sus dedos.

—*¿Qué?* —estaba segura de que tan solo una exhalación suya desataría mi orgasmo.

—Y no sueltes la almohada.—Gideon comenzó a moverse lenta y perezosamente—. Querrás soltarla —murmuró lamiendo el punto sensible detrás de mi oreja—. Te encanta agarrar mi pelo y rasguñarme la espalda. Y, cuando estás a punto de venirte, te gusta apretarme el trasero y forzarme a penetrarte aún más. Me excita tanto cuando te enloqueces así, cuando me muestras lo mucho que te gusta sentirme dentro de ti.

—No es justo —gemí, sabiendo que me estaba provocando a propósito. La cadencia de su ronca voz estaba perfectamente sincronizada con los insesantes ataques de sus caderas—. Me estás torturando.

—Las cosas buenas vienen a los que esperan —su lengua siguió la curva de mi oreja y luego la penetró al mismo tiempo que sus dedos oprimían mis pezones.

Salí al encuentro de su siguiente embestida y casi logré el orgasmo. Gideon conocía mi cuerpo, todos sus secretos y sus zonas erógenas. Frotaba expertamente su pene contra mí, acariciando una y otra vez los sensibles nervios.

Girando la cadera, me penetró hasta alcanzar otros puntos sensibles. Lancé un quejido, abrasada por él, desesperada por él. Mis dedos paralizados por la fuerza que ejercían sobre la almohada, mi cabeza revolcándose por la necesidad de llegar al orgasmo... Él podía darme eso con tan solo frotarse contra mí. Era el único hombre que había logrado producirme un intensísimo orgasmo vaginal.

—No te vengas —repitió con voz entrecortada—. Hazlo durar.

—No p-puedo. Es demasiado bueno. Dios, Gideon... —las lágrimas rodaron por mis mejillas—. Yo... estoy perdida en ti.

Lloré silenciosamente, temiendo pronunciar la otra palabra demasiado pronto y arriesgarme a alterar el delicado equilibrio entre nosotros.

—Oh, Eva —frotó su mejilla contra mi húmedo rostro—. Debo haber soñado con tanta frecuencia y tan resueltamente contigo que tenías que hacerte realidad.

—Por favor —le rogué suavemente—. Más despacio.

Gideon levantó la cabeza para mirarme y me pellizcó los pezones apenas lo suficientemente duro para producirme una punzada de dolor. Los sensibles músculos de mi cuerpo se tensionaron tanto que su siguiente arremetida lo hizo gemir.

—Por favor —insistí, estremeciéndome por el esfuerzo de demorar mi clímax—. Si no desaceleras, me vendré.

Su mirada ardía en mi rostro y sus caderas continuaban su acompasado ritmo que, poco a poco, estaba acabando con mi cordura.

—¿No quieres venirte, Eva? —ronroneó con esa voz que podría llevarme hasta el infierno con una sonrisa en mi rostro—. ¿No es eso lo que has deseado toda la noche?

Mi cuello se arqueó al sentir sus labios en mi garganta. —Solo cuando me digas que puedo —jadeé—. Solo... cuando me lo permitas.

—Ángel —una mano pasó por mi cara, retirando los mechones de pelo que se pegaban a mi húmeda piel. Me besó profundamente, con reverencia, lamiendo el fondo de mi boca.

—*Sí...*

—Vente por mí —pidió al tiempo que aumentaba su ritmo—. Vente, Eva.

Al recibir la orden, el orgasmo me invadió como una bofetada, impactando todo mi sistema con un exceso de sensaciones. Me recorría oleada tras oleada de palpitante calor, mi sexo y mis entrañas se contrajeron. Grité, primero con un sonido inarticulado de agonizante placer; luego, grité su nombre. Lo grité como si fuera una consigna, una y otra vez, mientras él me penetraba con su precioso pene, prolongando mi clímax antes de llevarme a otro más.

—Tócame —gruñó cuando yo me deshacía bajo él—. Agárralo.

Liberada de la orden de ceñir la almohada, me aferré a su cuerpo con brazos y piernas. Me penetró profundamente, buscando enérgicamente su propio orgasmo.

Lo alcanzó con un gruñido, la cabeza doblada atrás mientras se derramaba en mí. Lo abracé hasta que nuestros cuerpos se enfriaron y nuestra respiración se tranquilizó.

Cuando Gideon finalmente se quitó de encima de mí, no fue lejos. Se enrolló en torno a mí y susurró:

—Ahora duérmete.

No sé si permanecí despierta el tiempo suficiente para responderle.

18

Los lunes por la mañana podían ser maravillosos... cuando comenzaban con Gideon Cross. De camino al trabajo, iba recostada contra él y su brazo rodeaba mis hombros de manera que nuestros dedos iban entrelazados.

Mientras jugueteaba con el anillo que me había regalado, estiré las piernas y eché una mirada a los tacones que me había comprado junto con alguna ropa para usar cuando me quedara a dormir. Para comenzar la nueva semana, había escogido un vestido negro de raya diplomática y cinturón azul que me recordaba sus ojos. Tenía que reconocer que tenía muy buen gusto.

A menos de que... estuviera enviando a alguna de sus amigas a hacer las compras...

Deseché esa desagradable idea.

Cuando revisé los cajones que me había asignado en su baño, encontré todos los cosméticos y artículos de tocador que usaba normalmente. No me molesté en preguntarle cómo sabía cuáles usaba, cosa que me habría podido deprimir. En su lugar, decidí tomarlo como una prueba más de su interés por mí. Él pensaba en todo.

El acontecimiento de la mañana fue ayudarle a ponerse uno de sus trajes más sexys. Le abotoné la camisa; él se la metió entre los pantalones. Le cerré la bragueta; él hizo el nudo de la corbata. Él se puso el chaleco; yo le alisé el bien cortado material sobre su igualmente fina camisa, maravillada de descubrir que vestirlo podía ser tan sexy como desvestirlo. Era como empacar un regalo.

El mundo vería la belleza del empaque, pero solamente yo conocía al hombre que había tras él y lo precioso que era. Sus sonrisas íntimas y su ronca risa, la suavidad de sus caricias y la ferocidad de su pasión me estaban reservadas.

El Bentley se sacudió levemente al pasar un bache en la calle y Gideon presionó mis hombros.

—¿Cuál es el plan para después del trabajo?

—Hoy comienzo mis clases de krav magá —contesté sin poder disimular mi emoción.

—Ah, cierto —sus labios rozaron mi sien—. Sabes que voy a observar tus entrenamientos. La sola idea me excita.

—¿No habíamos acordado que *todo* te calienta? —bromeé, dándole un codazo.

—Todo lo *tuyo*. Lo cual es una suerte para nosotros ya que eres insaciable. Mándame un mensaje de texto cuando termines y nos encontraremos en tu apartamento.

Busqué mi celular en el bolso para ver si aún tenía pila y vi que tenía un mensaje de Cary. Lo abrí y encontré un video y un texto: "¿Sabe X que su hermano es un idiota? No te acerques a CV, nena. *Besos*"

Puse el video pero me tomó un minuto entender lo que veía. Cuando lo comprendí, quedé paralizada.

—¿Qué pasa? —preguntó Gideon con los labios apoyados en mi

pelo. Luego se movió y supe que estaba mirando el video por encima de mi hombro.

Cary había filmado el video en la fiesta de los Vidal. A juzgar por los setos del fondo, debía estar en el laberinto; y a juzgar por las hojas que enmarcaban la imagen, estaba escondido. La estrella del show era una pareja que se abrazaba apasionadamente. La mujer era bella y estaba en lágrimas, mientras el hombre la besaba y tranquilizaba con suaves caricias.

La conversación se refería a Gideon y a mí. Decían que yo estaba usando mi cuerpo para hacerme con sus millones.

—No te preocupes —le susurraba Christopher a una angustiada Magdalene—. Sabes que Gideon se aburre rápidamente.

—Con ella es diferente. Creo que la ama.

Él la besó en la frente.

—Ella no es su tipo.

Los dedos de mi mano se tensaron en la de Gideon.

Mientras mirábamos, la conducta de Magdalene cambió lentamente. Comenzó a derretirse bajo las caricias de Christopher, su voz se suavizó y su boca buscó la de él. Para un observador, era obvio que él conocía bien su cuerpo, dónde acariciar y dónde frotar. Cuando ella respondió a sus hábiles caricias, él le levantó el vestido y tuvieron sexo. Era obvio que se aprovechaba de ella. Se le notaba en la despectiva sonrisa de triunfo que esgrimía mientras la embestía hasta dejarla sin aliento.

No reconocí al Christopher que veía en la pantalla. Su rostro, su postura, su voz... parecía otro hombre.

Me sentí agradecida cuando la pila de mi teléfono murió y la pantalla se apagó. Gideon me rodeó con sus brazos.

—¡Puaj! —susurré, acurrucándome contra él cuidadosamente para no manchar con maquillaje su traje—. Realmente repulsivo. Me siento mal por ella.

Exhaló bruscamente.

—Así es Christopher.

—Imbécil. Y la petulancia en su rostro. Uff —me estremecí.

Presionando sus labios contra mi pelo, Gideon murmuró:

—Pensé que Maggie estaría a salvo de él. Nuestras madres se conocen hace años. Se me olvida cuánto me odia.

—¿Por qué?

Por un momento me pregunté si las pesadillas de Gideon tendrían alguna relación con Christopher, luego deseché la idea. Imposible. Gideon le llevaba varios años y era mucho más fuerte. Le habría dado una zurra a Christopher.

—Siente que yo recibía toda la atención cuando éramos pequeños —dijo Gideon cansinamente—, porque todo el mundo vivía preocupado por las consecuencias del suicidio de mi padre. Por eso quiere todo lo mío, cualquier cosa a la que pueda echarle mano.

Pasé mis brazos por debajo de su chaqueta y lo abracé. Había algo en su voz que me hizo sentir pena por él. Decía que el hogar de su familia lo perseguía en sus pesadillas y estaba totalmente alejado de ella.

Nunca lo habían amado. Era así de simple... y de complicado.

—¿Gideon?

—¿Mmm?

Me retiré para observarlo. Acaricié sus cejas.

—Te amo.

Un violento estremecimiento lo recorrió; tan violento que me sacudió a mí también.

—No pretendo manipularte —le aseguré, desviando la mirada para darle algo de privacidad—. No tienes que hacer nada al respecto. Simplemente no quería que pasara un minuto más sin que sepas lo que siento por ti. Ahora puedes olvidarlo.

Una de sus manos agarró mi nuca; la otra se enterró en mi cintura. Gideon me mantuvo allí, inmóvil, apretada contra él como si temiera que el viento me llevara. Su respiración era forzada, su corazón latía enloquecido. No dijo una palabra más en el viaje, pero tampoco me soltó.

Pensaba repetírselo en el futuro pero, por ahora, pensé que era suficiente para ambos.

A las diez de la mañana envié dos docenas de rosas a la oficina de Gideon con una nota:

En celebración de los vestidos rojos y los viajes en limosina.

Diez minutos después, recibí un sobre con una nota que decía:

VOLVAMOS A HACERLO. PRONTO.

A las once en punto, hice que llevaran a su oficina un arreglo de calas blancas con la siguiente nota:

En honor a los vestidos de fiesta negros y blancos, y por ser arrastrada hasta una biblioteca...

Diez minutos después recibí su respuesta:

TE ARRASTRARÉ POR EL PISO EN UN MINUTO...

Al mediodía fui de compras. A comprar un anillo. Visité seis tiendas antes de encontrar la pieza perfecta. Era de platino, grabada y tachonada con diamantes negros... un anillo con un toque industrial que me hizo pensar en el poder y la esclavitud. Era un anillo dominante, fuerte y masculino. Tuve que abrir una cuenta con la tienda para cubrir el alto precio, pero me pareció que los meses de pagos que me esperaban valdrían la pena.

Telefoneé a la oficina de Gideon y hablé con Scott, quien me ayudó a ubicar un hueco de quince minutos en la abarrotada agenda de Gideon.

—Muchas gracias por tu ayuda, Scott.

—Con gusto. Me he divertido viéndolo recibir tus flores. Creo que jamás lo había visto sonreír de esa manera.

Me invadió una oleada de amor. Quería hacer feliz a Gideon. Como él lo había dicho, vivía para lograrlo.

Regresé al trabajo con una sonrisa. A las dos, le envié a Gideon un arreglo de azucenas atigradas, seguido de un sobre con una nota privada:

En agradecimiento por todo el sexo selvático.

Su respuesta:

NO VAYAS A KRAV MAGÁ. YO TE HARÉ EL ENTRENAMIENTO.

Cuando dieron las tres y cuarenta —cinco minutos antes de mi cita con Gideon— me puse nerviosa. Me levanté de la silla con las piernas temblando y subí en el ascensor. Ahora que había llegado la hora de darle mi regalo, empecé a pensar que tal vez no le gustaban los anillos... de hecho, no llevaba ninguno.

¿Sería demasiado presuntuoso y posesivo de mi parte querer que él llevara uno?

La recepcionista pelirroja me dejó entrar y, cuando Scott me vio en el corredor, se levantó a saludarme con una gran sonrisa. Cuando ingresé a la oficina de Gideon, Scott cerró la puerta tras de mí.

Inmediatamente me sentí abrumada por la deliciosa fragancia de las flores y la forma en que daban calidez a la moderna oficina.

Gideon levantó la mirada de la pantalla y arqueó las cejas al verme. Se puso de pie ágilmente.

—Eva. ¿Sucede algo?

Lo vi cambiar de su actitud profesional a la personal en segundos, su mirada suavizándose al mirarme.

—No. Es solo que... —respiré profundamente y me acerqué a él—. Tengo algo para ti.

—¿Más? ¿Se me pasó alguna fecha especial?

Puse el joyero en el centro de su escritorio y me volteé, sintiéndome mareada. Dudaba seriamente de la sabiduría de mi impetuoso regalo. Ahora me parecía una estupidez.

¿Qué podía decir para evitarle la culpa de no recibirlo? Como si no fuera suficiente haberle soltado la palabra amor esa mañana; ahora empeoraba las cosas dándole un maldito anillo. Probablemente ya estaba sintiendo las cadenas colgando a sus espaldas mientras intentaba huir. Y el dogal apretando...

Escuché abrirse el joyero y la exclamación de Gideon.

—*¡Eva!*

Su voz sonaba oscura y peligrosa. Me giré lentamente, con una mueca ante la austeridad de sus facciones y la crudeza de su mirada. Sus manos tenían los nudillos blancos alrededor del joyero.

—¿Demasiado? —pregunté roncamente.

—Sí —dejó la cajita y rodeo el escritorio—. Demasiado. No puedo quedarme quieto, no puedo concentrarme. No puedo sacarte de mi cabeza. Estoy inquieto y no suele pasarme en el trabajo. Estoy demasiado ocupado. Pero tú me tienes sitiado.

Sabía perfectamente lo exigente que debía ser su trabajo y no lo había tenido en cuenta cuando las ganas de sorprenderlo —una vez más— me sedujeron.

—Lo siento, Gideon. No pensé.

Se acercó a mí con ese andar sexy que daba una idea de cómo era en la cama.

—No lo lamentes. Hoy ha sido el mejor día de mi vida.

—¿En serio? —lo observé ponerse el anillo en el dedo anular de la mano derecha.

—Quería darte gusto. ¿Te queda? Tuve que calcular...

—Es perfecto. Tú eres perfecta —Gideon tomó mis manos y besó mi anillo, luego observó mientras yo repetía su gesto—. Lo que me haces sentir, Eva... duele.

El pulso me dio un salto.

—¿Es tan malo?

—Es maravilloso —tomó mi rostro y sentí la frialdad del anillo en la mejilla. Me besó apasionadamente con labios exigentes y su lengua penetrando hábilmente mi boca.

Quería más pero me contuve, pensando que ya me había sobrepasado suficiente para un día. Además, lo había tomado por sorpresa y él no había velado la pared de vidrio para tener privacidad.

—Dime nuevamente lo que dijiste en el auto —susurró.

—Mmm... no sé —pasé mi mano por su chaleco. Me daba miedo repetirle que lo amaba. No lo había tomado bien la primera vez y no estaba segura de que hubiese entendido lo que significaba para nosotros. Para él—. Eres absurdamente guapo, ¿sabías? Es un golpe cada vez que te veo. De todas formas... no quiero arriesgarme a espantarte.

Inclinándose hacía mí, apoyó la frente en la mía.

—Te arrepientes de lo que dijiste, ¿verdad? Las flores, el anillo...

—¿Realmente te gusta? —pregunté ansiosa, retirándome para estudiar sus facciones y ver si evitaba decir la verdad—. No quiero que lo uses si no te gusta.

Pasó los dedos por la concha de mi oreja.

—Es perfecto. Es la forma en que me ves. Me siento orgulloso de llevarlo puesto. Si estás intentando suavizar el golpe de que te retractes de lo que dijiste... —comenzó a decir con una mirada de increíble ansiedad.

No pude resistir la silenciosa súplica de sus ojos.

—Lo que dije es verdad, Gideon.

—Te haré repetirlo —me amenazó con un seductor ronroneo—. Lo gritarás cuando termine contigo.

Reí y retrocedí.

—Regresa a tu trabajo demonio.

—Te llevaré a casa a las cinco —me observó dirigirme hacia la puerta—. Quiero tu sexo húmedo y desnudo cuando bajes. Si te manoseas para lograrlo, no llegues al clímax o habrá consecuencias.

Consecuencias. Un leve temblor me recorrió pero el grado de temor que encerraba era manejable. Confiaba en que Gideon sabría hasta dónde llegar.

—¿Estarás caliente y listo?

Una sonrisa irónica curvó sus labios.

—¿Cuándo no, contigo? Gracias por todo, Eva. Por cada minuto de este día.

Le soplé un beso y vi cómo se oscurecían sus ojos. Su mirada me acompañó el resto del día.

ERAN las seis de la tarde cuando regresé a mi apartamento en un estado de desaliño post-sexo. Me había imaginado lo que me esperaba cuando vi la limosina de Gideon estacionada frente a la oficina en lugar del Bentley. Casi me atacó cuando subí a la parte trasera, y luego procedió a hacer una demostración de sus espectaculares habilidades orales antes de clavarme contra el asiento con vigoroso entusiasmo.

Agradecí estar en buena forma física. De otra manera, el insaciable apetito sexual de Gideon, combinado con su aparentemente infinita energía, me tendrían ya exhausta. No que me queje... es solo una observación.

Clancy ya me esperaba en el vestíbulo del edificio cuando entré apuradamente. Si notó mi arrugado vestido, sonrojadas mejillas y despeinado cabello, no dijo nada al respecto. Me cambié de ropa rápidamente y nos dirigimos al estudio de Parker. Tenía la esperanza de que el entrenamiento de hoy no fuera muy duro porque mis piernas seguían débiles después de dos maravillosos orgasmos.

Para cuando llegamos a la adaptada bodega en Brooklyn, estaba emocionada y lista para aprender. Unos doce estudiantes realizaban ejercicios mientras Parker los supervisaba y animaba desde el borde de las colchonetas. Cuando me vio, se acercó y me señaló un extremo del área de entrenamiento en la cual podríamos trabajar uno-a-uno.

—Entonces... ¿cómo va todo? —le pregunté para aliviar la tensión.

Sonrió, exhibiendo un rostro muy interesante.

—¿Nerviosa?

—Un poco.

—Vamos a trabajar en tu fuerza y energía física, así como en tu conciencia. También comenzaré a entrenarte para que no te paralices o dudes en caso de un enfrentamiento inesperado.

Antes de comenzar, yo creía que estaba bien de fuerza y energía física, pero rápidamente descubrí que ambas podrían ser mejores. Comenzamos con una breve introducción al equipo y la distribución del espacio, y luego pasamos a una explicación de los enfrentamientos y las posturas neutras/pasivas. Nos calentamos haciendo calistenia básica y seguimos con ejercicios de "marcación" en los que cada uno intentaba marcar los hombros y rodillas del otro mientras estábamos de pie cara a cara y bloquear los ataques.

Parker era excelente, obviamente, pero yo pronto comencé a cogerle el ritmo. Sin embargo, la mayor parte del tiempo se pasó en ejercicios de protección y yo me concentré totalmente en ello. Sabía muy bien lo que era caer y estar en desventaja.

Si Parker notó mi vehemencia, se abstuvo de hacer algún comentario al respecto.

CUANDO Gideon llegó esa noche al apartamento, me encontró sumergida en la bañera cuidando de mi cuerpo adolorido. Aunque era evidente que acababa de ducharse luego de entrenar en el gimnasio, se desvistió y se metió en la bañera tras de mí, abrazándome con brazos y piernas. Gemí mientras me arrullaba.

—Te gusta ¿no? —bromeó, mordiéndome el lóbulo de la oreja.

—¿Quién se iba a imaginar que pegar brincos durante una hora con un tipo atractivo podía ser tan extenuante?

Cary había estado en lo cierto cuando me advirtió que el krav magá me llenaría de moretones; ya podía ver algunas sombras apareciendo bajo mi piel y ni siquiera habíamos entrado en materia.

—Podría ponerme celoso —murmuró Gideon, oprimiendo mis senos—, si no supiera que Smith es casado y tiene hijos.

Resoplé al escucharlo referirse a otro dato que no tenía por qué saber.

—¿También sabes la talla de sus zapatos y sombreros?

—Aún no —soltó una carcajada de burla y yo no pude evitar sonreír ante tan raro sonido.

Un día, muy pronto, tendríamos que hablar sobre su obsesión con recopilar información, pero aún no había llegado el momento. Últimamente habíamos discutido demasiado y la advertencia de Cary sobre divertirnos tanto como fuera posible no me abandonaba nunca.

Jugueteando con el anillo de Gideon, le conté la conversación que había tenido con mi padre el sábado, y que sus colegas policías le estaban tomando del pelo por los chismes sobre mi relación con *él,* Gideon Cross.

Suspiró.

—Lo siento.

Volviéndome, lo miré a los ojos.

—No es tu culpa ser noticia. No puedes evitar ser increíblemente atractivo.

—Uno de estos días —dijo fríamente—, descubriré si mi físico es una maldición o no.

—Bueno, si mi opinión cuenta, yo le tengo bastante cariño.

Los labios de Gideon se movieron nerviosamente.

—Tu opinión es la única que cuenta. Y la de tu padre. Eva, quiero caerle bien, no que me vea como un tipo que tan solo expone a su hija a invasiones de su privacidad.

—Te lo ganarás. Él solo desea que yo esté bien y feliz.

Gideon se relajó visiblemente y me apretó contra sí.

—¿Te hago feliz?

—Sí —respondí apoyando mi mejilla sobre su corazón—. Amo estar contigo. Cuando no estamos juntos, lo anhelo.

—Dijiste que no quieres más peleas —murmuró entre mi cabello—. Me ha estado sonando. ¿Te estás cansando de que yo arruine las cosas a cada rato?

—*No* lo haces. Y yo también las he estropeado. Las relaciones son difíciles, Gideon. La mayoría no tiene la maravillosa vida sexual que nosotros tenemos. Creo que estamos en la columna de los que tendrán éxito.

Tomó agua en sus manos y la dejó caer por mi espalda, una y otra vez, aliviándome con su calor.

—Yo no recuerdo a mi padre.

—¿No? —intenté no tensionarme ni revelar mi sorpresa. O mi gran entusiasmo y ansia por saber más sobre él. Nunca antes había hablado sobre su familia. Me costaba mucho trabajo no hacerle preguntas, pero no quería presionarlo si no estaba listo para hablar de ello.

Su pecho se expandió en una profunda inhalación. Algo en el suspiro que lo siguió me hizo levantar la cabeza y olvidar mi intención de ser discreta.

Pasé la mano por sus poderosos pectorales.

—¿Quieres hablar de lo que *sí* recuerdas?

—Tan solo... impresiones. No lo veía mucho. Trabajaba mucho. Supongo que eso lo heredé de él.

—Tal vez la adicción al trabajo sea algo que tienen en común, pero eso es todo.

—¿Cómo puedes saberlo? —me interrogó desafiante.

Levantando la mano, retiré un mechón de su cara.

—Gideon, lo siento, pero tu padre fue un fraude que escogió el camino fácil, el camino egoísta. Tú no eres así.

—No, eso no. Pero creo que él nunca aprendió a comunicarse con las personas, a preocuparse por nada que no fueran sus necesidades inmediatas.

Lo estudié.

—¿Crees que eso te describe también a ti?

—No lo sé —respondió en voz baja.

—Bueno, pues yo sí lo sé y no es así —le di un beso en la punta de la nariz—. Eres un protector.

—Más me vale —sus brazos me apretaron más fuertemente—. Eva, no soporto pensar en ti con alguien más. La sola idea de que otro hombre te vea como lo hago yo, te vea así... te toque... Me enloquece.

—Gideon, eso no va a suceder —sabía cómo se sentía. Yo no soportaría si él tuviera intimidad con otra mujer.

—Me has cambiado la vida. No resistiría perderte.

Lo abracé.

—El sentimiento es mutuo.

Echando hacia atrás mi cabeza, Gideon me besó apasionadamente. A los pocos momentos fue claro que íbamos a dejar todo el baño empantanado. Me solté.

—Necesito comer antes, demonio.

—Eso dice la novia que me refriega con su mojado cuerpo —se enderezó con una pecaminosa sonrisa en el rostro.

—Pidamos comida china barata y la comeremos directamente de la caja con los palillos.

—Pidamos comida china buena y la comemos así.

19

CARY SE REUNIÓ con nosotros en el salón para una excelente comida china, un dulce vino de ciruela y televisión de lunes en la noche. Mientras cambiábamos de canales y nos burlábamos de los nombres de algunos *realities*, observé a dos de los hombres más importantes de mi vida relajarse y disfrutar de su mutua compañía. Se entendían bien, burlándose uno de otro e insultándose cariñosamente como lo hacen los hombres. Nunca había conocido esa faceta de Gideon y me encantó.

Mientras yo acaparaba un lado de nuestro sofá, ellos dos estaban sentados en el suelo con las piernas cruzadas y usaban la mesa de centro como mesa de comedor. Ambos llevaban pantalones de sudadera y camiseta. Yo disfrutaba del espectáculo. ¿Acaso no era una chica con suerte?

Haciendo crujir sus nudillos dramáticamente, Cary se preparó para destapar su galleta de la suerte.

—Veamos. ¿Seré rico? ¿Famoso? ¿Estaré a punto de conocer al señor Alto, Moreno y Delicioso? ¿Viajaré a tierras lejanas? ¿Qué les salió a ustedes?

—El mío es tonto —respondí—. *Al final todo se sabrá*. Qué estupidez. No necesitaba una galleta para saber eso.

Gideon destapó la suya y leyó:

—*La prosperidad tocará a su puerta muy pronto.*

Lancé un resoplido.

Cary me lanzó una mirada.

—Ya sé, Cross. Cogiste la galleta de alguien más.

—Mejor que no se acerque a las galletas de nadie —dije con frialdad.

Estirando un brazo, Gideon me quitó la mitad de mi galleta.

—No te preocupes, ángel. La única galleta que quiero es la tuya —y se la comió tras guiñarme un ojo.

—Qué asco... Váyanse a la cama —murmuró Cary antes de destapar su galleta con un gesto exagerado. Luego... frunció el ceño.

—¿Qué diablos?

Me incliné para mirar.

—¿Qué dice?

—Confucio dice —improvisó Gideon—: *El hombre con la mano en el bolsillo está siempre caliente.*

Cary le lanzó media galleta y Gideon la atrapó en el aire riendo.

—Dámela —le arranqué el papel de las manos a Cary y lo leí. Luego solté una carcajada.

—Vete al carajo, Eva.

Gideon me interrogó con la mirada.

—*Tome otra galleta.*

—*Dominado por una galleta de la fortuna* —Gideon sonrió y Cary tiró la otra mitad de la galleta.

La escena me hizo recordar noches similares cuando Cary y yo estudiábamos en la universidad, y eso me llevó a intentar imaginar a

Gideon cuando estaba en la universidad. Sabía, por los artículos que había leído, que había hecho su pregrado en Columbia y luego se había dedicado a sus negocios.

¿Habría socializado con otros estudiantes? ¿Asistiría a las fiestas de la fraternidad, tendría sexo o bebería demasiado? Era un hombre tan controlado que me costaba imaginarlo viviendo tan despreocupadamente pero, a pesar de ello, aquí estaba haciendo exactamente eso con Cary y conmigo.

Entonces él me miró y mi corazón dio un salto. Por una vez, se veía de la edad que tenía, joven, perfecto y muy formal. En ese momento éramos una pareja de veintitantos años divirtiéndonos en casa con un compañero de apartamento y un control remoto. Él era tan solo mi novio y pasábamos un rato. Todo era tan dulce y sencillo... la ilusión me conmovió.

El intercomunicador timbró y Cary brincó a contestar. Me lanzó una sonrisa.

—Tal vez sea Trey.

Levanté una mano con los dedos cruzados. Pero cuando Cary abrió la puerta, vimos entrar a la rubia de piernas largas de la otra noche.

—Oye —exclamó ella, tomando restos de la comida. Observó a Gideon de pies a cabeza mientras él se levantaba educadamente a saludar. Me soltó una sonrisita y luego desplegó para Gideon una deslumbrante sonrisa de supermodelo y extendió la mano—. Tatiana Cherlin.

Él le estrechó la mano.

—El novio de Eva.

Mis cejas se arquearon al oír su presentación. ¿Estaba protegiendo su identidad? ¿Su espacio personal? En cualquier caso, me gustó su respuesta.

Cary regresó a la sala con una botella de vino y dos copas.

—Vamos —le dijo, señalando el corredor que llevaba a su habitación.

Tatiana nos hizo un gesto de despedida con la mano y precedió a Cary. Articulé silenciosamente a sus espaldas: *¿Qué diablos estás haciendo?*

Cary me guiñó un ojo y susurró:

—Tomando otra galleta.

Poco después, Gideon y yo nos dirigimos a mi habitación. Mientras nos alistábamos para acostarnos, le hice una pregunta que se me había ocurrido esa noche:

—¿También mantenías un nidito de amor en la universidad?

Su camiseta salió por encima de la cabeza.

—¿Perdón?

—Ya sabes, como el cuarto del hotel. Eres un tipo caliente. Solo me preguntaba si ya entonces tenías ese tipo de organización.

Meneaba la cabeza mientras yo devoraba con los ojos su torso perfecto y esbeltas caderas. —He tenido más sexo desde que te conocí que en los dos últimos años.

—Olvídate.

—Trabajo duro y entreno aún más duro. Esas dos actividades me mantienen felizmente exhausto la mayor parte del tiempo. Ocasionalmente, puedo haber aceptado alguna oferta pero, en general, podía prescindir del sexo hasta que te conocí.

—Tonterías —no lograba creerle.

Me lanzó una mirada antes de dirigirse al baño llevando consigo una bolsa negra de artículos de tocador.

—Sigue dudando de mí, Eva. Ya verás lo que sucede.

—¿Qué? —lo seguí, deleitándome con la vista de su trasero—. ¿Vas a probarme que puedes prescindir del sexo haciéndome el amor otra vez?

—Para eso se necesitan dos —abrió su bolsa y sacó un cepillo de dientes nuevo que luego colocó al lado del mío—. Tú has promovido el sexo entre nosotros tanto como yo. Necesitas ese vínculo tanto como yo.

—Tienes razón. Es solo que...

—¿Que qué? –abrió un cajón, frunció el ceño al verlo repleto y procedió a abrir otro.

—En el otro lavamanos —señalé, sonriendo ante su arrogancia al asumir que también tendría cajones en mi casa y su gesto al no encontrarlos—. Esos son todos tuyos.

Gideon se dirigió al segundo lavamanos y comenzó a desempacar sus cosas en un cajón.

—¿Solo qué? —repitió mientras llevaba su champú y gel a la ducha.

Recostándome contra el lavamanos y cruzando los brazos, lo observé marcar su terreno en mi baño. No había duda de que eso era lo que hacía, y tampoco había duda de que cualquiera que entrara a mi habitación sabría que había un hombre en mi vida.

Entonces comprendí que yo tenía algo similar en su espacio privado. Los empleados de su casa tenían que saber que su jefe ahora tenía una relación seria. La idea me gustó bastante.

—Hace un rato, cuando estábamos cenando, pensaba cómo serías en la universidad —continué— y me imaginaba lo que habría sido verte en el campus. Me habría obsesionado contigo. Habría hecho cualquier cosa para toparme contigo por el solo placer de disfrutar de la vista. Habría intentado inscribirme en los mismos cursos para poder pasar las clases soñando despierta con la forma de seducirte.

—Maniaca sexual —me besó en la punta de la nariz y fue a lavarse los dientes—. Ambos sabemos lo que habría ocurrido una vez te hubiera visto.

Me cepillé el pelo y lavé los dientes, luego me bañé la cara.

—Entonces... ¿tenías un nido de amor para las raras ocasiones en que alguna suertuda lograba meterse entre tu cama?

Su mirada se dirigía a mi enjabonado reflejo del espejo.

—Siempre he usado el hotel.

—¿Es el único lugar donde has tenido sexo? ¿Antes de mí?

—El único lugar donde he tenido sexo consensual —respondió en voz baja—, antes de ti.

—Oh —musité con el corazón partido.

Fui hasta él y lo abracé por detrás. Froté mi mejilla contra su espalda.

Nos metimos entre la cama y nos envolvimos uno en torno al otro. Sepulté mi cara en su cuello y absorbí su aroma. Su cuerpo era duro pero no por ello dejaba de ser totalmente cómodo. Era tan cálido y fuerte, tan masculinamente poderoso. Solo necesitaba pensar en él para desearlo.

Pasé mi pierna por encima de su cadera y me erguí sobre él con las manos extendidas sobre su abdomen. Estábamos a oscuras, no podía verlo pero no importaba. Aun cuando amaba su rostro —ese que el resentía a veces—, lo que realmente me excitaba era la forma en que me tocaba y hablaba. Como si en el mundo no existiera nadie más para él, nada que él deseara más.

—Gideon —no necesité decir nada más.

Sentándose, me envolvió en sus brazos y me besó apasionadamente. Luego me hizo girar hasta quedar debajo de él y me hizo el amor con una ternura posesiva que me conmovió hasta el fondo del alma.

Me desperté sobresaltada. Un gran peso me oprimía y una voz ronca escupía desagradables palabras en mi oído. El pánico se apoderó de mí dejándome sin respiración.

¡No otra vez. Por favor... no!

La mano de mi hermanastro cubría mi boca y él abría mis piernas violentamente. Sentí esa cosa dura entre sus piernas embestirme a ciegas, intentando penetrar en mí. Mis gritos se apagaban en la mano que cubría mis labios y me encogí con el corazón palpitando tan rápidamente que pensé que estallaría. Nathan era tan pesado y fuerte. No podía deshacerme de él. No podía hacerlo a un lado.

¡Detente! ¡Quítate de encima de mí! No me toques. Oh Dios... por favor no me hagas eso... no otra vez... ¿Dónde estaba mamá? *¡Mamá!*

Grité otra vez pero su mano tapaba mi boca. Presionaba mi cabeza contra la almohada. Entre más luchaba, más se excitaba él. Jadeando como un perro, me embestía una y otra vez... intentando penetrarme...

—Vas a saber cómo se siente.

Quedé paralizada. Conocía esa voz. Y no era la de Nathan.

No un sueño... seguía siendo una pesadilla.

Dios, no. Parpadeando desesperada en la oscuridad, luché por ver. La sangre rugía en mis oídos. No escuchaba nada más.

Pero conocía el olor de su piel. Conocía sus caricias, aun si eran crueles. Conocía la sensación de su cuerpo en el mío, incluso mientras trataba de invadirme.

La erección de Gideon arremetía contra los pliegues entre mis muslos. En pánico, me enderecé reuniendo todas mis fuerzas. Su mano abandonó mi cara y, aspirando profundamente, grité.

Su pecho palpitaba y lanzó un gruñido.

—No tan bonito y pulcro cuando te joden a ti.

—Crossfire —balbucí entrecortadamente.

Me cegó un rayo de luz proveniente del pasillo y, a continuación, fui liberada del aplastante peso de Gideon. Giré a un lado, llorando de tal manera que las lágrimas me impedían ver a Cary empujando a Gideon hasta el otro extremo de la habitación y contra la pared.

—¡Eva! ¿Estás bien? —Cary encendió la lámpara de la mesa de noche y lanzó una maldición al verme doblada en posición fetal y meciéndome con violencia.

Cuando Gideon se enderezó, Cary se lanzó contra él.

—¡Mueve un maldito músculo antes de que llegue la policía y te golpearé hasta convertirte en pulpa!

Tragando saliva con dificultad, hice un gran esfuerzo para sentarme. Mi mirada encontró la de Gideon y vi que la bruma del sueño desaparecía y era reemplazada por un horror creciente.

—Un sueño —logré musitar, tomando a Cary por un brazo antes de que tomara el teléfono—. Estaba soñando.

Cary lanzó una mirada fiera hacia donde Gideon estaba tirado, desnudo en el suelo como un animal salvaje.

—Jesucristo—susurró—, y yo que creía que yo estaba traumatizado.

Bajando de la cama, me puse de pie en mis temblorosas piernas aún muerta de miedo. Mis rodillas cedieron y Cary me sostuvo, dejándose caer conmigo hasta el suelo y abrazándome mientras yo sollozaba.

—Voy a dormir en el sofá —Cary pasó una mano por sus desordenados cabellos y se apoyó en la pared del pasillo. La puerta de mi habitación estaba abierta a mis espaldas y Gideon estaba adentro, pálido y demacrado—. Sacaré unas cobijas y una almohada para él. No creo que deba ir solo a su casa. Está destrozado.

—Gracias Cary —el brazo que envolvía mi espalda me apretó—. ¿Tatiana aún está acá?

—Diablos, no. No es para tanto. Tan solo tenemos sexo.

—¿Y qué pasa con Trey? —le pregunté suavemente con la mente ya retornando a Gideon.

—Lo amo. Creo que es la mejor persona que he conocido en la vida aparte de ti —se inclinó y me besó en la frente—. Y lo que no sabe no lo herirá. Deja de preocuparte por mí y cuídate tú.

Lo miré con los ojos llenos de lágrimas.

—No sé qué hacer.

Cary suspiró. Sus ojos verdes estaban oscuros, serios y delataban su preocupación.

—Creo que tienes que decidir si puedes con esto, pequeña. Algunas personas no tienen arreglo. Mírame a mí. Tengo a un tipo maravilloso y me acuesto con una chica a la que no soporto.

—Cary —toqué su hombro.

Él tomó mi mano y le dio un apretón.

—Estoy aquí si me necesitas.

Cuando regresé a la habitación, Gideon estaba cerrando su bolsa de cosméticos. Me miró y el miedo recorrió mis entrañas. No por mí sino por él. Nunca había visto a nadie lucir tan desconsolado, tan absolutamente destrozado. La desolación en sus ojos me asustó. No había vida en él. Estaba gris como la muerte y su bello rostro estaba surcado por sombras.

—¿Qué haces? —susurré.

Retrocedió, como si quisiera estar lo más lejos posible de mí.

—No puedo quedarme.

Me preocupó sentir un gran alivio al pensar en quedarme sola.

—Acordamos que... no huiríamos.

—¡Eso fue antes de que te atacara! —ladró, mostrando por primera vez en la última hora algo de vida.

—Estabas inconsciente.

—Eva, no vas a volver a ser la víctima nunca más. Dios mío... lo que estuve a punto de hacerte... —me dio la espalda, sus hombros encorvados de tal forma que me asustaban tanto como el ataque.

—Si te vas, perdemos y nuestros pasados triunfan sobre nosotros —vi que mis palabras lo impactaban como un golpe. Todas las luces de mi habitación estaban encendidas, como si la electricidad pudiese disipar las sombras de nuestras almas—. Si te das por vencido ahora, temo que será más fácil para ti mantenerte alejado y para mí permitírtelo. Será el fin, Gideon.

—¿Cómo voy a quedarme? ¿Por qué querrías que me quedara? —girando, me miró con tal anhelo que volví a llorar—. Me mataría antes de hacerte daño.

Ese era uno de mis temores. Me costaba trabajo imaginar al Gideon que conocía —esa dominante y obstinada fuerza de la naturaleza— quitándose la vida, pero el Gideon que tenía enfrente era una persona totalmente diferente. Y era hijo de un suicida.

Enredé los dedos en el dobladillo de mi camiseta.

—Nunca me harías daño.

—Me temes —afirmó roncamente—. Lo veo en tu cara. *Yo* me temo a mí mismo. Temo dormir contigo y hacer algo que nos destruya a ambos.

Tenía razón. Yo estaba aterrada. El miedo me atenazaba las entrañas.

Ahora conocía la explosiva violencia que escondía. La perniciosa furia. Y estábamos tan apasionados el uno por el otro. Yo le había dado una bofetada en la fiesta... una reacción violenta que jamás había tenido.

La naturaleza de nuestra relación era lujuriosa y emotiva, terrenal y cruda. La confianza que nos mantenía juntos también nos dejaba expuestos en formas que nos hacían vulnerables y peligrosos a la vez. Y todo empeoraría antes de mejorar.

Pasó una mano por su pelo.

—Eva, yo...

—Te amo, Gideon.

—Dios —me miró con algo parecido al asco. No sé si era contra mí o contra él mismo—. ¿Cómo puedes decir eso?

—Porque es la verdad.

—Tú solamente ves esto —exclamó, señalándose a sí mismo con un gesto—. No estás viendo la porquería, el desastre que hay adentro.

Respiré profundamente.

—¿Me dices eso a mí? ¿Cuando sabes perfectamente que yo también estoy destrozada?

—Tal vez eso hace que te conectes con quien es terrible para ti —dijo con amargura.

—Para ya. Sé que estás herido, pero atacarme a mí tan solo te hará sentir peor —miré el reloj y vi que eran las cuatro de la mañana. Me acerqué a él con la necesidad de superar el miedo a tocarlo y ser tocada por él.

Levantó una mano como para mantenerme alejada.

—Me voy a casa Eva.

—Quédate en el sofá. No discutamos por eso, Gideon. Por favor. Me moriré de preocupación si te vas.

—Te preocuparás aún más si me quedo —me observó, luciendo perdido, furioso e invadido por una terrible ansiedad. Sus ojos suplicaban mi perdón pero, cuando se lo ofrecí, se rehusó a aceptarlo.

Fui hasta él y tomé su mano, luchando contra el miedo que sentí al tocarlo. Seguía con los nervios a flor de piel, la garganta y la boca aún irritadas, la memoria de su intento de violación —tan similar a los de Nathan— demasiado fresca todavía.

—Superaremos esto —le prometí, odiándome porque la voz me temblaba—. Hablarás con el doctor Petersen y seguiremos adelante.

Sus manos se levantaron como para acariciar mi rostro.

—Si Cary no hubiese estado aquí...

—Pero estaba y yo estaré bien. Te amo. Lo superaremos —lo abracé metiendo mis manos bajo su camisa para llegar a su piel—. No permitiremos que el pasado interfiera con lo que tenemos.

No estaba segura de a cuál de nosotros intentaba convencer con esas palabras.

—Eva —su abrazo me dejó sin aliento—. Lo siento. Me va a matar. Por favor. Perdóname... no puedo perderte.

—No me perderás —cerré los ojos para concentrarme en la sensación de sentirlo junto. En su olor. En recordar que antes no temía nada si estaba con él.

—Lo siento tanto —sus manos temblaban al recorrer mi columna vertebral—. Haré lo que sea...

—Shhh. Te amo. Estaremos bien.

Volteó la cabeza y me besó suavemente.

—Eva, perdóname. Te necesito. Temo pensar en qué me convertiré si te pierdo...

—No voy a ninguna parte —mi piel vibraba bajo las caricias de sus manos en mi espalda—. Estoy aquí y no volveré a huir.

Hizo una pausa y su aliento dio en mis labios. Luego, inclinó la cabeza y sus labios sellaron los míos. Mi cuerpo respondió al suave estímulo de su beso. Me apreté contra él sin pensarlo, atrayéndolo hacia mí.

Tomó mis senos en sus manos, amasándolos, pasando las yemas de su pulgar sobre mis pezones hasta que se endurecieron. Gemí de temor y deseo, y él se estremeció al escucharme.

—¿Eva...?

—No puedo —el recuerdo de cómo me había despertado estaba demasiado fresco aún. Me dolía rechazarlo, sabiendo que necesitaba de mí lo mismo que yo había necesitado cuando le conté sobre Nathan: prueba de que el deseo seguía allí, de que aunque las heridas de nuestro pasado seguían estando ahí, no afectaban lo que éramos el uno para el otro ahora.

Pero no podía darle eso. Todavía no. Me sentía demasiado herida y vulnerable.

—Tan solo abrázame. Por favor.

Asintió y me envolvió en sus brazos.

Lo guié hasta el suelo conmigo, con la esperanza de que se quedara dormido. Me acurruqué a su lado con una pierna sobre la de él y mi brazo sobre su duro estómago. Me apretó suavemente, presionando sus labios contra mi frente y susurrando una y otra vez cuánto lo sentía.

—No te vayas —murmuré—. Quédate.

Gideon no respondió, no hizo ninguna promesa, pero tampoco me soltó.

ME desperté un rato después, sintiendo los latidos de su corazón en mi oído. Las luces seguían encendidas y el suelo era duro e incómodo.

Gideon estaba acostado boca arriba, su bello rostro relajado, su camisa levantada lo suficiente para dejar ver su ombligo y los músculos del abdomen.

Este era el hombre al que yo amaba. Este era el hombre cuyo cuerpo me daba tanto placer, cuyos cuidados me conmovían una y otra vez. Seguía acá. Y, por la arruga que había entre sus cejas, supe que aún estaba destrozado.

Metí la mano bajo sus pantalones. Por primera vez desde que estábamos juntos, no lo encontré excitado, pero la erección no se hizo esperar mientras yo le acariciaba el pene de la raíz a la punta. El miedo seguía ensombreciendo mi excitación, pero temía más perderlo que convivir con los demonios en mi interior.

Se movió y su brazo presionó mi espalda.

—¿Eva...?

Esta vez pude responderle lo que antes había sido imposible.

—Olvidemos —musité en su boca—. Hagámonos olvidar.

—*Eva*.

Se posó sobre mí y me quitó la camiseta con movimientos cautelosos. Yo fui igualmente cuidadosa al desvestirlo. Nos acercamos el uno al otro como si ambos fuésemos frágiles. El vínculo entre nosotros era frágil en ese momento, ambos estábamos preocupados por el futuro y las heridas que nos podíamos infligir con todos nuestros problemas.

Sus labios se cerraron alrededor de mi pezón y lo chupó lentamente, su seducción apagada. La tierna caricia se sentía tan bien que jadeé y me arqueé contra su mano. Me acarició del seno a la cadera repetidamente, tranquilizándome.

Cambió de seno, murmurando todo el tiempo palabras de disculpa y necesidad con una voz rota por el arrepentimiento y la tristeza. Su lengua trabajaba en mi endurecido pezón y luego lo rodeó de calor y humedad.

—Gideon —sus caricias despertaron mi deseo a pesar de mi estado asustadizo. Mi cuerpo ya se había perdido en él, buscando ansiosamente el placer y la belleza del de él.

—No me tengas miedo —susurró—. No me rechaces.

Besó mi ombligo y luego descendió. Su pelo acariciaba mi estómago cuando se acomodó entre mis piernas. Las mantuvo abiertas con manos temblorosas y acarició mi clítoris. Sus suaves y juguetonas lamidas en mis pliegues y sus palpitantes ingresos a mi sexo me llevaron al borde de la locura.

Mi espalda se tensaba. Roncas súplicas abandonaron mis labios. La tensión se difundió por mi cuerpo, templando todo hasta que sentí que estallaría. Y, entonces, él me lanzó al orgasmo con el toque más suave de la punta de su lengua.

Grité al sentir el caluroso alivio invadir mi convulso cuerpo.

—No te puedo dejar Eva —Gideon se enderezó mientras yo vibraba de placer—. No puedo.

Limpiando el rastro de las lágrimas en su rostro, miré sus ojos enrojecidos. Me dolía ser testigo de su dolor, me rompía el corazón.

—No te lo permitiría si lo intentaras.

Gideon tomó en su mano su pene y delicada y lentamente me penetró. Mi cabeza golpeó el suelo cuando él se hundió en mis entrañas, poseyendo mi cuerpo con una gruesa pulgada en cada empujón.

Cuando me penetró totalmente, comenzó a moverse con controladas y lentas clavadas. Cerré los ojos y me concentré en el vínculo entre nosotros. Luego él se acomodó encima de mí, su estómago contra el mío, y mi pulso se paralizó de pánico. Repentinamente asustada, dudé.

—Mírame, Eva —su voz era tan ronca que no la reconocí.

Obedecí y sentí toda la angustia que lo atenazaba.

—Hazme el amor —me rogó en un ahogado susurro—. Haz el amor *conmigo*. Tócame, ángel. Acarícíame.

—Sí —posé mis manos en su espalda y acaricié los agitados músculos de sus nalgas. Oprimiendo la carne lo obligué a moverse más rápidamente, a penetrarme más profundamente.

Los rítmicos empujones de su pesado miembro en las entrañas de mi sexo me llevaron al éxtasis. Era maravilloso. Mis piernas se enroscaron en torno a su cadera y mi respiración se aceleró a medida que el hielo en mi interior comenzaba a derretirse. Sostuvimos la mirada.

Las lágrimas corrían por mis sienes.

—Te amo Gideon.

—Por favor... —cerró los ojos.

—Te amo.

Me llevó al orgasmo con los hábiles movimientos de su cadera y las arremetidas de su pene en mi interior. Mi sexo se apretó en torno a él, intentando retenerlo, queriendo mantenerlo en las profundidades de mi ser.

—Vente Eva —jadeó contra mi garganta.

Luché, luché para superar el persistente temor de tenerlo encima de mí. La ansiedad se mezclaba con el deseo y me mantenía en el filo.

Emitió un sonido sordo lleno de dolor y arrepentimiento.

—Necesito que te vengas Eva... necesito sentirte... Por favor...

Agarrando mis nalgas, levantó mi cadera y frotó una y otra vez ese punto sensible en mi interior. Era incansable, implacable en su decisión de llevarme al extremo. Finalmente mi mente perdió el control de mi cuerpo y me vine violentamente. Mordí su hombro para acallar un grito mientras me contorsionaba bajo él, todos mis músculos estremeciéndose en oleadas de éxtasis. Él gruñó sordamente, un sonido de placer atormentado.

—Más —me ordenó, profundizando sus penetraciones para producirme esa leve punzada de dolor. El hecho de que volviera a confiar en nosotros lo suficiente para arriesgarse a producirme ese leve toque de dolor acabó con mis prevenciones. Aunque confiábamos el uno en el otro, ahora estábamos aprendiendo a confiar en nuestros instintos también.

Volví a llegar al clímax ferozmente y mis dedos se acalambraron. Sentí la ya conocida tensión invadir a Gideon y agarré sus caderas fuertemente, estimulándolo, desesperada por sentirlo estallar en mi interior.

—¡No! —se zafó de un tirón y cayó de espaldas con un brazo sobre sus ojos. Se castigaba negándole a su cuerpo el placer y el consuelo del mío.

Respiraba agitadamente y su pecho estaba bañado en sudor. Su pene caía pesadamente sobre su estómago, luciendo brutal con su amplia cabeza púrpura y las gruesas venas que lo recorrían.

Me lancé sobre él con manos y boca, ignorando la maldición que lanzó. Inmovilizando su torso con un brazo, lo froté fuertemente con la otra mano y chupé con voracidad su sensible corona. Sus muslos se estremecían y pateaba incansable.

—Maldita sea, Eva —su cuerpo se puso tenso y él comenzó a jadear. Sus manos se enredaron en mi cabello y sus caderas adquirieron el ritmo. —Oh, mierda. Chúpalo duro... Ohh, Cristo...

Explotó en un torrente que casi me ahoga al inundar mi boca. Lo tomé todo, mi puño ordeñó una y otra vez su pene, tragando repetidamente hasta que él se estremeció por el exceso de sensaciones y me rogó detenerme.

Me enderecé y Gideon se sentó y se enroscó en torno a mí. Me volvió a recostar en el suelo, donde sepultó su cara en mi garganta y lloró hasta el amanecer.

El martes, para ir a la oficina, me puse una blusa de manga larga negra y pantalones. Sentía la necesidad de tener una barrera entre mí y el mundo. En la cocina, Gideon tomó mi rostro entre sus manos y me besó con ternura desgarradora. Su mirada seguía invadida por la angustia.

—¿Almorzamos? —le pregunté, sintiendo que necesitábamos aferrarnos a nuestro vínculo.

—Tengo un almuerzo de negocios —pasó sus dedos por mi pelo—. ¿Vendrías? Me aseguraré de que Angus te lleve de regreso a la oficina a tiempo.

—Me encantará —pensé en la agenda de eventos nocturnos, reuniones y citas que me había enviado a mi teléfono—. Y mañana en la noche tenemos una cena de caridad en el Waldorf-Astoria.

Su mirada se suavizó. Vestido para la oficina, lucía lúgubre pero controlado. Yo sabía que no era así.

—¿Realmente no me vas a abandonar, verdad? —preguntó quedamente.

Levanté mi mano derecha y le mostré mi anillo.

—Estás condenado a estar conmigo, Cross. Hazte a la idea.

De camino al trabajo y más tarde en el viaje para almorzar en Jean Georges, me mantuvo abrazada en su regazo. No pronuncié más de una docena de palabras durante el almuerzo; Gideon hizo el pedido por mí y yo lo disfruté inmensamente.

Me senté silenciosa a su lado, con una mano posada en su fuerte muslo bajo el mantel... una muda reafirmación de mi compromiso con él. Con nosotros. Una de sus manos se apoyaba en la mía, caliente y fuerte, mientras él discutía los detalles de un nuevo proyecto en St. Croix. Mantuvimos esa conexión durante toda la comida, cada uno prefiriendo comer con una mano antes que abandonar el vínculo.

Con cada hora que pasaba sentía que el horror de la noche anterior se alejaba de nosotros. Era una nueva cicatriz para su colección, otro amargo recuerdo que siempre lo acompañaría, un recuerdo que yo compartiría y temería con él... pero que no nos dominaría. No lo permitiríamos.

CUANDO salí de la oficina, Angus me esperaba para llevarme a casa. Gideon trabajaría hasta tarde y luego iría directamente a donde el doctor Petersen. Aproveché el viaje en la limosina para armarme de valor para la siguiente jornada de entrenamiento con Parker. Estuve tentada a no ir pero finalmente decidí que era importante aferrarme a esa rutina, teniendo tantas cosas de mi vida fuera de mi control. Seguir con la agenda era una de las pocas cosas que todavía podía controlar.

Tras una hora de marcación y entrenamiento en el estudio de Parker, me sentí aliviada cuando Clancy me dejó en casa y orgullosa de mí misma por haberlo hecho a pesar de que no tenía ningunas ganas.

Cuando entré al vestíbulo, me encontré a Trey en la recepción.

—Hola —lo saludé—. ¿Subes?

Se volteó a mirarme, con sus cálidos ojos color avellana y su franca sonrisa. Trey tenía una dulzura, una especie de ingenuidad que lo distinguía radicalmente de las anteriores relaciones de Cary. O tal vez debería decir que Trey era simplemente 'normal', cosa que era poco común entre las personas en la vida de Cary y mía.

—Cary no está —respondió—. Acaban de llamar.

—Puedes subir conmigo y esperarlo. No saldré más hoy.

—Si realmente no te importa —me siguió y yo me despedí del recepcionista y me dirigí al ascensor—. Le traje algo.

—No me molesta para nada —le aseguré devolviendo su dulce sonrisa.

Observó mis pantalones de yoga y mi camiseta.

—¿Vienes del gimnasio?

—Sí. A pesar de ser uno de esos días en que habría preferido hacer *cualquier otra* cosa.

Se rió y nos subimos al ascensor.

—Conozco esa sensación.

Mientras subíamos, el silencio se apoderó de nosotros.

—¿Todo bien? —le pregunté.

—Pues... —Trey ajustó la correa de su morral—. Cary ha estado un poco distante estos últimos días.

—¿Mmm? —me mordí el labio inferior—. ¿Cómo así?

—No sé. Es difícil de explicar. Sencillamente siento que tal vez le pasa algo y yo no sé qué es.

Pensé en la rubia y me estremecí.

—Tal vez esté estresado por el trabajo de Grey Isles y no quiere molestarte. Él sabe que tienes suficiente en mente con tu trabajo y la universidad.

La tensión de sus hombros cedió un poco.

—Tal vez sea eso. Tiene sentido. Bueno, gracias.

Entramos al apartamento y le pedí que se sintiera en su casa. Trey fue a la habitación de Cary a dejar sus cosas y yo me dirigí al teléfono para revisar los mensajes.

Un grito al fondo del corredor me hizo tomar el teléfono pero por otro motivo, mi corazón palpitando ante la idea de un intruso en el apartamento y un peligro inminente. Siguieron otros gritos y una de las voces definitivamente era la de Cary.

Respiré aliviada. Con el teléfono en la mano, me arriesgué a investigar qué diablos era lo que sucedía. Tatiana estuvo a punto de tumbarme cuando pasó como una exhalación por el corredor abotonándose la blusa.

—¡Upa! —exclamó con sonrisa de disculpa—. Nos vemos.

Los gritos de Trey no me permitieron escuchar cuando se cerró la puerta.

—Vete para la mierda, Cary. Habíamos hablado de esto. ¡Lo prometiste!

—Estás exagerando —respondió Cary bruscamente—. No es lo que te imaginas.

Trey salió de la habitación como un vendaval y yo tuve que pegarme a la pared para evitarlo. Cary lo siguió con una sábana enrollada en la cintura. Cuando pasó junto a mí, le lancé una mirada con ojos entrecerrados que me hizo merecedora de un poco amable gesto de su dedo medio.

Dejé a los dos hombres y me escapé a la ducha, furiosa con Cary por arruinar una vez más algo bueno. Yo siempre guardaba la esperanza de que rompiera ese patrón, pero él parecía ser incapaz de hacerlo.

Cuando regresé a la cocina media hora después, el silencio en el apartamento era total. Me concentré en hacer la comida: asado de cerdo y papas con espárragos, la cena favorita de Cary en caso de que regresara y necesitara ánimos.

La aparición de Trey en el pasillo cuando ponía el asado en el horno me cogió por sorpresa y luego me entristeció. Me molestaba verlo salir sonrojado, despeinado y llorando. Mi lástima se convirtió en feroz decepción cuando Cary se reunió conmigo en la cocina oliendo a sudor y sexo. Al dirigirse a la nevera del vino, me miró con el ceño fruncido.

Lo enfrenté con los brazos cruzados.

—Joder a un desconsolado amante en las mismas sábanas en las que te acaba de agarrar engañándolo no arreglará las cosas.

—Cállate Eva.

—Probablemente se está odiando a sí mismo por haber cedido.

—Dije que te calles.

—Bien —me alejé de él y me dediqué a sazonar las papas para ponerlas en el horno con el asado.

Cary sacó copas del armario.

—Veo que me estás juzgando. No lo hagas. Él no estaría tan furioso si me hubiera pescado con un hombre.

—Ahora todo es culpa suya. Mmm...

—Noticia de última hora: tu vida amorosa tampoco es perfecta.

—Eso es un golpe bajo, Cary. No voy a dejar que me agredas por esto. Te equivocaste y luego empeoraste las cosas. Es culpa tuya.

—No te pavonees demasiado. Tú duermes con un hombre que cualquier día te violará.

—¡No es así!

Lanzó un bufido y se apoyó contra el mesón; sus ojos verdes expresaban dolor y furia.

—Si lo vas a excusar porque está dormido cuando te ataca, tendrás que excusar también a los borrachos y drogados. Ellos tampoco saben lo que hacen.

La verdad de sus palabras me golpeó, así como el hecho de que estuviera intentando herirme a propósito.

—Es posible dejar de tomar, pero no de dormir.

Enderezándose, Cary destapó la botella que había escogido, sirvió dos copas y me pasó una.

—Si alguien sabe lo que es meterse con personas que lo hieren a uno, ese soy yo. Lo amas. Quieres salvarlo. Pero, ¿quién te va a salvar a ti? Yo no siempre estaré ahí cuando estés con él, y él es una bomba de tiempo.

—¿Quieres hablar sobre meterse en relaciones que te hieren, Cary? —le respondí, desviando su atención de mis dolorosas verdades—. ¿Engañaste a Trey para protegerte a ti mismo? ¿Pensaste que era mejor espantarlo antes de que tuviera tiempo de decepcionarte?

La boca de Cary se torció en un gesto de amargura. Golpeó su copa con la mía.

—Salud, por nosotros, los jodidos. Al menos nos tenemos el uno al otro.

Abandonó la habitación y yo respiré aliviada. Yo había sabido que esto iba a suceder, algo así era demasiado bueno para ser cierto. La satisfacción y la felicidad no se daban en mi vida más que por breves momentos y, en realidad, eran solo ilusiones.

Siempre había algo escondido, esperando al acecho para saltar y arruinarlo todo.

20

GIDEON LLEGÓ CUANDO la cena salía del horno. Llevaba un portatrajes en una mano y un maletín de computador en la otra. Me había preocupado la idea de que se fuera a su casa solo después de la sesión con el doctor Petersen y me tranquilizó cuando llamó para avisar que estaba en camino. A pesar de todo, cuando le abrí la puerta y lo vi en el umbral, sentí un estremecimiento de inquietud.

—Oye —dijo, siguiéndome a la cocina—, huele delicioso.

—Espero que tengas hambre. Hay mucha comida y dudo de que Cary nos acompañe.

Gideon dejó sus cosas sobre la barra y se acercó a mí cautelosamente, examinando mi rostro.

—Traje algunas cosas para quedarme esta noche pero, si quieres, me voy. Cuando tú digas. Solo dime.

Solté el aire en una ráfaga, decidida a no permitir que el miedo determinara mis acciones.

—Te quiero acá.

—Yo quiero estar acá —se detuvo a mi lado—. ¿Te puedo abrazar?

Me giré y lo abracé.

—Por favor.

Apoyó su mejilla en la mía y me abrazó con fuerza. El abrazo no era tan natural y fácil como solía ser. Había un desánimo entre nosotros que era diferente a todo lo que habíamos sentido hasta entonces.

—¿Cómo estás? —preguntó en un susurro.

—Mejor ahora que estás acá.

—Pero todavía nerviosa —me besó en la frente—. Yo también. No sé cómo vamos a poder dormir otra vez uno al lado del otro.

Retirándome un poco, lo miré a los ojos. Ese también era mi temor y mi conversación de hace un rato con Cary no ayudaba. *Él es una bomba de tiempo...*

—Ya lo resolveremos —dije.

Estuvo en silencio un largo rato.

—¿Nathan se ha puesto en contacto contigo alguna vez?

—No —siempre había temido en el fondo de mi alma la posibilidad de volver a verlo, por accidente o a propósito. Él estaba allí afuera, en algún lugar, respirando el mismo aire...—. ¿Por qué?

—Se me ocurrió hoy.

Volví a examinar su rostro con un nudo en la garganta al ver lo atormentado que se veía.

—¿Por qué?

—Porque, entre los dos tenemos demasiada historia.

—¿Estás pensando que son demasiadas cargas?

Gideon meneó la cabeza.

—No puedo pensar eso.

No supe qué decir o hacer. ¿Qué seguridad le podía dar si yo no estaba segura de que mi amor y su necesidad fueran suficientes para hacer que la relación funcionara?

—¿En qué piensas? —me preguntó.

—En la cena. Me muero de hambre. ¿Por qué no miras si Cary quiere comer?

Gideon encontró a Cary dormido, así que él y yo cenamos a la luz de las velas en el comedor, una cena algo formal aunque llevábamos el pijama y camiseta que nos habíamos puesto después de ducharnos. Cary me tenía preocupada, pero pasar un rato tranquilo a solas con Gideon parecía ser exactamente lo que necesitábamos.

—Ayer almorcé con Magdalene en mi oficina —me informó después de algunos bocados.

—¿Oh? —así que mientras yo había salido a comprarle un anillo, ¿Magdalene había disfrutado de una visita privada a mi hombre?

—No hagas esa cara —me reprendió—. Ella comió su almuerzo en una oficina repleta de tus flores y contigo lanzando besos desde mi escritorio. Tú estabas tan presente allí como ella.

—Lo siento. Fue una reacción refleja.

Se llevó mi mano a la boca y me dio un rápido y fuerte beso en el dorso.

—Me tranquiliza que aún te sientas celosa.

Suspiré. Mis emociones eran un caos; no lograba decidir lo que realmente sentía.

—¿Le dijiste algo sobre Christopher?

—Ese era el motivo del almuerzo. Le mostré el video.

—¿Qué? —fruncí el ceño al recordar que mi teléfono se había quedado sin pila en el auto—. ¿Cómo hiciste eso?

—Llevé tu teléfono a mi oficina y pasé el video a una USB. ¿No notaste que te lo traje ayer ya cargado?

—No —respondí dejando mis cubiertos en el plato. Dominante o no, Gideon y yo tendríamos que resolver hasta dónde podía hacer esas cosas sin que yo perdiera los estribos—. Gideon, no puedes sencillamente piratear mi teléfono.

—No lo pirateé. No le has puesto una contraseña.

—¡Ese no es el punto! Es una invasión a mi maldita privacidad.

Jesús... —¿por qué diablos nadie entendía que yo tenía límites?— ¿Te gustaría que yo hurgara entre tus cosas?

—No tengo nada que esconder —sacó su *smartphone* del bolsillo y me lo alargó—. Y tú tampoco.

No quería iniciar una pelea —las cosas ya estaban difíciles— pero esto ya había llegado muy lejos.

—No importa si tengo o no algo que no quiero que veas. Tengo derecho a mi espacio y privacidad, y tú tienes que pedir autorización antes de hacer uso de mi información o propiedades. No puedes seguir tomando lo que te da la gana sin mi permiso.

—¿Qué tenía el video de privado? —preguntó frunciendo el ceño—. Tú misma me lo mostraste.

—¡Gideon, no te comportes como mi madre! —le grité—. Hay un límite a las locuras que puedo manejar.

Retrocedió bruscamente ante mi vehemencia, claramente sorprendido por lo molesta que estaba.

—Está bien. Lo lamento.

Tomé mi vino e intenté controlar mi furia e inquietud.

—¿Lamentas que esté furiosa o lo que hiciste?

Tras un rato, Gideon respondió:

—Lamento que estés furiosa.

Realmente no entendía.

—¿Por qué no entiendes lo absurdo que es esto?

—Eva —suspiró y pasó una mano por su cabello—. Paso la cuarta parte de cada día *dentro* de ti. Cuando fijas límites fuera de eso siento que son arbitrarios.

—Pues no lo son. Son importantes para mí. Si quieres saber algo, tienes que preguntármelo a mí.

—Está bien.

—Gideon, no lo vuelvas a hacer —le advertí—. Estoy hablando en serio.

Su mandíbula se tensionó.

—Está bien. Entendido.

Luego, debido a que realmente no quería pelear, retomé la conversación.

—¿Qué dijo Magdalene al verlo?

Gideon se relajó inmediatamente.

—Fue difícil, desde luego. Y peor saber que yo lo había visto.

—Ella nos vio en la biblioteca.

—No hablamos de eso directamente pero, ¿qué había para decir? No pediré disculpas por hacerle el amor a mi novia en una habitación cerrada —se recostó en su silla y respiró profundamente—. Ver la cara de Christopher en el video, lo que él realmente piensa de ella, le dolió. No es fácil verse a sí mismo siendo utilizado de esa manera. Especialmente por alguien a quien crees conocer, alguien que se supone que te aprecia.

Volví a llenar nuestras copas para disimular mi reacción. Hablaba como si conociera esa experiencia. ¿Qué sería exactamente lo que le habían hecho a él?

Tras un sorbo de vino, pregunté:

—¿Cómo lo manejas *tú*?

—¿Qué puedo hacer? Durante años he intentado hablar con Christopher. He intentado darle dinero. Lo he amenazado. Nunca ha estado dispuesto a cambiar. Hace tiempo entendí que tan solo puedo intentar controlar el daño que produce. Y mantenerte tan alejada de él como sea posible.

—Ya sabiendo, te ayudaré con eso.

—Bien —tomó un trago, observándome por encima de la copa—. No me has preguntado sobre mi reunión con el doctor Petersen.

—No es mi problema, a menos de que quieras contarme —lo miré a los ojos con la esperanza de que sí lo hiciera—. Estoy acá para escucharte cuando así lo quieras, pero no voy a entrometerme. Me contarás cuando estés listo para compartirlo conmigo. Y, me encantaría saber si Petersen te cayó bien.

—Hasta ahora sí —sonrió—. Me dio tres vueltas. No muchas personas lo logran.

—Sí. Te da vueltas y te obliga a regresar al punto desde un ángulo diferente que te lleva a pensar ¿y por qué no lo vi así?

Los dedos de Gideon recorrían la pata de su copa.

—Me recetó algo para tomar por las noches antes de acostarme. Lo compré antes de venir.

—¿Cómo te sientes respecto a tomar drogas?

Me miró con ojos oscuros y angustiados.

—Creo que es necesario. Tengo que estar contigo y necesito que no sea un riesgo para ti, así que haré cualquier cosa para lograrlo. El doctor Petersen dice que la droga combinada con terapia ha tenido éxito con otros "parasomniacos sexuales atípicos". Tengo que creerle.

Le tomé una mano. Tomar drogas era un gran paso, especialmente para alguien que llevaba mucho tiempo evitando enfrentar sus problemas.

—Gracias.

—Parece ser que hay tantas personas con este problema que existen varios estudios al respecto. Me contó de un caso en el que un hombre pasó doce años atacando sexualmente a su esposa antes de buscar ayuda.

—¿Doce años? Qué horror.

—Aparentemente, el motivo por el que esperaron tanto tiempo fue que el hombre era mejor en la cama cuando estaba dormido —dijo secamente—. Eso debe ser un golpe mortal para el ego.

Lo observé.

—Terrible.

—Lo sé —la sonrisa irónica desapareció—. Eva, no quiero que te sientas obligada a compartir la cama conmigo. No hay píldoras mágicas. Puedo dormir en el sofá o puedo irme a casa pero, entre esas dos opciones, preferiría el sofá. Mis días son mucho mejores cuando me alisto para salir a trabajar estando contigo.

—Me sucede lo mismo.

Gideon tomó mi mano y la llevó a sus labios.

—Nunca imaginé que podría tener esto... Alguien en mi vida que sabe lo que tú sabes sobre mí. Alguien que puede discutir mis problemas durante la cena porque me acepta como soy... Te lo agradezco Eva.

Me conmoví... Gideon podía decir cosas tan bellas, tan perfectas.

—Yo también me siento así contigo —aunque tal vez más profundamente, porque yo lo amaba. Pero eso no lo dije en voz alta. Él llegaría a eso algún día y yo no iba a darme por vencida hasta que fuera total e irrevocablemente mío.

Con los pies descalzos sobre la mesa de centro y el computador en su regazo, Gideon se veía tan cómodo y relajado que me distraía de mi programa de televisión.

¿Cómo llegamos a esto? me pregunté a mí misma. ¿Este hombre absurdamente sexy y yo?

—Me estás mirando —murmuró sin quitar los ojos de la pantalla del computador.

Le saqué la lengua.

—Señorita Tramell, ¿es eso una insinuación sexual?

—¿Cómo me puedes ver si estás mirando la pantalla?

Levantó esos ojos azules resplandecientes de calor y poder.

—Siempre te veo, ángel. Desde el momento en que me encontraste, no veo nada más.

El miércoles amaneció con el miembro de Gideon embistiéndome desde atrás, mi nueva forma favorita de despertarme.

—Entonces —dije roncamente al despertar, cuando su brazo rodeó mi cintura y me apretó contra su pecho—. Amaneciste juguetón.

—Tú amaneces guapísima y sexy todas las mañanas —murmuró mientras mordisqueaba mi hombro—. Me encanta ponerme a la altura.

Habíamos pasado una noche de sueño ininterrumpido y con varios orgasmos de parte y parte.

Mucho más tarde ese día, almorcé con Mark y Steven en un delicioso restaurante mexicano ubicado en un local subterráneo. Descendimos unas cortas escaleras de cemento y nos encontramos en una amplio restaurante con meseros uniformados de negro y mucha luz.

—Deberías traer a tu hombre a este lugar —dijo Steven—, y hacer que te compre una margarita de granada.

—¿Son buenas? —pregunté.

—Oh sí.

La mesera que vino a tomar nuestro pedido coqueteó descaradamente con Mark, haciéndole ojitos con unas pestañas perfectamente envidiables. Mark le dio cuerda y, a medida que el almuerzo progresaba, la exuberante pelirroja —identificada como Shawna— se hizo más audaz: cada vez que pasaba por nuestra mesa le daba un toquecito en el hombro o la nuca. En respuesta, las bromas de Mark se hicieron más insinuantes. Miré nerviosamente de reojo a Steven y vi que su rostro se sonrojaba y su ceño se fruncía cada vez más. Moviéndome inquieta, contaba los minutos para que esa tensa comida llegara a su final.

—Encontrémonos esta noche —le propuso Shawna a Mark cuando trajo la cuenta—. Una noche conmigo y estarás curado.

Miré boquiabierta. ¿En serio?

—¿Está bien a las siete de la noche? —ronroneó Mark—. Te arruinaré, Shawna. Ya sabes lo que sucede una vez que te acuestas con alguien de raza negra...

El sorbo de agua que estaba tomando se me fue por el camino viejo y me atoré.

Steven saltó y rodeó la mesa para golpearme la espalda.

—Diablos Eva —exclamó riendo—. Tan solo nos estamos burlando de ti. No te nos mueras.

—¿Qué? —exclamé con ojos llorosos.

Riendo, dio la vuelta y le pasó un brazo por la cintura a la mesera.

—Eva, te presento a mi hermana Shawna. Shawna, Eva es la chica que le facilita la vida a Mark.

—Eso es bueno, ya que te tiene a ti para complicársela.

Steven me guiñó un ojo.

—Por eso sigue conmigo.

Viendo a los hermanos uno al lado del otro noté inmediatamente el parecido. Me dejé caer en mi silla y miré a Mark con el ceño fruncido:

—Eso fue horrible. Pensé que Steven iba a asesinar a alguien.

Mark levantó una mano en señal de rendición.

—Fue idea de él. Recuerda que él es el rey del melodrama.

Balanceándose en sus talones, Steven rió.

—A ver, Eva. Tú sabes que Mark es el encargado de las ideas en esta relación.

Shawna sacó una tarjeta del bolsillo y me la entregó.

—Mi número está en la parte trasera. Llámame. Tengo todos los chismes sobre estos dos. Puedes cobrarles fácilmente su broma.

—¡Traidora! —la acusó Steven.

—Oye —respondió Shawna encogiendo los hombros—. Entre chicas nos tenemos que apoyar.

GIDEON y yo fuimos a su gimnasio después del trabajo. Angus nos dejó enfrente y al entrar vimos que el lugar estaba repleto. Me cambié en un vestidor atestado de gente y me reuní con Gideon en el vestíbulo.

Saludé a Daniel, el entrenador que me había abordado la primera vez que fui a CrossTrainer, y me gané una nalgada por ello.

—Oye —protesté espantando la mano castigadora de Gideon—. ¡Basta!

Tiró de mi cola de caballo e inclinó suavemente mi cabeza para marcar su territorio con un profundo y suntuoso beso.

La forma en que tiró de mi cabello envió corrientazos de electricidad por toda mi piel.

—Si esa es tu idea para disuadirme —susurré en sus labios—, tengo que informarte que es más bien un incentivo.

—Estoy dispuesto a mejorarlo —dijo mordisqueando mi labio—. Pero no te recomiendo poner a prueba mis límites en esa forma.

—No te preocupes. Tengo otras formas de hacerlo.

Gideon se dirigió primero a la trotadora, dándome el placer de observar su cuerpo brillante de sudor... en público. Aunque lo veía así frecuentemente en privado, no dejaba de excitarme.

Me fascinaba cómo se veía con el pelo cogido en la nuca y el movimiento de sus músculos bajo la piel levemente bronceada. Y el sutil poder de sus movimientos. Ver a un hombre tan fino y elegante deshacerse de su traje y exhibir su naturaleza animal me excitaba terriblemente.

No podía dejar de mirarlo y no tenía motivo para hacerlo. Al fin y el cabo, era mío, un hecho que me alegraba profundamente. Además, todas las mujeres en el gimnasio lo estaban examinando. Mientras se movía de un lugar a otro, lo seguían docenas de miradas de admiración.

Cuando me pescó devorándolo con los ojos, le lancé una insinuante mirada y pasé mi lengua por mi labio inferior. Su ceja arqueada y brusca sonrisa me entusiasmaron. No podía recordar la última vez que me había sentido tan motivada para hacer ejercicio. La hora y media pasó volando.

Para cuando regresamos al Bentley y nos dirigimos a su penthouse, la inquietud me impedía quedarme quieta en el asiento. Mi mirada lo perseguía.

Me agarró la mano.

—Tendrás que esperar.

Esa afirmación me sorprendió.

—*¿Qué?*

—Me escuchaste —besó mis dedos y tuvo el atrevimiento de lanzarme una perversa sonrisa— Gratificación aplazada, mi amor.

—¿Por qué haríamos eso?

—Piensa en lo enloquecidos que estaremos de deseo después de la cena.

Me incliné hacia él para evitar que Angus me escuchara, aunque sabía que era lo suficientemente profesional para ignorarnos.

—Eso es un hecho, esperemos o no. Yo voto por no esperar.

Pero él no cedió. En su lugar, hizo de torturador para ambos, ya que nos desvestimos el uno al otro para tomar una ducha, acariciando y consintiendo las curvas de nuestros cuerpos, y luego nos vestimos para la cena. Él lucía su esmoquin pero sin el corbatín. Llevaba la camisa blanca sin abotonar en el cuello, revelando un fragmento de piel. El traje de coctel que escogió para mí era un Vera Wang de seda color champaña, sin tirantes, con la espalda abierta y con una falda en capas que terminaba pocos centímetros por encima de mi rodilla.

Sonreí al verlo, sabiendo que Gideon iba a enloquecerse viéndome toda la noche con ese vestido. Era magnífico y me encantó, pero su estilo estaba diseñado para modelos altas y delgadas, no para jóvenes bajas y rellenitas. En una lamentable apuesta a la modestia, me dejé el cabello suelto sobre mis senos pero —a juzgar por la expresión de Gideon— no ayudó mucho.

—Por Dios Eva. He cambiado de opinión sobre ese vestido. No debes llevarlo en público.

—No tenemos tiempo para cambiar de idea.

—Pensé que cubría más.

Me encogí de hombros sonriendo.

—¿Qué puedo decir? Tú lo compraste.

—Estoy arrepentido. ¿Cuánto tiempo te tomaría quitártelo?

Pasándome la lengua por el labio inferior, le respondí:

—No lo sé. ¿Por qué no lo averiguas?

—Nunca saldríamos de aquí.

—Yo no tengo objeción —se veía tan caliente y yo lo deseaba, como siempre, con locura.

—¿Hay algo que te puedas poner encima? Una chaqueta o algo. ¿Una parka o una gabardina?

Riendo, saqué mi bolso del armario y lo tomé del brazo.

—No te preocupes. Todo el mundo estará ocupado admirándote a ti, ni siquiera me notarán.

Frunció el ceño mientras lo conducía fuera de la habitación.

—Es en serio. ¿Te han crecido las tetas? Se te están derramando por encima de ese vestido...

—Gideon, tengo veinticuatro años. Hace muchos que dejé de crecer. Lo que ves es lo que obtienes.

—Sí, pero se supone que yo soy el único que ve, dado que soy el único que tiene permitido obtener.

Pasamos al salón. En el poco tiempo que nos tomó llegar al vestíbulo, me deleité con la belleza del hogar de Gideon. Me encantaba su calidez y lo acogedor que era. La decoración clásica era encantadora y elegante y, a pesar de ello, muy cómoda. La sensacional vista complementaba el interior sin quitarle su valor.

La mezcla de maderas oscuras, piedras envejecidas, colores cálidos y acentos vívidos era obviamente costosa, como lo eran también las obras de arte que colgaban de las paredes, pero constituían un despliegue de riqueza de muy buen gusto. No me imaginaba que nadie pudiera sentirse incómodo e indeciso sobre qué tocar o dónde sentarse. No era ese tipo de espacio.

Tomamos el ascensor privado y Gideon se volvió hacia mí tan pronto se cerraron las puertas. Inmediatamente intentó subir mi canesú.

—Si no tienes cuidado —le advertí—, lograrás exponer mi entrepierna.

—Maldita sea.

—Podríamos divertirnos con esto. Yo podría hacer el papel de la rubia hueca que va tras de ti y tus millones, y tú puedes ser tú mismo

—el millonario conquistador con su más reciente juguete. Tan solo tienes que parecer aburrido e indulgente mientras yo me refriego contra ti y cacareo sobre lo inteligente que eres.

—No es gracioso —su mirada se iluminó—. ¿Qué tal una bufanda?

UNA vez nos registramos para la cena de gala a beneficio de un nuevo refugio para mujeres y niños, nos condujeron a una rueda de prensa que despertó mi miedo a la publicidad. Me concentré en Gideon pues nada tenía su capacidad para distraerme. Y, como estaba tan atenta, pude observar el paso de hombre privado a personaje público a medida que se daba.

La máscara cubrió su rostro sin problemas. Sus iris se congelaron en un azul glacial y su sensual boca perdió cualquier rastro de curvas. Casi pude sentir la fuerza de su voluntad rodeándonos. Había un escudo entre nosotros y el resto del mundo... simplemente porque él así lo quería. De pie a su lado, supe que nadie se me acercaría o me hablaría hasta que él no les hiciera una señal autorizándolos.

A pesar de ello, la sensación de protección no incluía las miradas. Las cabezas se volvían hacia Gideon mientras nos dirigíamos al salón de baile y lo seguían. A mí me dio un tic nervioso por toda la atención que se centraba en nosotros, pero él parecía totalmente ajeno y sereno.

Si hubiese estado resuelta a cacarear y restregarme contra Gideon, habría tenido que esperar en fila. Cada vez que nos deteníamos, una multitud lo asediaba. Me alejé para dar paso a quienes competían por llamar su atención y fui a buscar una copa de champaña. Waters Field & Leaman había donado la publicidad del evento y vi a algunas personas conocidas.

Acababa de conseguir una copa cuando escuché a alguien llamarme por mi nombre. Al voltearme vi al sobrino de Stanton que se acercaba con una sonrisa en el rostro. Era aproximadamente de mi edad y tenía pelo oscuro y ojos verdes. Lo había conocido cuando visitaba a mi madre en las vacaciones y me alegraba verlo nuevamente.

—¡Martin! —lo saludé con los brazos abiertos y nos dimos un rápido abrazo—. ¿Cómo estás? Te ves muy bien.

—Estaba a punto de decir lo mismo —respondió examinando mi vestido—. Oí que te habías mudado a Nueva York y tenía intención de buscarte. ¿Hace cuánto estás en la ciudad?

—No mucho. Unas cuantas semanas.

—Tómate tu champán y vamos a bailar.

El champaña aún burbujeaba en mi sistema cuando pasamos a la pista de baile en la que reinaba Billie Holliday con su canción *Summertime.*

—Entonces —comenzó él—, ¿estás trabajando?

Mientras bailábamos, le conté sobre mi trabajo y le pregunté a qué se dedicaba. No me sorprendió escuchar que trabajaba en la compañía inversora de Stanton y que le iba bien.

—Me encantaría ir a esa zona y llevarte a almorzar algún día —me dijo.

—Eso sería maravilloso —di un paso cuando terminó la música y me tropecé con alguien detrás. Dos manos se posaron en mi cintura para estabilizarme y, al mirar sobre mi hombro, descubrí a Gideon.

—Hola —ronroneó sin quitar su gélida mirada de Martin—. Preséntanos.

—Gideon, él es Martin Stanton. Nos conocemos hace varios años. Es sobrino de mi padrastro —tomé aire y me lancé—: Martin, este es el hombre importante en mi vida, Gideon Cross.

—Cross —Martin sonrió y extendió su mano—. Obviamente sé quién eres. Encantado de conocerte. Si las cosas van bien, tal vez nos veamos en alguna reunión familiar.

Gideon pasó el brazo sobre mis hombros antes de responder.

—Cuenta con ello.

Alguien llamó a Martin y él se inclinó para darme un beso de despedida.

—Te llamaré para ir a almorzar. ¿Te parece la semana entrante?

—Perfecto —estaba totalmente consciente de que Gideon vibraba de energía a mi lado aunque, cuando lo miré, su rostro lucía calmado e imperturbable.

Me sacó a bailar al ritmo de Louis Armstrong y *What a Wonderful World*.

—No estoy seguro de que me guste —murmuró.

—Martin es muy simpático.

—Siempre y cuando recuerde que tú eres mía —apoyó su mejilla en mi sien y su mano en mi espalda, piel contra piel. Sujetándome de esa manera, nadie dudaría de que le perteneciera.

Disfruté la oportunidad de estar tan cerca de su maravilloso cuerpo en público. Respirando su aroma, me relajé en sus brazos.

—Esto me gusta.

Acariciándome con la nariz, murmuró:

—Esa es la idea.

La felicidad... duró lo mismo que la canción.

Abandonábamos la pista de baile cuando vi a Magdalene a un lado. Me tomó un momento reconocerla porque ahora llevaba la melena lisa. Lucía esbelta y elegante en un simple vestido negro de coctel pero se veía eclipsada por la estupenda morena con la que hablaba.

Gideon titubeó un momento antes de retomar su ritmo usual. Yo miraba hacia abajo, pensando que él había evitado algo en el suelo, cuando me dijo en voz baja:

—Tengo que presentarte a alguien.

Levanté la vista para ver hacia dónde nos dirigíamos. La mujer que estaba con Magdalene había visto a Gideon y se volteó hacia él. Sentí su antebrazo tensionarse bajo mis dedos en el momento en que sus miradas se encontraron.

Y entendí por qué.

La mujer, quienquiera que fuera, estaba profundamente enamorada de Gideon. Se le veía en la cara y en sus pálidos y místicos ojos. Era de una belleza impresionante, tanto así que parecía surrealista. Su cabello era negro como la tinta y le caía grueso y liso casi hasta la cintura. El vestido era del mismo tono glacial de sus ojos, su piel dorada por el sol y su cuerpo largo y perfectamente formado.

—Corinne —la saludó Gideon, con la ronquera natural de su voz aún más marcada. Me soltó y la tomó de las manos—. No me avisaste que habías regresado. Te habría recogido.

—Te dejé varios mensajes de voz en tu casa —respondió ella con voz suave y culta.

—Ahh, no he pasado mucho tiempo allí últimamente —como si eso le hubiese recordado que me encontraba a su lado, soltó sus manos y me acercó a él—. Corinne, ella es Eva Tramell. Eva, Corinne Giroux. Una vieja amiga.

Extendí la mano y ella me la estrechó.

—Quien es amigo de Gideon también es amigo mío —me dijo con una cálida sonrisa.

—Espero que eso también incluya a sus novias.

Cuando su mirada se encontró con la mía, vi sabiduría en ella.

—Especialmente sus novias. Si me lo prestas un momento, quisiera presentarle a un colega.

—Desde luego —mi voz sonó tranquila pero yo no lo estaba.

Gideon me dio un beso superficial en la sien antes de acercarse a Corinne y ofrecerle el brazo, con lo cual Magdalene y yo quedamos a solas.

De hecho, me daba lástima... lucía tan abatida.

—Tu nuevo corte te favorece, Magdalene.

Me observó con la boca fruncida y luego suavizó el gesto con un suspiro lleno de resignación.

—Gracias. Había llegado el momento de hacer cambios. Muchos cambios, creo. Además, ahora que ella ha regresado, no había razón para imitarla.

Fruncí el ceño confundida.

—Me perdí.

—Me refiero a Corinne —dijo examinando mi rostro—. No lo sabes. Ella y Gideon estuvieron comprometidos durante más de un año. Ella rompió el compromiso, se casó con un francés muy rico y se mudó a Europa. Pero su matrimonio no funcionó. Se están divorciando y ella ha regresado a Nueva York.

Comprometido. La sangre abandonó mi rostro y mi mirada se desvió hacia donde el hombre al que yo amaba estaba de pie con la mujer a la que él debía haber amado. Su mano estaba apoyada en la parte baja de su espalda mientras ella se inclinaba hacia él riendo.

Mientras mi estómago se retorcía de celos y miedo, caí en cuenta de que yo había asumido que él nunca había tenido una relación seria antes de mí. Qué estúpida. Con lo caliente que era, debería habérmelo imaginado.

Magdalene me dio un toque en el hombro.

—Deberías sentarte, Eva. Estás muy pálida.

Sabía que estaba respirando muy rápidamente y que mi pulso estaba peligrosamente acelerado.

—Tienes razón.

Dirigiéndome a la silla más cercana, me senté con Magdalene a mi lado.

—Lo amas —me dijo—. No lo había notado. Lo siento. Y siento lo que te dije la primera vez que nos vimos.

—Tú también lo amas —respondí inexpresivamente y con la mirada desenfocada—. Y en aquel momento, yo no lo amaba. Aún no.

—Eso no me excusa a mí, ¿o sí?

Acepté agradecida otra copa de champaña que me ofreció un mesero y tomé una para Magdalene. Brindamos en un patético gesto de solidaridad femenina. Quería abandonar la fiesta. Quería ponerme de pie y largarme. Quería que Gideon notara que me había ido y se viera obligado a seguirme. Quería que sintiera algo del dolor que yo sentía. Imágenes estúpidas, inmaduras e hirientes que me hacían sentir poca cosa.

Me consolaba tener a Magdalene sentada a mi lado en conmiseración. Ella sabía lo que se sentía al amar y desear demasiado a Gideon. El hecho de que yo sintiera que ella era tan infeliz como yo confirmaba la amenaza que era Corinne.

¿La había echado de menos todo este tiempo? ¿Era por ella que se había cerrado a otras mujeres?

—Aquí estás.

Levanté la vista cuando Gideon me encontró. Corinne seguía prendida de su brazo y pude sentir el efecto que hacían como pareja. Eran, sencillamente, despampanantes.

Corinne se sentó a mi lado y Gideon pasó sus dedos por mi mejilla.

—Tengo que hablar con alguien —dijo—. ¿Quieres que te traiga algo?

—Stoli y arándanos. Doble, por favor —necesitaba urgentemente una sacudida.

—Muy bien —pero frunció el ceño antes de alejarse.

—Estoy tan contenta de conocerte, Eva —exclamó Corinne—. Gideon me ha hablado mucho de ti.

—No puede haber sido mucho. No se demoraron tanto.

—Hablamos casi todos los días —sonrió, pero no había nada falso o malicioso en su expresión—. Somos amigos hace mucho tiempo.

—Más que amigos —aclaró Magdalene deliberadamente.

Corinne hizo un gesto a Magdalene y entendí que se suponía que yo no debía saberlo. ¿Cuál de ellos, o ambos, había decidido que era mejor no contarme? ¿Por qué encubrir algo si no hay nada que esconder?

—Sí, es verdad —admitió ella a regañadientes—. Pero eso fue hace ya varios años.

Me volví en mi silla para enfrentarla.

—Aún lo amas.

—No me puedes culpar por eso. Cualquier mujer que pasa un rato con él acaba enamorada. Es bello e intocable, y esa es una combinación irresistible —su sonrisa se ablandó—. Me dice que tú lo has incitado a abrirse. Te lo agradezco.

Estaba a punto de responder "no lo hice por ti", pero una duda insidiosa cruzó por mi mente e hizo que un punto vulnerable en mi interior se cerrara sobre sí mismo.

¿Lo estaría haciendo para ella sin saberlo?

Hice girar la pata de mi copa de champaña una y otra vez sobre la mesa.

—Él se iba a casar contigo.

—Y el mayor error de mi vida fue dejarlo —se llevó una mano a la garganta y la acarició inquietamente, como si jugara con un collar que debería estar allí—. Yo era joven y, de cierta forma, él me asustaba. Era tan posesivo. Solo después de que me casé entendí que es mejor la posesividad que la indiferencia... al menos para mí.

Desvié la mirada, luchando contra la náusea que invadía mi garganta.

—Estás muy callada —dijo.

—¿Qué puede decir? —soltó Magdalene.

Todas lo amábamos. Todas estábamos a su disposición. Eventualmente, él escogería entre nosotras.

—Eva. Debes saber que me ha dicho lo especial que eres para él —comenzó Corinne, mirándome con sus lindos ojos aguamarina—. Me tomó un rato reunir el valor para regresar y enfrentarlas a ustedes dos juntas. Incluso cancelé el vuelo que había reservado hace un par de semanas. Pobre Gideon, lo interrumpí en un evento de caridad en el que daba un discurso para decirle que estaba en camino y pedirle ayuda para establecerme acá.

Quedé paralizada, sintiéndome tan frágil como un vidrio ya vencido. Tenía que estar hablando de la cena de caridad, la noche que Gideon y yo tuvimos sexo por primera vez. La noche en que habíamos bautizado su limosina y él se había encerrado en sí mismo y, luego, me había abandonado abruptamente.

—Cuando me devolvió la llamada —continuó Corinne—, me dijo que había conocido a alguien. Que quería que tú y yo nos conociéramos cuando yo estuviera de regreso en la ciudad. Me acobardé. Nunca antes me había pedido que conociera a una de las mujeres de su vida.

Oh, Dios mío. Miré a Magdalene. Gideon me había abandonado esa noche por *ella*. Por Corinne.

21

—DISCÚLPENME —ME LEVANTÉ de la mesa y busqué a Gideon. Lo vi en el bar y me dirigí hacia él.

Cuando lo alcancé, se despedía del barman con dos vasos en las manos. Tomé mi trago y lo bebí de un sorbo; los dientes me dolieron cuando los cubos de hielo los golpearon.

—Eva —había un suave tono de reproche en su voz.

—Me voy —dije secamente, rodeándolo para dejar el vaso vacío en la barra—. No lo considero una huida porque te lo estoy informando por adelantado y dándote la opción de venir conmigo.

Exhaló fuertemente y pude ver que entendía mi ánimo. Sabía que yo sabía.

—No puedo irme.

Me aparté.

Él me agarró del brazo.

—Sabes que no me puedo quedar si tú te vas. Estás molesta por nada, Eva.

—*¿Nada?* —observé la mano que me retenía—. Te advertí que soy celosa. Esta vez me has dado buenos motivos para estarlo.

—Y... ¿se supone que advertírmelo te excusa cuando te pones ridícula? —su expresión era relajada, su voz controlada. Nadie que nos observara a cierta distancia detectaría la tensión entre nosotros, pero era evidente en sus ojos. Lujuria abrasadora y furia glacial. Él era muy bueno juntándolas.

—¿Quién es ridículo? ¿Qué me dices de Daniel, el entrenador? O ¿de Martin, un miembro de mi familia política? —me incliné más cerca y susurré—. ¡Nunca he tenido sexo con ellos y, tampoco estoy comprometida con ellos! ¡Y, definitivamente, no hablo con ellos todos los días!

Repentinamente, me agarró por la cintura y me estrechó contra él.

—Lo que necesitas es que te haga el amor ya mismo —siseó en mi oído a la vez que mordía mi lóbulo—. No debí obligarnos a esperar.

—Tal vez estabas siendo previsor —le respondí—. Reservándote en caso de que una vieja llama ardiera nuevamente en tu vida, una que te gustara más.

Gideon bebió su trago y luego me apretó contra su costado con un brazo de hierro alrededor de mi cintura y me condujo hacia la puerta. Sacó su teléfono del bolsillo y ordenó que trajeran la limosina. Cuando llegamos a la calle, el auto ya nos esperaba. Gideon me empujó por la puerta que Angus mantenía abierta y le ordenó:

—Da vueltas a la manzana hasta que te avise.

Se metió en el auto a mi lado, tan cerca que podía sentir su aliento en mi espalda. Me arrastré hasta el otro extremo del sillón, decidida a alejarme de él...

—Detente —me ladró.

Caí de rodillas en el piso alfombrado, respirando con dificultad.

Podría huir al fin del mundo y no lograría escapar del hecho de que Corinne Giroux tenía que ser mejor para Gideon que yo. Era calmada y serena, una presencia tranquilizadora incluso para mí —la persona que se estaba enloqueciendo por el hecho de que ella existiera—. Mi peor pesadilla.

Su mano se retorció en mi cabello, inmovilizándome. Sus piernas extendidas me rodearon apretándome aún más, de manera que mi cabeza quedó inclinada sobre su hombro.

—Te voy a dar lo que ambos necesitamos, Eva. Vamos a tirar todo el tiempo que sea necesario para tranquilizarnos lo suficiente para asistir a la cena. Y tú no te vas a preocupar por Corinne porque, mientras ella está en la fiesta, yo estaré dentro de ti.

—Sí —susurré lamiéndome los labios resecos.

—Se te olvida quién se somete, Eva —dijo con brusquedad—. He cedido el control por ti. He cedido y me he adaptado por ti. Haré cualquier cosa para tenerte y hacerte feliz. Pero no me amansarás ni me doblegarás. No confundas mi indulgencia con debilidad.

Tragué saliva con dificultad. Mi sangre hervía por él.

—Gideon...

—Levanta las manos y agárrate de la manija de encima de la ventana. No la sueltes hasta que yo diga, ¿entendido?

Obedecí y pasé mis manos por la manija de cuero. Cuando lo hice, mi cuerpo despertó haciéndome consciente de que él tenía razón sobre lo que yo necesitaba. Este amante mío me conocía tan bien...

Metiendo las manos bajo mi ropa, Gideon apretó mis llenos y adoloridos senos. Cuando acarició y haló mis pezones, mi cabeza cayó contra él y la tensión abandonó mi cuerpo como un torrente.

—Dios —jugueteaba con su boca en mi sien—. Es tan perfecto cuando te entregas a mí de esta manera... totalmente, como si fuese un gran alivio.

—Poséeme —le supliqué, ansiando la conexión—. Por favor.

Soltando mi pelo, metió la mano bajo el vestido y me bajó los calzones. Su chaqueta pasó cerca a mi cabeza y aterrizó en la silla; luego, su mano se metió entre mis piernas. Gruñó al encontrarme húmeda y lista para él.

—Fuiste hecha para mí, Eva. No puedes vivir sin tenerme dentro de ti.

Y continuó preparándome, pasando sus hábiles dedos por mi sexo, distribuyendo la humedad sobre mi clítoris y los labios. Me penetró con dos dedos, extendiéndolos, abriéndome en preparación para el ataque de su largo y grueso pene.

—Gideon, ¿me deseas? —le pregunté roncamente, galopando sobre sus invasores dedos pero restringida por la obligación de asir la manija.

—Más que a mi propia respiración —sus labios recorrían mi garganta y hombro, la suave lengua deslizándose seductivamente por mi piel—. Yo tampoco puedo vivir sin ti. Eres una adicción... mi obsesión...

Sus dientes mordieron mi carne y expresó su necesidad animal con un ronco gemido de deseo. No dejaba de excitarme con sus dedos, mientras su otra mano masajeaba mi clítoris en una coordinada estimulación.

—¡Gideon! —grité, cuando mis sudados dedos comenzaron a resbalar por la manija.

Sus manos me abandonaron y escuché el erótico rasgar de su cremallera al descender.

—Suelta la manija y acuéstate de espaldas con las piernas abiertas.

Me acomodé en el asiento y me estiré, ofreciéndole mi cuerpo con temblorosa anticipación. Su mirada se encontró con la mía cuando su rostro fue iluminado brevemente por las luces de otro vehículo.

—No temas —se acostó encima de mí dejando caer su peso con agonizante cuidado.

—Estoy demasiado caliente para asustarme —lo agarré y levanté mi cuerpo para presionarlo contra el suyo—. Te deseo.

La corona de su miembro escarbaba entre los pliegues de mi sexo. Con un giro de cadera, me penetró mientras nuestras respiraciones silbaban al unísono. Me relajé en el asiento, con los dedos apenas rozando su delgada cintura.

—Te amo —susurré, observando su rostro a medida que comenzaba a moverse. Cada centímetro de mi piel ardía como quemada por el sol, y sentía el pecho tan apretado por el anhelo y la emoción que tenía dificultades para respirar—. Y te necesito Gideon.

—Me tienes —murmuró mientras su pene se deslizaba dentro y fuera de mí—. No podría pertenecerte más.

Sentí un estremecimiento seguido de tensión cuando mis caderas salían al encuentro de sus embates. Alcancé el clímax con un grito mudo, temblando a medida que el éxtasis recorría mi sexo y lo ordeñaba a él hasta que gruñó también al llegar a su orgasmo.

—*Eva.*

Respondí a sus feroces embestidas, animándolo. Me inmovilizó, cabalgándome con todo su brío. Mi cabeza daba bandazos y yo gemía desvergonzadamente, amando la sensación, esa decadente sensación de ser poseída y bruscamente satisfecha.

Estábamos locos el uno por el otro, copulando como bestias salvajes y yo estaba tan excitada por nuestra primitiva lujuria que pensé que el orgasmo que se formaba en mí me mataría.

—Eres tan bueno para esto, Gideon. Tan bueno...

Se aferró a mis nalgas y me levantó para recibir su siguiente arremetida, llegando al fondo de mis entrañas, extrayéndome un jadeo de placer y dolor. Volví a llegar, rodeándolo con todas mis fuerzas.

—Oh Dios, *Eva* —con un gruñido entre dientes, estalló violentamente, inundándome con su ardor. Clavando mis caderas contra el asiento, me penetró a fondo rociándome con sus jugos tan profundamente como pudo.

Cuando terminó, succionó aire con dificultad y tomó mi pelo en sus manos, besándome en la garganta.

—Quisiera que supieras lo que me produces. Quisiera poder decírtelo.

Lo abracé fuertemente.

—No puedo evitar estar idiotizada por ti. Es demasiado, Gideon. Es...

—... Incontrolable —terminó mi frase comenzando a moverse una vez más, rítmica y lentamente. Como si tuviéramos todo el tiempo del mundo. Con cada arremetida su sexo crecía más.

—Y necesitas tener el control —perdí el aliento en una embestida especialmente placentera.

—Te necesito *a ti*, Eva —su mirada feroz no abandonaba mi rostro mientras se movía dentro de mí—. Te necesito.

DURANTE el resto de la noche, Gideon no se separó de mí ni me permitió alejarme de él. Mantuvo su mano derecha entrelazada con mi izquierda durante toda la cena escogiendo, una vez más, comer con una mano antes de cortar nuestro vínculo.

Corinne —quien se hallaba sentada enfrente a él en nuestra mesa— le lanzó una mirada curiosa.

—Me parece recordar que no eras zurdo.

—Sigo sin serlo —respondió Gideon, levantando nuestras manos y besando la punta de mis dedos. Me sentí tonta e insegura cuando lo hizo, y muy consciente del examen al que nos sometía Corinne.

Desafortunadamente, el romántico gesto no impidió que hablara con Corinne —no conmigo— durante toda la cena, cosa que me hizo sentir inquieta e infeliz. Pasé la comida viendo la nuca de Gideon en lugar de su cara.

—Al menos no es pollo.

Volteé a mirar al hombre que estaba sentado a mi lado. Había estado tan ocupada intentando escuchar la conversación de Gideon, que no había puesto atención a nuestros compañeros de mesa.

—Me gusta el pollo —dije. Y también me había gustado la tilapia que nos sirvieron... dejé limpio el plato.

—No cuando está cubierto de caucho —sonrió y repentinamente pareció mucho más joven de lo que sugería su blanca cabellera—. Ah, al fin una sonrisa —murmuró—. Y una muy bella, además.

—Gracias —le dije presentándome.

—Soy el doctor Terence Lucas —dijo—. Pero prefiero que me llamen Terry.

—Doctor Terry. Un placer conocerlo.

Volvió a sonreír.

—Solo Terry, Eva.

En los pocos minutos que llevábamos conversando, me había convencido de que el doctor Lucas no era mucho mayor que yo a pesar de sus prematuras canas. Aparte de eso, su rostro no tenía arrugas y era apuesto, sus ojos verdes eran inteligentes y amables. Recapacité y concluí que debía estar entre los treinta y cinco y los cuarenta años de edad.

—Te ves tan aburrida como yo —dijo—. Estos eventos recaudan una considerable cantidad de dinero para el refugio, pero pueden ser aburridores. ¿Te gustaría ir conmigo al bar? Te invito un trago.

Puse a prueba la atención de Gideon flexionando mi mano bajo la mesa. Instantáneamente la apretó.

—¿Qué haces? —preguntó en un susurro.

Mirando sobre mi hombro, vi que me observaba. Luego lo vi levantar los ojos cuando el doctor Lucas se puso de pie detrás de mí. Su mirada se enfrió notoriamente.

—Ella va a distraer el aburrimiento de ser ignorada toda la cena, Cross —dijo Terry, poniendo sus manos en el espaldar de mi silla—, pasando un rato con alguien que está más que dispuesto a ponerle atención a una mujer tan bella.

Me sentí muy incómoda al notar la tensa animosidad entre los dos hombres. Tiré de mi mano pero Gideon se negó a liberarla.

—Lárgate Terry —le advirtió Gideon.

—Has estado tan preocupado con la señora Giroux que ni siquiera notaste cuando me senté en tu mesa —la sonrisa de Terry se tornó amenazadora—. Eva, ¿vamos?

—No te muevas Eva.

Temblé al escuchar el tono glacial de su voz, pero me sentí lo suficientemente herida para decir:

—No tiene la culpa si tiene razón.

La presión de su mano me produjo dolor.

—Ahora no.

La mirada de Terry se volvió hacia mí.

—No tienes que tolerar que te hable de esa manera. Todo el dinero del mundo no le da derecho a nadie a decirte qué hacer.

Enfurecida y muy avergonzada, miré a Gideon.

—Crossfire.

No estaba segura de que debiera usar la palabra de seguridad fuera de la cama pero él me soltó como si lo hubiese quemado. Retiré mi silla y dejé la servilleta sobre el plato.

—Excúsenme.

Me alejé de la mesa con mi bolso en la mano y pasos largos y tranquilos. Me dirigí de inmediato al cuarto de baño con la intención de revisar mi maquillaje y serenarme, pero luego vi la señal luminosa de la salida y decidí abandonar el evento.

Al llegar a la acera, saqué mi teléfono y le envié un mensaje a Gideon: "No huyo. Tan solo me voy".

Detuve un taxi y me dirigí a casa a alimentar mi furia.

CUANDO llegué al apartamento, suspiraba por una ducha caliente y una botella de vino. Insertando mi llave en la cerradura, abrí la puerta y me encontré en medio de un video pornográfico.

En los pocos segundos que le tomó a mi cerebro registrar lo

que veía, quedé paralizada en el umbral, inundando el vestíbulo a mis espaldas con las estridencias del tecno-pop. Había tantos miembros involucrados, que cerré apresuradamente la puerta antes de desenredar el rompecabezas. Una mujer estaba despatarrada en el suelo. En su entrepierna alcanzaba a verse la cara de otra mujer. Cary la estaba jodiendo enloquecidamente mientras un hombre lo embestía por el culo.

Eché mi cabeza hacia atrás y lancé un alarido de rabia... estaba harta de todo el mundo.

Y, como competía contra el equipo de sonido, me quité uno de los tacones y lo lancé contra él. El CD dio un salto y el *ménage à quatre* que tenía lugar en el salón de mi apartamento simultáneamente se dio por enterado de mi presencia. Pasé por encima de ellos, apagué el equipo y me volteé para enfrentarlos.

—Lárguense de mi casa —grité— ¡Ya mismo!

—¿Quién diablos es esa? —preguntó la pelirroja en la base de la pirámide—. ¿Tú esposa?

Por un segundo vi un rayo de vergüenza y culpa en el rostro de Cary y luego me lanzó una retadora mirada.

—Mi compañera de apartamento. Hay lugar para ti, pequeña.

—Cary Taylor. No te sobrepases —le advertí—. *Realmente* no es una buena noche para eso.

El hombre que estaba en la cima se separó de Cary, se puso en pie, y se acercó despreocupadamente a mí. Cuando estuvo cerca, noté que sus ojos estaban anormalmente dilatados y las venas de su cuello palpitaban brutalmente.

—Yo te la puedo arreglar —me ofreció mirándome lascivamente.

—Retroceda —me acomodé, preparándome para defenderme si era necesario.

—Déjala en paz, Ian —intervino Cary poniéndose de pie.

—Anda, pequeña —intentó persuadirme Ian abusando del apodo que me daba Cary—. Necesitas pasar un buen rato. Déjame mostrarte.

En un momento se encontraba a centímetros de mí... al siguiente volaba por el aire para ir a estrellarse contra el sofá con un grito. Gideon se interpuso entre mí y los otros, temblando de furia.

—Llévalos a tu habitación Cary —le ladró—. O a otra parte.

Ian daba gritos en el sofá y de su nariz brotaba mucha sangre a pesar de que intentaba detener la hemorragia con ambas manos.

Cary recogió sus *jeans* del suelo.

—Eva, tú no eres mi maldita madre.

Rodeé a Gideon.

—¿Acaso arruinar las cosas con Trey no fue suficiente lección para ti, idiota?

—¡Esto no tiene nada que ver con Trey!

—¿Quién es Trey? —preguntó la rubia mientras se ponía de pie. Cuando al fin miró detenidamente a Gideon, comenzó a lucirse frente a él y tengo que reconocer que tenía un buen cuerpo.

Sus esfuerzos le ganaron tal mirada de desprecio que ella finalmente tuvo la gracia de sonrojarse y cubrirse con un ceñido traje dorado que recogió del piso. Y, debido al genio en que estaba, le aclaré:

—No lo tomes a mal. Él prefiere las morenas.

Gideon me lanzó una mirada mortífera. Nunca lo había visto tan furioso. De hecho, vibraba con la violencia que reprimía en su interior.

Asustada por esa mirada, retrocedí involuntariamente. Él maldijo brutalmente y se pasó las manos por el pelo.

Sintiéndome repentinamente muy cansada y totalmente decepcionada de los hombres en mi vida, di media vuelta.

—Cary, saca a esa gentuza de mi casa.

Me quité el otro tacón en el corredor, antes de llegar a mi habitación. Me desvestí y me metí en la ducha en menos de un minuto. Me mantuve alejada del chorro hasta que el agua se calentó y, entonces, me metí debajo. Demasiado cansada para permanecer en pie, me dejé caer y permanecí sentada bajo la corriente de agua, con los ojos cerrados y los brazos en torno a las rodillas.

—Eva.

Me encogí al escuchar la voz de Gideon y me acurruqué aún más.

—Maldita sea —exclamó bruscamente—. Me cabreas más que nadie en este mundo.

Lo miré a través del velo formado por mi pelo mojado. Andaba de un lado a otro por el baño, sin chaqueta y con la camisa por fuera de los pantalones.

—Vete a casa Gideon.

Se detuvo en seco y me lanzó una mirada de incredulidad.

—No te dejaré aquí. ¡Cary ha perdido la cabeza! Ese grandísimo hijueputa estaba a punto de ponerte las manos encima cuando llegué.

—Cary no lo habría permitido. Pero como sea, no puedo lidiarlo a él y a ti al mismo tiempo —realmente no quería tener que ver con ninguno de los dos. Quería estar sola.

—Entonces solo te encargarás de mí.

Retiré el pelo de mi cara en un gesto de impaciencia.

—Oh, ¿ahora tengo que *darte* prioridad?

Retrocedió como si lo hubiese golpeado.

—Tenía entendido que ambos éramos la prioridad del otro.

—Sí, yo también pensé eso. Hasta esta noche.

—Jesús. ¿Vas a comenzar otra vez con Corinne? —extendió los brazos en un gesto de impotencia—. Estoy aquí contigo, ¿o no? A duras penas me despedí de ella por salir a perseguirte. *Otra vez*.

—Vete a la mierda. No me hagas favores.

Gideon se metió a la ducha totalmente vestido. Me levantó y me besó. Con furia. Su boca me devoraba y me agarraba por los brazos para mantenerme quieta.

Pero esta vez no me conmoví. No cedí. Ni siquiera cuando intentó persuadirme con sugerentes lamidas.

—¿Por qué? —susurró y sus labios descendieron por mi garganta—. ¿Por qué me estás volviendo loco?

—No sé cuál sea tu problema con el doctor Lucas y, la verdad, me tiene sin cuidado. Pero él tenía razón. Corinne acaparó toda tu atención esta noche. Me ignoraste toda la cena.

—Me es imposible ignorarte, Eva —su rostro estaba duro y tenso—. Si estás en la misma habitación que yo, no veo a nadie más.

—Gracioso. Cada vez que te miré, estabas mirándola a ella.

—Esto es estúpido —me soltó y retiró el pelo de su cara—. Sabes lo que siento por ti.

—¿En serio? Me deseas. Me necesitas. Pero ¿amas a Corinne?

—Oh, al diablo. *No* —cerró el agua y me atrapó entre sus brazos contra el vidrio—. Eva, ¿quieres que te diga que te amo? ¿De eso se trata?

Mi estómago se ácalambró como si me hubiese golpeado con toda la fuerza de su puño. Nunca había sentido ese tipo de dolor, no sabía que existía. Los ojos me ardían y me escabullí por debajo de su brazo para no avergonzarme por llorar—. Vete a casa Gideon. Por favor.

—*Estoy* en casa —me agarró por detrás y enterró su rostro en mi cabello—. Estoy contigo.

Luché por liberarme pero estaba demasiado extenuada. Física y emocionalmente. Las lágrimas surgieron en un torrente y no logré controlarlas. Odiaba llorar frente a algüien.

—Vete. *Por favor.*

—Te amo Eva. Claro que te amo.

—Oh, Dios mío —lo pateé descontroladamente. Haría cualquier cosa para alejarme de la persona que se me había convertido en una monstruosa fuente de dolor y miseria—. No quiero tu maldita lástima. Solo quiero que *te largues.*

—No puedo. Sabes que no puedo. Eva, deja de luchar. Escúchame.

—Gideon, todo lo que dices *duele.*

—No es la palabra correcta, Eva —continuó tercamente susurrando en mi oído—. Por eso no la he dicho. No es la palabra correcta para ti y lo que siento por ti.

—Cállate. Si te importo algo, cállate y vete.

—Me han amado antes. Corinne y otras mujeres... ¿Pero qué diablos saben ellas sobre mí? ¿De qué están enamoradas si no saben que estoy vuelto mierda? Si eso es amor, no tiene comparación con lo que yo siento por ti.

Me apacigüé y observé en el espejo el reflejo de mi rostro manchado de maquillaje y el cabello desordenado, al lado de la belleza abrumadora de Gideon. Sus rasgos estaban dominados por emociones inestables mientras se aferraba a mí. No éramos buenos el uno para el otro.

A pesar de todo, entendía la alienación de estar con otros que realmente no podían verte o escogían no verte. Yo me había odiado a mí misma por ser un fraude, por proyectar una imagen de lo que quisiera ser pero no era. Había vivido con el temor de que las personas amadas se alejaran de mí si alguna vez llegaban a conocer a la persona que se escondía en mi interior.

—Gideon...

Sus labios se posaron en mi sien.

—Creo que te amé desde el primer momento en que te vi. Luego hicimos el amor aquella primera vez en la limosina y el amor se convirtió en otra cosa. En algo más.

—Lo que sea. Esa noche me alejaste de ti y me abandonaste para ir a cuidar de Corinne. ¿Cómo pudiste?

Me soltó solo el tiempo suficiente para alzarme y llevarme hasta donde estaba mi albornoz, en la parte trasera de la puerta. Me envolvió y luego me sentó en el borde de la tina mientras él iba hasta el lavamanos y sacaba del cajón las toallitas para quitar el maquillaje. Agachándose frente a mí, pasó la toallita por mi cara.

—Cuando Corinne me llamó a la cena de caridad, me dio la excusa perfecta para hacer una estupidez —su mirada era suave y cálida en mi rostro surcado de lágrimas—. Tú y yo acabábamos de hacer el amor y yo no estaba pensando con claridad. Le dije que estaba ocupado y que estaba con alguien pero, cuando escuché el dolor en su voz, supe que tenía que resolver las cosas con ella antes de continuar contigo.

—No lo entiendo. Me dejaste para ir con ella. ¿Cómo nos ayuda eso a continuar juntos?

—Eva, yo arruiné todo con Corinne. La conocí en mi primer año en Columbia. Me gustó, desde luego. Es bella, amable y nunca dice nada desagradable sobre nadie. Cuando me persiguió me dejé atrapar y ella se convirtió en mi primera experiencia sexual voluntaria.

—La odio.

Su boca se torció levemente.

—No estoy bromeando Gideon. En este momento estoy enferma de celos.

—Con ella fue solamente sexo, ángel. Aunque nuestro sexo sea crudo, sigue siendo hacer el amor. Siempre, desde la primera vez. Eres la única que ha hecho eso conmigo.

Solté un resoplido.

—Está bien. Estoy marginalmente mejor.

Me besó.

—Supongo que se puede decir que salíamos juntos. Éramos exclusivos, sexualmente hablando, y con frecuencia íbamos a los mismos lugares como pareja. Aún así, cuando ella me dijo que me amaba, me sorprendí. Y me sentí halagado. La apreciaba y pasábamos buenos ratos juntos.

—Aún lo hacen, me parece —dije entre dientes.

—Escúchame —me reprendió, dándome un golpecito en la punta de la nariz—. Pensé que tal vez la amaba, a mi manera... la única manera que conocía. No quería que estuviera con nadie más, así que acepté cuando me propuso casarnos.

Me aparté para mirarlo.

—¿*Ella* te propuso?

—No te sorprendas tanto —dijo secamente—. Hieres mi ego.

El alivio me invadió con tal violencia que me sentí mareada. Me lancé contra él, abrazándolo con todas mis fuerzas.

—Oye —su abrazo era igualmente fiero—. ¿Estás bien?

—Sí. Sí, ya casi —me desprendí de él y, tomando su mandíbula en mis manos, le ordené—: Continúa.

—Acepté por los motivos incorrectos. Después de dos años de andar juntos, nunca habíamos pasado una noche entera el uno con el otro. Nunca habíamos hablado de nada de lo que te hablo a ti. Ella no me conocía, no realmente, y a pesar de ello me convencí a mí mismo que ser amado era suficiente. ¿Quién más lo haría, si no ella?

Se concentró en limpiar las manchas negras alrededor de mi otro ojo.

—Creo que ella tenía la esperanza de que el compromiso nos llevara a otro nivel. Tal vez entonces yo sería más abierto. Tal vez pasaríamos la noche en el hotel, cosa que a ella le parecía romántico, en lugar de despedirnos temprano argumentando las clases del día siguiente. No sé.

Me pareció que todo eso sonaba terriblemente solitario. Mi pobre Gideon. Llevaba tanto tiempo solo. Probablemente toda su vida.

—Y, tal vez, cuando ella canceló el compromiso un año después —continuó— esperaba que eso me sacudiría. Que me esforzaría más para retenerla. En lugar de eso, me sentí aliviado porque ya había caído en cuenta de que no podría compartir un hogar con ella. ¿Qué excusa le daría para dormir en habitaciones aparte y tener mi propio espacio?

—¿Nunca pensaste en decirle las cosas?

—No —me respondió encogiendo los hombros—. Hasta que apareciste tú, nunca le di mucha importancia a mi pasado. Sí, afectaba la manera en que hacía ciertas cosas, pero todo tenía un lugar y yo no era infeliz. De hecho, pensaba que tenía una vida cómoda y libre de complicaciones.

—Ay, Dios —arrugué la nariz— Hola, señor Cómodo. Yo soy la señora Complicada.

Soltó una carcajada.

—Nunca un momento aburrido.

22

GIDEON LANZÓ LA toallita del maquillaje a la basura. Luego cogió una toalla, la puso sobre el pozo que había dejado en el piso y se quitó los zapatos. Para mi gran deleite, comenzó a quitarse la ropa mojada.

Mirándolo extasiada, le dije:

—Te sientes culpable porque ella aún te ama.

—Sí, así es. Conocí a su esposo. Un buen hombre y enloquecido por ella, hasta que entendió que ella no lo amaba y la relación se desmoronó.

Me miró mientras se quitaba la camisa. —No podía entender por qué se dejó destruir por eso. Estaba casado con la chica que quería y vivían en otro país, lejos de mí... ¿cuál era el problema? Ahora lo entiendo. Si *tú* amas a alguien más, Eva, me destrozaría. Me mataría aún [illegible] tuvieras conmigo y no con él. Pero, a diferencia de Giroux, no te dejaría ir. Tal vez nunca serías totalmente mía, pero serías mía y yo tomaría lo que pudiera.

Enlacé los dedos en mi regazo.

—Eso es lo que me asusta Gideon. No sabes lo que vales.

—De hecho, sí lo sé. Doce mil millo...

—Cállate —la cabeza me daba vueltas y oprimí mis ojos con los dedos—. No debería ser tan misterioso que las mujeres se enamoren de ti y sigan enamoradas. ¿Sabías que Magdalene tenía el cabello largo con la esperanza de que te recordara a Corinne?

Dejó caer sus pantalones y frunció el ceño.

—¿Por qué?

Suspiré ante su ingenuidad.

—Porque cree que tú quieres a Corinne.

—Entonces, no me ha puesto atención.

—¿No? Corinne me dijo que hablas con ella casi todos los días.

—No exactamente. Con frecuencia no estoy disponible. Sabes lo ocupado que soy —su mirada adquirió ese ardor que yo ya reconocía. Supe que estaba pensando en las veces en que estaba ocupado conmigo.

—Gideon, eso es una locura. Que te llame todos los días. Se llama acoso —cosa que me recordó su afirmación de que él era tan posesivo con respecto a ella como lo era conmigo. Eso me preocupaba terriblemente.

—¿A dónde quieres llegar? —me preguntó con voz de diversión.

—¿No lo entiendes? Tú enloqueces a las mujeres porque eres lo máximo. Eres el premio mayor. Si una mujer no te puede tener, sabe que tendrá que resignarse a algo que no es lo mejor. Así que no resisten pensar que no te tendrán. Inventan locuras para intentar atraparte.

—Excepto la que sí quiero —replicó secamente—, que se pasa la vida corriendo en la dirección contraria.

Lo miré con descaro, disfrutando al verlo desnudo frente a mí.

—Respóndeme una pregunta Gideon. ¿Por qué me quieres a mí

cuando puedes tener a la mujer más perfecta? Y no estoy buscando halagos ni consuelo. Es una pregunta honesta.

Me alzó y me llevó a la habitación.

—Eva, si no dejas de pensar en lo nuestro como algo temporal, te daré unas nalgadas y me aseguraré de que te guste.

Dejándome en la silla, se dedicó a escarbar en mis cajones.

Vi que sacaba ropa interior, unos pantalones de yoga y una camiseta.

—¿Se te ha olvidado que contigo duermo desnuda?

—No nos vamos a quedar acá —se volteó a mirarme—. No confío en Cary. Puede traer más bestias intoxicadas y, cuando nos acostemos, yo estaré drogado con lo que el doctor Petersen me recetó e incapacitado para protegerte. Así que nos vamos a mi casa.

Me miré las manos entrelazadas, pensando en que también podría necesitar que alguien me protegiera de Gideon.

—He pasado por esto con Cary, Gideon. No puedo simplemente esconderme en tu casa y esperar a que lo supere solo. Me necesita y no he estado mucho con él últimamente.

—Eva —Gideon me trajo la ropa y se agachó frente a mí—. Sé que necesitas apoyar a Cary. Mañana pensaremos en la forma de hacerlo.

Tomé su rostro entre mis manos.

—Gracias.

—Pero, yo también te necesito —dijo quedamente.

—Nos necesitamos mutuamente.

Se puso de pie. Regresó al armario, abrió sus cajones y sacó ropa para él también.

Comencé a vestirme.

—Oye...

Se puso unos *jeans* de tiro corto.

—¿Dime?

—Me siento mucho mejor ahora que sé cómo son las cosas pero, a pesar de eso, Corinne va a ser un problema para mí —hice una pausa—

Debes cortar de raíz sus esperanzas. Supera la culpa, Gideon, y comienza a destetarla.

Se sentó al borde de la cama para ponerse las medias.

—Eva, es una amiga y está en problemas. Sería cruel alejarla ahora.

—Piénsalo bien, Gideon. Yo también tengo ex novios. Estás sentando un precedente de cómo debo manejarlos. Yo sigo tu ejemplo.

Se levantó con el ceño fruncido.

—Me estás amenazando.

—Prefiero verlo como una coacción. Las relaciones son de dos vías. Tú no eres su único amigo. Ella puede encontrar a alguien más apropiado para que la ayude a superar la crisis.

Tomamos lo que necesitábamos y regresamos al salón. Vi el desorden —un sostén aguamarina debajo de una mesa y una mancha de sangre en el sofá blanco— y deseé que Cary estuviera aún ahí para hacerlo entrar en razón.

—Mañana hablaré con él muy seriamente —farfullé con la quijada trabada por la rabia y la preocupación—. Maldito sea, debí noquearlo cuando tuve la oportunidad y encerrarlo en su habitación hasta que su cerebro volviera a funcionar.

Gideon me acarició la espalda para tranquilizarme.

—Será mejor que hagas eso mañana, cuando esté solo y con resaca. Suele ser más efectivo.

ANGUS nos esperaba cuando llegamos al primer piso. Estaba a punto de subirme en la parte trasera de la limosina cuando Gideon maldijo entre dientes, deteniéndome.

—¿Qué pasa? —pregunté.

—Olvidé algo.

—Espera y busco mis llaves —me incliné sobre el maletín que Gideon llevaba para sacar mi bolso.

—No hay necesidad. Tengo una copia —cuando arqueé las cejas interrogativamente, me lanzó una sonrisa carente de arrepentimiento—. Saqué una copia antes de devolverte las tuyas.

—¿En serio?

—Si pusieras atención —me besó en la frente—, habrías notado que en tu llavero tienes también las llaves de mi casa.

Me quedé mirándolo boquiabierta cuando se regresó al edificio. Recordé la tortura de esos cuatro días cuando creía que todo había terminado entre nosotros y el terrible dolor que sentí cuando esas llaves cayeron en la palma de mi mano.

Y había tenido la llave conmigo todo el tiempo.

Meneando la cabeza, observé la ciudad adoptiva que me rodeaba, amando todo en ella y sintiéndome agradecida por la loca felicidad que había encontrado allí.

Gideon y yo teníamos mucho trabajo por delante. A pesar de lo mucho que nos amábamos, eso no nos garantizaba que sobreviviríamos a nuestras heridas personales. Pero nos comunicábamos, éramos honestos el uno con el otro y Dios sabe que ambos éramos demasiado tercos para desistir sin luchar.

Gideon reapareció cuando dos grandes y bien arreglados *poodles* pasaban con su igualmente acicalada dueña.

Me subí a la limosina. Cuando nos alejamos, Gideon me recostó en su regazo y me abrazó.

—Tuvimos una noche dura, pero la superamos.

—Sí, lo logramos —inclinando la cabeza, le ofrecí mi boca. Me besó lenta y dulcemente: una sencilla reafirmación de nuestra preciosa, complicada, enloquecedora y necesaria conexión.

Tomándolo por la nuca, pasé mis dedos por su sedosa melena.

—No puedo esperar para tenerte otra vez en la cama.

Soltó un sexy gemido y atacó mi cuello a mordiscos y besos, desterrando a nuestros fantasmas y sus sombras.

Al menos por un rato...

Guía de Lectura

DESNUDA ANTE TI

de Sylvia Day

PREGUNTAS PARA DISCUSIÓN

1. El traslado de Eva de California a Nueva York la acerca a su madre. Aunque la mudanza fue beneficiosa para su carrera y la de Cary, podría haberse evitado. ¿Por qué cree que ella escogió comenzar una nueva vida en Nueva York?

2. Cary depende de Eva material y emocionalmente, aun cuando ella recurre a él como apoyo con más frecuencia que él a ella. ¿Qué necesidades de Cary satisface Eva?

3. La atracción física es lo que inicialmente atrae a Gideon hacia Eva pero, para cuando él la guía hasta su club, ya hay algo más profundo. ¿Qué tiene Eva que hace que Gideon la persiga tan implacablemente?

4. Gideon tiene problemas para aceptar cualquier barrera privada entre él y Eva. Usted cree que Eva es ¿muy débil o muy dura con respecto al tema? ¿Cómo respondería usted?

5. Eva valora la transparencia en sus relaciones pero le permite a Gideon tener secretos. ¿Por qué cree que lo hace? ¿Está de acuerdo o en desacuerdo?

6. La vida de Gideon gira en torno a su trabajo y sus compromisos filantrópicos; la vida social de Eva es más personal. Como pareja, ¿cómo los afectan esas diferencias?

7. Gideon y Eva tienen una relación muy sexual. Teniendo en cuentas sus pasados, ¿por qué cree que el sexo es una forma tan importante de comunicación entre ellos?

La historia de Gideon y Eva continúa en la muy sensual secuela de la serie Crossfire:

REFLECTED IN YOU

¡Próximamente en Berkley Books!

ACERCA DE LA AUTORA

Sylvia Day es la autora de más de una docena de novelas de éxito en el *New York Times* y *USA Today*. Su experiencia laboral incluye una variedad de trabajos esporádicos que van desde empleada de parque de diversiones hasta lingüista e interrogadora en ruso para el servicio de inteligencia del Ejército de Estados Unidos. Actualmente es escritora de tiempo completo. El trabajo de Sylvia ha sido descrito por *Publishers Weekly* como "una aventura excitante" y "perversamente entretenido" por *Booklist*. Sus historias han sido traducidas a varios idiomas. Ha sido honrada con el RT Book Reviews Reviewers' Choice Best Book Award, el EPPIE Award, el National Readers' Choice Award, el Readers' Crown y ha sido finalista numerosas veces para el prestigioso RITA Award of Excellence para escritores de novela en Estados Unidos. Actualmente se encuentra trabajando duramente en *Reflected in You*, la secuela de *Desnuda para ti*, pero le encantaría que la visite en su página Web www.SylviaDay.com, en Facebook en www.facebook.com/AuthorSylviaDay, o en Twitter en www.twitter.con/SylDay.